런던홀릭

런던홀릭

박지영 글 · 사진

유쾌한 런더너 박지영의 런던, 런더너, 런던 라이프

London Holic

푸르메

우리 동네엔
엠마 톰슨이 산다

쉿!

그녀가 나타났다. 오늘도 어김없이 이 동네를 어슬렁거린다. 전직 기자 출신 백수 아줌마와 어린 나이임에도 상황을 재빨리 눈치챌 줄 아는 비상한 머리를 가진 아들은 마음이 급해졌다. 그저께는 그녀가 지하철역에서 표를 내고 나오며 역무원에게 눈인사하는 걸 봤다. 어제는 큰길 꽃집에서 노란 튤립 두 다발을 사는 것을 훔쳐봤다. 하지만 쉽게 다가갈 수가 없다. 그녀는 평범한 우리가 다가가기엔 너무나도 큰 별이다. 오늘은 실패하지 않으리라.

스타벅스 커피를 들고 총총걸음으로 걸어가는 그녀. 두 추격자는 조심스레 그녀의 뒤를 밟았다. 오, 그래, 우리 집 쪽이군. 음, 코너를 돌고 있어. 아들, 눈치채지 않도록 자연스럽게 걸어가자. 마치 우리 길을 가고 있는 것처럼 말이야. 앗, 그녀가 사라졌다. 분명히 이 길로 쭉 올라가고 있었는데? 어느

우리 동네 크레디톤 힐에 있는 엠마 톰슨의 집. 아담한 2층짜리 집으로 영국의 전형적인 빅토리안 하우스다.

집으로 들어간 거야! 오늘도 놓친 거야? 그때, 길 건너 2층 집의 빨간 대문이 '쿵' 하고 닫히는 소리가 들렸다. 그때 아들이 흥분한 목소리로 외쳤다.

"엄마, 엠마 톰슨 아줌마 저기로 들어갔어!"

우리 동네엔 엠마 톰슨이 산다. 엄격히 말하면 우리 옆옆옆옆옆옆옆옆집에 그녀가 산다. 엠마 톰슨이 누구인가. 아카데미 여우주연상에 빛나는 세계적인 배우이자 케임브리지 대학 영문과를 졸업한 후 꾸준히 연극 대본과 영화 시나리오를 쓰는 영국 문화계의 저명인사 중 한 명이다. 영화 〈센스 앤 센서빌러티〉 〈러브 액추얼리〉 〈내니 맥피〉 〈나는 전설이다〉를 통해 이웃집 아줌마부터 천재 박사까지 다양한 포스를 선보인 그녀다.

적어도 나에게 스타는 그리 먼 하늘에 떠있는 별이 아니었다. 신문사에서 방송 담당기자로 일할 때 내로라하는 스타는 거의 다 만나봤다. 배용준, 장동건, 김하늘, 최지우, 권상우, 장혁, 김래원 등. 모두 멋지고 카리스마가 있었다. 하지만 그들에게선 떨림이 없었다. 매니저와 코디네이터에 둘러싸인 그들은 다른 세계에서 온 이방인 같았다. 예쁘긴 하되 만들어진 아름다움 같았고, 멋지긴 하되 뭔지 모를 거리감이 우리 사이에 큰 벽을 쌓고 있었다.

하지만 이 대배우 앞에서 나는 한없이 무너졌다. 그리고 열광했다. 무엇보다 그녀는 평범했다. 매니저, 보디가드, 코디네이터? 물론 없다. 그녀는 늘 혼자 다닌다. 펑퍼짐한 면바지에 철 지난 비닐 점퍼를 입고, 등에는 낡은 배낭을 멨다. 머리는 대충 빗어 넘기고 화장은 전혀 안 했다. 아마 눈 나쁜 사람은 그녀를 코앞에 두고도 존재를 알아채지 못할 것이다.

그녀는 대중교통을 이용해 시내에 나가 연극도 하고 영화 미팅도 갖는 모양이었다. 딱 한 번 그녀의 '화면용' 얼굴을 봤다. 동네 편의점 계산대에서 내 차례를 기다리고 있을 때였다. "당신 차례네요." 뒷사람이 말해줬다. 고개를 돌려보니 바로 뒤에 엠마 톰슨이 서있는 것이 아닌가! 우유와 빵, 과일 등을 담은 장바구니를 들고서. 그녀는 너무나도 예쁘게 화장을 하고 멋들어진 의상을 입고 있었다. 무슨 영화제라도 다녀오는 길일까?

예쁜 엠마 톰슨을 본 것은 그날이 처음이자 마지막이다. 그 이후로는 역시나 펑퍼짐한 면바지에 철 지난 비닐 점퍼를 입은 모습만 지겹도록 봤다. 용기를 내서 "난 당신 팬이에요. 여기 사인 좀 부탁해요"라고 말해볼까나? 하지만 3년의 세월이 흐른 지금까지 나는 시도조차 못하고 있다. 왜냐하면 아무도 그녀에게 그렇게 접근하는 사람이 없기 때문이다. 모두들 그녀를 지하철 이용객으로, 꽃집 손님으로, 저녁거리를 사는 아줌마로 볼 뿐, 호들갑을 떨거나 어색하게 아는 체하지 않는다.

아마 한국의 스타들이 이 동네에 산다면 그들은 정신병에 걸릴지도 모르겠다. 왜 아무도 날 아는 체하지 않느냐고 울부짖으면서 말이다. 하지만 영국에선 모든 것이 다르다. 스타는 대중 앞에 섰을 때만 스타일 뿐 일상생활로 돌아가면 그저 평범한 생활인이 된다. 적어도 런던에선 그렇다.

처음 엠마 톰슨을 봤을 때의 두근거림은 사라지고, 이제 예의 런더너의 대범함(혹은 무관심)만 남았다. 인근 공원 놀이터에서 아이들과 공놀이를 하는 주드 로를 봤을 때, 줄담배를 펴대며 케이트 모스가 내 옆을 스쳐 지나갈 때, 한 싸구려 레스토랑에서 폴 매카트니가 묘령의 여인과 점심을 즐길 때, 난 그냥 쿨하게 반응할 수 있었다. '어, 주드 로네. 면 티 하나 입어도 때깔이 다르구먼. 그나저나 주드, 대머리 치료약 좀 써야겠어.' '오우, 써^{Sir} 폴. 이혼하고 얼굴이 좋아지셨습니다. 백만장자께서 이런 누추한 데까지…….' 그리고는 다시 고개를 돌려 그냥 내 할 일을 하는 것이다. 아주 쿨하게!

3년 전 이맘때 신문사에 돌연 사표를 낸 뒤 런던행 비행기에 올라탔다. 나는 극도로 지쳐 있었다. 꼬박 10년간 글을 썼다. 좋은 날들이었다. 다양하고 도발적인 글쓰기로 신문기사의 기존 스타일에 도전했고, 소소한 특종도 했다. 장관부터 노숙자까지 사회 각계의 사람들을 만났고, 인터뷰했고, 그 속에서 삶을 배웠다. 하지만 10년째로 접어들다 보니 몸은 방전된 배터리가 되었다. 쓰기만 하고 채우지는 않았기 때문이다. 런던행 비행기 안에서 나는 이를 악물고 다짐했다. 다시는 글을 쓰지 않겠노라고. 하지만 제 버릇 누구 못 준다고 런던에 온 지 이틀 만에 엠마 톰슨을 운명처럼 만난 후 나는 다시 무언가를 쓰고 싶은 충동을 느끼게 되었다.

사는 것과 여행은 다르다. 런던에 몇 주간, 혹은 몇 개월간 머물며 겪은 런던에 대해 쓴 책들을 보면서, 아, 이들은 너무나도 영국의 화려한 겉모습에 빠져 있구나 하는 생각이 들었다. 잠시 들른 여행지는 아름답다. 경험해야 할 좋은 것들이 줄을 서서 기다린다. 너무 많아서 다 보고 갈 수도 없다.

하지만 한 나라에 뿌리내리고 산다는 건 전혀 다른 차원의 문제다. 국가의 체제, 사회상, 시민의식, 언어까지 모든 게 낯설다. 부딪히고 넘어져 보아야만 그 체제에 녹아들어 살아갈 수 있다. 런던에 살면서 나 또한 헤겔의 변증법─사물이나 현상이 정반합의 과정을 거쳐 절대경지에 이른다는 이론─을 몸소 체험했다.

처음엔 모든 것이 좋았다. 아니 환상적이었다. 도시는 산뜻하고, 미술관 입장은 공짜다. 2층 버스 제일 앞자리에 앉으면 롤러코스터를 탄 듯 신이 나고, 자동차는 사람이 지나갈 땐 무조건 서준다. 어느 나라가 횡단보도를 건널 때 '오른쪽을 보시오' '왼쪽을 보시오' '양쪽을 모두 보시오'라는 안내 문구를 바닥에 적어놓겠는가. 동네마다 원시림 같은 공원이 있고, 거리마다 다리가 아플 때 쉴 수 있는 벤치가 놓여 있다. 감동의 연속이다.

하지만 이런 날도 그리 오래가지 않는다. 곧 부정의 시간이 닥쳐온다. 엄청난 주민세를 내는데도 아이는 집앞 초등학교에 배정을 받지 못하고, 응급

런던에서 길을 건널 때는 조심해야 한다. 왼쪽을 바라보며 길을 건너다가는 오른편에서 오는 차에 받히는 수가 있다. 전세계에서 오는 관광객과 이민자들을 위해 런던 도로에는 아주 친절하게 '오른쪽을 보시오' '왼쪽을 보시오'라는 안내문을 써놓았다.

실에 가서는 다섯 시간을 기다려야 의사를 겨우 볼 수 있다. 길 가던 흑인들은 "차이니즈!"라 소리치며 너네 나라로 돌아가라고 겁주고, 기절초풍할 물가에 허리가 휜다. 하루 십수 번씩 비가 오다가도 햇볕이 쨍하고 내비치는 변덕스런 날씨를 겪다 보면, 어느새 우울증 초기 증상에 있는 자신을 발견하게 된다. 어떨 때는 내 묘비가 눈앞에 잠깐 스쳐 지나가기도 한다. '밝고 명랑하던 박지영, 황당한 영국 생활과 보이지 않는 인종차별, 그리고 우울한 날씨 때문에 화병과 관절염에 시름시름 앓다 이곳 런던에 잠들다.'

아니지, 내가 이 낯선 곳에서 2등 시민으로 죽을 수는 없지. 그래 마음을 고쳐먹자. 좋게 보자고. 좋은 것만 취하고 나쁜 것은 그냥 흘려버리자…….
마음을 편하게 먹자 더 큰 그림이 보였다. 부정에 부정을 거쳐 마침내 '합'의
경지에 도달한 것이다. 런던만큼 열린 도시가 또 어디 있겠는가. 다인종, 다
민족, 다언어 도시에서 살고 있는 나는 진정한 코스모폴리탄이다! 정부의 다
양한 지원 정책 덕에 체제는 잘도 굴러간다. 범죄가 줄어드니 동네가 안전해
지고, 가난한 이에게 이것저것 지원해주니 유토피아가 따로 없다. 내가 낸 엄
청난 세금으로 우리 동네가 깨끗해지고, 공원 잔디가 쑥쑥 잘 자란다면 그것
으로 오케이!(하지만 아직도 화병이 내 안에 있다. 진정한 코스모폴리탄이 되기에는 나는 아직

밴댕이 속이다.)

런던 시내를 한눈에 조망할 수 있는 프림로즈 힐 언덕. 잔디밭 위로 드리워진 뭉게구름이 예술이다.

인류학자들은 자신이 연구하는 분야에 맞춰 현지로 떠난다. 그것은 아마존 최후의 부족 마을일 수도 있고, 급속한 산업화에 시달리는 중국의 대도시일 수도 있다. 그들이 현지 주민과 부대끼며 관찰한 기록을 '민족지'라 부른다. 그 사람들과 동화되어 살아야만 나올 수 있는 살아 있는 이야기다. 나는 이 책 또한 하나의 민족지라 부르고 싶다. 물론 거창한 학술적 담론이나 '여기 가면 맛있는 걸 먹을 수 있어요' 식의 여행서는 더더욱 아니다. 그저 저널리스트로, 아이 엄마로, 한 남자의 아내로, 그리고 대학원생으로 런던에 살면서 부닥치고 느낀 삶의 소중한 편린들이다.

다만 그 편린들이 때론 엉뚱하고 때론 쌉싸래하다. 이 책에 나온 이야기들은 모두 실화다. 한국에서 35년간 경험한 것보다 몇 배는 더 황당하고 어이없는 일들을 지난 3년새 참 많이도 겪었다. 반대로 한국에서 35년간 경험한 것보다 몇 배는 즐겁고 멋진 인생을 맛보기도 했다. 누군가에게 이 모든 이야기를 털어놓고 싶었다. 글쟁이는 글로 말한다고, 이렇게 책을 통해 수다를 떨게 되었다.

이제 그 양파 같은 영국과 런던 사회의 껍질을 하나씩 벗겨 그 속으로 깊숙이 들어가보려 한다. 자, 준비가 되셨습니까?

Contents

Prologue 우리 동네엔 엠마 톰슨이 산다 · 04

사회 유토피아를 향한 이카로스의 날개

영국 사람 보기가 하늘의 별 따기 · 18 ｜ 모두의 평등에 올인하라 · 22
다 퍼주는 모범생 정부 · 26 ｜ 녹색도시 런던, 무공해를 꿈꾸다 · 30
건물 반 공원 반, 요상한 도시 런던 · 34 ｜ 대한민국, 런던에서 존재감 떨치기 · 44
문 밖만 나서면 미술관, 박물관 · 50 ｜ 당신은 베트남 여자입니까? · 53
응급실엔 응급환자가 없다 · 57

런더너 남자는 펍으로 가고, 여자는 혼자 달린다

남자의 자격, 영국신사에게 배워라 · 70 ｜ 기다리기 챔피언, 런던의 달인들 · 74
밋밋하고 지루한 일상이 곧 행복? · 79 ｜ 불쌍한 남자들, 까칠한 여자들 · 85
남자가 바람 피우는 것에 너그러운 사람들 · 92 ｜ '쏘리'는 '쏘리'가 아니다 · 97
명품족이세요? 참 촌스럽군요 · 99 ｜ 런더너가 사람을 판단하는 세 가지 기준 · 106
남의 눈에 띄는 게 죽기보다 싫다? · 110 ｜ 영국인과 친해지기, 혹은 왕따당하기 · 116

경제 **알맹이는 가고 껍데기만 남았다**

모든 걸 파는 나라, 모든 걸 사들이는 나라 · 124 ㅣ 손님은 밥이다 · 131

런던살이 가계부 · 136 ㅣ 세금 폭탄이라는 말은 이럴 때 쓰는 거다 · 143

사람을 홀리는 여름 & 겨울 빅 세일 · 145 ㅣ 할인매장 전문 추격자들 · 152

맛없는 영국 음식이 세계를 제패하다 · 154 ㅣ 예술이 런던을 먹여살린다 · 162

법과 정치 **헐렁한 나라, 그래서 무서운 나라**

영국법은 귀에 걸면 귀고리, 코에 걸면 코걸이 · 176 ㅣ 런던의 도로엔 자율의 미학이 있다 · 179

알아서 돈 내라, 걸리면 끝장이다! · 186 ㅣ 의원님, 건전지값 26파운드 토해내시죠 · 190

공무원 월급이 의사보다 많다? · 193 ㅣ 〈Britain's Got Talent〉보다 재미있는 국회 청문회 · 197

교육 **이런 코미디가 없다**

집앞 유치원 보내기가 이렇게 어려워서야 · 204 | 억울하면 학교 옆집으로 이사 가라 · 210

피눈물 흘리며 아이 사립학교 보내기 · 213 | 도서관은 놀이터다 · 220

석사 출신이 애덤 스미스를 모른다고? · 229 | 돈 몇 장 셈하는 데 10분이 걸렸다! · 231

말 많은 서양인들, 돌쇠 같은 동양인들 · 236

회사 다니기 **달콤 쌉싸름한 회사 다닐 맛**

눈 오는 날 회사 나온 놈이 바보지 · 244 | 남편 도시락 싸준 덕분에 '열녀'되다 · 250

직원을 행복하게 하는 쇼! 쇼! 쇼! · 256 | 해고도 아름답고 쿨하게 · 264

내 머리 위의 유리천장 · 267 | 우리가 취직을 못하는 이유 · 274

유럽여행 **유럽이 내 손 안에 있다**

성수기와 비수기 틈새를 노려라 · 282
그리스 산토리니와 크레타 섬...2009년 6월

베니스 비엔날레를 가다 · 296
이탈리아 베니스...2009년 11월

스페너시 가족과 보낸 시간들 · 311
스페인 발렌시아...2007년 8월/2008년 10월

렌터카 타고 와이너리 여행 · 320
이탈리아 토스카나 지방...2008년 4월

〈진주 귀고리를 한 소녀〉가 나를 부른다 · 336
네덜란드 암스테르담, 덴하그, 로테르담...2009년 12월

대도시보다는 인근 휴양도시에서 지내라 · 357
포르투갈 리스본과 카스카이스...2008년 8월

Epilogue 그곳에서 나는 선진국을 보았다 · 366

유토피아를 향한
이카로스의 날개

영국이 얼마나 다인종, 다민족, 다언어 국가인지 체험하려면 시내버스를 타보면 안다.
얼굴도 가지각색, 언어도 가지각색이다. 시끄럽게 전화통화를 하는 이탈리아 여자,
머리에 히잡을 예쁘게 두른 채 이탈어로 옆자리 딸에게 수다를 떠는 무슬렘 아줌마,
맨 뒷줄에 쭈그리고 앉아 쿵쿵 거리는 16비트 음악을 듣고 있는 흑인 청소년,
머리를 한 일주일은 감지 않은 듯 심하게 윤기가 흐르는 중국인 아저씨도 있다.
이쯤 되면 이 버스를 '지구촌 버스'라고 불러야 한다.

영국 사람
보기가
하늘의 별 따기

영국이 얼마나 다인종, 다민족, 다언어 국가인지 체험하려면 시내버스를 타보면 안다. 얼굴도 가지각색, 언어도 가지각색이다. 시끄럽게 전화통화를 하는 이탈리아 여자, 머리에 히잡(Hijab, 이슬람 여자들이 머리에 쓰는 수건)을 예쁘게 두른 채 아랍어로 수다를 떠는 모슬렘 아줌마, 맨 뒷줄에 쭈그리고 앉아 쿵쿵거리는 16비트 음악을 듣고 있는 흑인 청소년, 한 일주일은 머리를 감지 않은 듯 심하게 윤기가 흐르는 중국인 아저씨도 있다. 이쯤 되면 이 버스를 '지구촌 버스'라고 불러야 한다.

흔히들 런던을 '멜팅 팟Melting Pot'이라 부른다. 이는 다양한 인종들이 모여 하나의 도시 문화를 만들어나가는 현상을 말한다. 사실 이 말은 1700년대 후반 미국 건국에서 유래됐다. 다양한 이민자들이 모여 단일 문화를 이뤄낸 미국이야말로 진정한 멜팅 팟이다. 그런데 런던은 좀 다르게 접근해야 한다. 여러 인종들이 모여 살지만 그들은 영국 문화에 적응하는 동시에 자신들의 문화를 자랑스럽게 지켜가며 산다. 그런 면에서 멜팅 팟이라기보다는 1970 년대 문화인류학자가 새롭게 제시한 '샐러드 볼Salad Bowl'이라는 은유가 더 적절하다. 여러 가지 채소가 섞여 훌륭한 맛을 내면서도 각각의 맛과 향을 유지하는 샐러드 말이다.

실로 이곳은 이민자의 도시다. 폴란드, 헝가리 같은 동유럽에서 온 건설 노동자들이 있고, 과거 식민지 시대부터 영국에 뿌리내린 인도인 의사와 약사들이 있고, 2차 세계대전 후 철도 건설 등에 노동력 투입을 위해 받아들여진 캐리비안 해안 출신의 흑인들이 있고, 석유와 광산 개발로 엄청난 부자가 되어 영국의 대저택과 축구팀을 사들이는 러시안 비즈니스맨들이 있고, 우리처럼 '노동허가서'를 받고 한시적으로 일을 하러 온 아시안들이 있고, 불법체류하며 구걸하는 집시들도 있다. 전형적인 영국인들이 사는 우리 마을에서는 제법 영국인들을 볼 수 있지만, 시내로 나가면 영국인들은 어디로 다 이민 가버렸는지, 객들만 들끓는다. 한마디로, 하루 종일 거리를 싸돌아다녀도 영국 사람 얼굴 보기가 하늘의 별 따기란 얘기다.

런던이 진정한 샐러드 볼이란 걸 몸으로 느낀 것은 아들 몽구가 다니는 유치원 소풍을 따라갔을 때였다. 부모가 맞벌이가 아닌 이상 엄마든 아빠든 한 명은 꼭 소풍에 참석한다. 부모와 아이가 짝을 이뤄 다같이 넓은 돗자리에 앉으면 정말 진풍경이 펼쳐진다. 각자 자기 나라 말로 대화를 하다 보니 마치 각국을 대표한 사절단이 모인 UN 국제회의장 같다. 모로코에서 온 카우터는 아랍어로, 폴란드에서 온 맥스는 폴란드어로, 러시아에서 온 막스밀리언은 러시아어로, 이탈리아에서 온 토마소는 이탈리아어로, 포르투갈인 아빠와 스코틀랜드 출신 엄마 사이에서 태어난 로라는 두 가지 말을 섞어서 쓰고, 한국에서 온 몽구는 한국어로 말한다. 누구도 상대방의 언어를 알아듣지 못하고 그냥 눈짓과 표정으로 그 대화를 가늠할 뿐이다.

도대체 이 소박한 소풍에 몇 가지 언어가 동시다발적으로 쏟아지고 있는 걸까. 24명 정원에 21개 국가의 아이들이 모였다. 그리고 이들은 총 열한 개의 다른 언어를 사용한다. 대부분이 영국을 비자 없이 자유롭게 드나들 수 있

몽구네 유치원에서 기차 타고 소풍가던 날. 왼쪽부터 영국인인 이자벨과 존, 모로코에서 온 카우터, 한국에서 온 몽구, 러시아에서 온 막스밀리언, 폴란드에서 온 맥스, 스페인에서 온 비앙카. 영국인과 이민족이 어우러진 런던은 진정한 코스모폴리탄 사회로 손색이 없다.

는 유럽 국가들에서 왔다. 나머지는 아시아와 남미, 남아프리카 출신이다.

실제로 영국 통계청이 2006년에 조사한 인구센서스에 따르면, 런던에 사는 영국인의 비율은 58퍼센트에 그쳤다. 인도, 방글라데시 출신의 동남아시아인(13퍼센트), 아프리카와 캐리비안 해안 출신의 흑인(10.7퍼센트)이 그 뒤를 이었다. 과거 영연방 식민지 국민들의 이민 러시와 난민 유입이 본격화된 1900년대 중반 이전에는 영국이 단일민족 국가나 마찬가지였다는 점을 감안하면 지난 50년 사이에 엄청난 사회적 변화가 일어난 것이다. 통계에 따르면, 런던 시내 공립학교의 학생 비율도 흑인과 아시안(60퍼센트)이 영국인(40퍼센트)을 제치고 다수 학생으로 자리잡았다. 런던 내에서만 300개의 언어가 통용되고 50여 개의 민족별 커뮤니티가 활성화되어 있다고 한다. 노동당 정부가 쌍심지를 켜고 이민법을 바꿔 외국인 유입을 제한하는 정책을 도입한 게 충분히 이해가 된다.

사실 다인종 다민족이 함께 살다 보면 문제도 많은 법이다. 그러나 런던은 꽤나 안정적이고 안전한 도시다. 이민자 폭동으로 몇 해 전 몸살을 앓은 프랑스와 비교하면 이는 확연해진다. 파리에 가면 누구나 느낀다. 파리지앵들이 이방인을 몸서리치게 싫어한다는 것을. 그들의 눈빛과 행동이 그걸 말해준다. 거리엔 이민자들이 넘쳐나는데, 이들을 사회의 품으로 끌어들이지 않고 배척하니 외지인은 겉돌 수밖에 없다. 그러다 보면 사회는 곪디 곪아 결국은 터져버리는 게 당연한 이치다. 물론 런던에도 인종차별이 존재하고 외지인으로서 수모를 겪는 일도 다반사다. 그러나 정부와 시 당국의 끊임없는 포용정책은 결코 그 환부가 곪아 터지게 놔두지 않는다. 철없이 반항하는 사춘기의

아들에게 화 한 번 내지 않고 예쁘다, 너는 잘될 것이다, 라고 등을 쓰다듬으
며 사랑을 쏟는 어머니의 마음 같다.

모두의 평등에
올인하라

런던의 사회상을 이해하기 위해선 약간의 지리 수업이 필요하다. 내가 사
는 햄스테드^{Hampstead}는 런던의 서북쪽에 위치해 있다. 시내 중심가의 첼시
지역과 더불어 영국의 대표적인 부자들과 귀족, 영화배우들이 사는 동네다(물
론 나는 아주 작은 집에서 검소하게 살고 있다). 얕은 언덕길을 따라 올라가면 펼쳐지는
대저택들은 마치 미국의 비버리힐즈를 연상시킨다. 정원도 무척 인상적인데,
어떤 집은 마치 일본 정원을 통째로 수입한 것처럼 대나무와 소나무로 병풍
을 치고, 조그만 조약돌을 깐 연못을 만들어 그 위엄을 자랑한다.

대로변 건너에 위치한 웨스트 햄스테드에는 젊은 사람들이 많이 산다. 우
거진 플라타너스 나무 사이로 100년도 더 된 빅토리안 하우스가 촘촘히 서
있다. 빅토리안 하우스는 3층 높이에 꼭대기는 뾰족한, 전형적인 런던의 단
독주택으로, 영국의 황금시대를 구가한 빅토리아 여왕^{1819~1901} 시절에 지은
집들이다. 햄스테드를 중심으로 인근의 세인트 존스 우드, 벨사이즈, 메이다
베일은 런던에서 최고의 주거지로 꼽힌다. 엠마 톰슨, 기네스 팰트로, 주드
로, 헬레나 본햄 카터, 폴 매카트니, 케이트 모스가 이웃으로 자리잡은 것만
봐도 동네의 위용이 짐작이 가고도 남는다.

런던의 부촌인 햄스테드에 있는 대저택. 초등학교 운동장만 한 집 뒤편 정원에는 사시사철 아름다운 꽃이 핀다.

런던에서 발행하는 신문을 읽다 보면 '서북쪽 아이들North-western Children'이란 단어가 종종 등장한다. 부자 동네에 살고 사립학교에 다니면서 엘리트코스를 밟는 아이들을 말한다. 커서는 영국을 이끌 총리가 되거나 고액 연봉을 받는 은행장이 될 것이다. 영국의 3대 사립학교로 꼽히는 이튼, 해로우, 웨스트민스터 중 두 학교가 이 지역에 위치해 있다. 뿐만 아니라 두 집 건너마다 사립학교가 위치해 있을 정도로 서북지역은 사립학교 군집지역으로 정통이 나있다.

그런 최고의 동네라고 해서 최고들만 산다고 생각하면 영국을 너무 우습게 본 것이다. 영국이 어떤 나라인가. 개인의 자유보다는 모두의 평등에 올인한 나라다. 공공 임대주택의 경우, 빈민가에 몰려 있기보다는 살기 좋은 동네의 한가운데에 자리잡고 있다. 한마디로 좋은 취지의 알박기다. 가난한 이와 부자, 이방인과 영국 시민을 따로 떨어뜨려 사회 계층을 만들고 위화감을 조성하는 대신 빈부격차 상관없이 한 동네에 모두 어울려 살아가는 세상을 꿈꾸기 때문이다.

부자들이 모여 사는 세인트 존스 우드만 봐도 그렇다. 나무 터널을 지나는 듯 거리는 무척 아름답고, 2차선 도로 양쪽으로는 하얀색 빅토리안 하우스가 늘어서 있다. 놀라운 것은 100년이 넘은 집인데도 한결같이 새집 같다는 것이다. 이들은 낡으면 부수고 새로 짓기를 반복하는 대신 대대로 내려온 조상의 유품을 쓸고 닦고 고쳐가며 살아간다. 영국법 또한 기존 집의 개조나 리모델링을 엄격하게 제한한다. 빅토리안 하우스에 살려면 3년에 한 번씩은 집을 완벽하게 다시 손봤다는 증명서를 구청에 제출해야 한다.

그런데 이렇게 아름다운 단독주택들의 외관도 잠시, 가지각색의 대문이 다다닥 붙어 있는 테라스 하우스가 나타난다. 집과 집 사이 간격 없이 쭉 이어 붙여 만든 이 집들은 과거 노동자 계층이 살 정도의 저렴한 가격의 집이었지만 요새는 단독주택만큼 비싼 값을 자랑한다. 생활하는 데 있어 단독주택과 별반 차이가 없을 뿐더러, 아파트에는 없는 정원이 딸려 있기 때문이다.

빅토리안 하우스와 테라스 하우스 뒤편으로는 15층짜리 고층 아파트와 저층 임대아파트가 보인다. 한국에서 아파트는 꿈의 보금자리다. 20억 원을 호가하는 아파트도 널렸다. 단독주택이 아무리 좋은들 아파트만 하랴. 하지만

부촌 한가운데 임대아파트 단지와 테라스 하우스 등 다양한 형태의 주거지가 공존하고 있다. 실로 가난한 이와 부자, 영국인과 이민자가 함께 사는 유토피아를 꿈꾸면서.

런던에서 아파트란 '돈 없는 사람이 사는 흉물스런 건물'로 통한다. 정원도 없고, 조상의 손길도 닿지 않은 그런 건물에선 하루도 살 수 없다는 게 영국인들의 생각이다.

임대아파트는 무직자 가족이나 결손가정을 위해 정부가 무료로 제공하는 집이다. 한국으로 치면 청담동 갤러리아 백화점 바로 옆에 실직자와 무직자, 난민 가족들이 무료로 들어와 사는 임대아파트가 있는 형국이다. 물론 아직 개발이 되지 않은 런던 동부에 임대아파트 단지가 많긴 하다. 하지만 런던 시나 영국 정부는 끊임없이 좋은 동네의 빈 터를 찾아내 임대아파트를 짓는다. 거리엔 부자와 가난한 이가 한데 섞여 돌아다니고, 학교에서는 영국인과 아랍인, 아시아인 아이들이 한데 어우러져 친구가 된다. 유토피아가 따로 없다. 가난하고 힘없는 사람들도 돈 있고 힘 있는 사람들과 한 사회를 이루며 떳떳하게 살 수 있는 유토피아, 이것은 지난 십수 년을 집권한 노동당 복지정책의 꽃이다.

다 퍼주는
모범생 정부

1997년 토니 블레어를 수장으로 정권을 쥔 노동당은 서민을 위주로 한 각종 지원 정책을 쏟아냈다. 실업자에겐 매달 실업 수당을 지급하고, 집 없는 사람에겐 공공 임대주택을 무료로 제공한다. 편부 편모 가정에는 육아 수당도 지급한다. 집세를 감당 못하는 월급 생활자에겐 집세 일부를 지원해준다. 만 3세부터 16세까지는 무상 교육을 시켜준다. 16세 이하는 대중교통을 이용할 때 돈을 내지 않고, 동네 병원에 가면 진료도 무료로 받을 수 있다. 약값도 공짜다.

그들은 너무나도 많은 복지정책을 썼다. 마치 잘생긴 데다 공부도 잘하는 전교 1등이 점심 도시락 못 싸온 학급 친구에게 자기 도시락을 죄다 내주듯이, 퍼주고 또 퍼줬다.

얼마 전 집 앞에서 아주 재미난 풍경을 목격했다. 흑인 엄마 한 명을 아이 일곱 명이 에워싼 채 지나가고 있었다. 서너 살쯤 되어 보이는 아이는 유모차에 타고, 돌도 안 된 아이는 엄마 팔에 안겨 있고, 좀더 큰 아이 셋은 유모차에 기대서 걸어가고, 청소년쯤 되어 보이는 두 아이는 양쪽에서 엄마 팔짱을 끼고 있었다. 포도알이 주렁주렁 매달린 포도 가지가 걸어가는 것 같았다. 며칠 후 앞집 영국인 이웃은 포도송이 가족들이 지나가는 걸 보고는 분노의 일갈을 내던졌다.

"분명히 난민으로 들어와 여기 정착했을 거야. 우리 세금 걷어다가 저 사람들이 먹고 자는 데 쓰다니, 바보 같은 정부 같으니라고!"

그분 말로는 공공 임대주택 외에도 구나 정부가 일반 주거단지를 매입해 생활이 어려운 극빈층에게 무료로 제공한다고 했다. 포도송이 가족은 얼마 전 이 인근의 최신식 빌라에 이사를 왔는데, 차림새로 보아 분명히 구에서 집을 제공하고 생활비까지 지원하고 있을 것이란 게 이웃 아주머니의 추론이었다. 문제는 '외지인'이 와서 그런 혜택을 누린다는 데에 있다. 영국 시민이 낸 세금으로 말이다.

그 아주머니의 쇼킹 발언은 계속됐다. 우리 동네 코너에 있는 큰 저택이 에이즈 환자와 그 가족들을 위해 무료로 제공되는 집이라는 것이다. 물론 이 이야기는 믿거나 말거나이다. 내가 직접 확인한 사항이 아니라 그 말을 100퍼센트 믿을 수는 없었다. 하지만 그럴 법도 하다. 난민도 도와주는데 에이즈 환자라고 못 도와줄쏘냐.

영국은 난민들에게 다소 너그러운 나라가 분명하다. 영국 이민청 홈페이지에는 난민에 대한 처우가 자세히 나와 있다. 집도 없고 돈도 벌 처지가 아니라면 매주 성인에게는 35파운드, 16세 이하에겐 50파운드를 지원해준다. 영국의 실업자에게 지원하는 실업수당과 똑같은 기준이다. 단, 실업자의 경우와 달리 난민은 가스나 전기, 수도세를 모두 면제받는다. 임산부와 3세 이하 어린이는 '몸에 좋은 음식을 먹어야 한다'며 추가로 주당 3~5파운드를 지원하고, 임신부에겐 임신수당 300파운드를 또 지급한다. 아직 난민 지위를 획득하지 못했다 하더라도 5세 이상 16세 이하의 경우는 무상으로 학교 교육을 받게 한다.

물론 이 정도의 지원금은 물가가 높기로 유명한 영국에서 살아가기엔 턱

런던에 오래 살다 보면 정부나 구의 지원을 받는 가족을 쉽게 분간할 수 있다. 일단 이들은 아이들이 많다. 세 명은 기본이고, 다섯 명이나 일곱 명을 둔 집들도 많다. 일부 시민들은 자신들이 낸 세금이 다 이들에게 돌아간다며 곱지 않은 시선을 보내기도 한다.

없이 부족하다. 하지만 그 정책을 유지하는 영국 정부의 마음이 읽힌다. 내 나라에서 나고 자란 시민이 아니어도 모두 끌어안고 가려는 포용력 말이다. 결국 그 아이들이 잘 자라서 이 사회를 더 발전시키면 영국 사회에도 좋은 것이 아니겠는가.

아무리 그래도 그게 내 문제와 결부되면 생각은 180도 달라지기도 한다. 신문에 간간이 나오는 기사는 나를 화병으로 인도한다. 아이가 여섯 명이나 딸린 싱글맘이 최근 부자 동네로 이사를 왔다. 침실이 다섯 개나 있는 4층 건물로 꽤나 비싼 집이다. 문제는 그녀의 가족이 한 달 집세가 우리 돈으로 1천 2백만 원이나 하는 이 집에서 공짜로 산다는 것이다. 집세는 관할 구에서 대신 내준다. 이유는 간단하다. 그녀가 싱글맘인 데다 여섯 명의 아이를 돌보느라 돈을 벌 수 없기 때문이란다. 더구나 임대주택은 방이 세 개밖에 안 되기 때문에 아이 여섯 명을 건사해야 하는 이 싱글맘은 임대주택 대신 방이 최소 다섯 개가 넘는 일반 주택에 살 수 있는 권한이 있다는 것이다.

구청도 불만이 많다. 정부가 지정해놓은 이 법률 때문에 억지 춘향식으로 돈을 지원하고 있다. 이 싱글맘은 아이들 육아수당으로 한 해 1만5천 파운드(약 3천만 원)도 지원받고 있다. 그녀를 취재한 기자는 아주 덤덤하게 마지막 문장을 이렇게 끝냈다. "그녀의 남편은 변호사로, 몇 달 전까지 그녀와 함께 살다가 지금은 별거 중이라고 한다." 어떤 스토리인지 대충 짐작이 가지 않는가.

아마 나뿐 아니라 구에 엄청난 세금을 내고 있는 모든 시민들이 이 기사를 보며 분노했을 것이다. 나는 매달 30만 원이 넘는 주민세를 구청에 바친다. 남편도 월급의 20퍼센트가 넘는 돈을 세금으로 내고 있다. 하지만 우리는 영국 시민이 아니기 때문에 이들처럼 주택 지원이나 실업수당, 육아수당을 받을 수가 없다. 한마디로 내야 할 세금은 다 내면서 혜택은 전혀 못 받는, 재수 되게 없는 부류다. 반면 여기 영국 시민권을 부여받은 한 외국인 여성은 싱글맘이라는 이유로, 아이가 주렁주렁 많다는 이유로, 넓은 집에 매년 3천만 원 상당의 지원금을 받으며 살아간다. 이게 말이 되는가 말이다!

내가 낸 세금이 그들이 호의호식하는 데 들어간다고 생각하니 분노가 치밀었다. 그 신문기사를 읽은 후 나는 3일 내내 밤잠을 설쳤다. 영국 시민이 안 될 바에야 차라리 난민이라도 됐으면 좋겠다는 생각마저 들었다. 그러면 직장 다니며 스트레스받지 않아도 되고 그냥 정부 지원금이나 받으면서 허리

띠 조이고 살면 되지 않겠는가.

이참에 난민으로 등록해봐? 아니다. 다시 생각해보니 자랑스런 대한민국 국민으로서 그래서는 안 된다는 양심이 나를 흔든다. 어라, 근데 이 신문기사 좀 보소. 한국인들도 매년 200명이 넘게 난민(혹은 망명자) 자격으로 영국에 들어온단다. 북한을 나온 탈북자들과 남한의 동성애자들이란다. 영국은 정말 인상 좋은 옆집 아저씨처럼 다 퍼주고 잘도 받아준다. 우리만 빼고.

녹색도시 런던,
무공해를 꿈꾸다

런던은 시내를 중심으로 1존부터 7존까지 있다. 1존은 쉽게 말해 서울의 4대문 안 같은 개념이다. 2존에서 1존으로 들어오는 길목에는 교통 표지판과 도로 바닥에 큼지막한 C 자가 표시되어 있다. 1존에 들어오는 차량은 교통정체 유발금Congestion Charge을 내야 한다는 뜻이다. 전임 켄 리빙스턴 런던 시장이 이 제도를 도입했다. 그는 이 제도로 런던의 공해와 교통정체라는 두 개의 골칫거리를 일거에 해결했다.

런던 시내로 들어오는 모든 차량은 8파운드를 내야 한다. 한 번 들어가는 데 1만5천 원? 심히 부담스럽다. 물론 남산 3호 터널처럼 톨게이트가 있는 건 아니다. 자율의 나라답게 동네 슈퍼나 인터넷으로 이용 당일 돈을 내면 된다. 곳곳에 설치된 몰래카메라로 돈을 내지 않고 시내에 들어온 차를 적발해 벌금 고지서를 교부한다. 나도 한 번 받은 적이 있다. 120파운드짜리 벌금 고지서였다. 1존인지 모르고 잠깐 들어간 죄 치고는 참 큰 벌이다.

켄 전 시장은 임기 말 이산화탄소 배출량이 많은 4륜구동차와 스포츠카에 25파운드의 교통정체 유발금을 물리겠다고 선언했다. 이 계획은 하루 동안 런던 시내로 들어오는 3만3천 대의 대상 차 소유주와 고급차 판매회사로부터 엄청난 반대에 부딪쳤다. 아무래도 차기 시장 선거에서 그가 떨어진 이유는 유권자를 화나게 한 이 정책 때문이 아닌가 싶다.

켄 시장의 살신성인(!) 덕분에 런던 공기는 정말 좋아졌다. 내가 배낭여행을 왔던 1992년 런던의 여름은 정말 최악이었다. 시내에서 몇 시간만 돌아다니면 콧구멍 속이 검어지고 눈이 따가웠다. 시내 중심가에서 차들은 꼼짝을 안 하고, 버스에선 검은 그을음이 섞인 배기가스가 연신 흘러나왔다. 그때에 비하면 지금은 쾌적한 느낌으로 런던 시내를 배회할 수 있으니, 가히 녹색도시 런던이라고 할 만하다.

켄 전 시장의 업적은 또 있다. 자가용이나 대중교통을 이용하는 대신 자전거를 타고 출퇴근하는 직장인들에게 자전거 구입비를 지원하는 제도를 도입했다. 우리 남편도 그 수혜자 중 하나다. 남편이 어느 날 퇴근 길에 자전거 한 대를 들고 들어왔는데, 그건 바로 브롬튼^{Brompton}이었다. 자전거 마니아들 사이에서는 '꿈의 자전거'로 통한다. 100퍼센트 수공으로 탄생한 자전거계의 롤스로이스이자, 3단으로 접으면 피자 한 판 크기만 해져 직장인과 여성 사이에 인기 만점. 덩치 큰 자전거에 신물이 난 한 영국인 아저씨가 뚝딱뚝딱 만들어 탄생한 브롬튼은 이제 멋을 아는 런더너에겐 필수 아이템이 되었다. 물론 이 자전거를 뽐내며 타고 다니려면 꽤나 큰 출혈을 감수해야 한다. 종류

런던 시내로 들어갈 때 볼 수 있는 교통정체 유발금 부과 안내문.

별로 가격이 천차만별이긴 하지만 괜찮은 아이템은 200만 원을 훌쩍 넘긴다. 남편이 들고 온 자전거도 그 가격대였다.

'당신, 너무하네. 200만 원이나 되는 자전거를 사다니. 그 돈 나를 주지…….' 원망 어린 내 눈빛을 뒤로한 채 남편은 자전거를 접었다 폈다 하며 아주 신이 났다. 그리곤 나를 안심시켰다.

"여보, 걱정 마. 회사에서 자전거 구입비의 반을 지원해줄 거야."

남편의 설명인즉슨, 직원이 출퇴근용 자전거를 구입할 경우 회사가 반값을 대주고, 런던 시는 녹색도시 조성에 동참한 그 회사에 세금 감면의 혜택을 준다는 것이었다. 단, 자전거는 출퇴근할 때 꼭 타야 한다는 전제조건이 있었다. 그러나 애석하게도 현재 남편이 사들인 자전거계의 롤스로이스는 런던 도로를 질주하지 못한 채 현관 한구석에서 먼지만 쌓여가고 있다.

켄 전 시장은 자전거를 타는 쇼맨십까지는 발휘하지 못했다. 대신 현 보리스 존슨 런던 시장은 일명 '자전거 시장'으로 불린다. 시장 후보 시절 그는 항상 자전거를 타고 출근하고, 자전거를 타고 선거 유세를 했다. 정치인에 대해 비뚤어진 심보를 갖고 있는 나는 "생쇼를 하세요"라고 코웃음을 쳤다. 시장 되고 나면 멋진 검정색 리무진 차를 타고 다닐 거잖아요! 그러나 나의 예견은 보기 좋게 빗나갔다. 그는, 진심으로, 자전거맨이었다. 런던 북쪽의 이슬링턴 지역에 있는 그의 집부터 템즈 강변의 시청사까지 그는 매일 아침 자전거로 출근한다. 그뿐인가. 런던 곳곳에서 벌어지는 각종 회의와 행사에 참석할 때도 자전거를 애용한다. 물론 그의 뒤를 따라가는 검정색 리무진 차량이나 호위 경찰 등은 눈 씻고 찾아보려야 볼 수가 없다. 그냥 혼자서 자전거를 타고 종횡무진 런던을 돌아다닌다.

나도 자전거를 타는 런던 시장을 딱 한 번 본 적이 있다. 몽구의 학교에서였다. 몽구의 학교는 올해로 개교 60주년을 맞아 조촐한 행사를 열었다. 모두를 놀라게 한 사건은 존슨 시장이 이를 축하하기 위해 아침 일찍 학교를 방문했다는 것이다. 바쁘디바쁜 런던 시장이 자신의 모교도 아닌 한 사립학교의 60주년 행사에 참석하다니 누가 봐도 예상 밖의 일이었다. 존슨 시장과 가까운 이 학교 출신 인사가 엄청 졸라 마지못해 온 것이 아닌가 짐작해볼 뿐이다. 식이 시작되는 오전 아홉시에 정확히 그는 학교 교문에 도착했다. 홀로이, 그의 검정색 자전거를 타고, 머리에는 헬멧을 쓰고, 등에는 배낭을 멘 채.

몽구의 학교를 방문한 보리스 존슨 런던 시장. 그는 항상 자전거를 타고 시정 일을 본다.

아, 멋진 존슨 시장님, 생쇼라며 당신을 비난한 걸 용서하세요.

존슨 시장이 자전거를 타는 가장 중요한 이유는 개인 취향을 떠나 런던을 좀더 살기 좋은 도시로 만들고자 하는 노력의 일환이다. 자동차 대신 자전거를 타면 공해도 줄어들고 교통정체도 해소된다는 일석이조의 진리 말이다. 그는 현재 런던 외곽에서 중심부로 이어지는 '자전거 고가도로'를 구상 중이다. 출퇴근하는 자전거족들을 위해 교통사고 없고, 신호등도 없는 고가도로를 건설하겠다는 것이다. 게다가 프랑스 파리의 자전거 대여 서비스를 본떠 런던 곳곳에 자전거 대여 서비스를 시행하겠다며 예산까지 확보해놓았다. 시장은 바뀌었지만 녹색도시 런던을 만들자는 노력은 계속되고 있다.

건물 반 공원 반,
요상한 도시 런던

인간이 망친 자연을 인간이 회복시키려 노력하는 사이, 자연은 묵묵히 제할 일을 하고 있다. 더러운 공기를 받아들이고 신선한 공기를 내뿜으면서. 거대 도시 한가운데 도시의 공기를 정화하는 일등공신이 있다. 뉴욕의 센트럴 파크$^{Central\ Park}$와 런던의 하이드 파크$^{Hyde\ Park}$다. 두 공원 모두 정말 훌륭하다. 숲 같은 공원을 거닐다 보면 태초의 아담과 이브가 나무 뒤에서 당장 튀어나올 것만 같다. 세계에서 가장 분주한 도시 1~2위를 다투는 뉴욕과 런던 시내에 이런 거대한 공원이 있다는 건 대단한 축복이다.

나는 뉴욕에 A학점을 준다면, 런던은 A플러스를 주고 싶다. 하이드 파크 외에도 그에 버금가는 대규모 공원과 중소규모의 공원이 런던 시내와 외곽 곳곳에 '산재'해 있기 때문이다. 나는 꼭 산재라는 말을 쓰고 싶은데, 런던 거리를 걷다 보면 10분도 안 돼 아름다운 공원이 나타나기 때문이다. 공원만 놓고 보자면 뉴욕은 런던을 따라가지 못한다. 5년 전쯤 뉴욕에 출장을 갔을 때 나는 급하게 점심을 때워야 하는 처지였다. 길거리 가게에서 샌드위치와 주스를 산 뒤 인근에서 먹을 곳을 찾았다. 하지만 딱히 앉아서 먹을 만한 야외 공간을 찾지 못했다. 그저 회색 시멘트 바닥에 나무 몇 그루가 덩그러니 서있는 조그만 광장이 있을 뿐이었다. 그곳에서 먹는 샌드위치는 역시나 맛이 없었다.

런던은 그런 면에서 꽤나 낭만적이다. 점심시간이면 인근 슈퍼마켓에서 샌드위치를 산 직장인들이 가까운 공원으로 몰려든다. 공원 곳곳의 벤치나 잔디밭에 앉아 끼니를 때우고 일광욕을 한다. 런던 시내에는 하이드 파크 이외에도 리전트 파크, 그린 파크, 세인트 제임스 파크, 홀랜드 파크, 켄싱턴 파크 등 대자연을 자랑하는 거대 공원들이 있고, 건물 사이 곳곳에 초등학교 운동장만 한 공원이 아기자기하게 조성되어 있다. 공원 잔디밭은 언제나 깨끗

런던 시내 곳곳에 있는 작은 공원은 점심시간이면 직장인들로 북적인다.

하게 손질되어 있고, 작은 연못이나 분수가 운치를 더한다. 물론 나무도 많고, 앉아서 쉴 의자도 많다.

　시내 중심가를 벗어나면 공원들은 더 큰 위용을 자랑한다. 우리 동네에만 세 개의 거대 공원이 있다. 햄스테드 히스Hampstead Heath와 프림로즈 힐Primrose Hill, 그리고 골더스 힐 파크Golders Hill Park이다. 세 공원 모두 자기만의 색깔이 있다. 햄스테드 히스는 우리 가족이 주말마다 들러 점심도 먹고 산책도 하는 공원이다. 파크가 아닌 히스라는 이름에서 알 수 있듯 이곳은

런던 시내를 조금만 벗어나면 대자연이 우리를 반긴다. 히스는 바람에 춤을 추고, 하늘은 드높다.

히스가 공원 전역에 깔려 있다.

히스, 나는 이 말이 그토록 아름답고 애절할 수가 없다. 사춘기 시절 『폭풍의 언덕』을 읽으며 남자 주인공 히스클리프에 매료되었다. 영국 북부의 거칠고 척박한 땅에서 자라나는 철쭉과의 관목인 히스. 그 이름만큼 히스클리프의 굴곡진 삶을 표현할 단어가 또 있을까. 끝이 보이지 않을 만큼 광대한 히스 밭을 걸으며 나는 히스클리프를 떠올린다. 살랑살랑 부는 바람에 히스도 춤을 춘다. 아, 대자연의 아름다움이란 이런 것이리라! 누구 하나 손대지 않은 것 같은 태초의 자연. 나는 3백 년도 더 된 소나무가 되고, 춤추는 히스가 되고, 묵직하게 흐르는 강이 된다. 루소가 왜 현대인에게 자연으로 돌아가라고 울부짖었는지 이제야 알겠다. 나는 지금 죽어도 여한이 없다!

내가 이런 생각에 빠져 있을 때 남편과 술래잡기 놀이를 하던 몽구가 저 멀리서 외쳤다.

"엄마, 나 똥 밟았어!"

사람은 서울로 가고, 말은 제주도로 가랬다. 모든 개는 햄스테드 히스로 가는 게 맞다. 히스에 가면 온 세상 모든 종류의 개를 다 만나볼 수 있다. 찰스 왕이 품에 끼고 난로 대용으로 사랑했다는 킹 찰스 스패니얼부터 치와와, 코리, 불도그까지 없는 개가 없다. 이쯤 되면 히스는 사람 반, 개 반이다.

영국인처럼 개를 사랑하는 민족이 또 있을까. 매년 3월이면 버밍험에서 세계 최대의 개 박람회가 성대하게 열리고 15만 명 이상이 이곳을 다녀간다. 몇 해 전 이 박람회에 출전한 한국의 진돗개가 명견임을 인정받아 정식으로 등록됐다며 엄청 흥분한 국내 언론 기사를 읽은 기억이 난다. 그때의 분위기는 동계올림픽의 불모지였던 피겨와 아이스 스케이팅에서 한국이 금메달을 땄을 때의 흥분과 맞먹는 것이었다.

어쨌든 개나 사람이나 좋은 환경에서 태어나야 일생이 안락하다. 이곳의 개는 단지 개가 아니라 가족의 일원으로 대접받는다. 히스에 온 개들은 강물에 뛰어들어 수영을 맘껏 즐기고, 주인이 던진 나무 막대기를 물어오는 놀이를 한다. 사랑한답시고 털에 염색을 하고, 괴상한 옷을 입힌 개는 보질 못했다.

지난해 여름 한국에 잠깐 들렀을 때 거리를 걷다가 정말 못 볼 꼴을 보고 말았다. 한 여대생이 치와와와 동네 산책을 나왔다. 그런데 치와와가 여대생의 걸음을 영 따라가지 못했다. 네 발에 가죽 골무처럼 생긴 신발을 신고 있었는데 그게 발을 꽤나 아프게 하는 모양이었다. 털은 분홍과 노랑으로 알록달록 물을 들이고, 몸통을 두른 가죽 옷은 단추를 끼운 부분이 벌어질 대로 벌어져 곧 터질 것 같았다. 그날의 의상 콘셉트는 거리를 활보하는 와일드독? 옷까지는 참을 수 있는데, 신발은 도대체 뭐냐 말이다.

아마 그 개가 햄스테드 히스를 활보한다면 영국인들은 당장 경찰에게 신고할 것이다. 여기 한 마리 가여운 개가 주인으로부터 비인간적인(?) 학대를 당하고 있다고. 영국에 사는 개들의 가장 호사스런 치장은 비가 억수로 올 때

런던의 개들은 공원을 산책하고 물속에서 뛰어놀며 너무나도 인간적인(?) 삶을 영위한다. 어찌 보면 인간보다 삶의 질이 더 높은 것 같기도 하다.

등에 비닐 커버를 덮는 정도다. 제발 개한테 장난치지 말았으면 좋겠다.

　스위스 코티지 역에서 걸어서 10분 거리에 위치한 프림로즈 힐은 런던 관광책자에 꼭 등장하는 곳이다. 이 언덕에 올라서면 런던이 한눈에 다 보인다. 매년 12월 런던 시내에 폭죽이 터지는 행사가 있는 날이면 인근 주민들과 관광객들이 몰려 이 일대는 완전 마비가 된다. 도로 건너편에는 리전트 파크와 런던 동물원이 있어서 하루 종일 돌아다녀도 공원 산책은 끝나지 않는다. 웬만한 크기의 공원이라면 어린이 놀이터가 으레 있기 마련인데 프림로즈 힐의 놀이터는 내가 보기에도 환상적이다. 모래놀이를 할 수 있는 샌드베드와 정글짐, 각종 그네, 그리고 피크닉용 테이블까지, 아이와 반나절을 보내기엔 안성맞춤이다. 무엇보다 이곳이 좋은 건, 운이 좋은 날이면 주드 로가 아들과 함께 놀이터에서 노는 모습을 볼 수 있다는 사실!

　런던에 온 첫해 여름, 소더비 대학원 9월 학기 시작을 앞두고 나는 기로에 서있었다. 몽구가 유치원에 적응을 못하고 매일 울어댔다. 그도 그럴 것이 말도 안 통하고 생김새도 다른 사람들 속에서 두 살짜리 아이가 엄마와 떨어져 생활한다는 건 아이에겐 공포였을 것이다. 그냥 밀어부칠 것인가, 아니면 공부를 일년 연기할 것인가. 그렇게 며칠간 결론이 나지 않는 고민을 하다 나는 골더스 힐 파크로 향했다.

　골더스 그린 역에서 언덕 쪽으로 10분 정도 걸어 올라가면 나오는 골더스 힐 파크는 햄스테드 히스나 프림로즈 힐과는 전혀 다른 매력을 발산한다. 공원 입구에 들어가면 '아!' 하는 감탄사가 절로 터져나온다. 한눈에 보이는 넓

동네 공원마다 있는 어린이 놀이터. 놀이시설이나 디자인도 개성 만점이다.

디넓은 구릉은 막혔던 가슴을 시원하게 뚫어준다. 정말, 누구라도 가슴이 먹먹한 사람이 있다면 이 공원에 와보길 바란다. 달리 표현하기 힘들 만큼 아주 시원하게 가슴이 뻥 뚫릴 것이다.

공원을 조망할 수 있는 벤치에 앉아 있자니 인생 별 것 있나, 다 괜찮다는 위안과 함께 정답이 금방 나왔다.

'아이랑 있자. 한국에서도 직장생활 하느라고 나에게 휴가 한 번 주지 못했다. 아이를 낳고도 내 손으로 제대로 키워본 적이 없다. 이것은 나에게 주어진 황금 같은 시간이다. 공부는 일년 뒤에 시작해도 늦지 않지만, 아이는 그 사이에 훌쩍 자라버린다……'

모든 게 명확해졌다. 미련도, 조금의 의심도 남아 있지 않았다. 번잡한 도시에서 사는 사람들이여, 뭔가 큰 결정할 일이 있으면 대자연 속으로 들어가 보라. 아주 명확한 해답이 그곳에 있을지니.

골더스 힐 파크의 또 다른 매력은 영국의 정원을 엿볼 수 있다는 데 있다.

런던 남부 해안 이스트본의 흰 절벽이 있는 바다로 가는 길. 넓은 구릉을 걷다 보면 양떼를 만나게 된다.

공원 중심을 가로지르는 개울가의 오른편에는 잘 가꾼 정원이 자리잡고 있다. 이곳에는 사시사철 꽃이 핀다. 햄스테드 히스에서 세상의 모든 종류의 개를 볼 수 있다면, 이곳에선 세상의 모든 종류의 꽃을 볼 수 있다. 꽃들이 절정에 올라 한껏 아름다움을 발산하고 시들라치면, 정원사들은 그 밭을 갈아엎고 다른 꽃들을 심는다. 히아신스, 제라늄, 튤립, 장미, 백합, 그리고 이름 모를 하얀 꽃들……. 일년 내내 눈이 호사스러울 지경이다. 그 한쪽에는 '영국 정원'이라는 소박한 푯말과 함께 난생 처음 보는 관목부터 아름드리나무까지 아기자기하게 자리해 있다.

영국인에게 자연을 가꾸고 보존하는 건 일종의 사명 같다. 국민들의 쌈짓

돈을 모아 자연자원과 문화자산을 사들여 관리하는 내셔널 트러스트^{National} ^{Trust}는 영국의 오랜 전통이며 문화다. 복잡한 런던을 벗어나 차로 한 시간만 달려가면—어디를 가든—영국의 대자연이 눈앞에 펼쳐진다.

런던에서 차로 한 시간 30분 거리에 있는 남부 해안 이스트본은 런던의 공원과는 스케일부터가 다르다. 주차장에 차를 주차하고 별다른 간판도 없는 나무 울타리 문을 열고 들어가면 큰 분지가 나온다. 온통 푸른 잔디밭에서는 양들이 떼를 지어 다니며 한가로이 풀을 뜯고 있다. 양떼 옆으로는 강의 지류가 구불거리며 바다로 흘러간다. 30분 넘게 분지를 걸어가노라면 마치 영화 〈반지의 제왕〉에 나오는 넓디넓은 초원을 정처 없이 헤매는 느낌이 든다. 한 시간여를 걸으면 드디어 바다! 관광책자에 나오는 유명한 여행지임에도 불구하고 바닷가에는 구경온 사람들 말고는 아무것도 없다. 장사치나 화려한 안내문은 보이질 않는다. 태초의 자연을 그대로 옮겨놓은 듯 원시 자연과 그에 경탄하는 인간뿐이다.

영국의 어느 공원이나 녹지든 대자연을 잘 보존하겠노라며 '잔디를 밟지 마시오'라는 경고성 문구를 써 붙이는 못난 짓은 찾아볼 수가 없다. 아이들이 놀다 잔디가 패면 그저 메꾸면 되고, 잔디가 자라면 또 깎으면 된다. 관광지라 해도 그 흔한 노점상도 없다. 드넓은 공원에 단 한 곳, 허가된 식당이 들어서 있을 뿐이다. 그 외엔 온통 녹색 물결이다. 주어진 대자연을 훼손하지 않고 열정으로 보존하고 지켜가는 영국인에게 존경의 박수를!

대한민국,
런던에서
존재감 떨치기

피카딜리 광장은 런던 관광지 중에서도 가장 북적거리는 곳 중 하나다. 대형 광장에 사방 여섯 개의 도로가 쭉 뻗어 있어 교통량도 엄청나다. 당연히 광장 주변의 옥외광고 효과는 말하면 입이 아플 정도다. 나는 이 피카딜리 광장을 지날 때마다 애국자로 돌변한다. 저 큼지막한 삼성과 LG 광고를 보라! 피카딜리 조각상을 보기 위해 전세계에서 달려온 관광객들아, 그 코딱지만하고 먼지가 켜켜이 쌓인 조각상 말고 저 광고를 봐주려무나. 한국이 낳은 세계적인 회사들이라고!

거리에서 LG 휴대폰으로 열심히 통화하는 사람을 보면 나는 흐뭇하다. 몽구의 친구 아빠가 현대 싼타페를 타고 학교에 나타나면 어깨가 으쓱해진다. 그런데 문제는 이들 제품이 '메이드 인 코리아'라는 걸 모르는 사람이 많다는 데 있다. 소더비 대학원의 같은 반 영국인 친구가 삼성 휴대폰을 쓰기에 오지랖 넓게도 "그거 우리 거야"라고 말했다. 하지만 그 친구는 "이게 한국 거였어? 몰랐네" 하고 다시 문자 보내기에 열중했다. 하긴 그게 한국 기업에서 만든 것이고 한국 사람의 훌륭한 머리에서 나왔다는 게 나한테나 중요하지 다른 이들한테 중요할 리 없다. 그냥 물건 좋고 디자인 좋으면 사는 거지 "이거 한국제라 사는 거야"라는 소비자는 없을 것이다. 한국인만 빼고.

런더너들은 한국과 한국인에 대해 얼마나 알고 있을까. 나는 그것이 무지 궁금하다. 그래서 주변 사람들에게 수시로 물어본다. 너희들은 한국에 대해

토트넘 코트 로드 역의 환승로에 설치된 영화 〈좋은 놈 , 나쁜 놈, 이상한 놈〉 광고판. 지하철을 타고 학교 가는 길에 이 광고만 보면 가슴이 찡해졌다.

뭘 알고 있느냐고. 도니미카 공화국에서 왔다는 몽구의 유치원 학부형은 "한국이 뭐냐?"고 물어 나를 아연실색하게 했다. '뭐냐'라니 그게 무슨 장난감이유, 그릇이유? 하긴 이런 사람도 있고, 저런 사람도 있는 거지. "아 유 재패니즈?" 하며 엄청 반갑게 접근했다가 "노, 아이 엠 코리언"이라고 친절하게 정정하는 내게 인사말 한마디 없이 쌩하니 가버리는 영국 아줌마보다는 낫다.

외국인들은 한국을 어떻게 인식하는가. 논문 못지않은 수준의 탐구와 주변 인물 인터뷰로 깨우친 나의 결론은 이렇다. 한국에 대해 아는 부류는 대략 다음과 같은 세 가지 정도이다. 우선 첫째로, 문화를 즐기는 20~30대 젊은

지난 몇 년새 테이크아웃 스시집이 런던 곳곳에 생겼다. 한국인이 세운 스시 체인도 많다. 왜 김밥은 안 되고 스시는 되는가. 생각할수록 씁쓸하다.

이들은 우리 영화를 좋아한다. 특히 남자들은 대부분 '박찬욱 마니아'들이다. 아니 정확히 말하면 영화 〈올드 보이〉에 필이 꽂혔다. 〈올드 보이〉의 잔혹성과 그로테스크한 장면에 매료된 이들은 박찬욱 감독의 다른 영화들도 찾아서 본다. 〈친절한 금자씨〉〈싸이보그지만 괜찮아〉가 이들이 꼭 봐야 할 아이템이다. 박찬욱 감독을 마스터하면? 그 다음엔 볼 게 없다며 추천 좀 해달란다. 〈좋은 놈, 나쁜 놈, 이상한 놈〉이 2년 전 런던에서 개봉했고 또 지하철에 대대적인 광고를 했음에도 흥행 성적은 그리 좋지 못했다. 언론도 별 다섯 개 중한 개 반이나 두 개를 주는 등 아주 인색했다. 아직 박찬욱 감독을 능가할 누군가 나타나지 않았다니, 아쉽다.

둘째로, 한국 음식에 열광하는 외국인들도 많다. 소더비 대학원에서 같이 공부했던 이탈리안 친구 다니엘라와 프랑스인 친구 로라는 제육덮밥 마니아다. 한번은 우리 집에 초대해 한국서 낑낑대며 들고 온 삼겹살 전용 솥뚜껑 팬에 고기를 구워줬더니 감동의 눈물을 흘려댔다. 불판을 코앞에 대고 고기를 직접 굽는 걸 처음 본 친구들이었다. 제육덮밥으로 시작한 이들의 한국 음식 기행은 끝이 안 보였다. 순두부, 비빔밥, 육개장 등을 마다하지 않고 먹었다. 로라는 급기야 한국 슈퍼에서 검은 콩과 현미를 사다가 집에서 밥을 해먹는 경지에 다다랐다. 한국 음식점에 모여드는 외국인들이 나의 예상과 달리 매운 김치며 냄새 나는 된장국을 '판타스틱!'이라며 땀을 뻘뻘 흘리고 먹는 걸 보면, 한국 음식은 정말 세계 어디에 내놓아도 손색이 없겠구나, 라는 생각이 든다.

하지만 현실은 좀 다르다. 한 한국인은 일본 스시 테이크아웃점을 창업해 지금은 런던에 십수 개의 체인을 거느린 어엿한 사장님이 됐다. '런던판 성공 시대'쯤 되는 이 이야기를 들을 때마다 나는 씁쓸해진다. 왜 한국 음식은 안 되고 일본 음식은 되는 거야? 할 얘기가 많지만 여기서 접겠다. 이 이야기를 하려면 책 한 권 분량도 모자란다.

셋째로, 한국 문화와 음식에 열광하는 젊은이들과 달리 나이든 사람들의 관심사는 딱 하나다. 북한. 얼마 전 시계 건전지를 바꾸려고 지하철역 근처 시계방에 들렀다. 아프가니스탄에서 왔다는 늙은 주인장은 내게 어느 나라에 서 왔냐고 물었다. 한국이라고 대답하자 대뜸 "북쪽 아니면 남쪽?"이라고 되물었다. 그는 정말 내가 북에서 오는지 남에서 왔는지가 궁금한 걸까, 아니면 어느 나라가 어느 체제를 갖고 있는지도 모른 채 그냥 아는 체를 하고 싶었던 걸까. 고등학교 시절 지리 수업 시간에 남예맨과 북예맨 중 어느 나라가 민주 주의 국가인지 매번 헷갈렸던 기억이 난다. 이 주인장도 북쪽과 남쪽이 헷갈 리는 걸까? 도대체 그에게 북한은 어떤 존재이기에? 별의별 생각들이 짧은 시간에 스쳐지났다.

이웃 할아버지인 데릭도 나를 볼 때마다 북한 얘기를 꺼낸다. 북한에 대해 무지한 나는, 왜 자꾸 나한테 북한 얘기를 꺼내는지 그의 심리상태가 더 궁금하다. 그의 북한에 대한 관심은 열정에 가깝다. 어떤 날은 잡지『내셔널 지오그래픽』을 건네며 북한 르포가 실려 있으니 꼭 읽어보라 하고, 또 어떤 날은 BBC에서 북한 관련 다큐멘터리를 방송한다고 하니 꼭 챙겨보란다. 그 덕에 나는 한국에서보다 이곳에서 더욱 북한에 관한 소식을 챙겨 들으며 북한에 관한 지식을 쌓고 있다. 아무래도 이 시대 마지막 남은 동토의 땅은 푸른 눈의, 더도 덜도 새로운 것 없이 평범한 나날을 사는 이 노인에게는 관심사 1호로 충분할 것이라고 위안하면서 말이다.

아, 빼먹은 게 하나 있다. 우리의 박지성! 맨체스터 유나이티드의 박지성의 활약으로 한국은 최근 들어 영국에서 이름값 좀 올리고 있다. 나 또한 이름의 두 글자가 같다는 이유로 혜택을 좀 누렸다. 소더비 대학원에서 예술법을 강의하는 헨리는 예술법 전문 변호사다. 학생들이 헛소리를 해대면 그 자리에서 면박을 주고, 시험 성적도 성격만큼이나 까칠하게 주는 교수다. 그의 첫 수업 때, 출석을 부르던 그가 내 이름을 부를 순서에서 멈칫하더니 나에게 질문을 던졌다.

"지영 박, 너 지성 박과 무슨 관계니? 혹시 네 가족이니?"

어휴, 교수님도, 좋을 대로 생각하세요. 교수님이 맨유와 지성 박의 열성팬인 덕분인지 나는 수업시간에 헛소리를 해대도 면박당하지 않고 오히려 잘했다는 칭찬을 들었다. 학기말에 제출한 에세이는 모든 항목에서 '엑설런트'라는 마크와 함께 완벽하고 만족스런 리포트라는 코멘트까지 받았다. 다,

영국의 대중지 「데일리 메일」에 대문짝만 하게 실린 박지성 선수의 사진.

박지성 덕분이다.

　내가 만나는 영국인들 모두 박지성의 플레이를 '천재적'이라고 말한다. 맨유는 싫어해도 박지성은 좋아한다. 정말 열심히 뛰는 선수, 머리를 쓸 줄 아는 선수라고 칭찬이 자자하다. 얼마 전 미국에서 열린 마스터스 골프 중계를 본 영국인 친구는 한국인이 골프를 그렇게 잘하는지 몰랐다며 혀를 내둘렀다. 10위권에 들었던 최경주, 양용은, 앤서니 김(그는 미국인으로 대회에 출전했다)까지 이름을 죄다 말하며 한국 선수들은 정말 대단하다고 했다. 그런 이야기를 들을 때면 한 명의 스포츠 선수가 국제무대에서 활약하는 게 대한민국의 인지도를 높이는 데 얼마나 큰 역할을 하는지 뼈저리게 느끼게 된다. 제2의 박지성, 제3의 박지성이 나와 대한민국의 위상이 더 높아지길 바란다. 머지않은 미래에 말이다.

문 밖만 나서면
미술관, 박물관

하루가 온전히 남아 별로 할 일이 없을 때면 나는 집 앞에서 139번 버스를 타고 시내로 향한다. 애비 로드^{Abbey Road}, 옥스퍼드 스트리트^{Oxford Street}, 리전트 스트리트^{Regent Street} 등 관광명소를 지나는 노선 덕분에 2층 제일 앞 자리에라도 앉으면 여느 관광버스 못지않은 즐거움이 있다. 40분 남짓 걸리는 나의 버스 놀이는 트라팔가^{Trafalgar} 광장에 내리면서 끝이 난다. 버스는 한두 명의 승객만 데리고 새털처럼 가볍게 종착지인 워털루 역으로 떠난다.

내가 트라팔가 광장을 찾는 이유는 단 하나, '내셔널 갤러리^{National Gallery}' 가 있기 때문이다. 광장 맞은편 거대한 석조 기둥 건물에 들어서 있는 내셔널 갤러리에 도착하면 '어드미션 프리^{Admission Free}'라고 적힌 대형 현수막부터 눈에 들어온다. 공짜란 얘기다. 고흐의 〈해바라기〉를 보는 것도 공짜, 레오나르도 다 빈치의 스케치들을 보는 것도 공짜, 이탈리안 거장 카날레토를 보는 것도 공짜다. 광장에서 계단 수십 개를 올라가 현관문을 열고, 또다시 계단 수십 개를 올라가 방문을 열면 고흐가 나를 기다리고 있다. 마치 옆집 친구네 놀러가듯 나의 행동은 자연스럽다. 그냥 문 두 개만 열면 고흐가 있다니 이 얼마나 눈물 나게 고마운 일인가. 내셔널 갤러리뿐만 아니라 영국의 모든 국립미술관은 무료로 입장할 수 있다. 테이트 모던^{Tate Modern}, 테이트 브리튼^{Tate Britain}, 현대미술센터^{ICA, Institute of Contemporary Arts}가 그렇다.

박물관도 무료다. 공룡 뼈를 조립해 실제 공룡 크기만 하게 복원해 중앙홀에 떡 하니 세워놓은 자연사 박물관도, 달에 착륙했던 아폴로 11호의 실제 크기 모형을 볼 수 있는 과학 박물관도, 각종 미라와 그리스 엘긴 마블(Elgin Marbles, 아테네 파르테논 신전의 조각) 등 온 방에 유물이 넘쳐나는 대영 박물관도 모두 무료 입장이다. 주머니에 돈 한 푼 없어도 런던의 문화시설을 접수할 수 있는 것이다. 이것은 엄청난 혜택이다. 어느 나라의 미술관과 박물관이 막대한 티켓 수입을 포기하고 무료로 관람객을 맞이하는 배짱을 부리겠는가. 단언컨대, 영국말고는 없다.

영국 정부는 2001년부터 공공 문화시설 무료입장 정책을 시작했다. 티켓 수입이 박물관이나 미술관 수익의 중요 부분을 차지한다고 볼 때 이 무료 정책이 얼마나 큰 결단이었는지 짐작이 가고도 남는다. 자칫 잘못했다간 박물관이나 미술관의 질이 떨어질 수도 있다. 돈이 없으면 제대로 된 전시를 준비할 수 없고, 직원들 월급도 제대로 줄 수 없으며, 건물을 유지하는 데도 힘이 부칠 수 있다. 그러나 이들 미술관과 박물관은 보기 좋게 성공을 거뒀다. 오히려 티켓 수입에 의존하던 예전보다 더 혁신적이고 참신한 전시로 관람객이 늘어나는 결과를 낳았다.

이유는? 각 박물관과 미술관이 살아남기 위해 엄청나게 애를 쓴 덕분이다. 이들은 스폰서십과 전략적 마케팅으로 정부로부터 받는 지원금을 제외한 나머지 비용을 조달하고 있다. 내셔널 갤러리는 휴렛패커드와 손을 잡았었다. 휴렛패커드는 매년 일정액을 기부하고 내셔널 갤러리 안내책자에 조그마한 로고를 실었다. 그리고 내셔널 갤러리가 소장한 유명 그림을 자신들의 프린터를 이용, 실물 크기로 인쇄해 거리 곳곳에 전시했다. 일명 '거리로 나온 명화' 이벤트다. 내셔널 갤러리는 소장품을 거리 곳곳에 전시할 수 있어서 좋

01 최신 현대미술을 선보이고 있는 사치 갤러리의 1층 전시장. 02 목말을 탄 아이는 그림을 보면서 무슨 생각을 할까. 아트페어나 전시회, 박물관에서 쉽게 볼 수 있는 모습이다.

고, 시민들은 골목길에서 만나는 명작에 감동해서 좋고, 휴렛패커드는 고화질 프린터를 광고할 수 있어서 좋았다.

　스폰서십이 미술관 운영에 끼치는 폐해가 없는 것은 아니다. 일부 생각 없는 기업가는 자신이나 회사가 소장한 그림을 미술관 특별전으로 열어달라고 생떼를 쓰기도 한다. 이름 있는 미술관에서 그림을 전시하면 당연히 그림 값이 오르기 때문이다. 하지만 일부에 한한 이야기이다.

　미술관과 박물관은 이외에도 개인들로부터 기부를 받는다. 테이트 모던 갤러리에서 활성화된 '테이트 친구들' 프로그램은 기부를 받고 기부자에게 각종 전시 관람 혜택을 제공해 성공을 거두고 있다.

　런던 시내 곳곳의 미술관과 박물관을 평일 낮에 가보면 교복을 입은 학생들이 자주 눈에 띈다. 입장료가 모두 무료다 보니 학교에서는 수시로 아이들을 데리고 현장실습을 나온다. 호기심 어린 눈의 아이들은 아폴로 11호가 어떻게 지구를 떠나 달까지 갔는지 실감나게 설명해주는 과학 박물관 직원을 따라 우주여행을 떠난다. 아이들은 테이트 브리튼 미술관에서 후앙 미로의 그림 앞에 앉거나 엎드려 그의 그림을 모사한다. 이것이 바로 영국의 힘이다. 자라나는 새싹들이 살아 있는 지식을 배우고, 문화를 향유하고, 훗날 자신의 아이들 손을 잡고 다시 그곳에 들르는, 성숙한 시민사회의 모습 말이다.

당신은
베트남
여자입니까?

이런, 또 만났다. 정류장에서 20분이나 기다렸다가 타게 된 버스가 하필, 이 아저씨가 운전하는 버스라니!

"니 하오 마!"

버스에 타자마자 그가 인사말을 건넸다. 머리에 터번을 두른 중년의 운전기사 아저씨다. 빈 라덴과 너무 똑같이 생겼다. 우연인지 필연인지 그 많고 많은 버스 중에 그가 운전하는 버스를 서너 번 탄 적이 있다. 그런데 탈 때마다 나를 보며 "니 하오 마"를 외쳐댔다. 그때마다 나는 "노, 아이 엠 코리언"이라고 쏘아붙였다. 이제는 내가 한국 사람이라는 걸 알 때도 되지 않았을까. 나는 이번에도 또다시 니 하오 마 아저씨에게 답했다. 아주 천천히, 아주 단호하게.

"나는 중국인이 아니에요!"

그러자 그는 아주 엷은 미소를 띠며 다시 물었다.

"그럼 베트남에서 왔수?"

아, 나는 베트남을 사랑한다. 13년 전, 언론사 시험에 당당히 합격한 후 가뿐한 마음으로 베트남 배낭여행을 갔었다. 사람들은 순박하고, 아이들은 똘똘했다. 길거리에서 먹는 300원짜리 베트남 쌀국수의 맛은, 베트남 쌀국수집을 자처하는 서울 시내 곳곳의 쌀국수 전문점의 맛과는 비교할 수 없을 정도로 환상적이었다. 그렇지만 이건 아니다. 어디를 봐서 내가 베트남 여자처럼 보이는가 말이다.

물론 그들을 탓할 일도 아니다. 우리도 외국인을 보면 그냥 '미국 사람'이라고 말하지 않던가. 그들이 동유럽에서 왔든, 러시아에서 왔든, 아니면 남아프리카 공화국에서 왔든, 상관없다. 우리는 그들의 생김새를 보고 출신 국가를 판별할 수 있는 능력이 없다. 마찬가지로 그들도 내 얼굴을 보고 내가 한국 사람인지, 일본 사람인지, 아니면 베트남 사람인지 구분하지 못하는 건 당연한 이치다. 내가 참자.

나는 버스기사에게 상냥하게 다시 말했다. "노, 아이 엠 코리언."

그리곤 터벅터벅 자리에 가서 앉았다. 다시는 저 니 하오 마 아저씨를 만나지 않길 기도하면서.

그래도 그 아저씨는 애교로 봐줄 수 있다. 어쨌든 친절하게 먼저 인사를 건네지 않았는가. 문제는 아시안이라는 이유로 당하는 차별이다. 런던만큼 이방인에게 열린 도시가 없다. 하지만 이곳도 사람 사는 곳인지라 차별이 없을 수 없다. 런더너의 일부는 아시안을 극도로 싫어한다. 그들에게 아시안은 별로 잘난 것도 없으면서 이 나라에 와서 돈이나 펑펑 쓰는 인간 군상으로 비춰진다. 일종의 열등감과 비뚤어진 우월감이다.

나는 대형 슈퍼마켓에서 장을 볼 때 가끔씩 화증이 난다. 얼마 전에 이런 일이 있었다. 계산대에서 내 앞에 섰던 영국 아줌마 순서가 되자 계산원은 "헬로, 날씨가 너무 좋지요" 하고 친절하게 인사를 건넸다. 노벨평화상 수상자인 투투 주교처럼 생긴 그녀의 얼굴엔 거의 아부에 가까운 미소가 떠나질 않았다. 바코드를 찍은 물품들을 직접 슈퍼마켓 봉지에 하나하나 담아줬다. 오, 굿 서비스! 돈을 지불한 뒤에도 몇 마디의 인사말이 오갔다. 무거우니 조심하라는 둥, 오늘 남은 하루 잘 보내라는 둥.

이어 내 차례가 왔다. 내가 "헬로"라고 인사를 건네자 대꾸도 안 했다. 뭐에 그리 화가 났는지 얼굴은 찌그러질 대로 찌그러져 있었다. 바코드를 찍은 물건들을 툭툭 굴려버렸다. 앞뒤가 붙어 좀처럼 떨어지지 않는 봉지를 열려고 끙끙대는 사이 투투 주교는 나를 물끄러미 바라만 봤다. 도와주지는 못 할 망정 혐오스런 표정이었다. 돈을 건네자 역시나 무표정하게 거스름돈을 돌려줬다. 내가 "바이" 하고 인사를 하는 사이 그녀는 벌써 다음 손님에게 고개를 돌려놓았다. 영국 할머니였다. "헬로"라는 인사와 함께 날씨 이야기, 스카프가 예쁘다는 이야기가 오갔다.

나는 슈퍼마켓 점원에게 개무시를 당했다는 생각에 문 밖을 나서자마자 씩씩거렸다. 한국에서 이런 대접은 받아본 적이 없다고 슈퍼로 돌아가 행패를 부리고 싶었다. 더구나 난 이곳에서 석사과정을 공부하고 있으며 당신보

공원에서 산책 중인 일본인 엄마들. 영국인들은 아시아 여성을 딱 두 부류로 나눈다. 잘사는 일본인, 아니면 못사는 나머지 아시아인.

다 영어는 짧을지 몰라도 백배 천배 잘났다고 야코죽이고 싶었다. 하지만, 그래서 뭐 어쩌겠다는 것인가. 내 얼굴을 영국 배우 키라 나이틀리처럼 뜯어고치겠는가 아니면 영어를 네이티브 스피커 수준까지 끌어올리는 기적을 행하겠는가. 그냥 참아야 했다. 보이는 차별 속에서도 달리 방법이 없었다. 그냥 집에 가서 욕하고 소리 지르며 울분을 토하는 수밖에.

퇴근한 남편을 붙잡고 낮에 있었던 치욕을 생생하게 얘기하며 투투 주교 점원을 저주했다. 인종차별주의자 같으니라구! 하지만 남편은 내가 너무 예민하게 받아들이는 게 아니냐고 핀잔을 주었다.

어디, 당신도 몸소 겪어보시지! 주말에 그 대형 슈퍼마켓에 남편과 장을 보러 갔다가 일부러 투투 주교가 앉아 있는 계산대에 줄을 섰다. 남편 옆구리를 콕콕 찌르며 "한번 당해봐"라고 씨익 웃었다. 우리 차례가 되자, 그 투투 주교는 남편에게 환한 미소를 지으며 날씨 얘기를 했다. 어라, 이게 아닌데. 남편에게 슈퍼마켓 봉지를 건네고 남편이 주워 담지 못하는 물품들을 그 안에 쏘옥 넣어주었다. 그리고 계산을 끝낸 남편에게 오늘도 좋은 하루 보내라는 인사를 잊지 않았다. 그런데 남편 뒤를 따라가며 이 모든 과정을 지켜본 나에겐 눈길 한 번 안 줬다. 이 무슨 황당한 시추에이션인가.

슈퍼마켓을 나서며 남편이 나에게 말했다.

"저 여자, 당신한테만 그러는 거 아냐? 뭐, 원한 산 일 있어?"

아이쿠, 저 여자가 내 머리 위에 있었네!

응급실엔
응급환자가 없다

초등학교에 다니기 시작한 이후로 몽구는 두통을 호소했다. 머리 정수리 부분이 바늘로 콕콕 찌르는 것 같다고 했다. 어떨 때는 눈을 비비며 눈도 아프다고 했다. 친정언니에게 물어보니 학교 다니면서 피곤해서 그럴 거라며 나를 안심시켰다. 허나, 어디 그런가. 다쳐서 깨지면 연고 바르면 되고, 감기 걸리면 감기약 먹으면 되지만, 머리가 아프다는 건 도통 해결이 안 되는 문제였다. 동네 GP(General Practitioner, 가정의)에게 전화를 했다. 얘네들은 엄청 오버를 해야 당일에 의사를 만나게 해준다. 보통의 경우 미리 예약 전화를 한 후 2~3주쯤 기다려야 의사를 볼 수 있다.

"우리 아이가 머리가 깨질 것처럼 아프다는데 오늘 응급환자로 등록할 수 있나요? 오후에 아이 학교 끝나면 바로 갈게요."

나는 다급한 목소리로 말했지만, 전화 너머에서는 심드렁한 목소리가 들려왔다.

"지금은 오전에 오는 응급환자 전화만 받습니다. 오후에 오려면 이따 한 시 이후에 다시 전화하세요."

항상 이런 식이다. 오전에 접수 받아서 오후에 가면 되는데, 왜 이리 일을 복잡하게 만드는지 모르겠다. 아쉬운 내가 참아야지.

어렵사리 오후에 약속을 잡고 병원에 들어섰다. 일반 가정집을 개조한 동네 병원 응접실에는 세 명의 환자가 멍하니 순서를 기다리고 있었다.

"일본 사람이슈?" 이가 몽땅 빠져 발음이 새는 할머니가 말을 걸어왔다.

"아니오, 한국 사람이에요." 나는 건조하게 대답했다.

"그래요? 북쪽? 아니면 남쪽?" 또 묻는다. 저 질문.

당연히 남쪽이지요, 할머니…… . 멋쩍은 대화를 피하기 위해 나는 일부러 시선을 벽에 꽂아두었다. "신종플루에 감염되면 병원에 오지 마세요. 우리가 약을 보내드립니다. 건강청." "65세 이상 노인들은 독감 주사가 공짜." "비만 이세요? 우리가 도와드립니다. 빨리 전화하세요." 더이상 읽을 포스터가 없어진 나는 잡지 코너로 손을 뻗었다. "포쉬, 베컴의 바람기를 용서했나. 새 다이아몬드 반지 끼고 나타나다"라는 큼지막한 타이틀로 도배한 『OK!』 잡지가 눈에 띄었다. 아니 베컴이 몇 년 전에 바람핀 이야기가 아직도 굴러다니다니,

환자 서비스가 이래서야 원.

"몽구 리, 들어오세요."

아이의 주치의가 응접실까지 친히 나와서 자기 방으로 우리를 안내했다. 이곳에는 간호사가 없다. 대신 의사가 직접 나와 환자를 에스코트한다. 정말, 기분 째진다. 몽구의 주치의는 땅딸막한 키에 뱃살이 두둑한 인도계 영국인으로 옆집 아저씨처럼 푸근하다. 단 하나 그의 단점은 모든 병 증상에 너무 심드렁하게 반응한다는 것이다. 아이가 코감기에 걸려 콧속에 노란 덩어리가 가득 차도 "뛰어다니면 건강한 겁니다"라며 웬만해선 약도 처방해주지 않는다. 한마디로 어렵게 예약 잡아서 가도 나올 땐 빈손이라는 얘기다. 어떻게 약 좀 처방해달라고 불쌍한 눈빛으로 애원하면 시중 약국에서 파는 물약을 처방해준다. 주사 처방은 꿈도 못 꾼다. 이번에도 별 것 아니라고 하겠지. 그래도 물어나 보자.

"아이가 머리가 자꾸 아프다고 하는데요." 걱정스런 눈빛으로 나는 아이의 증상을 말했다.

"음, 아 해보세요." 주치의가 아이 입속을 들여다보려는 순간, 몽구가 갑자기 목이 마르다고 물을 달라고 했다. 주치의는 눈을 동그랗게 뜨더니 "아이가 언제부터 목말라 했지요?"라고 물었다.

"아, 얘는 평소에도 물을 많이 마시는데요……."

다소 황당해하는 나에게 그는 단호하게 말했다. "아이가 저혈당으로 고생하고 있는 것 같습니다. 소아당뇨로 의심되는데요."

네? 의사 선생님, 나는 지금 아이 두통 때문에 여기 온 거라고요. 애가 목

동네 가정의학과 간판에 NHS라고 써있으면 무료 진료를 한다는 뜻이다.

마르다고 호소한다고 소아당뇨라니요? 주치의는 주말까지 이 증세가 계속되면 반드시 종합병원 응급실에 가야 한다고 나에게 재차 말했다.

병원을 나오자 머리가 복잡해졌다. 혹시 당뇨가 맞다면? 거기다 두통의 원인이 뇌의 문제라면? 하늘이 노랬다. 당장 응급실에 가야 하나? 우선 며칠만 더 기다려보기로 했다. 그런데 주말이 될 때까지 몽구의 두통은 사라지지 않았다. 게다가 전날 밤에는 토하고 설사까지 했다.

일요일 오전 열시, 남편과 나는 아이를 응급실에 데려가기로 했다. 집에서 차로 10분 거리에 있는 로열 프리 종합병원 주차장에 차를 댔다. 주차비가 한 시간에 3파운드? 비싸군. 한 시간분만 돈을 내자, 응급실이니까 빨리 봐주겠지. 무인 정산기로 주차비를 내고 재빨리 응급상황인 듯 호들갑을 떨며 응급실로 향했다. 이곳에선 무엇이든 오버를 해야 손해를 보지 않는다.

하얀 시트, 여기저기서 소리를 지르는 아비규환의 현장, 끝끝내 죽어가는 환자를 위해 아무것도 할 수 없다며 좌절하는 젊은 레지던트. 드라마 〈종합병원〉이나 〈하얀 거탑〉에선 다들 그렇게 나온다. 아니, 여긴 외국이니까 시카고를 무대로 한 〈ER〉이 더 어울리겠군. 그런데 웬걸, 여기 응급실 맞아? 분명히 '응급실'이라고 적혀 있는 방에 들어왔는데, 그곳은 마치 주차세를 내는 구청 창구 같았다. 대기실의 안내원에게 다가가 다급하게 말했다.

"우리 아이가 머리가 많이 아픕니다. 3주 이상 두통을 호소했어요. 어젯밤에는 구토를 하더니 이제 설사까지 하네요. MRI를 찍어서 확인해봤으면 하는데요."

그러자 안내원은 응급실 입구 쪽에 있는 방에 먼저 갔다 오라고 했다. 그 방에 있는 당직 가정의에게 먼저 소견을 들어야 한단다.

당직의사가 있는 방으로 갔다. 우리 앞에 두 명이 인터뷰를 기다리고 있었다. 10분을 기다린 끝에 우리 차례가 왔다.

"우리 아이가 머리가 많이 아픕니다. 3주 이상 두통을 호소했어요. 어젯밤에는 구토를 하더니 이제 설사까지 하네요. MRI를 찍어서 확인해봤으면 하는데요."

말이 끝나기가 무섭게 당직의사는 내게 빨간 딱지를 주면서 안내원에게 갖다주라고 했다. 빨간 딱지는 응급, 노란 딱지는 일반 환자인 모양이었다.

대기실로 돌아가 안내원에게 빨간 딱지를 주자 아이의 신상을 이것저것

캐물으며 컴퓨터에 환자 기록을 적어 넣었다. 그리고는 대기실 의자에 앉아 하염없이 기다렸다. 대기실엔 대부분 아이와 함께 온 부모들로 꽉 차 있었다. 어린이용 칼에 손을 베었는지 노란 딱지를 들고 얌전히 기다리는 여자 아이가 물끄러미 나를 쳐다봤다. 우리보다 늦게 온 아이였다. 그 와중에 남편은 주차 시간이 끝나간다며 주차장으로 달려갔다. 30여 분을 기다렸을까, 손을 벤 노란 딱지 소녀가 응급실로 불려 들어갔다. 이봐, 우리가 먼저 왔다고. 더구나 손이 벤 건 그냥 후시딘 연고 바르면 되잖아. 다시 30여 분을 기다렸다. 우리보다 나중에 온 아이들이 속속 응급실로 불려 들어갔다. 남편은 다시 주차 시간 연장을 위해 주차장으로 뛰어갔다. 인내심이 한계에 다다른 나는 안내원에게 가서 소리쳤다.

"내가 먼저 왔다고! 더구나 난 빨간 딱지를 갖고 있어!"

그러자 안내원이 심드렁하게 대답했다.

"컴퓨터에 접수가 안 되어 있는데?"

이런, 오 마이 갓! 한 시간 전에 당신이 컴퓨터에 이것저것 적어 넣었잖아요. 난 소리를 고래고래 지르며 "네 실수로 우리가 이렇게 오랜 시간 기다리며 피해를 보고 있다"고 항의했다. 이곳 영국에선 소리를 질러야 손해를 보지 않는다. 그때 근육질의 남자 간호사가 나를 진정시키며 당직의사가 있는 방 옆에 있는 또 다른 방으로 데려갔다. 그는 우리를 또 인터뷰했다. 응급실에 가기 전에 당직 가정의를 거친 후 당직 간호사에게 또 한 번 더 증상을 말해야 한단다.

"우리 아이가 머리가 많이 아픕니다. 3주 이상 두통을 호소했어요. 어젯밤에는 구토를 하더니 이제 설사까지 하네요. MRI를 찍어서 확인해봤으면 하는데요."

근육질 남자 간호사는 인터뷰를 마친 후 응급실로 우리를 데려갔다. 응급실의 육중한 문을 밀고 들어가니 또 다른 방이 나왔다. 역시 〈종합병원〉의 차태현이나 〈ER〉의 조지 클루니는 보이지 않는다. 그냥 애들이랑 부모들만 우글댄다. 또 하염없이 40여 분을 기다렸다. 남편은 또다시 주차장으로 달려갔다. 잔돈이 떨어졌다며 인근 슈퍼에서 뭘 좀 사고 잔돈을 마련하겠단다. 몽구는 손을 벤 노란 딱지 여자 아이와 함께 방 한쪽에 마련된 플라스틱 미끄럼틀을 타고 놀며 즐거워했다. 북극의 만년설이 다 녹아버릴 정도의 시간이 흐

우리 동네에 있는 한 종합병원. 주차장의 가장 중요한 자리를 차지하고 있는 이 응급차들은 쉴새없이 환자를 실어 나른다. 모든 진료가 무료이다 보니 조금만 아파도 응급차를 부르는 경우가 많다.

른 뒤 응급실 간호사가 몽구의 이름을 불렀다.

'출입통제'라는 빨간 사인이 붙어 있는 문을 열고 들어가자 병실 같은 분위기의 응급실이 모습을 드러냈다. 어떤 고함도, 어떤 분주함도 없었다. 그때 영화배우 클레어 데인즈를 닮은 20대 초반의 앳된 의사가 우리를 한 침대로 인도했다.

"안녕하세요. 나는 인턴의사입니다. 아이가 어디가 안 좋은지요?"라고 친절하게 물었다.

"우리 아이가 머리가 많이 아픕니다. 3주 이상 두통을 호소했어요. 어젯밤에는 구토를 하더니 이제 설사까지 하네요. MRI를 찍어서 확인해봤으면 하는데요."

나는 이제 속사포 래퍼가 된 기분이었다. 머릿속에서 영어를 번역할 겨를도 없이 입에서는 아이의 증상이 빠르게 쏟아져나왔다. 클레어 데인즈는 언뜻 보기에도 의대를 갓 졸업한 신참내기 같았다.

"그렇군요. 몽구, 아아 해보세요. 귀도 좀 볼까. 청진기 좀 대보자." 클레어 데인즈가 사근사근 말하자 몽구는 착한 어린 양이 되어서는 하라는 대로 척척 따랐다. 경험이 일천하면 친절하기라도 해야 한다. 클레어 데인즈는 그런 면에서 마음에 들었다.

"저는 뭐라고 말하기가 곤란하네요. 조금만 기다려보세요. 응급실 소속 의사를 모셔올게요"라는 클레어 데인즈. 그 와중에 남편은 주차 시간이 거의 끝나간다며 또다시 주차장행. 아이는 "엄마, 언제 집에 가는 거야?"라며 울먹였다. 한 10여 분을 기다리자 언뜻 보기에도 세상이 심심해 죽겠다는 표정의 중년 의사가 나타났다. 나는 또다시 속사포 랩을 연발했다.

"우리 아이가 머리가 많이 아픕니다. 3주 이상 두통을 호소했어요. 어젯밤에는 구토를 하더니 이제 설사까지 하네요. MRI를 찍어서 확인해봤으면 하는데요."

세상이 심심해 죽을 것 같은 표정의 의사는 몽구를 눕히더니 배를 여기저기 꾹꾹 눌러봤다. 그리고는 결의에 찬 얼굴로 최종 진단을 내렸다. 두구두구두구, 내 마음은 16비트로 쿵쾅거렸다.

"유행성 장염입니다."

황금 같은 일요일 오후 내내 응급실에서 속사포 랩을 쏟아냈더니 집에 오는 차 안에서 허탈한 기분이 들었다. 두통 때문에 찾아간 응급실에서 아이는 장염 진단을 받고 '물을 많이 먹으라'는 처방만 받고 돌아왔다. 두통은? 그건 응급실이 아니라 따로 소아과에 예약을 해서 진단을 받아야 한다. 더럽고 치사하다. 공짜로 의료 혜택을 받는 건 좋다. 그런데 이건 아니다. 왜 나는 아픈 아이를 이리저리 끌고 다니며 우리 아이가 이렇게 아프니 빨리 봐달라고 통사정을 해야 하는 것인가.

나는 그 길로 대로변에 있는 사립병원으로 달려갔다. 첫눈에 봐도 호사스러웠다. 호텔 같은 대기실, 멋들어지게 차려입은 예약 환자들, 너무나도 친절한 직원들. 입구 안내원에게 다가가 다짜고짜 진료비부터 물었다.

"의사를 만날 때 기본진료비가 60파운드이고요, MRI를 찍으려면 1천 파운드를 추가로 내셔야 합니다." 직원은 아주 기계적으로 의료비를 나열했다.

사립병원은 입구부터가 호사스럽다. 자동문 안으로 들어가면 호텔 같은 응접실이 기다리고 있다.

앓느니 죽자. 사립병원은 우리가 올 곳이 못 되었다. 다시 로열 프리 병원 소아과로 가야 하나 말아야 하나 고민하던 내게 낭보가 찾아왔다. 몽구의 두통이 씻은 듯이 사라진 것이다. 구토와 설사도 멎었다. 코미디 같던 나의 일주일은 그렇게 허무하게 지나가버렸다.

NHS^{National Health Service}라는 영국의 의료제도는 기본적으로 돈 없고 빽 없는 이들을 위한 서비스다. 돈이 없는 사람도 다른 사람들과 똑같이 병을 치료받을 수 있는 권리, 정말 아름다운 철학이다. 나이 들고 돈도 없는데 암에 걸렸을 땐? 걱정하지 않아도 된다. 조직검사며, 항암주사며, 방사선치료에 드는 비용 모두가 무료다. 물론 입원비도 무료, 병원 내 식사비도 무료다. 아이를 낳을 때도 수술을 하건, 조산으로 아이가 인큐베이터에 들어가야 할 상황이건 모든 게 무료다.

16세 이하 청소년과 어린이는 약값도 공짜다. 처음 런던에 와서 아이 예방접종을 하러 동네 병원에 갔을 때 나는 감격했다. 한국에서 예방접종에 허리가 휘었던 터다. 어떤 주사는 세 번 맞아야 하는데 한 번 맞을 때마다 20만 원을 넘게 내야 했다. 그런데 그 모든 비용이 이곳에서는 무료라니. 그러나 그 역효과는 모든 장점을 덮어버린다. 공짜 진료를 받다 보니 사람들은 조금만 아파도 병원을 찾는다. 예약환자는 줄을 서있고, 의사는 환자의 병세에 심드렁해진다. 더구나 공짜로 찾아온 환자들에게 의사들은 제왕적이다. '나에게 질문하지 말라. 어설픈 의학 지식을 논하지 말라'다. 의사가 진단을 내리고 약을 처방해주면, 입 꼭 다물고 그냥 감사한 마음으로 방을 나와야 한다.

얼마 전 영국의 한 신문에는 웃지 못할 의료 기사가 짤막하게 실렸다. 충치를 앓고 있는 10대 소년이 5년째 진료를 기다리다가 이가 몽땅 썩어버렸다는 것이다. 이것이 영국 의료계의 현실이다. 한 종합병원 산부인과에 다니는 임신 6개월 된 친구는 갈 때마다 다섯 시간을 대기실에서 기다린다며 푸념을 늘어놓는다. 감기 등 가벼운 병에 걸리면 그래도 괜찮지만 만에 하나 심각한 병이라도 걸린다면 문제는 간단치가 않다. 영국에 살 때는 아프지 말아야 한다. 병에 걸려서도 안 된다. 몇 년간 병원을 오가며 겪은 나의 최종 결론이다.

남자는 펍으로 가고,
여자는 혼자 달린다

런더너

하지만 이곳 런던은 다르다. 실용성과 소박함이 사회 전체에 깔려 있다.
런던에서 외모로 부자들을 가려내기란 여간 힘든 일이 아니다.
다들 낡은 옷을 입고 낡은 신발을 신고 다닌다.
여자들은 동네 슈퍼에서 산 10파운드짜리 비닐가죽 가방을 들거나 심지어 배낭을 메고 다닌다.
편하고 가볍기 때문이다. 물론 그들도 명품족들이다. 하지만 특별한 날이 아니고서는 좀처럼 드러내지 않는다.
철철이 사재기하는 것도 아니고 몇 십 년간 모아온 명품들이다.
그들은 대신 그 돈을 문화생활에 투자한다. 그리고 어려운 사람을 위해 기부를 한다.

남자의 자격,
영국 신사에게
배워라

　어디선가 누군가에게 무슨 일이 생기면, 짜짜짜짜짜짱가가 나타난다. 이곳 런던에서는 유모차를 끄는 아줌마에게 무슨 일이 생기면 잘생긴 남자들이 나타난다. 런던에서 아이를 둔 엄마에게 유모차는 재산목록 1호다. 유모차 없이 아이를 데리고 다니는 일은 상상도 못한다. 엄마들은 유모차를 끌고 장을 보고, 카페에서 유모차 안의 아이가 잠든 사이 책을 읽고, 또 조깅복을 입고 유모차를 전속력으로 밀어대며 공원을 달린다.

　유모차를 끌고도 대중교통을 얼마든지 이용할 수 있다. 버스의 발판 높이가 지상 5센티미터 정도라 유모차를 올리기엔 식은 죽 먹기다. 더구나 버스 정류장에 서있으면 버스는 정확히 유모차 앞에 정차한다. 그러면 버스를 기다리던 사람들이 사해 갈라지듯 길을 내주고 유모차는 당당하게 제일 먼저

2층 버스의 1층 한가운데는 유모차 두 대가 놓일 수 있는 넉넉한 공간이 마련되어 있다.

버스에 오른다.

지하철을 타는 건 좀 부담스럽다. 140년 역사를 자랑하는 런던 지하철답게 오래된 역은 종종 엘리베이터 없이 수십 개나 되는 계단을 걸어 올라가야 한다. 하지만 걱정할 필요는 없다. 까마득한 계단의 끝을 바라보며 어떻게 올라가나 하는 고민도 잠시, 어디선가 멋진 청년이 나타나 유모차를 번쩍 들어 계단 위까지 쏜살같이 날라다 준다. 아, 이쯤에서 감동의 물결 밀려온다.

멋진 청년들뿐인가. 한번은 10센티미터 굽의 하이힐을 신은 젊은 직장인 여성이 지하철 계단에서 유모차 드는 걸 도와준 적도 있다. 한국에서는 한 번

일부 오래된 지하철역은 엘리베이터가 없기 때문에 저 높은 계단을 걸어서 올라가야 한다. 유모차가 있을 때는 참 난감하다.

도 이런 친절을 경험해본 적이 없다. 특히 버스와 유모차는 전생에 무슨 원수지간이라도 됐었나 보다. 한 손엔 접은 유모차를 들고 다른 한 손으로 아이 손을 잡고 위태롭게 버스 계단을 오르는 나를 못마땅하게 쳐다보던 버스 운전기사의 따가운 눈초리만 기억난다.

영국은 군주제와 신분제도가 1천 년 세월을 넘어 아직도 존재한다. 민주주의의 최전선에서 다 같이 잘 먹고 잘사는 사회주의를 꿈꾸는 나라 한편에 여왕님과 공작, 자작, 경 등이 사회 지도층으로 행세한다는 건 정말 대단한 아이러니다. 누구는 비참한 환경에서 노동자로 살아가는데 누구는 부모 잘 만나 공작 호칭 들어가며 평생을 안락하게 놀고 먹는다. 다른 나라 같았으면 폭동이 일어나고도 남을 상황이다. 그런데 영국인들은 그냥 다 받아들이고 산다. 귀족들에게 존경의 시선을 보내진 않더라도 그들의 지위를 인정하고 받아들인다. 때론 그 많은 재산을 유지하기 위해 귀족들도 얼마나 힘들겠나 라며 동정을 보내기도 한다.

왕족이나 귀족들은 노블레스 오블리주 Noblesse Oblige를 실천하면서 산다.

아니 몇몇 언론에 따르면 그렇다고 한다. 나는 직접 보지도 듣지도 못했다. 단지 얼마 전 엘리자베스 여왕이 왕족과 국민들에게 '검소하게 사는 일곱 가지 방법'이라는 교지를 내린 흥미로운 일이 기억난다. 여왕은 난방비를 줄이기 위해 실내에서 스웨터를 입으라고 했다. 방을 마지막으로 떠날 땐 반드시 전등을 끄고 나가라고도 했다. 각국 정상들에게도 한마디했다. 국빈 방문 시 여왕에게 주는 선물은 4파운드를 넘기지 말라고. 좀 깬다. 이건 아예 "촌지는 절대 안 받는다"는 교사의 말처럼 들린다. 액면 그대로 받아들여야 하나 아니면 그 속에 숨은 참뜻을 헤아려야 하나 여간 고민이 아니다. 7천 원짜리 선물을 여왕에게 주었다가 외교적 불이익이라도 받는다면 뒷감당을 어떻게 할 것인가.

여왕님만 그렇게 검소하게 살면 뭐하나. 왕자님과 공주님들은 몇 백만 원이나 하는 나이트클럽에서 하룻밤 신나게 놀고 유럽여행에 수천만 원을 써대며 그 돈을 탕진하는데. 자고로 집안이 잘돼야 나라가 잘되는 법이다.

영국 신사의 뿌리는, 갑옷을 입고 칼을 찼으며 정의에 죽고 살던 중세시대의 귀족에 있다. 시간이 흐르고 흘러 19세기에는 영국 신사의 기준을 혈통보다는 사회적 지위, 교육 수준, 매너 등에서 찾았다. 그리고 20세기에 들어와서는 신사는 남에게(특히 여자들에게) 존경받을 만한 매너를 보여주는 사람으로 인식되기 시작했다. 세상이 완전히 변했어도 영국 신사의 전통은 영국 사회에 뿌리 깊이 박혀 있다. 나보다 약한 자를 존중하고 최대한 도와주려 하는 선한 마음과 매너 말이다. 이 타고난 영국 신사들은 은행에 들어갈 때면 육중한 문을 잡고서 노약자들이 지나갈 때까지 기다렸다가 자신은 맨 나중에 들어간다. 버스나 지하철에 탈 때는 어김없이 '레이디 퍼스트'다. 한번은 길거리를 지나가다가 현기증에 잠깐 휘청했는데 지나가던 남자가 진지하게 물었다. "아 유 오케이?"

예스, 아이 엠 오케이. 어디를 가도 만날 수 있는 멋진 신사들 덕분에 나는 오케이!

기다리기 챔피언, 런던의 달인들

〈개그콘서트〉의 '달인' 김병만 선생(감히 나는 그에게 이 호칭을 선사하고 싶다)의 개그를 보고 있노라면 그는 연기하는 게 아니라 진짜 달인이 아닐까 하는 착각이 든다. 달인이 아니고서야 그럴 수는 없다는 생각과 함께 감탄이 절로 나온다. 그리곤 엉뚱한 상상을 해본다. 영국 사람들을 저 달인 코너에 한번 보내보자. 그들은 병만 선생처럼 얼굴이 시뻘게지지도, 풉 하고 웃음을 터트리지도 않으면서 몇 시간이고 달인 연기를 선보일 것이다. 오늘 영국인들의 특별 달인 코너의 주제는 '기다리기'이다.

지난해 6월 우리 가족은 그리스의 크레타 섬으로 떠났다. 대학원 정규 학기를 마치고 논문 제출만 남은 상태여서 가뿐한 마음으로 출발! 호텔과 비행기 티켓을 패키지로 판매하는 영국 최대의 톰슨 여행사에 예약을 했다. 자체 항공기를 운항하는 톰슨 여행사의 경우 유럽 곳곳에 손을 뻗치지 않은 곳이 없을 정도로 엄청난 물량을 시장에 내놓는다. 그런데 패키지여행의 단점은 비행기 시간이 이른 아침이나 밤 시간에 몰려 있다는 것이다. 오전 일곱시 비

런던 개트윅 공항에서 비행기 탑승을 기다리는 승객들. 이들은 비행기가 연착되더라도 불평 한마디 없이 아주 얌전히 기다린다.

행기를 타기 위해 새벽 세시에 차를 몰고 집을 나섰다. 한 시간 만에 개트윅 공항에 도착, 이제 비행기만 타면 뜨거운 그리스의 태양이 나를 반길 일만 남아 있었다.

공항 터미널은 한밤중이라는 말이 무색할 정도로 여행객들이 들끓었다. 물과 샌드위치 등 간단히 먹을거리를 산 뒤 대기실 정중앙에 전시되어 있는 페라리를 구경했다. 역시 차는 페라리가 최고다. 흥분된 이 기분, 누가 나 좀 말려줘. 그런데 뭔가 이상했다. 탑승시간이 다가오는 데도 공항 안내 모니터에는 크레타행 비행기가 아직 이륙 준비가 안됐다는 빨간색 사인이 떠있었다.

계획대로라면 비행기에 타서 이륙하고 스튜어디스가 제공하는 음료수를 마시고도 남을 시간이 됐을 즈음, 안내 모니터에는 비행기 이륙 시간이 오전 아홉시로 예정되어 있다는 사인이 들어왔다. 시계를 보니 오전 일곱시 15분이었다. 하늘이 노랬다. 공항 대기실에서 총 네 시간을 뭘 하며 보낸단 말인가. 역시나 몇 시간째 모니터 주변을 분주하게 왔다 갔다 하며 비행기 이륙 시간을 확인하는 일단의 사람들이 보였다. 우리와 같은 비행기를 타고 날아가 크레타 섬의 뜨거운 태양 아래 있어야 할 영국인 중년 부부들이었다.

두 시간을 기다려야 하는 운명 앞에서 어느 누구 하나 불평을 쏟아내지 않았다. 더구나 우리는 왜 비행기가 연착되고 있는지 이유조차 모르고 있었다. 불판의 오징어처럼 몸을 비비 꼬기를 두 시간, 드디어 시계 분침은 아홉시 고지를 향해 느리게 움직였다. 마침, 안내판에 사인이 떴다! 타라는 얘긴가? 아니다. 탑승 시간은 다시 낮 열두시로 바뀌었다. 또다시 세 시간을 기다리라고? 흰 콧수염이 멋들어지게 난 영국인 할아버지가 도저히 안 되겠는지 공항 안내소로 뚜벅뚜벅 걸어갔다. 아, 이쯤 되면 액션이 나와줘야지. 지금 뭐하자는 겁니까. 왜 연착되는지 이유도 모른 채 다섯 시간을 기다리라고? 당신네들 제 정신이야? 사장 나오라 그래! 어떻게 보상할 거야. 여행비 두 배로 돌려줘야 할 거 아냐. 나 그리스 안 가, 빨리 사장 나오라 그래! 하지만 나의 기대와 달리 할아버지는 안내원과 몇 마디 나누고는 착한 양이 되어 다시 자리로 돌아왔다.

"안내원이 뭐라고 해요?" 내가 조심스레 물었다.

"자기네들도 모르겠대요. 여행사 측에 전화를 해보겠으니 기다리라네요." 할아버지는 그러고는 방긋 웃음을 건넸다.

Gate			
15:40	Manchester	BA2908	Flight closing	55D
15:40	Naples	TOM4550	Flight closing	49
15:55	Jersey	BA8039	Boarding	55C
16:05	Sofia	EZY8975	Go to Gate	105
16:10	Venice	BA2588	Gate opens	15:30
16:20	Helsinki	EZY8965	Go to Gate	101
16:25	Newquay via: Plymouth	SZ110	Gate opens	15:45
16:40	Amsterdam	EZY8877	Gate opens	16:00
16:50	Tirana	BA2648	Gate opens	16:13
16:55	Malaga	EZY8611	Gate opens	16:05
16:55	Zurich	EZY8863	Gate opens	16:25
17:00	Glasgow	BA2964	Gate opens	16:20
17:05	Geneva	EZS8574	Gate opens	16:25
17:10	Edinburgh	BA2944	Delayed to 18:05	
17:25	Antalya	TOM718	Gate opens	16:25
17:40	Faro	BA2696	Gate opens	17:00
17:40	Alicante	EZY8667	Gate opens	16:40
17:40	Valencia	EZY8645	Gate opens	17:00
17:50	Naples	BA2612	Gate opens	17:15
17:50	Amsterdam	EZY8879	Gate opens	17:10
18:05	Basel	EZY8535	Gate opens	17:25
18:05	Manchester	BA2910	Gate opens	17:25
18:10	Faro	EZY8929	Gate opens	17:10
18:25	Geneva	EZY8576	Gate opens	17:45
18:40	Amsterdam	BA8119	Gate opens	18:00
18:50	Jersey	BA8047	Gate opens	18:15
19:00	Amsterdam	EZY8881	Gate opens	18:20
19:10	Male	BA2043	Gate opens	18:05
19:10	Pisa	BA2602	Gate opens	18:30
19:20	Budapest	MA615	Gate opens	18:20
19:45	Alicante	EZY8671	Gate opens	18:55
19:50	Jersey	BA8049	Gate opens	19:10
19:55	Plymouth via: Newquay	SZ111	Cancelled	
20:10	Bologna	BA2564	Gate opens	19:30
20:10	Geneva	EZS8578	Gate opens	19:30
21:00	Glasgow	BA2968	Gate opens	20:20
21:00	Manchester	BA2914	Gate opens	20:20
21:05	Edinburgh	BA2946	Gate opens	20:25
21:15	Dubai	EK010	Gate opens	20:00
21:20	Tenerife	TOM4590	Gate opens	20:20

비행 스케줄 안내판에는 '취소됨'이나 '지연됨'이라는 메시지가 사전 안내도 없이 갑작스럽게 뜬다.

다시 모두들 기다리기 시작. 한 시간쯤 지났을까, 갑자기 안내소에 사람들이 우르르 몰려들었다. 이 말도 안 되는 비행기 연착을 설명해줄 직원이 나타난 모양이었다. 나도 달려갔다.

"비행기 앞 유리창에 금이 가는 바람에 출발이 지연되고 있습니다. 회사 측에서 곧 대안을 마련한다고 합니다. 아마 유럽 다른 지역에서 런던으로 오고 있는 비행기 중 한 대에 타실 수 있을 겁니다." 공항 안내원이라는 글씨가 적힌 형광색 조끼를 입은 남자는 아주 건조하게 설명을 해나갔다. 그때 콧수염 할아버지가 끼어들었다.

"그럼 도대체 몇 시쯤 비행기에 탈 수 있단 겁니까?"

영국인들은 기다리는 데 도가 튼 것 같다. 아무리 줄이 길어도 누구 하나 얼굴을 찡그리지 않는다. 대단한 인내심이다.

당황하는 기색의 공항 안내원. "저는 그 회사 직원이 아니라 잘 모르겠습니다. 그 회사 직원에게 전화를 걸어 제가 알아낸 것을 여러분에게 전달하는 것뿐입니다. 아 참, 오랜 시간 기다린 여러분을 위해 회사 측에서 점심 쿠폰을 준비했습니다. 한 사람에 한 장씩 받아가세요!"

안내원의 말이 끝나기 무섭게 모두들 조직적으로 줄을 섰다. 5파운드짜리 쿠폰을 받기 위해!

아, 이 상황을 어떻게 받아들여야 하나. 누구 하나 이런 상황에 대해 불평하거나 난동을 부리지 않았다. 그저 이것은 신이 나에게 내린 가벼운 벌칙이

려니 생각하며 그냥 묵묵히 받아들이는 분위기였다. 5파운드짜리 공짜 점심 쿠폰에 감사하면서 말이다. 관련 회사 직원은 나타나지도 않고, 물론 미안하다는 입에 발린 소리도 듣지 못했다. 그저 왜 출발 바로 전에야 비행기 앞 유리에 금이 간 것을 발견했는지 의아해하며, 우리 가족은 세 명분인 15파운드 쿠폰을 들고 대기실 내 식당에 들러 22파운드어치의 차가운 샌드위치와 음료수를 먹었다. 물론 7파운드는 우리 주머니에서 나왔다.

새벽부터 밤잠 설치고 공항에 온 데다 배부르게 밥까지 먹었더니 몸은 점점 노곤해졌다. 그때 모니터에 반가운 사인이 들어왔다. 크레타 섬으로 가는 비행기의 이륙 준비가 됐다는 것이다. 오전 열한시 30분경이었다. 우리는 자그마치 일곱 시간을 공항 대기실 의자에 쭈그리고 앉아 앞 유리에 금이 가지 않은 성한 비행기를 기다리고 있었던 것이다.

밋밋하고
지루한 일상이
곧 행복?

런던에 살다 보면 가끔씩 내가 공산주의 국가에서 살고 있는 건 아닌가 하는 착각이 든다. 매일 똑같은 옷을 입은 노인들, 동네 옷가게의 우울한 인테리어, 그리고 어딜 가든 줄을 서있는 사람들……. 죄다 사회주의 시스템에 참 잘 어울릴 만한 풍경들이다. 무엇보다 영국인들의 인내심이 그렇다. 크레타 섬으로 가는 비행기의 촌극에서 보듯, 대부분의 영국인 승객들은 그냥 기다린다. 나서서 이유를 찾지도, 피해를 입은 부분에 대한 정당한 보상을 요구하지도 않는다.

퇴근길, 지하철이 역과 역 중간에서 갑자기 멈춰서서 30분 이상 꼼짝을 안 해도 그냥 묵묵히 기다린다. 가끔은 지하철 운전기사의 안내방송이 정적을 깬다. 자기도 뭐가 문제인지 모르겠다며, 본부와 연락이 안 되니 조금만 기다려달라고 한다. 승객들은 조그맣게 한숨을 쉬며 각자 하던 일을 계속한다. 책을 읽거나, 휴대폰 게임을 하거나, 눈을 감고 명상을 하거나.

기다림에 관한 웃지 못할 에피소드를 적으려면 책 한 권으로도 모자란다. 기차가 정시에 오지 않는 것은 런던에선 당연하게 받아들여진다. 32분에 도착해야 할 국철을 기다리고 있는데 50분이 지나도 기차는 오지 않는다. 그때 전광판에 새로운 정보가 뜬다. "32분 기차 취소됨." 곧이어 역 내 직원의 안내방송이 나온다. "32분에 오기로 한 기차는 그 기차를 운전할 기사가 없어서 취소됐습니다." 어이가 없다. 내일 올 기차도 아니고, 오후에 올 기차도 아니고, 지금 당장 와있어야 할 기차에 운전기사가 없다니. 그래도 나를 포함한 다른 승객들은 다음 국철을 마냥 기다린다. 멍하니 하늘만 쳐다보면서.

버스도 마찬가지다. 한번은 동네 마을버스를 타고 웨스트 햄스테드 역에 가는 길이었다. 횡단보도만 건너면 역 앞 버스 정류장이 나온다. 그런데 버스는 직진하는 대신 옆 도로로 우회전을 했다. 버스 정류장 바로 앞 도로가 구멍이 뚫려 긴급 보수작업에 들어간 것이었다. 무슨 테러라도 일어난 것처럼 도로 앞 사방에 줄을 쳐놓았다. 앰뷸런스가 대기해 있고 경찰이 교통을 통제했다. 도로 양쪽을 막아버리자 이곳을 지나가는 세 대의 노선 버스가 모두 다

도로 일부를 공사하는데 1차로를 몽땅 막아버렸다. 당연히 이 일대는 교통정체로 몸살을 앓았다.

른 동네로 우회했다. 코앞에 지하철역이 있는데 돌아가다니 정말 말도 안 됐다. 나처럼 역에서 내리려고 했던 한 할머니가 버스 기사에게 지금 당장 내려달라고 말했다. 버스 기사는 못 들은 척했다. 할머니가 다시 집요하게 내려달라고 하자, 버스 기사는 마지못해 대답했다. 여기는 버스 정류장이 아니라 내려줄 수 없단다. 순간 버스 안에 있는 수십여 명의 승객들은 꿀 먹은 벙어리가 되어 잠자코 기다렸다. 버스는 온종일 교통 정체로 몸살을 앓는 킬번을 거쳐 다시 반대편 지하철 역 앞으로 돌아왔다. 단 5미터 앞 반대편 도로로 오는데 자그마치 한 시간이 걸렸다. 진정한 블랙코미디의 진수다.

모든 불합리함을 참고 견뎌내는 전통은 대처 수상 시절 '똘레랑스(견뎌내기

혹은 인내)'에서 비롯됐다고 한다. 다같이 고통을 분담하며 어려운 경제 상황을 헤쳐나가자는 국가적 비전이 영국인들의 몸에 깊이 각인된 것이다. 빨리빨리를 입에 달고 살아온, 민첩한 한국인인 나는 절대 적응하지 못하는 '그 무엇'이다.

사실 영국인에게 삶의 행복이란 소박한 데서 온다. 오후에 티타임을 갖고, 개를 데리고 공원을 산책하고, 집안 대대로 내려오는 그릇과 가구를 후손에게 물려주고, 채소나 꽃을 키울 조그만 뒷마당이 있으면 그걸로 끝이다. 영국의 전설적 록그룹 퀸의 프레디 머큐리가 〈보헤미안 랩소디〉에서 절규하듯 "그 무엇도 심각할 게 없다Nothing really matters to me." 영국인들 사이엔 이런 말이 있다. "Never run for a bus, never skip tea." 버스가 떠날 것 같다고 뛰어가지 말고, 그냥 오후의 티나 즐기자고. 참 낭만적이고도 여유롭지 않은가. 끈기 있게 기다리는 것도 이 차원에서 보면 해답이 나온다. 굳이 악악대고 소리친다고 상황이 변하는 것도 아닌데, 그냥 기다리지 뭐.

아마 영국에서 이렇게 평생을 산다면 나는 화병에 걸려 머리에 하얀 띠를 두른 채 고생하다 생을 일찍 마감할 것이다. 그러나 영국인들이 화병에 안 걸리고 장수만세하며 사는 데에는 이유가 있다(얼마 전 통계청의 발표에 의하면 런더너의 평균 연령은 79세라고 한다). 그들에게는 김병만 선생 못지않은 위트가 있기 때문이다. 영국인들의 대화법을 찬찬히 살펴보면 아주 흥미로운 점을 발견하게 된다. 일명 '비꼬기식 말투'다. 상대가 정부가 됐든, 마음에 들지 않는 이웃이 됐든, 정면 비판은 못하고 가볍게 비꼬는 농담으로 한 방 날린다.

도서관에서 오랜만에 모차르트 레퀴엠 CD를 빌렸다. 런던의 도서관은 각종 음악 CD와 DVD를 비치해놓고 구민들에게 저가에 빌려준다.

"80센트 맞죠?" 내가 가격을 묻자 도서관 직원은 "글쎄요. 당신이 운이 좋다면 할인된 가격에 빌릴 수 있죠. 16세 이하 학생이나 60세 이상 노인이라면?"이라며 아주 심각한 표정을 짓는다. '보나마나 전 아니지요…….' 도서관 직원은 내 회원카드를 바코드 해독기에 찍고 나선 오만상을 찌푸렸다.

"오, 아주 드문 경우네요^{Extraordinary}! 이도저도 할인이 안 된다니."

아마 한국 같았으면 "당신 장난해?"라며 삿대질하고 싸웠겠지만, 이곳에선 그냥 웃어넘기고 말아야 한다.

지루하고 밋밋한 일상이 곧 행복인 이들에게 '변화'는 평화로운 목장에 핵폭탄을 터뜨리는 것과 맞먹는 파급효과를 가져온다. 영국인들은 새로운 것을 질색한다. 그들은 과거의 유물이 미래의 기술보다 낫다고 생각한다. 빅토리안 시대에 지은 벽돌집이 지금 지은 시멘트 건물보다 훨씬 튼튼하고 디자인도 세련됐다고 믿는다. 그래서 100년이 훨씬 넘은 집을 대대로 수리하면서 새집처럼 가꾸며 산다. 아마 이들은 런던을 활보하는 빨간색 2층 버스가 노란색으로 바뀐다면 모두 패닉에 빠져들 것이다. 과거에 살았던 그 방식 그대로 미래에도 살아가기. 외지인들이 보기에 정말 밋밋하고 재미없게 살아가는 것 같지만 영국인에게는 큰 변화 없는 일상이 삶의 가장 큰 축복이다.

p.s. 공항의 '달인' 코너에서 '기다리기'의 진수를 보여준 영국인들을 이제는 '줄서기 올림픽'에 데려가보려 한다. 앞서 5파운드짜리 쿠폰을 받기 위해 수십 명의 무리가 몇 초 만에 한 줄로 도열하는 장면에서 보듯, 단언컨대 영국

인들은 줄서기 올림픽에 나가면 금메달은 따놓은 당상이다. 누구 하나 줄을 서라고 지시한 사람도 없다. 그리고 누구 하나 줄을 이탈해 슬쩍 새치기하지도 않는다. 그저 줄을 서야 할 상황이 오면 암묵적으로 줄을 선다. 길거리에 현금지급기 두 대가 있다면 자연스럽게 그 두 지급기 중간쯤에 줄이 형성된다. 한 사람이 서있으면 다음 사람은 그 뒤에 선다. 먼저 돈을 뽑고 일을 마친 사람이 떠나면 줄의 맨 앞에 서있던 사람이 그 현금지급기로 간다. 얼마나 명료하고 시간을 절약하는 방법인가. 괜히 빠를 것 같은 줄에 섰다가 한참 동안을 기다리며 오늘 하루 재수 없음을 탓하는 것보다 훨씬 낫지 않은가.

길거리 현금지급기에 사람들이 줄을 서있다. 어디에서든 두 사람 이상이면 자연스럽게 줄이 형성된다.

언젠가 은행에 갔을 때였다. 창구는 여섯 개인데 그날 따라 직원은 한 명뿐이었다. 사람들은 역시나 조직적으로 줄을 섰다. 그런데 손놀림이 느린 직원인지 줄이 좀체 줄지 않았다. 다급한 한 아저씨가 화가 난 목소리로 소리쳤다.

"아니 정부가 준 그 많은 보조금은 어쩌고 아직도 직원을 채용하지 않는 거야? 매니저 나오라 그래!"

그때 머리에 무스를 발라 곱게 넘긴 새침데기 매니저가 등장했다.

"저 창구에 가서 일 좀 하쇼!" 아저씨가 소리치자 매니저는 아주 미안하다는 표정으로 말했다.

"창구로 갈 순 없는데요. 난 매니저이지 캐시어Cashier가 아니라서요."

할 말이 없어진 아저씨는 다시 자기가 섰던 줄로 돌아가 자기 차례가 될 때까지 30여 분이 넘게 묵묵히 기다렸다. 과연 영국인은 기다림과 줄서기에서 타의 추종을 불허하는 올림픽 2관왕이다. 물론 불평불만은 제로에 가깝다.

불쌍한 남자들,
까칠한 여자들

우리 가족은 일요일마다 동네 피트니스센터에 있는 수영장에 간다. 남편은 아이와 물속을 왔다 갔다 하며 놀고, 나는 자쿠지(Jacuzzi, 물에서 기포가 생기게 만든 욕조. 우리나라에서는 흔히 월풀이라 불린다)와 사우나를 오가며 호강에 겨워한다. 나를 비난하지 말라. 이곳에선 다들 그런다. 남자들은 아이를 돌보고, 여자들은 선베드에 누워 신문을 보거나 사우나에서 땀을 흘린다.

습식 사우나가 지겨워질 무렵 나는 건식 사우나로 자리를 옮겼다. 오우, 식스 팩이 도드라진 흑인 남성 한 명과 배가 유난히 톡 튀어나온 영국인 아저씨가 앉아 있었다.

"혹시 한국 사람이에요?" 배 나온 아저씨가 말을 걸어왔다.

"네."

"나도 서울에 비즈니스차 자주 가요. 정말 신천지던데, 그렇지 않아요?"

"아, 네……."(대충 뭘 말하는지 알겠습니다. 화려한 밤 문화를 얘기하는 거구먼요.)

배 나온 아저씨가 서울 이야기를 하며 눈빛을 반짝였다. 순간 이 아저씨가 혐오스럽다기보다는 불쌍하게 느껴졌다. 그래, 당신이 여기서 즐길 만한 게 뭐가 있겠수.

영국 남자들에게 최고의 호사는 펍(Pub, Public House의 준말로 영국의 전형적인 선술집. 우리나라의 호프집 같은 형태로 식사도 가능하다)에 가는 것이다. 그것도 애 딸린 마누라는 떼어놓은 채 홀로 고독을 질겅질겅 씹으면서. 역시나 이웃집에서 '탈출'한 남자와 맥주 한 병을 사이에 두고 이런저런 이야기를 나눈다. 영국 남자들에게 펍은 없어서는 안 될 생활의 한 부분이다. 선술집 같은 분위기의 펍에서는 축구팀 맨유와 리버풀의 장미전쟁에 열을 올리는 축구광들, 올해엔 정원에 어떤 나무를 심을까 토론하는 아저씨들, 새로 산 공구가 영 손에 안 익는다고 불평하는 마초들로 꽉 차있다. 서너 시간쯤 그렇게 즐거움을 만끽하고서 이들은 각자의 집으로 돌아간다. 부인과 아이들이 목놓아 기다리는 집으로.

삶에 지친 영국 남자들은 펍으로 향한다. 의자도 없는 길거리에 서서 한 시간이고 두 시간이고 맥주를 마시며 서로의 관심사를 이야기한다.

런던의 직장남들은 참 불쌍하다. 외국인 아빠들이 가정적이라는 얘기는 오래전부터 들어왔지만 내 두 눈으로 확인하고 보니 이건 대기업의 고객감동 서비스 저리 가라다. 아침에 아이를 유치원이나 학교에 맡기고 부랴부랴 회사로 간다. 부인은 집안일을 한다. 저녁 여섯시, 남편은 땡 하는 소리와 함께 집으로 달려온다. 부인이 저녁을 준비하는 사이 아이와 레슬링하며 놀거나, 전구를 새로 갈아 끼우거나, 쓰레기를 버리느라 쉴 틈이 없다. 저녁을 먹고 나면 하루 종일 아이 돌보느라 지친 아내를 위해 대신 설거지를 한다. 아이들이 잠든 시간, 차를 마시며 부인과 그날 하루 동안 있었던 이러저러한 일

평일, 주말 할 것 없이 아이들과 놀아주는 아빠들. 아이 걸음마 연습도 시키고, 신발도 신겨주고, 함께 낚시도 하고, 소풍에도 따라간다.

을 이야기한다. 그리곤 피곤에 절어 침대로 향한다.

그 흔한 회식문화도 없다. 회사에서 회식은 몇 달에 한 번 점심을 같이 먹는 정도다. 일년에 단 한 번 정도 회사에서 마련한 연말 파티에서 술을 왕창 먹고 와봐야 밤 열두시다. 그런데도 부인은 왜 이렇게 늦었냐며 잔소리를 한다. 우리의 슈퍼맨 아빠는 아이 유치원이나 학교 행사에도 자발적으로 참여한다. 몽구의 유치원 소풍을 따라가 보면 같이 오는 부모의 20~30퍼센트는 아빠다. 이들은 소풍에 와서도 무거운 짐 들어주기, 남자 아이들과 축구하기, 학부형들과 수다 떨기 등 정말 적극적인 모습이다.

월화수목금요일을 이렇게 보낸 런던의 직장남은 주말이면 더 바쁘다. 아주 전투적으로 아내와 아이들을 위해 몸을 바친다. 토요일 아침이면 가족과 공원에 나간다. 아이와 축구를 하고, 모형 비행기를 띄우며 논다. 부인은 옆에서 책을 읽으며 일광욕을 즐긴다. 집 앞 공원에 가지 않는다면 1박2일 여행을 떠난다. 도로는 런던을 빠져나가려는 차들로 꽉 차있다. 두 시간 거리를 여덟 시간 만에 걸쳐 도착한 여행지, 저녁은 남편이 도맡는다. 바비큐를 굽기 위해 불을 지피고 연신 고기를 뒤집는다. 일요일 밤, 아이들이 잠들면 남편은 잠시 TV를 틀어놓고 상념에 잠긴다. 그리고는 다음날 아침 출근을 생각하며 일찍 잠자리에 든다.

이런 일상이 매주, 몇 년간 계속된다고 상상해보라. 아마 한국의 가장들은 정신병 중증으로 모두 병원에 입원하는 신세가 될 것이다. 내게 한국의 가장들은, 토요일 아침 바리바리 아내가 싼 도시락이며 돗자리를 양 어깨에 메고, 전날 밤 마신 술로 숙취에 허덕이며 인상을 찌푸리다, 마침내 사람들로 우글대는 놀이동산에 왜 오자고 했냐며 아내에게 짜증을 부리는 모습으로 각인돼 있다. 실제로 놀이동산에 가보면 한국 아빠들은 대부분 그래 보인다. 짜증 섞인 표정과 피곤에 절은 얼굴들. 이들은 아마 일주일의 반은 거나하게 취해 새벽에 들어오겠지. 아마 그런 식의 아빠 노릇을 런던에서 했다가는 이웃들이 가족 방치죄와 아동 학대죄로 경찰에 신고할지도 모른다.

그렇다면 이곳 아빠들은 왜 이렇듯 가정적인 걸까. 끝내 지치지 않고 주인에게 충성을 다하는 머슴 유전자라도 있는 걸까. 나는 아무래도 환경적인 이유를 들고 싶다. 남들이 다 그렇게 하니 나도 자연스레 동화되는 분위기 말이다. 사우나에서 만난, 한국의 밤 문화를 찬양하던, 그 배불뚝이 아저씨도 이곳에선 한없이 착실한 가장일 것이다. 자고로 환경이 남자를 지배하는 법이다.

그럼, 남자들이 직장 다니며 돈 벌고 아이도 키우고 요리도 하는 사이 여자들은 무얼 하느냐. 여자들은 달린다. 남편이 회사에 가고, 아이는 학교에서 공부하고, 여자들은 마냥 달린다. 물론 가정형편이 넉넉한 집 이야기이긴 하다. 영국인들은 남편이 혼자서 돈을 벌어오는 집의 아내를 '레이디 오브 레저 Lady of leisure'라고 부른다. 쉽게 말해 여기저기 놀러 다니며 맛있는 걸 사먹는 아줌마라는 뜻이다. 이곳의 레이디 오브 레저들은 달리면서 스트레스를 푼다. 달리면서 친구들을 만나고, 달리다가 배고프면 레스토랑에서 밥을 사먹는다. 정말, 팔자 늘어졌다. 그렇다고 남편들이 레이디 오브 레저를 원망하거나 돈을 벌어오라고 강요하지도 않는다. 주중에 실컷 놀았으니 주말에는 아이들 좀 봐달라고 요구하지도 않는다. 남편들은 그것이 일생일대의 과업이라고 생각하는지, 운명에 순응하고 더 열심히 가장의 책무를 다한다.

한낮에 공원에 가보면 이렇게 열심히 달리는 아줌마들을 많이 볼 수 있다.

    남편들이 순한 양으로 살아가는 데에는 또 다른 이유가 있다. 영국 여자들이 기가 세기 때문이다. 유치원이나 학교에서 아이들이 노는 모습을 살펴보노라면 기가 찬다. 여자 아이들이 3미터나 되는 키 큰 나무 꼭대기에 기어올라가는 사이 남자 아이들은 그 밑에서 따라 올라가려고 낑낑댄다. 여자 아이들이 윽박지르면 남자 아이들은 끽 소리도 못한다. 어렸을 때부터 여자 아이들은 여자이기를 포기한 것 같다. 도전적이고, 자기 주장 강하고, 힘도 세다. 성인이 된 영국 여자들 얼굴에는 이렇게 쓰여 있다. '나 아주 대가 세요!' 그래서 영국 여자들과 언쟁을 벌이면 안 된다. 어디 한 대 맞을 것 같다. 이래저래 불쌍한 남편들이다.

아, 우리 남편도 어느덧 런더너 직장남의 모습을 하고 있구나. 너무도 아름답고 멋지다. 오로지 회사와 집, 일과 가족을 위해 질주하는 저 섹시한 모습! 그런데 가끔씩 남편의 얼굴이 허해 보인다. 세 가족이 매일 오글오글 모여 지내다 보니 자기만의 시간이 필요한 걸까. 남편에게 넌지시 물어봤다.

"자기, 한국 생각하면 뭐가 제일 그리워?"

남편의 대답은 너무나도 소박해 눈물이 날 지경이다.

"허름한 대폿집에 친구들이랑 앉아서 삼겹살 구워 먹으면서 소주 마시고 싶다. 계란찜이랑 보글보글 끓는 된장찌개도 시키고."

극도의 밋밋한 생을 사는 사람들 속에, 여기, 삼겹살에 소주를 그리워하는 한 남자가 있다. 그 남자 가슴 속에 비가 내린다. 추적추적 내리는 런던의 비만큼이나 차가운 비가 내린다.

남자가
바람 피우는 것에
너그러운 사람들

이런, 애슐리 콜(영국 축구팀 첼시 소속의 축구선수)이 또 일을 저질렀구먼. 다른 여자와 바람 피운 게 얼마나 됐다고 또다시 나체 사진 파일을 여자 친구들에게 보내는 우를 범하나. 브레이크 없는 애슐리의 바람기 때문에 그의 부인인 가수 셰릴 콜은 체면을 구겼다. 처음 애슐리가 바람을 피웠을 때 셰릴은 묵묵히 그 고난을 견뎌냈다. 그리곤 주먹만 한 다이아몬드 반지를 끼고 나타나 '우리는 서로 사랑해요. 그 어떤 고난도 우리 사랑을 막을 순 없어요' 식의 메시지를 던지며 둘의 사랑을 과시했다. 사람들은 셰릴의 천사 같은 마음을 칭송했다. 그런 면에서 몇 년 전 비서와 바람을 피워 된통 당한 베컴도 부인을 잘됐다. 한 번의 실수를 눈감고 어쨌든 지금까지 잘 살고 있으니.

런던에 와서 남자들이 바람 피우는 것에 너그러운 런더너들을 보고 꽤나 놀랐다. 영국의 스타 요리사 고든 램지가 부인이 아닌 다른 여자와 몇 년간이나 밀월관계였다는 기사가 쏟아졌을 때 난 고든은 이제 끝났다고 생각했다. 그의 바람기를 증오하는 온 세상 모든 주부들이 그에게 등을 돌릴 게 뻔하지 않은가. 그런데 웬걸, 다음날 그가 아내와 손잡고 마치 꿈꾸듯 거리를 걷는 신문 사진 한 장으로 상황은 종료됐다.

런더너들은 왜 바람기에 너그러운가. 나는 이 또한 변화를 싫어하는 영국인들의 유전자 때문이라고 생각한다. 바람을 피우고, 그로 인해 일상생활이 흐트러지고, 결국은 헤어져 서로에게 상처를 주니 그냥 현상을 유지하는 게 낫다고 결론을 내리는 것이다. 주변을 살펴보면 칠순이 다 된 노부부가 손을 꼭 잡고 거리를 산책하는 모습이 자주 눈에 띈다. 그 부부들 또한 위기가 있었으리라. 하지만 그들은 관계를 깨지 않고 현명하게 위기를 헤쳐나가 오늘날 저렇게 아름다운 노년의 모습으로 생의 마지막을 기다리고 있는 것이다.

영국의 앙숙인 프랑스를 보자면 너무나도 대조적이다. 올초 영국 언론들은 니콜라 사르코지 프랑스 대통령과 영부인 칼라 브루니가 맞바람을 피우고 있다고 대서특필했다. 개인의 사생활을 철저히 사적인 것에 부치는 프랑스의

집에서 싸온 음식을 먹으며 평화로운 오후의 데이트를 즐기는 연인과 부부들.

풍토와 달리 영국인들은 난리가 났다.

　「이브닝 스탠다드」 지는 아예 두 면에 걸쳐 이들의 '자유연애의 역사'를 세세하게 보도했다. 이 신문에 따르면 전직 모델이자 싱어송라이터인 칼라 브루니는 믹 재거, 에릭 클랩튼, 도널드 트럼프와 염문을 뿌렸다. 게다가 프랑스 작가 장 폴 앙토방과 사귀다가 그의 아들인 철학자 라파엘과 눈이 맞아 아들을 낳았다. 철학자 라파엘은 이후 프랑스의 유명한 철학자의 딸과 결혼했다. 한편, 사르코지는 첫번째 부인과 결혼생활 도중 훗날 두번째 부인이 되는 세실리아와 사랑에 빠졌고 결국은 결혼했다. 사르코지가 두번째 부인 세실리아와 이혼 후 칼라와 재혼하기 전에는 법무장관과 밀애를 즐겼다는 소문이 돌았다. 그리고 최근엔 칼라가 다른 샹송 가수와 바람을 피우는 사이 사르코지는 환경부장관과 밀애를 즐기며 맞바람을 피운다는 소문이 언론을 통해 흘러나왔다.

이 두 사람의 복잡한 애정사를 쓰다 보니 손목이 아프다. 이들에게 사랑은 '연필로 쓰세요'이다. 사랑을 쓰다가 쓰다가 틀리면~ 지우개로 깨끗이 지워야 하니까~. 프랑스 상류층의 사랑, 참 쉽다. 그 쉬운 사랑이 영국에선 안 통한다. 바람은 곧 배신이자 명예의 종말이다. 영화 〈데미지〉의 주인공 스테판(제레미 아이언스)도 바람을 피워 망한 케이스다. 유망한 정치인인 스테판은 아들의 연인인 안나(줄리엣 비노슈)와 뜨거운 정사를 벌이다 아들에게 들킨다. 놀란 아들은 3층 계단에서 떨어져 즉사하고 스테판은 옷도 걸치지 않은 채 알몸으로 뛰어나와 아들의 주검을 안고 오열한다.

영화의 끝자락. 구멍이 송송 뚫린 낡은 트레이닝복에 머리는 헝클어진 부랑자 같은 모습의 스테판이 런던의 한 빈민가 주택에 들어선다. 그날 산 딱딱한 빵을 봉지에서 꺼낸 뒤 봉지를 아주 조심스럽게 접어 선반에 올려놓는다. 그리고는 낡은 의자에 앉아 한쪽 벽을 주시한다. 벽 한 면 전체에 아들과 안나 그리고 자신이 함께 찍은 사진을 확대해 붙여놓았다. 한때 잘나가던 정치인이 정욕에 물들어 아들을 죽게 하고, 아내에게 버림받고 정계에서 쫓겨나, 끝내는 부랑자 같은 모습으로 말년의 삶을 살고 있다. 한때 아름다웠던 옛 추억이나 회상하면서. 나는 영국에서는 충분히 그런 결말이 나올 수 있다고 생각한다.

영국 정치인의 제1덕목은 화목한 가정이다. 브라운 총리나 야당 당수 데이비드 카메론은 항상 아내와 손을 잡고 은근한 애정을 과시한다. 물론 상류층 대부분은 바람을 피운다는 게 정설이다. 하지만 드러내놓고 바람을 피우는 사람은 없다. 그게 발각되면 사랑도 명예도 이름도 남김없이 사라지게 되기 때문이다. 그런데 어쩌다 한 번 실수를 하면 한 번은 눈감아 준다. 앞서 말한 대로 영국인들은 삶의 변화를 원하지 않기 때문이다.

얼마 전 영국 축구팀의 주장이었던 존 테리가 바람을 피워 영국을 뒤흔들어놓았다. 그는 그 전까지만 해도 '좋은 아빠상'을 수상하며, 가정만을 생각하는 성실한 축구선수로 이미지를 팔고 다녔다. 그런 그가 같은 팀 동료의 전 부인과 정사를 벌였다. 임신한 그녀에게 중절을 하라고 돈도 줬단다. 영국민의 배신감은 극에 달했다. 그러나 상황은 쉽게 마무리되었다. 타블로이드판 신문에 존 테리와 그의 부인이 다정하게 차를 타고 축구장을 빠져나가는 사진이 실리면서.

존 테리의 부인은 배알이 없는 여자였던가. 아니다. 그녀는 똑똑하다. 이혼해봤자 이혼녀라는 딱지 말고는 얻는 게 없다. 결혼생활을 유지하면 남편의 바람기를 용서한 착한 아내이자 영국인의 사랑을 받는 축구선수의 아내로 각종 언론의 스포트라이트를 받으며 여왕처럼 살 수 있다. 영국 사람들이 의뭉스러운 건지, 대놓고 바람을 피우다 아쌀하게 헤어지는 프랑스 사람들이 쿨한 건지 도통 모르겠다.

'쏘리'는
'쏘리'가 아니다

7년 전 취재차 일본 도쿄에 처음 갔을 때의 일이다. 공중 화장실에서 일을 보고 나오는데 내 앞에서 기다리고 있던 한 중년 여인이 나에게 고개를 연신 끄덕이며 "스미마셍, 스미마셍('미안합니다'라는 뜻의 일본어)" 하고 화장실로 들어갔다. 내 화장실을 빌려 쓰는 것도 아니고, 나에게 뭐 잘못한 일도 없는데 왜 미안하다고 말을 하는 걸까? 이 의문은 며칠 전 일본인 친구의 설명으로 풀렸다. 그 말은 '미안하다'라는 의미이기 보다는 그냥 '실례합니다' 정도로 가볍게 넘겨야 한다는 것이다.

오, 그래? 사실 런던에 살다 보면 가장 많이 쓰는 말이 '쏘리^{Sorry}'다. 말 그대로 미안하다는 말인데, 이 단어의 활용도는 사실 무한대에 가깝다.

1. 길을 가다 누군가와 부딪쳤을 때, 쏘리(미안해).
2. 아줌마들이 길을 막고 수다를 떨고 있을 때, 쏘리(길 좀 비켜줘. 지나갈 수가 없잖수).
3. 상대방이 무슨 말을 하는지 도통 감이 안 잡힐 때, 쏘리?(너 지금 무슨 말하는 거니, 다시 말해봐).
4. 버스 정류장에서 청년이 나에게 먼저 타라고 양보할 때, 쏘리(고마워).

인간 사회가 이렇게 미안하다는 말로 서로에게 호의를 보이며 살아왔다면 전쟁이나 다툼은 벌어지지 않았을 것을. 하지만 미안하게도, 쏘리를 달고 다니는 런더너들 사이에도 각종 다툼과 증오가 만연해 있다. 쏘리는 쏘리가 아니기 때문이다. 런던에서 살다 보면 정말 미안한 상황이 벌어졌을 때 좀체 미안하다는 말을 들을 수 없다. 마음에서 우러나지 않는 것인지, 아니면 자존심이 상해 말을 꺼내기 힘든 것인지 도무지 알 수가 없다. 어쨌든 이들은 정말로 미안한 일이 생겨도 절대로 미안하다는 사과는 하지 않는다.

상식적으로 우리는 이럴 때 미안하다고 한다. 약속시간에 30분이나 늦어 친구 얼굴이 울긋불긋할 때, 상사에게 오늘까지 리포트를 제출하기로 해놓고선 일을 다 끝내지 못했을 때, 괜한 소리를 해서 가족이 마음 상했을 때, 이럴 때 우리는 진심으로 미안함을 느낀다. 그런데 이처럼 상대방을 배려하고 미안해하는 마음이 이곳에는 없다. 미안하다는 말 대신 각종 변명거리가 쏟아진다.

소더비 대학원에서 꽤나 큰 팀 프로젝트가 있었다. 다섯 명의 팀원이 함께 어떤 목적을 수행해야 하는데, 그중 대학을 갓 졸업한 영국 아이가 항상 문제였다. 미팅에서 각자 준비한 부분을 서로 공유하기로 했는데 그 어린 여자애는 아무것도 안 해왔다. 물론 미안하다는 말은 귀를 씻고 들어보려야 들을 수 없었다. 대신 변명이 쏟아져나왔다.

"주말에 친구가 런던으로 놀러 왔는데 나한테 런던 가이드를 해달라는 거야. 나 숙제해야 하는데 말이야. 그런데 어젯밤엔 동생이 또 나이트클럽에 가자는 거야. 동생 부탁인데 안 들어줄 수가 있니? 어제 밤새고 이렇게 나왔더니 정말 피곤하다. 여기 다크 서클 보여?"

할 말이 없다는 말은 이럴 때 쓰라고 생겼나 보다. 그냥 미안하다, 다음에 더 잘 해오겠다 하면 될 텐데, 끝까지 미안하다는 말은 하지 않고 당당하다.

이런 일은 일상생활에서도 다반사다. 주민세 요금이 잘못 나와 몇 통의 전화를 하고 편지를 써대고 나서야 세금이 조정되었어도 나는 구청 측으로부터 미안하다는 소리 한번 듣지 못한다. 동네 레스토랑에 예약을 했는데 직원들의 잘못으로 예약이 중복됐는데도 나는 미안하다는 소리 한번 듣지 못한다. 대신 정확하게 예약을 확인하지 않은 나의 잘못이라는 핀잔만 듣는다.

도대체 이 사람들은 왜 미안하다는 말에 인색할까. 정답인지 알 수 없지만 나의 결론은 이렇다. 어떤 일이 있다. 그런데 그 속에는 내가 노력해도 되지 않는 제3의 힘이 있다. 예를 들어, 나이트클럽에 가자는 동생이라는 제3의 힘 때문에 나는 숙제를 할 수 없게 되어버린 것이다. 회사에 가야 한다. 그런데 그 속에는 내가 노력해도 되지 않는 제3의 힘이 있다. 간밤에 눈이 내려 기차가 연착되는 제3의 힘 때문에 나는 회사에 갈 수가 없다. 나의 의지와는 상관없는 제3의 힘 때문이지, 나의 계산된 의도는 아니라는 사고방식이다. 그걸 받아들여야 하는 상황에 놓인 상대방은 어떠한가. 타고난 위트로 한 방 먹이고는 그냥 넘겨버린다. 그들 면전에서건, 아님 보이지 않는 곳에서건. 그걸로 상황 종료다.

명품족이세요?
참 촌스럽군요

앞집 이웃 할아버지 데릭과 친해진 것은 런던에 온 지 얼마 안 돼서다. 그는 몽구와 같은 유치원에 다니는 조지프의 외할아버지다. 유치원이 끝나는 오후 한시에 어김없이 유치원에 나타나는 그는 볼 때마다 색이 바랜 푸른색 점퍼에 청바지 차림이었다. 꽤나 가난한 할아버지인가 보다 생각하며 내심 그를 무시했다. 그러나 외모만 보고 사람을 평가하는 건 얼마나 위험한 일인가. 그는 수십억 원을 호가하는 3층짜리 집에 산다. 다른 집 한 채와 아파트 두 채는 월세를 주었단다. 스페인 남부 해안에는 아주 모던한 별장도 갖고 있다.

엄청난 재산과 더불어 연금을 받으며 생활하는 런던의 전형적인 상류층 부자다. 사치를 부려도 누구 하나 뭐랄 사람도 없다. 그런데도 항상 빛바랜 푸른색 점퍼에 청바지 차림이다. 외부인의 시선이 그에겐 대수롭지 않은 모양이다. 겉치장에 신경을 안 쓰는 대신 그는 문화생활에는 돈을 아끼지 않는다. 그의 집 거실에는 40년 이상 그가 손수 모은 그림과 가구들이 아름다운 자태를 뽐내고 있다. 그는 아트 컬렉터다. 유화보다는 수채화를 좋아해 빅토리안 시대 화가가 그린 수채화를 주로 모았다. 벽에는 더이상 걸 자리가 없어 이제는 그림 사는 걸 중단했다. 데릭의 어머니가 소장했던 18세기 영국 작가의 유화들은 크리스티나 소더비 경매에 내놓아 좋은 가격에 팔았다. 얼마 전엔 영국의 어떤 귀족이 남긴 그림 담는 상자를 크리스티 경매에서 3천만 원에 낙찰받아 거실 한 귀퉁이에 고이 모셔놓았다.

데릭 부부는 일주일에 세 번 조지프를 돌보는 날 이외에는 시내로 나간다. 오전에는 영화를 보고 오후엔 소더비나 크리스티 경매장에 들러 전시를 본다. 테이트 브리튼, 내셔널 갤러리, 로열 아카데미, 자연사 박물관 등 흥미로운 전시가 열리는 곳엔 항상 그들이 있다. 내 인생을 통틀어 '나도 저렇게 멋지게 늙어야겠다'라고 느끼게 만든 몇 안 되는 사람들 중 하나다.

좀 친해진 후 나는 데릭이 패션 센스가 아주 좋은 영국 신사라는 걸 알게 됐다. 전시를 보러 갈 때나 메이페어에 있는 고든 램지의 레스토랑에서 약속이 있을 때면 전혀 다른 사람으로 변신한다. 보스 양복에 프라다 코트를 걸친다. 명품족이라고 할 수 있지만 그의 구매 패턴은 우리와 사뭇 다르다. 신상품이라고 막 사들이는 게 아니다. 수십 년간, 마치 그의 그림들처럼, 컬렉팅한 옷들이다. 30년 전에 산 갈색 재킷에 10년 전 산 회색 바지를 맞춰 입는 식으로 근사하게 차려입고 나들이를 간다. 런던의 여느 신사들처럼.

몽구와 조지프가 금방 친구가 되어 데릭의 집을 자주 왕래하면서 데릭 부부는 나를 딸처럼 여겼다. 내가 소더비에서 아트 비즈니스를 공부할 예정이라고 하자 대뜸 부정적인 의견을 쏟아놓았다.

"지(Jee, 지영이라는 이름이 발음하기 어려웠던지 영국에선 다들 나를 지라고 부른다), 그림 장사를 하려면 그냥 하얀 벽이 있는 공간만 마련하면 돼. 왜 4천만 원이나 내고 굳이 학교에 다니려 하지?"

맞는 말이기도 하다. 하지만 내가 공부를 시작하고 나서는 든든한 지원군이 돼주었다. 런던에서 열리는 각종 흥미로운 전시를 다녀온 후에는 나에게 재미나게 이야기해주었다. 아이 돌보랴, 살림하랴, 공부하랴 정신없이 바빠 정작 미술관이나 갤러리 문턱에도 못 가는 나는 데릭 부부를 통해 런던 미술 시장의 흐름을 읽었다.

이 부부 덕에 나는 런던 시내의 호화로운 티타임도 여러 번 경험했다. 런던 상류층에게 티타임은 오후의 필수 코스다. 유명 호텔의 야외 테라스나 미술관 마당의 레스토랑은 오후 티타임을 즐기는 사람들로 북적인다. 물론 돈

나의 이웃 데릭과 애너벨 부부, 그리고 그들의 손자 조지프. 부부의 거실에는 데릭이 40여 년간 모아온 그림과 가구, 도자기 등이 빼곡히 자리잡고 있다.

있는 사람들이다. 영국 차와 초콜릿 등 간단한 먹을거리가 나오는 티 세트는 기본이 15파운드다. 거기에 샴페인 한 잔을 곁들이면 족히 20파운드는 나온다. 데릭 부부는 저 멀리 지구 반대편에서 온 한국인 딸에게 영국의 다양한 문화를 보여주고 싶어 안달이 났나 보다.

최근에 갔던 랜드마크 호텔의 티타임은 호화로움의 극치를 보여주었다. 3층 높이까지 천장이 뚫린 호텔 중앙 정원에서 사람들이 삼삼오오 모여 티를 즐겼다. 아랍계 사람들도 있었는데, 석유재벌들인 모양이었다. 영국 차와 샴페인, 그리고 쿠키 등 먹을거리를 세트로 시켰다. 28파운드? 눈이 돌아간다. 한 사람당 5만 원이면 세 사람이 15만 원? 차 한 잔 마시는데 이런 거금을 쓰다니! 잘생긴 인도인 지배인이 차와 샴페인을 들고 나왔다. 이어 역시 잘생긴 인도인 웨이터가 쿠키와 초콜릿을 들고 따라왔다. 손바닥만 한 접시를 3단으로 올려 앙증맞은 초콜릿들과 한 입에 쏙 들어가는 샌드위치, 그리고 연어를 다진 소스 등을 예쁘게 담았다. 청담동 커피가 1만 원이 훌쩍 넘는 것에 분기탱천하던 나는 기가 죽었다. 영국 차와 초콜릿 조각 몇 개에 5만 원이라는데, 남기지 말고 다 먹어야 한다.

지난해 10월 논문 마감을 며칠 앞두고 나는 논문을 봐줄 사람을 찾고 있었다. 논문에 논리적 오류는 없는지, 또 영어 문장이 틀린 곳은 없는지 마지막 최종 교열을 하는 작업이었다. 전문가에게 맡기면 300파운드 이상은 지불해야 했다. 그런데 데릭이 선뜻 교열을 봐주겠다고 했다. 칠순 노인이 눈도 침침할 텐데……. 많이 미안했지만 그냥 원고를 건넸다. 이틀 후 교정본을 받아든 나는 가슴이 뭉클했다. 최대한 나의 문장을 존중하면서 일부 단어를 세심하게 고쳐주고, 또 말이 안 되는 문장과 문단은 나에게 그 숨은 의도를 물어다시 영국식 고급 영어로 다듬어주었다. 데릭의 헌신적인 지원 덕분인지 내논문은 최고 점수^{Distinction}를 받았다. 두 부부가 없었다면 나는 코스를 이렇게 훌륭하게 마치지 못했을 것이다. 고비가 있을 때마다 "넌 잘하고 있다"고등을 토닥여주고, 런던의 가볼 만한 식당과 티타임에 데려가 공부에 지친 나를 위로해 준 은인들이다.

얼마 전 데릭의 부인 애너벨이 심한 독감에 걸려 침대에 누워 있다기에 한국 슈퍼에서 유자차를 사서 들고 갔다. 애너벨은 아픈 몸을 이끌고 부엌 식탁에 앉아 있었다. 오늘까지 수표들을 자선단체에 보내줘야 한다며 마음이 바쁜 모양이었다. 애너벨은 엠네스티 인터네셔널과 아프리카 기아대책기구, 영국 암연구센터 그리고 코끼리, 사자, 원숭이를 보호하자는 취지로 설립된 동물인권운동기구에 매달 일정 금액을 기부한다.

그리고 더이상 필요가 없게 된 물건이나 그림들은 동네 채러티 숍^{Charity Shop}에 갖다 준다. 채러티 숍은 자선단체가 운영하는 가게로, 동네 주민이 기부한 옷과 신발, 장난감, CD, 책 등을 초저가에 판매해 자선기금으로 쓴다. 우리 동네의 번화가에는 작고 아기자기한 레스토랑 사이에 칠드런 소사이어티^{The Children's Society}, 캔서 리서치^{Cancer Research} 등 다섯 개의 채러티 숍이 있다.

처음엔 이런 거리 풍경이 꽤나 낯설었다. 청담동 거리에 한 집 건너 '아름다운 가게'가 있는 거나 마찬가지다. 남들이 쓰던 옷과 집기들을 찜찜해서 어

우리 동네 큰길가에 있는 채러티 숍. 그 옆으로도 한 집 건너 하나씩 채러티 숍이 있다.

떻게 쓸 수 있단 말인가. 하지만 모두들 아주 즐겁게 채러티 숍에 들러 쇼핑을 한다. 때로는 쓰다가 싫증난 물건도 기부를 한다며 들고 온다. 어느덧 나도 세뇌가 되었는지 가끔씩 재미삼아 채러티 숍에 들른다. 그리고 아주 요긴한 물건을 발견했을 때 희열을 느낀다. 일본 식기(1파운드), 클래식 CD(1.5파운드), 갭 치마(4파운드), 본차이나 커피잔 세트(5파운드), 유아용 책(2파운드) 등을 사서 여태껏 잘 쓰고 있다. 좋은 동네일수록 이런 채러티 숍이 많고 또 활성화되어 있다. 좋은 질, 많은 양의 물건이 기부되기 때문이다. 필요한 물건을 싼 값에 얻고, 또 그 돈이 아픈 사람, 가난한 사람, 불우한 어린이들에게 도움을 준다니 얼마나 값진 기부 행위인가.

한국에선 가진 것 없는 사람도 명품 하나쯤은 있다. 명품을 걸치고 동네에 장을 보러 가고, 명품을 걸치고 백화점에 가서 다시 명품을 산다. 무시당하지 않으려면 으레 그렇게 해야 한다. 하지만 이곳 런던에서는 다르다. 실용성과 소박함이 사회 전체에 깔려 있다. 런던에서 외모로 부자들을 가려내기란 여간 힘든 일이 아니다. 다들 낡은 옷을 입고 낡은 신발을 신고 다닌다. 여자들은 동네 슈퍼에서 산 10파운드짜리 비닐가죽 가방을 들거나 심지어 배낭을 메고 다닌다. 편하고 가볍기 때문이다. 물론 그들도 명품족들이다. 하지만 특별한 날이 아니고서는 좀처럼 드러내지 않는다. 철철이 사재기하는 것도 아니고 몇 십 년간 모아온 명품들이다. 그들은 대신 그 돈을 문화생활에 투자한다. 그리고 어려운 사람을 위해 기부를 한다. 데릭 부부는 너무나 영국적인 부자들 중 하나다. 3년간 지켜본 그들의 한결같은 모습에 존경심이 생겨난다. 영국의 힘은 바로 이들의 노블레스 오블리주에서 나오는 것이 아닌가 하는 생각이 든다.

런더너가
사람을 판단하는
세 가지 기준

　사람을 극도로 가리는 영국인의 습성을 볼 때 데릭 부부가 왜 처음부터 우리 부부에게 마음을 터놓고 친구가 됐는지는 아직도 미스터리다. 혹시나 우리를 이어주는 끈이 있어서 가능한 것이었을까. 미술에 대한 사랑, 절친이 된 아이들, 거기다 두 노인의 북한에 대한 무한대의 호기심까지? 하지만 이것만으로는 2퍼센트 부족하다.

　아무리 생각해도 우리 부부의 직업이 큰 영향을 미친 것 같다. 남편은 건축가고 나는 전직 저널리스트다. 한국에서는 소위 권위 있는 언론에서조차 건축가를 건축설계사라고 써 건축가들을 황당케 한다. 건축설계사라는 말은 없다. 그만큼 건축가를 제대로 알고 대접해주지 않는다는 반증이다. 하지만 영국에서는 다르다. 직업이 건축가라고 하면 눈이 둥그레지면서 급반색을 한다. 이들은 무에서 유를 창조하는 건축가를 존경의 시선으로 쳐다본다.

저널리스트도 마찬가지다. 영국에선 저널리스트를 펜 하나로 세상을 바꾸려 노력하는, 시대적 사명을 띤 지식인으로 본다. 일전에 친구나 사귀어볼까 하고 런던에 사는 한인 모임에 나간 적이 있다. 참 따분한 자리였다. 한국말을 못해 다들 몸살이 났는지 쉴새없이 수다를 떠는 아줌마 부대였다. 새로 나온 나에게 그들은 궁금한 게 많은 모양이었다.

"한국에서 뭐 하셨어요?"

옆자리 아줌마가 조심스레 물었다.

"「중앙일보」에서 기자로 일했어요."

나는 자랑스럽게 대답했다.

그러자 맞은편에 앉은 한 아줌마가 대뜸 끼어들었다.

"기자는 상대를 말아야지. 뒤에서 등쳐먹는다는데?"

아니, 이 아줌마 정신이 나간 거 아냐. 어디 사람 얼굴에 대고 그렇게 심한 말을? 분위기가 썰렁해지자 다른 아줌마가 진화에 나섰다.

"그럼, 「중앙일보」에서 일했으면 중앙대 나오셨겠네요?"

참, 가지가지 한다. 그럼 「조선일보」 기자는 조선대 출신이고, 「서울신문」 기자는 서울대 출신인가? 「경향신문」 기자나 「한겨레신문」 기자는 검정고시 출신이겠네? 그날 이후로 나는 그 모임에 나가지 않았다. 기자를 남 등쳐먹는 사기꾼 정도로 아는 아줌마들과는 상대를 말아야 한다. 한 사람의 직업을 평가하는데 런던과 서울은 왜 이리도 다르단 말인가. 우울한 저녁이었다.

우리 부부와 같은 외국인의 경우 출신 국가, 직업, 그리고 부의 정도가 영국인들에겐 친해지고 싶은 기준이 되는 것 같다. 그렇다면 영국인은 같은 영국인을 어떤 기준으로 판단할까. 미국인 저널리스트로 영국에서 10년간 살았던 제인 웜슬리는 그녀의 책 『영국인 생각, 미국인 생각^{Brit-Think, Ameri-Think}』에서 세 가지 기준을 제시하고 있다. 출생지, 아버지의 직업, 그리고 출신 학교다. 신문기사를 보면 어떤 한 사람에 관한 기사에 이 세 가지 항목이 반드시 언급된다. 영국인은 좀처럼 자신이 어느 도시에서 왔는지 말하지 않으며, 어디 출신이냐고 묻는 것은 매너에 어긋난다고 생각한다. 런던이나 귀

명품 거리인 리전트 스트리트 안쪽에 위치한 가우초 레스토랑. 잘 차려입은 백인 남성들이 주요 고객이다.

족들이 많이 사는 영국 남서부 지역 출신들이 좋은 대접을 받는 데 반해 리버풀이나 뉴캐슬 등 과거 공장지대나 탄광지대 출신은 왠지 모를 푸대접을 받는다.

언론에서는 어떤 인물을 논할 때 아버지의 직업을 꼭 밝힌다. 물론 그 사람의 내면을 파헤치는 심층 피처 기사라면 얼마든지 쓸 수 있다. 문제는 단순한 보도 기사에 이 말이 빠지지 않는다는 것이다. 얼마 전 세기의 디자이너 알렉산더 맥퀸이 자살했을 때 모든 언론 보도에는 서로 입을 맞춘 듯 그를 '택시 기사의 아들Cabbie's son'이라고 칭했다. 또 제대로 된 패션 교육을 받지 못했다는 점을 이야기할 땐 런던 동부 출신이라는 걸 잊지 않고 언급했다. 맥퀸의 간결한 사망 기사를 쓰는데 아버지가 택시 기사라는 걸 두번째 문장에서 굳이 밝히고 들어가야 하는 건지 난 잘 모르겠다. 가령 배우 수애가 대종상 여우주연상을 탔다는 기사를 이들 버전으로 써보자.

배우 수애가 지난 6일 잠실 올림픽홀에서 열린 대종상영화제 시상식에서 영화 〈님은 먼 곳에〉로 여우주연상을 수상했다. 이 구두 수선공의 딸은 시상식에서 뭐라 뭐라고 소감을 말했다…….

아무리 봐도 어색한 기사다. 그런데 영국 언론은 다들 그렇게 쓴다. 기괴한 가발을 쓰고 다니는 가수 에이미 와인하우스의 아버지가 택시 기사라는 것도 런던에 와서 알았다. 그리고 음악가인 아버지와 영화 프로듀서인 엄마 사이에 태어나 시작부터 남달랐던 가수 릴리 앨런이 햄프셔의 한 사립학교에서 문제아였다는 것도 권위 있는 언론의 단발성 기사에서 알게 됐다.

그러고 보면 출생지, 아버지의 직업, 출신 학교 모두 혈통과 지위, 돈과 관련이 있다. 1천 년 넘게 이어져오는 그래서 아직도 공작, 자작, 경 등의 호칭이 존재하는 영국 계급사회의 한 단면을 보는 것 같아 씁쓸하다.

남의 눈에 띄는 게
죽기보다 싫다?

한 여자가 큼지막한 생일 케이크를 손에 들고 횡단보도를 건너간다. 그때한 미국인 청년이 서둘러 횡단보도를 건너려다 그 여자의 케이크를 툭 쳐서바닥에 떨어뜨린다. 여자의 얼굴은 순간 홍당무가 된다. 미국인 청년은 정말미안해하며 케이크를 주워 상자에 담아주려 한다. 홍당무가 된 여자는 남자의 손을 뿌리치고 재빨리 케이크를 상자에 넣어 부랴부랴 뛰어간다. 미국인청년은 변상을 해주려고 그 여자를 붙잡는다. 하지만 여자는 청년의 손을 다시 뿌리친 채 뒤도 안 돌아보고 도망간다…….

그렇다. 그 여자는 다름 아닌 영국 여자다. 일전에 한국인 모임에 나갔을때 영국인의 성격에 대한 대화가 오간 적이 있다. 영국인을 아무리 이해하려해도 이해할 수 없는 그 무엇이 있다는 불평들이었다. 한 멤버는 자신의 미국인 친구가 겪은 일을 이야기하며 영국인에 대한 아주 적절한 표현을 썼다."British doesn't want to make a scene." 영국인은 남들 눈에 띄는 걸 싫어한다는 말이다. 아니 여기에 이 단어를 추가해야 한다. '극도로' 싫어한다.케이크를 바닥에 떨어뜨린 건 미국인 청년의 잘못이고, 제정신인 사람이라면변상을 요구해야 마땅하다. 하지만 이 영국 여인은 망가진 케이크보다 여러 사람들 앞에서 자신이 주목받게 된 사실이 더 없이 견디기 힘들었던 것이다. 어서 이 상황을 벗어나자. 그래서 그녀는 허위허위 도망간 것이다.

영국인과 친구가 된다는 것은 톰 크루즈가 '미션 임파서블'을 수행하는 것보다 어렵다. 그들은 좀처럼 마음을 열지 않는다. 영국인의 특성을 가장 잘 표현하는 말은 'reserved'이다. 사전적 의미로 '마음을 드러내지 않는 습성'을 뜻한다. 영국인들은 자신이나 가족의 이야기는 절대로 먼저 꺼내지 않는다. 상대방에 대한 신상도 물어보지 않는다. 그저 날씨 얘기나 하고 못난 정부 욕이나 한다. 상대방을 알아가기 위해서 호구조사부터 시작해야 하는 한국인의 습성을 가진 나는 속이 터져 미칠 지경이다.

더구나 이들의 마음은 오락가락해서 그 안에 들어가보지 않고는 절대로 이해불가다. 몽구의 학교 친구 제임스는 항상 유모가 아침에 데려다주고 오후에 데리러 온다. 예순이 넘어 보이는 이 할머니 유모는 전형적인 영국 중부 출신 여성이다. 아주 깐깐하게 생긴 데다 몸도 호리호리하다. 몽구의 첫 등굣날 이 할머니 유모는 친절하게도 나에게 먼저 인사를 건넸다. 음, 괜찮은 할머니구먼. 그런데 다음날 아침, 내가 "헬로" 하고 인사를 건네자 이 할머니는 나를 못 본 척 그냥 스쳐갔다. 이 무슨 황당한 시추에이션? 다음날도, 그 다음날도 그녀는 반갑게 인사하는 나를 투명인간처럼 여기며 그냥 지나쳤다. 나도 열이 받아 앞으론 그냥 무시하고 지나가리라 마음먹은 어느 날, 할머니 유모는 너무나도 반갑게 "굿모닝, 날씨가 좋네요" 하고 말을 걸어왔다. 나, 어떡해야 하니.

이렇게 애증이 교차하며 6개월이 흘렀을 즈음, 할머니 유모는 나에게 악수를 청하며 "나는 마가렛이야. 넌 이름이 뭐니"라고 물어왔다. 아, 눈물이 날 지경이다. 당신의 이름은 마가렛이었구먼요! 근데 웬 뜬금없는 악수 세레모니? 아, 당신이 이제야 나를 친구로 받아들인다는 뜻? 지난 6개월간의 나의 노력이 허사가 아니었다. 나는 자식 예절 교육상, 인사를 잘하라는 대원칙을 몸소 실천해왔다. 나를 무시하건 말건 무조건 상대방에게 반갑다는 인사를 했다. 나에 대해서는 하나도 묻지 않는 그녀에게 휴가는 어디로 가냐, 오늘 재킷이 참 예쁘다, 제임스는 참 착해 보인다, 등등의 말을 수시로 걸었다. 그리고 6개월 만에 그녀는 내게 마음을 열었다!

비단 그녀만의 독특한 성격이라고 할 수는 없다. 다른 영국인 엄마들도 매한가지다. 어떨 때는 반갑게 인사를 하다가도 어느 날은 쌩하고 그냥 지나간다. 물론 나에 대한 궁금증이나 호기심도 없다. 항상 자기 아이들 얘기나 날씨 얘기만 한다. 처음 몇 개월간 나는 이 상황이 견딜 수 없이 싫었다. 동양의 예는 어떠한가. 한 번 눈인사를 건넨 사람이면 바로 '아는 사람'이 되고, 길거리를 지나다가 마주치기라도 하면 반갑게 인사를 한다. 상대방의 안부를 묻고, 사는 얘기를 나눈다. 아마 서로 아는 처지에 쌩하고 무시하며 지나갔다간 사이코로 찍혀서 단박에 학부모 사이에서 퇴출당할 게 틀림없다.

오랜 세월 예와 도를 가르쳐온 한국의 부모들은 존경받아야 마땅하다. 너무나도 답답하고 때론 내가 무시당하고 있다는 분한 마음에 이웃 데릭에게 물어봤다. 도대체 영국인은 왜 사람을 '생까고(미안하다. 이 말밖에는 정확한 표현이 없다)' 다니냐고, 그리고 왜 그리 변덕스럽냐고. 데릭은 잠자코 듣고 있더니 명쾌한 해답을 들려주었다.

"물론 영국 사람이 자기 마음을 드러내진 않지. 하지만 학교에서 학부모들이 그런 태도를 보인다면, 그건 네가 그들에게 도움이 안 되는 사람이라고 생각해서일 거야. 너는 외국인이고, 여기 생활을 잘 모르잖아. 아이 피아노 교육은 어떤 선생님이 좋은지, 축구 클럽은 어디가 더 나은지, 부모들끼리 고급 정보를 나눠야 하는데 너는 그걸 잘 모른다고 생각하는 거지. 그러니까 너한테는 반갑게 인사할 필요를 못 느끼는 거야."

쳇, 한국이나 영국이나 정보 없는 엄마가 왕따당하는 건 마찬가지군.

남의 눈에 띄기 싫어하는 것은 영국인의 유전자에 깊이 박힌 습성인 것 같다. 가장 극단적인 사례를 꼽으라면 영국의 대표적인 기인 윌리엄 존 카벤디시-스코트-벤팅크[1800~1879] 경을 들 수 있다. 부유한 귀족 집안에서 태어난 그는 남들의 눈을 피해 은둔하는 삶을 살았다. 얼마나 특이했으면 그를 연구한 논문과 책들이 수두룩하다. 그는 노팅엄셔의 대저택의 서쪽 방에서 한평생을 보냈다. 그는 저택을 온통 분홍색으로 칠하고 가구도 일절 놓지 못하게 했다. 하인들도 그의 모습을 보는 것이 일절 금지됐다. 그의 방문에는 두 개의 구멍이 있었는데, 하나는 그가 하인에게 지시를 내리는 편지를 놓는 곳이고 다른 하나는 하인이 그에게 전달할 말이 있을 때 편지에 써서 놓는 곳이었다. 식사는 하인이 들고 오는 대신 컨베이어 벨트를 이용해 음식만 방에 들어오도록 했다.

그는 밤에 인적이 없는 틈을 타 산책을 다녔다. 낮에 어쩔 수 없이 나가야 할 때는 챙이 엄청 큰 모자와 코트로 온몸을 가리고 파라솔만 하게 큰 우산으로 자신을 은폐하고 다녔다고 한다. 어쩌다 런던에 사업차 들를 일이 있으면 그는 마차를 탄 채로 그 마차를 기차 짐칸에 올려놓고 런던으로 향했다. 런던 집에 도착해 마차에서 내려 자기 방으로 갈 때까지 모든 하인들은 그가 보이지 않는 곳에 숨어 있어야 했다.

그는 방대한 유산으로 저택 지하에 대규모 연회장과 터널을 건설했다. 지상의 그의 방과 지하의 다양한 방을 연결하는 터널은 24킬로미터 길이나 됐다. 2천 명을 수용할 수 있는 지하 연회장은 역시나 분홍색으로 칠했다. 연회장뿐만 아니라 도서관, 당구장, 천문관측소 등이 들어섰지만 누구도 이곳을 이용한 기록은 없다고 한다. 그럼 그는 왜 아무 쓸모도 없는 일에 엄청난 돈을 쏟아부었을까. 호사가들은 그를 미쳤다고 수군거렸다. 하지만 어느 학자는 그가 당시 가난에 허덕이던 지방의 경제를 살리기 위해 쓸모없는 지하 궁전을 건설했다고 주장했다. 이 지하 궁전을 건설하기 위해 18년간 1만5천 명의 노동자가 그에게서 월급을 받고 일을 했다. 개인 재산으로 지역 경제를 부양한 셈이다.

남의 시선을 꺼리는 윌리엄 경의 유전자는 오늘날의 런더너에게 고스란히 남아 있다. 런던 주택가를 걸어다니면 가장 눈에 띄는, 혹은 눈에 거슬리는 게 있다. 바로 창문마다 드리워진 커튼이다. 이놈의 커튼은 햇살이 반짝이는 대낮에도 묵묵히 창문을 가로막고 있다. 어쩌다 뒤가 당겨서 고개를 돌려보면 창문 안쪽에서 나를 몰래 바라보다 얼른 커튼을 쳐버리는 누군가의 시선과 움직임이 느껴진다.

서울에서 아파트에 살 때, 나는 앞 동 주민들의 일거수일투족을 다 알 수 있었다. 메리야스에 사각팬티만 입고 거실에서 신문을 읽는 아저씨, 컴퓨터

런던 시내의 집들은 밝은 대낮에도 커튼이 처져 있다. 집 안에 꿀단지라도 숨겨둔 걸까. 가끔은 커튼을 확 열어젖히고 싶은 충동이 인다.

게임에 푹 빠진 아들, 설거지를 하며 궁둥이를 씰룩거리는 아줌마……. 다른 집들의 일상이 우리 거실을 통해 다 보였다. 왜냐. 다들 창문을 활짝 열어젖히고 살기 때문이다.

　런던에서는 모두가 커튼으로 꽁꽁 감추고 살다 보니 어떨 때는 그 커튼을 확 열어젖히고 안에 뭐가 있나 살펴보고 싶은 충동이 인다. 하지만 별로 특별한 것도 없을 것이다. 사람 사는 곳이 다 똑같지 않나. 다만 그들은 남들에게 자신의 것을 보여주고 싶지 않을 뿐이다. 이런 성향은 영국의 다른 지역보다 런던에서 두드러진다. 지하철을 타보면 안다. 수십 명이 비좁은 칸에 모여 있는데도 아무도 없는 것처럼 조용하다. 게다가 서로 눈빛을 마주치지 않으려고 각기 다른 곳을 쳐다본다. 길거리를 지날 때도 반대편에서 걸어오는 사람을 의심스러운 눈빛으로 쳐다본다. 낯선 사람들과 접촉하지 않도록 최대한 빠르게, 쳐다보지 말고 지나가야 한다. 물론 이것은 런던에서만 볼 수 있는 특이한 장면들이다. 영국의 다른 지방에서 온 사람들은 런던에 오면 혀를 내두른다. 길거리를 지나가는 사람들 모두가 바빠 보이고 서로를 의심하는 것 같단다. 인구 7백50만 명에 세계 각국에서 몰려든 다인종 다민족 다언어 도시이다 보니 다들 그렇게 변해가고 또 적응하며 살아가나 보다.

영국인과 친해지기,
혹은 왕따당하기

깐깐하고 감정을 드러내지 않기로 유명한 런더너들도 무한정 너그럽고 관대하게 대하는 것이 있다. 바로 물이다. 런던 사람들은 수돗물을 벌컥벌컥 잘도 마신다. 언젠가 한번은 아이 유치원 학부모 모임에서 '수돗물 대신 아이에게 생수를 주자'고 제안했었다. 아이들에게 수돗물을 따라주는 모습을 보고 기겁을 했던 것이다. 그러나 다른 학부모들은 나를 무슨 화성에서 온 외계인처럼 쳐다보며 이구동성으로 말했다. "이곳 수돗물이 얼마나 깨끗한 데요……."

레스토랑에 가서도 물을 먹고 싶은데 한 병에 3파운드 하는 생수값을 내고 싶지 않다면 그냥 "수돗물 주세요$^{\text{Tap water, please}}$" 하면 된다. 뭐, 수돗물의 약간 비린 냄새가 싫다면 레몬 한 조각을 넣어달라고 부탁하면 된다. 물론 50센트를 추가로 내야 한다.

　　마시는 물도 그렇지만 물놀이에 대해선 더욱 관대하다. 매년 여름이 되면 햄스테드 히스의 방대한 저수지는 수영장으로 변신한다. 아이, 어른 할 것 없이 수영복으로 갈아입고 그 흙탕물 저수지로 풍덩 뛰어든다. 한쪽에선 개가 수영을 하고, 다른 한쪽에선 오리가 똥을 싼다. 아이들은 어떤 보호 장비도 없이 수심 2미터가 훨씬 넘는 흙탕물에 겁 없이 들어가 수영을 하면서 논다. 그 더러운 물 먹어가며 좋다고 수영하는 아이들도 대단하지만 그런 아이들을 흡족하게 바라보는 부모들이 더 대단해 보인다.

영국인들은 수돗물을 벌컥벌컥 잘도 마신다. 영국에 3년 넘게 살면서도 수돗물 마시기는 영 적응이 안 된다.

　　그렇게 물에 관대한 성격 탓에 런던에 사는 모든 할머니의 발목은 장정 허벅지만큼이나 두껍다. 석회질이 많은 수돗물을 먹으면 석회 성분이 다리 아래쪽에 켜켜이 쌓여 발목이 점점 두꺼워진다는 의학 기사를 읽은 적이 있다. 아마 런던의 할머니들은 평생 수돗물을 마시며 살아왔을 것이다. 가끔씩 햄스테드 히스에서 흙탕물을 마시며 수영을 즐기고, 레스토랑에서는 수돗물을 주문하면서. 그러지 않고서야 발목이 그렇게 굵을 수는 없다.

그렇다면 물을 제외한 많은 부분에서 몹시 까칠한 영국인과 친해지려면 어떠한 노력을 해야 하는가. 일단 영국인과 친해지려면 하지 말아야 할 제1원칙은 잘난 체하지 않는 것이다. 약간의 잘난 체로 무리 사이에서 왕따가 될 수 있다. 영국인은 자신을 매우 낮춰서 말해야 매너가 있다고 생각한다. 어떤 좋은 일자리를 찾았을 때 "내가 능력이 좀 돼서 그 일자리를 얻게 됐다"고 했다간 큰코다친다. "내 능력이 그렇게 좋다고 생각하진 않지만 어쩌다 운이 좋아 그 자리를 얻게 됐다"고 해야 '야, 이 친구. 됨됨이가 참 됐는걸'이라며 사람 대접을 받는다. 내 아이가 똑똑하다거나 최근 갔던 해외여행이 너무 좋았다고 떠벌려서는 안 된다. 내 아이는 축구를 잘 못한다고 속상해하고, 최근 다녀온 해외여행이 얼마나 실망스러웠는지 말해야 한다. 그러면 영국인들은 동정심과 애정으로 그대를 친구로 받아줄 것이다.

한번 친구가 되면 이들은 180도 돌변한다. 다 내주고 싶어한다. 속마음도 털어놓는다. 한번은 몽구의 친구네 집에 놀러 갔다가 그 집 할머니와 꽤나 긴 대화를 했다. 대화는 역시나 일본 이야기로 시작해 흑인 이야기로 끝났다. 영국인들은 일본을 너무나도 좋아한다. 일본에 대한 환상은 정말 대단하다. 일본은 죽기 전에 꼭 가봐야 할 미지의 나라다. 일본에 갔다 온 사람은 어느 자리에서고 일본에서의 경험을 자랑스럽게 쏟아놓는다. 일본으로 신혼여행을 가는 영국인들도 종종 봤다. 그들은 런던에 사는 일본인에게 일종의 경외심을 갖는다.

그런데 그 일본 바로 옆에 있는 한국은 잘 모른다. 대륙별 산업을 그림으로 표현한 『세계의 위대한 나라들』이라는 아이의 영어 책을 보고는 좀 황당하고 어이가 없었다. 일본에는 TV, 자동차, 카메라, 캠코더와 후지산이 폼나게 그려져 있는데, 우리나라에는 공장 그림 달랑 하나뿐이다. 1970년대 새마을 운동 시절에 만들어진 책도 아닌데 정보가 이렇게 후져서야, 쯧쯧.

어쨌든 몽구의 친구 할머니는 외국인들이 들어와 이 나라를 망쳤다며 열을 올렸다. 대륙별로 아시아, 동유럽, 아프리카에서 온 이민족들을 욕하기 시작했다. 아시아 편에서는 인도와 파키스탄 인이 의사, 약사를 다 해먹는다고 흥분했다. 중국인들에 대한 반감은 이유를 모르겠다. 다만 자신이 너무 오버했다고 생각했는지, 물론 일본과 한국은 제외, 라고 강조했다.

동유럽 편에서는 과거 공산권 국가에서 밀입국한 여자가 젖먹이 아이를 데리고 지하철 객차를 돌아다니며 구걸하는 행태를 비난했다. 젖먹이 아이에게 계속 자도록 마약류의 약을 먹인다는 쇼킹한 얘기도 보탰다. 아프리카 대륙 편으로 가서는 할 말이 더 많았고, 이슬람교인들은 이곳 런던에서조차 자신들의 율법에 따라 일부다처제로 산다며 비난했다.

할머니는 그간 그 울분을 어떻게 가슴에 담고 사셨는지 모를 정도로 쉴 새없이 말했다. 그런 민감한 사안들을 털어놓는 걸 보면 나를 친구로 여기긴 하시는 모양이었다. 영국인과 친구가 되고 깊은 이야기를 나누다 보면 영국인들이 얼마나 타인종을 배척하고 증오하는지 새삼 놀라게 된다. 2차 세계대전 전에는 단일민족이나 마찬가지였으니 쓰나미처럼 쏟아져 들어온 외국인들에 대한 반감이 생기는 것도 이해가 간다. 하지만 영국인답게 드러내놓고 적대감을 표현하지는 않는다. 마음속은 부글부글 끓으면서도 언제나 방긋 웃는 매너를 보여준다.

영국은 아직도 과거의 찬란한 영광을 누리며 산다. 유럽 대륙의 선진국들을 보면서도 '우리는 너희와 다르다'고 생각한다. 일종의 섬나라 멘탈리티 Mentality다. 자신들을 그저 그런 묶음에서 독립시키고 싶어한다. 유럽연합에 속해 있되 제도는 따르지 않는다. 독일, 이탈리아, 그리스, 프랑스 등이 자신의 화폐를 버리고 유로로 전환했음에도 꼬장꼬장한 영국은 아직도 파운드를

길거리에서 잡지를 파는 외국인 이민자. 아마도 그는 어렵사리 모은 푼돈을 본국에 있는 아내와 아이에게 보낼 것이다.

쓰고 있다. 다같이 약속해놓고 혼자만 딴청을 부린다. 파운드에 대한 영국인의 사랑은 정말 대단하다. 젊은이들이야 유로면 어떻고 파운드면 어떠랴 하는 심정이지만, 노인 세대는 "내 눈에 흙이 들어가기 전엔 대륙의 돈은 쓸 수 없다"고 쌍심지를 켠다. 일부 경제학자들도 영국은 끝내 파운드를 포기하지 않을 거라고 예견한다. 영국의 그 뚝심이 부럽다.

알맹이는 가고
껍데기만 남았다

런던 밤거리를 한번 걸어보라.
몇 년을 이곳에 살아도 끝끝내 소화하지 못할 뮤지컬과 연극, 무용이 곳곳에서 쏟아져 나온다.
그것도 비교적 저렴한 가격이라 어려운 형편의 사람들도 마음만 먹으면 즐길 수 있다.
마술관은 또 어떤가. '어드미션 프리'라는 대형 현수막을 내걸고 지나가는 행인을 손짓한다.
주머니에 돈 한 푼 없이도 고흐며 르느와르며 레오나르도 다 빈치를 맘껏 볼 수 있다니
이 얼마나 환상적인 도시인가. 문화는 돈 있는 사람만이 향유할 수 있다는 편견을 이곳에서는 버려라.

모든 걸 파는 나라,
모든 걸 사들이는 나라

"경매품 1번 마티니 잔입니다. 50파운드부터 시작하겠습니다!"

2004년 10월 18일, 런던 뉴본드 스트리트 소더비 경매장에서는 세기의 경매가 시작됐다. 이름하여 '파머시(Pharmacy, 약국) 레스토랑 옥션 세일'이다. 이날 경매는 세계 미술품 경매사에 전무후무한 사건으로 기록되었다. 생존 작가의 작품 전체로 이브닝 세일(옥션회사의 경매 중 가장 비중 있는 행사)을 도배한 것은 처음 있는 일이었기 때문이다. 더욱더 세간의 주목을 끈 것은 경매에 나온 200여 개의 '작품'들이 파머시라는 레스토랑에 걸렸던 그림들과 촛대, 계란 컵, 후추통, 재떨이, 마룻바닥 등 집기 일체였다는 점이다. 손님들의 손을 거쳐 낡아버린 물건을 몇 백만 원씩에 사는 바보가 세상 어느 천지에 있을까. 하지만 여기 그런 바보들이 1천 명 이상 모였다. 그리고 언론사 기자, 방송사 카메라맨들이 경매장에 진을 쳤다.

지난 1999년 런던 노팅힐에 파머시 레스토랑이 처음 문을 열자마자 이곳은 멋쟁이 런더너들로 북적거렸다. 미술계의 악동으로 알려진 데미안 허스트^{Damien Hirst}가 간판부터 벽지, 의자, 재떨이까지 디자인했다. '파머시'라는 특이한 이름답게 몸을 꽉 조이는 약사 가운을 입은 웨이트리스가 서빙을 하고, 벽에는 알약을 쭉 전시해놓은 진열장이 들어섰다. 칵테일의 이름도 '기침 감기약' '마취제' 등으로 둔갑했고, 대부분의 음식은 알약 모양으로 나왔다.

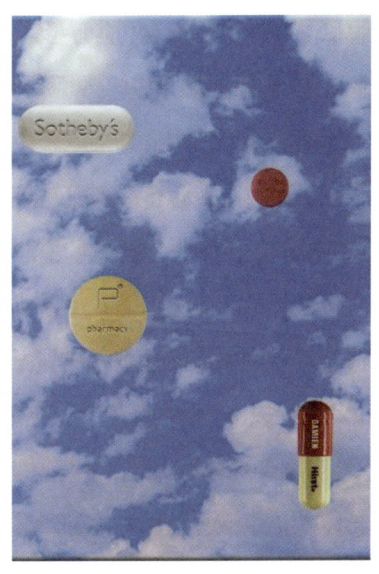

소더비 경매의 '파머시 레스토랑 옥션 세일' 카탈로그.

하지만 뜨거웠던 인기도 잠시, 이 레스토랑은 4년 만에 문을 닫았다. 그때 쓰레기장 신세가 될 뻔한 이 물품들이 기적적으로 경매에 나왔다. 이날 경매의 스타트를 끊은 마티니 잔 두 개는 4천8백 파운드(약 860만 원)에, 유리로 된 둥그런 재떨이 다섯 개 한 세트는 2천 파운드(약 360만 원)에, 벽지 20장은 1만6천 파운드(약 2천8백만 원)에 낙찰됐다. 알약이 전시된 대형 진열장이 123만7천6백 파운드(약 22억 원)로 낙찰돼 최고가를 기록했다. 이번 경매 총 낙찰액은 1,110만 파운드, 우리 돈으로 약 200억 원 가까운 돈이었다.

남이 쓴 물건을 찜찜하게 여기는 우리의 정서로서는 이날 경매에 참석한

「이브닝 스탠다드」가 무가지로 전환된 뒤 길거리 가판대는 문을 닫았다. 요즘은 사람들이 신문을 가져가도록 길거리에 쌓아놓는다.

사람들의 정신구조를 이해하기 힘들다. 한 개인이 오랜 세월 소중하게 간직한 고가구나 본차이나 그릇이라면 모를까, 익명의 대중들이 대수롭지 않게 사용했던 식당의 물품들에 열을 올려가며 경매에 참여하는 모습은 참 낯설다. 하지만 이날 사람들이 주목한 것은 집기 그 자체가 아닌 데미안 허스트의 이름값이었다. 그리고 이제는 역사 속으로 사라진 '약국'이라는 레스토랑의 전설을 산 것이기도 했다.

사실 세계적인 경매회사인 소더비나 크리스티는 이런 '중고' 물품을 팔아 재미를 짭짤하게 봤다. 물론 역사적인 인물의 손길이 스민 물건이어야만 얘기가 된다. 마릴린 먼로, 재클린 케네디, 그리고 최근엔 입 생 로랑까지, 그들이 소유했던 그림과 드레스, 시계, 가구 등은 경매시장에 나와 입이 떡 벌어질 만한 가격에 입찰자의 손에 넘어갔다. 그들은 물건을 산 것이 아니라 추억을 사고 전설을 샀다. 그런 점에서 '파머시 레스토랑 옥션 세일'은 예상 밖의 흥행을 거뒀다. 데미안 허스트가 아무리 현대미술의 선봉에 섰다 해도 이들의 명성을 따라잡진 못했기 때문이다. 어쨌든 소더비 경매회사는 허를 찌르는 아이디어와 공격적인 마케팅으로 기존에 없던 시장을 개척했다. 이날 한판 신명나게 팔아 제낀 경매를 보면서 어쩐 일인지 나는 씁쓸해졌다. 무엇이든 팔아야 직성이 풀리는 영국 경제의 한 단면을 그곳에서 엿보았기 때문이다.

1785년 창간된 「더 타임즈^{The Times}」는 신문 중의 신문이다. 공정하고 깊이 있는 기사로 세계 각국의 언론들이 이 신문의 기사를 인용해 보도한다. '영국의 혼'이라고 할 수 있는 「더 타임즈」는 경영난에 허덕이다 일찌감치 1981년 호주 출신 언론 재벌 루퍼트 머독의 손에 들어갔다. 신이 내린 머독의 사업 수완에도 불구하고 「더 타임즈」는 한 번도 흑자를 기록한 적이 없다. 한마디로 계륵이다. 팔자니 무소불위의 브랜드 네임과 권위가 아깝고, 그냥 갖고 있자니 돈 먹는 하마다. 그래서 요즘 「더 타임즈」는 전사적인 광고에 나섰다. 우리만큼 전세계에 특파원을 많이 내보내는 신문은 없다, 우리만큼 과학 기사 저널리즘에 심취한 신문은 없다, 「더 타임즈」가 돼라!

개인적으로는 「더 타임즈」의 광고를 보는 재미가 쏠쏠하지만 루퍼트 머독은 꽤나 골치가 아픈가 보다. 저간에는 그가 「월 스트리트 저널^{Wall Street Journal}」이나 「파이낸셜 타임즈^{Financial Times}」에 눈독을 들이면서 이 신문을 팔고 싶어한다는 루머가 나돌고 있다. 영국의 자존심, 세계 언론의 자존심인 「더 타임즈」가 이제 천덕꾸러기로 타박을 받고 있는 것이다. 그것도 영국인이 아닌 외국인 사장님 손에서. 「더 타임즈」뿐이라면 좋겠다. 중도 우파신문인 「이브닝 스탠다드^{Evening Standard}」와 대표적 좌파신문인 「인디펜던트^{Independent}」는 KGB(구 소련 국가보안위원회) 요원 출신의 러시아 억만장자 알렉산더 레베데프의 소유로 넘어갔다. 그는 지난해 「이브닝 스탠다드」의 지분

75퍼센트를 단돈 1파운드에 인수한 후, 올 3월에는 같은 방법으로 「인디펜던트」를 손에 쥐었다. 적자에 허덕이던 양대 신문을 단돈 2파운드에 접수한 것이다.

축구 종주국의 영광도 이젠 외국인 구단주 손에서 재현된다. 프리미어리그 20개 팀 중 절반이 외국인에게 넘어갔다. 러시아 재벌 로만 아브라모비치가 접수한 첼시와 더불어 맨체스터 유나이티드, 리버풀, 아스톤빌라, 포츠머스, 아스날 등을 아랍에미리트, 미국, 러시아 출신의 외국인이 접수했다. 이들은 거대 자본을 등에 업고 투자 가치가 있는 팀을 인수한 뒤 해외 유명 선수들을 비싼 값에 영입해 종국엔 리그 우승을 꿈꾼다. 팀이 잘나가면 주인장은 반사이익을 얻게 마련이다.

반면 영국인들은 프리미어 리그에 외국인 선수들만 득시글거린다며 반감을 표하고 있다. 이웃집 데릭은 대놓고 맨체스터 유나이티드를 싫어한다.

"아마 맨체스터 사람들 빼고는 모든 영국인들이 맨유를 싫어할걸. 돈 있으면 축구는 1등 하게 돼 있지. 하지만 돈으로 만든 구단엔 영혼이 없단다."

데릭의 신념은 확고하다. 대신 데릭은 한 달에 한 번씩 런던 서부의 QPR 구장으로 축구를 보러 간다. 이 팀은 2부 리그 소속으로, 그의 아버지 대부터 응원해온 팀이다. 데릭은 어렸을 적 아버지와 동생 손을 잡고 QPR 구장을 다녔던 일을 고스란히 기억하고 있다. 영국 축구의 힘은 이렇듯 지역 클럽에서 유능한 선수를 발굴해 육성하는 풀뿌리 문화에서 비롯됐다. 물론 지역 축구팬들의 변치 않는 지원과 애정이 없었다면 불가능했을 것이다. 그러니 돈을 싸들고 와 해외의 유명 선수를 영입하는 욕심 많은 외국인 구단주들이 이

영국의 2부 리그 소속인 QPR팀의 여름 축구 캠프. 이 팀은 골수팬들의 지원과 경기 티켓 수입으로 구단을 운영해나간다. 캠프는 회원들을 위한 서비스의 일환이다.

들 눈에 곱게 보일 리가 없다.

그렇다고 외국인 구단주가 들어와서 구단 재정이 좋아졌냐면 그것도 아니다. 프리미어 리그 소속 구단 대부분이 경영난에 허덕이고 있다. 프리미어 리그가 한 해 동안 벌어들이는 수익은 20억 파운드. 하지만 그 돈의 90퍼센트는 선수들 월급으로 나간다. 월급 인플레가 심각한 수준에 이른 것이다. 웨스트 햄은 올 초 선수 연봉을 25퍼센트나 삭감하는 결정을 내렸다. 포츠머스는 4백만 파운드의 세금을 연체하고 있으며 올해만 네 번이나 주급이 밀렸다. 우수한 선수들을 영입해 프리미어 리그가 전세계인의 눈길을 사로잡는 데는 성공했지만, 안으로는 심한 몸살을 앓고 있다. 축구 종가의 전통을 지켜가는 문화는 이제 사치나 다름없어졌다.

영국 자동차 이야기 또한 빼놓을 수 없다. 영국의 고급차 재규어는 1989년 포드로 넘어갔다가 2년 전 인도의 타타 모터스로 되팔렸다. 4륜구동의 고급차인 레인지 로버의 운명은 더 기구하다. 1970년 국영 자동차 회사에서 선을 보인 레인지 로버는 1988년 민영화된 뒤 얼마 안 되서 BMW에 팔렸다가 다시 포드로 팔린 뒤 현재는 인도의 타타 모터스가 소유하고 있다. 작으면서도 실용적인 디자인과 기능으로 독일의 폭스바겐과 자주 비교되는 영국의 전통적인 소형차 미니도 2001년 독일 BMW 사로 넘어갔다. 영화 〈007 시리즈〉의 제임스 본드가 수십 년 넘게 타고 다니는 영국산 스포츠카 아스톤 마틴도 포드 손에 넘어갔다가 이제는 소유주가 쿠웨이트 투자그룹과 영국인의 공동 소유로 바뀌었다. 비행기 엔진을 모티브로 파워풀한 엔진을 만들어내 영국의 부자들이 오래전부터 사랑해온 벤틀리도 1998년 독일의 폭스바겐 그룹이 인수했다.

21세기 글로벌 경제시대에 웬 국가주의를 들먹이냐고 묻는다면 할 말이 없다. 하지만 생각해보라. 1·2차 세계대전 전후로 눈부신 엔진 기술과 빼어난 디자인으로 자동차 강국으로 우뚝 선 이들 영국산 자동차들이 이젠 모두 외국인 주인의 손에 넘겨졌다. 내가 영국인이라면 기가 찰 것 같다.

자동차도 가고, 축구팀도 가고, 신문도 갔다. 모두 영국인들의 손 안에서 떠나갔다. 그럼 영국에는 무엇이 남았단 말인가. 영국산 쇠고기와 우유, 일부 먹을거리만 남았다. 플라스틱 그릇, 어린이 장난감 등은 '메이드 인 차이나'다. 프라이마크, 갭 등 영국산 의류는 모두 '메이드 인 스리랑카' 혹은 '메이드 인 인디아'다. 사과와 자두는 이탈리아나 스페인에서 왔고, 일부는 저 멀리 뉴질랜드에서 건너오기도 한다. 산업혁명이 제일 먼저 시작된 나라임에도 불구하고 영국에서 만들어진 공산품을 만나기는 극히 어렵다.

1차 산업을 주도하던 공장이 사라진 지금 영국 경제를 떠받치고 있는 것은 금융이다. 그런데 미국발 금융 위기 이후 영국의 금융시장도 휘청거리고 있다. 만약 금융시장마저 무너진다면 영국은? 알맹이는 가고 껍데기만 남은 영국이 너무 위태로워 보인다.

손님은
밥이다

런던 시내로 들어가는 입구인 베이커 스트리트 근처에는 런던 비즈니스 스쿨이 있다. 파란색 현판에 흰색으로 아주 선명하게 쓰인 런던 비즈니스 스쿨! 「파이낸셜 타임즈」가 매년 발표하는 세계 MBA 스쿨 랭킹에서 유수의 미국 학교들을 제치고 수시로 1위를 차지하는 학교이다. 버스를 타고 이곳을 지나칠 때면 몇몇 학생들이 현관 앞에서 담배를 피우거나 음료를 마시는 모습을 볼 수 있다. 저 학교를 졸업하면 명품 양복을 입고 억대 연봉을 받으며 호화로운 현대식 빌라에 살겠지.

사실 런던만큼 비즈니스하기 좋은 곳도 없다. 손님은 왕이다? 이런 말은 지구 반대편, 저 친절 공화국 한국으로 날려버려라. 영국에서 손님은 밥이다. 영국인 소비자만큼 다루기 쉬운 상대는 없다. 며칠 전에 산 헤어 드라이기가 고장이 나고, 비싼 돈 주고 산 구두굽이 똑 하고 떨어져도 이건 물건의 문제가 아니라 그걸 제대로 쓰지 못한 '소비자의 잘못'이라고 생각한다. 당연히 소비자센터에 전화를 걸어 악악대지도 않는다. 물론 소비자센터 같은 것은 애당초 없다. 회사 홈페이지에 그 흔한 '고객의 소리' 코너도 없다. 마음씨 좋은 네티즌들이 힘을 합쳐 서비스를 소홀히 한 회사의 홈페이지를 몇 시간 만에 다운시키고, 급기야 회사 측으로부터 사과와 함께 더 나은 서비스를 약속받는 한국인의 힘을 이곳에서는 도저히 찾아볼 수가 없다.

우편 서비스도 마찬가지다. 한국의 우체국에서 배편으로 영국에 물건을 보내면 이곳에서는 우체국이 아닌 제3의 대행업체가 집까지 물건을 배달해준다. 문제는 그 물건이 언제쯤 배달될지 도통 알 수가 없다는 데 있다. 물론 홈페이지에는 물품 추적 서비스가 있어 한국에서 부친 물건이 언제쯤 영국 항구에 도착하는지는 가능할 수 있다. 그런데 정작 영국의 항구에 도착한 물건이 오늘 올지, 내일 올지, 아니면 다음 주에 올지는 아무도 모른다. 어렵사리 업체의 대표전화를 통해 물건이 다음 주쯤 배달된다는 말을 들으면 다음 주에는 어김없이 아침부터 저녁 때까지 집에 앉아서 물건을 기다려야 한다. 감옥살이가 따로 없다. 행여나 샤워하다가, 혹은 잠깐 장보러 나갔다가 물건

거리를 걷다 보면 빨간 우체통을 자주 목격한다. 영국인들은 아직도 손으로 글씨를 써서 편지나 카드 보내는 걸 좋아한다. 당연히 우편 서비스는 어느 나라 못지않게 신속하다. 다만 외국에서 오는 소포는 우체국이 아닌 제3의 업체가 담당하기 때문에 애를 태울 때가 많다.

이 배달되는 시간을 놓치면 또다시 몇 주를 기다려야 한다. 우리나라의 경우, 우체국 택배를 예로 들면, 물건이 배달되기 전에 '고객님의 물품이 몇 시에 배달될 예정입니다'라는 휴대폰 메시지가 전송된다. 오우, 이건 정말 대단한 친절 서비스다.

인터넷 설치, 이건 아주 굼벵이 기어가는 속도보다도 느리다. 설치 신청을 한 후 빨라야 3주 후에나 가능하다. 그것도 담당직원이 하루 중 어느 시간에 올지 알 수가 없다. 이날 또한 하루 종일 화장실에도 가지 말고, 샤워도 하지 말고, 장도 보러 가지 말고, 집 안에서 인터넷 설치 기사가 올 때까지 무작정 기다려야 한다.

거대한 쇼핑 제국, 셀프리지 백화점. 쇼윈도는 아티스틱한 전시로 매번 눈길을 끈다.

이렇게 물렁한 비즈니스 환경 속에서 런던 비즈니스 스쿨이 세계 톱이라는 건 대단한 아이러니다. 물론 비즈니스 스쿨에서는 고객을 어떻게 감동시키느냐보다는 고객에게 얼마나 더 많은 물건을 파느냐를 중점적으로 가르칠 것이다. 영국은 그런 면에서 타의 추종을 불허한다. 고객의 심리를 꿰뚫어 사지 않고는 못 배기게 만드는 광고 전략은 비즈니스의 핵이다. 시내 최대 쇼핑가인 옥스퍼드 스트리트에 있는 셀프리지Selfridge 백화점은 거대한 석조 기둥 건물이다. 100년 역사를 자랑하는 이 백화점은 매년 겨울 크리스마스 시즌이면 대놓고 호객행위를 한다. '나는 쇼핑한다, 고로 존재한다'라는 광고 문구를 백화점 안팎에 덕지덕지 붙여놓으면서.

나는 이 대놓고 들이대는 광고 카피가 좋다. 이 얼마나 지적이면서도 쇼핑을 장려하는 문구인가. 아마 칸트도 이것을 봤다면 이마를 탁 쳤을 것이다.

존재감은 큰 데서 오는 게 아니다. 앙증맞은 프라다 빨간색 클러치 백을 내 손에 쥐었을 때, 그 속에 희열이 있고 내가 있다. 반대로 그 어여쁜 백을 만지작거리다 아쉬운 듯 놓고 나올 땐 내가 없다.

영국이 고객에게는 쌀쌀맞은 반면 사업 면에서 번창하는 이유는 창조성 때문이 아닌가 싶다. 기발한 아이디어로 고객의 지갑을 열게 만드는 창조성 말이다. 무엇보다 쇼윈도의 디스플레이가 그렇고, TV나 신문에 나오는 광고가 그렇다. 대학 때 공부한 광고학 개론에는 심심찮게 데이비드 오길비나 사치 & 사치의 광고가 예로 나왔다. 모두 영국의 유명한 광고회사들이다. 요즘은 현대미술 컬렉터이자 사치 갤러리의 오너로 더 유명한 찰스 사치Charles Saatchi는 원래 광고맨이었다. 그가 내놓은 일련의 광고는 매번 소비자뿐만 아니라 정치, 사회, 문화를 뒤흔드는 핫이슈가 됐다. 대처 수상 시절, 대처와 짝짜꿍이 잘 맞았던 사치는 노동당의 떠오르는 훈남 토니 블레어에게 세계 한 방을 날렸다. 선하게 웃고 있는 토니 블레어의 사진에 눈 부분만 조로 마스크처럼 찢어 붙인 뒤 눈알은 빨간색으로 칠했다. 찢어진 눈으로 변신한 토니 블레어는 한마디로 악당 같았다. 노동당이 선거에서 승리하긴 했지만, 아마도 토니 블레어는 그 광고 때문에 적잖은 마음고생을 했을 듯싶다.

영국 TV 광고의 특징은 연예인이 안 나온다는 것이다. 일년에 광고 몇 편 찍느냐로 개인의 인기와 부와 명성을 판단하는 작금의 한국 연예인들은 반성해야 한다. 그간 내가 영국에서 TV 광고를 보면서 맞닥뜨린 연예인은 단 두 명. 화장품을 바르면 잔주름이 없어진다고 예쁜 척하는 앤디 맥도웰과 이탈리안 커피를 홀짝거리는 조지 클루니다. 하도 광고에서 연예인을 볼 기회가

영국 상업광고의 전설 찰스 사치가 내놓은 일련의 정치 광고들. 1980년대 보수당의 대처 총리와 손잡은 사치는 이 광고들로 노동당을 마구 흔들어놓았다.

없으니 이런 스타들을 보면 '쟤, 왜 나온 거야? 출연료로 어려운 사람 도와주려고 그러나?' 뭐 이런 생각마저 들 정도다. 그럼 그 많은 세계적인 스타들은 다 어디서 뭘 하며 돈을 벌까. 그들은 열심히 영화를 찍고 드라마에 출연한다. 게다가 퀴퀴한 연극무대도 마다하지 않는다. 〈반지의 제왕〉의 이안 멕켈른이 그렇고, 〈007 시리즈〉의 주디 덴치가 그렇고, 심지어 아줌마들의 로망인 주드 로도 그렇다. 냉장고 옆에 기대서, 음료수를 마셔가며, 섹시한 춤을 추면서 몇 억 원씩 광고 모델료를 챙기는 한국의 일부 배우들아, 와서 좀 보고 배우길 바란다.

런던살이
가계부

안쓰럽게도 몽구에게 최고의 호사는 야쿠르트를 마시는 일이다. 무슨 유기농으로 도배한 호화찬란한 야쿠르트를 말하는 게 아니다. 우리가 마트에서 쉽게 볼 수 있는, 30개씩 노오란 테이프로 둘러 감아 1천 원, 2천 원에 판매하는 그 흔하디흔한 야쿠르트 말이다.

　한국에서는 우습게만 보던 이 야쿠르트가 이곳에선 '신의 물방울'이나 다름없다. 일곱 개들이 한 팩에 2.8파운드. 우리 돈으로 대략 5천 원. 야쿠르트 한 개당 700원이 넘는다. 유산균이 내 아이의 장을 나쁜 세균으로부터 보호해줄 거라는 모성에도 불구하고 난 몽구에게 이 신의 물방울을 사주지 않는다. 너무 비싸다. 어쩌다 몽구가 착한 일을 해서 큰 맘 먹고 사줄 때, 몽구는 마치 의식을 치르듯 진지해진다. 한입 거리밖에 안 되는 이 야쿠르트가 순식간에 바닥을 보였을 때 아쉬워하는 그 눈빛. 쳐다보지 말아야 한다. 마음 약해진다.

　매년 물가가 높은 도시를 꼽으라면 항상 넘버 3에 드는 곳이 런던이다. 물가가 비싸다고만 했지 어느 정도로 돈을 쓰며 살아야 하는지 감이 오지 않을 독자를 위해 내 런던살이 가계부를 기꺼이 공개하겠다. 매달 내야 하는 기본적인 각종 요금들은 이렇다. 집 월세 1천5백 파운드(약 270만 원), 구청 주민세 160파운드(약 28만 원), 전기 및 가스 요금 200파운드(약 36만 원)가 들어간다. 그리고 매년 목돈을 한 번에 내야 하는 수도세 380파운드(약 68만 원)와 도로주행세 210파운드(약 38만 원), 주차세 120파운드(약 22만 원), TV 시청료 140파운드(약 25만 원)가 있다. 교통요금의 경우 남편의 한 달짜리 지하철 정액권이 99파운드(약 17만 원)이다. 버스를 한 번 타는 데 교통카드를 사용하면 1.2파운드(약 2천 원), 지하철은 2.3파운드(약 4천 원)다. 교통카드를 집에 두고 온 날이면 버스는 2파운드(약 3천6백 원), 지하철은 4파운드(약 7천2백 원)를 내고 타야 한다.

　매 주말마다 대형 슈퍼마켓에서 장을 보는 데 기본적으로 80파운드(약 14

만 원)는 쓴다. 우유, 계란, 치즈 등 영국 내에서 생산되는 유제품은 가격이 착한 반면 샴푸, 칫솔, 건전지, 복사용지 등 생필품은 비싼 편이다. 한 예로, 스코틀랜드산 최상 등급 방목 쇠고기는 손바닥만 한 고기 네 점을 사면 8파운드 정도다. 1만5천 원 정도면 최상급 한우 등심을 세 명 가족이 푸짐하게 먹을 수 있다. 사골 국물로 우려먹는 쇠꼬리의 경우 어른 주먹만 한 덩어리 여섯 개를 사면 4파운드를 낸다. 우리 돈으로 7천 원 정도. 이건 그냥 거저 갖다 먹으라는 얘기다. 물론 광우병의 최초 발생지인 영국에서 영국산 쇠고기를 먹는다는 건 좀 찝찝한 일이다. 하지만 기절초풍할 만큼 싼 가격에 양질의 고기를 먹을 수 있으니 광우병에 대한 공포는 잠시 접어두자. 먼 훗날 내가 영국의 값싸고도 훌륭한 육질의 쇠고기와 꼬리뼈를 우려먹은 대가로 살아 있는 좀비가 된다 해도, 나는 개의치 않겠다. 어른들 말씀대로 먹는 게 남는 거다.

대형 슈퍼마켓의 정육 코너. 깍쟁이처럼 고기를 각종 부위별로 포장해놓았다. 질 좋은 생삼겹살도 아주 저렴한 가격에 살 수 있다.

쇠고기만큼이나 감동적인 게 삼겹살 값이다. 대형 슈퍼마켓의 돼지고기 코너에 가면 2센티미터 두께로 자른 생삼겹살을 볼 수 있다. 당연히 영국인을 위한 게 아니다. 우리 같은 아시안 고객을 위한 서비스다. 우리 가족이 먹을 만큼 충분한 한 팩 300그램이 3파운드. 우리 돈으로 5천 원 정도다. 더구나 삼겹살의 수준은 한국에서 먹어본 최고의 생삼겹살보다 더 고소하고 쫀득하다. 친정언니가 이제 한국에서 삼겹살은 부자나 사먹을 수 있는 고기가 됐다고 푸념을 늘어놓은 적이 있다. 쇠고기보다 더 비싸졌단 얘기였다. 나는 영국에 있을 때 쇠고기든 돼지고기든 더 열심히 먹자고 다짐했다.

반면 생활필수품 가격은 혀를 내두르게 한다. 공장에서 만들어지는 제품은 죄다 비싸다. 물론 대부분이 수입산이기 때문이다. 부침개를 할 때나 각종 무침을 할 때 넓은 볼이 필요해 바가지를 하나 샀다. 말 그대로 그냥 플라스틱 바가지다. 무슨 디자이너의 제품도 아니다. 바닥에는 선명하게 '메이드 인 차이나'라고 적혀 있다. 나는 그걸 슈퍼에서 8파운드를 주고 샀다. 플라스틱 바가지 하나에 1만5천 원! 아, 나는 이 플라스틱 바가지를 깨지지 않게 잘 사용해 먼 훗날 며느리에게 가문의 그릇으로 대물림하리라.

대형 슈퍼마켓에서 장을 본 후에는 주로 인근에 있는 서울 플라자로 향한다. 서울 플라자는 체인형 한국 슈퍼로, 한인들이 모여 사는 런던 남부 뉴몰든에 창고형 슈퍼마켓이 있고 우리 동네에서 버스로 몇 정거장 거리에 분점이 있다. 쌀과 부산오뎅, 풀무원 두부, 종갓집 김치, 신라면, 백세카레, 들기름으로 맛을 낸 구운 김 등을 산다. 그 사이 몽구는 일주일간의 긴 기다림 끝에 메로나를 손에 쥔다. 메로나는 정사각형 모양인 자신의 정체성을 잃고 이

거금 8파운드를 주고 산 내 바가지. 각종 무침과
부침개 반죽 그릇으로 아주 요긴하게 쓰고 있다.

리저리 찌그러져 있다. 한국에서 런던까지, 그리고 이곳 분점까지 오는 사이 녹기와 얼기를 수차례 반복했나 보다. 이렇게 장을 본 뒤 지불하는 금액은 40파운드 정도이다. 결론적으로 매주 식료품 구입에 쓰는 돈은 영국 슈퍼마켓과 한국 슈퍼마켓 비용을 합쳐 120파운드(약 21만 원) 안팎이라는 계산이 나온다.

월세만 안 내더라도 어떻게든 런던살이가 감당이 될 것 같다. 매달 몇 백만 원씩 우리 계좌에서 집주인 계좌로 돈이 덤벙덤벙 빠져나가는 걸 보면 정말 속이 쓰리다. 영국에서는 전세 개념이 없다. 월세로 살거나, 아니면 내 집을 사야 한다. 영국인에게 한국의 전셋집 개념을 얘기하면 처음에는 이해를 잘 못한다. 그 몇 억 원 되는 뭉칫돈을 어디서 구하냐고 묻는다. 맞다. 구하기 힘들다. 하지만 일단 마련하면 그 돈은 내 돈이 된다. 전셋집 계약 만기가 되면 그 돈은 고스란히 내 주머니로 다시 돌아온다.

하지만 월세는 완전히 돈 먹는 하마다. 이곳에 3년 넘게 살았으니 월세로 1억 원을 써버렸다는 계산이 나온다. 이쯤이면 차라리 처음부터 집을 살 걸 하는 후회가 쓰나미처럼 밀려든다. 2년 전 전세계적으로 경제 위기가 닥치기 전만 해도, 영국에서 집을 사기란 어린아이 소꿉장난 같았다. 매매 가격의 10퍼센트만 있으면 누구든 집주인이 될 수 있었다. 꿈만 같았다. 나머지 90퍼센트의 집값은 5퍼센트 안팎의 낮은 이자로 은행에서 융자를 받을 수 있었다. 생각해보라. 서울 잠원동 30평대 신반포아파트가 매매가 8억 원의 10퍼센트인 8천만 원만 있으면 내 것이 된다니 얼마나 환상적인가.

물론 집을 담보로 이자놀이를 하는 대형 투자 은행의 끝 모를 탐욕으로 지금 같은 미국발 경제 위기가 온 것은 당연한 결과다. 2008년 9월 세계적 투자 은행인 리먼 브러더스가 쫄딱 망한 뒤 영국도 경제 대위기 상태에 돌입했다. 전문가들은 이 원인을 은행들의 과도한 이자놀이에서 찾았다. 개인이 감당하지 못할 만큼의 큰돈을 빌려주고, 거기서 받은 이자로 다른 헤지펀드에 투자를 하고, 투자한 만큼 이득이 나지 않자 은행이 휘청거리고, 경제는 비틀대고, 집을 산 사람은 회사에서 해고된 뒤 당장 융자금 이자를 갚지 못하는 신세가 되고, 집은 경매에 부쳐지고, 집주인은 거리의 부랑자로 전락했다.

이런 악순환을 끊기 위한 첫 단계는 모기지 비율을 최소한으로 줄이는 것이다. 영국 정부는 리먼 사태 이후 개인이 최대한 은행에서 빌릴 수 있는 융자금 한도를 집값의 90퍼센트에서 70퍼센트로 하향 조정했다. 우리나라가 세계적 경제 위기 속에서도 선전하는 이유는 아무래도 정부가 이 분야에서 뚝심을 보이기 때문이라고 생각한다. 집을 담보로 융자금을 빌리려면 개인이 그만한 능력이 있는지 소득증명을 해야 하고 융자금 한도도 30퍼센트를 넘지 않는다. 돈 없이도 집을 사고 싶은 사람들은 불만이겠으나 경제의 안정을

번화가엔 일반 상점보다 부동산사무소가 더 많다. 우리 집앞에도 다섯 개가 나란히 자리잡고 있다.

위해선 그만한 고집은 부려야 한다.

자, 이제 총 정리를 하자면, 우리 세 가족이 런던에서 생활하는 데 드는 최소 비용, 그러니까 먹고 자는 데 드는 비용이 한 달에 2천6백 파운드(약 470만 원) 정도다. 물론 집 렌트비보다 더 비싼 아이 학비나 내 학비, 의류비, 유럽 여행비, 자동차 기름값, 기타 소소하게 들어가는 벌금과 추운 날씨 탓에 일년 내내 써대는 감기약 값 등은 제외된 금액이다. 이것들을 합치면 아무리 근검 절약해서 살아도 한 달 생활비가 5천 파운드(약 900만 원)를 훌쩍 넘어버린다. 우리 남편, 허리가 휘는 소리가 내 귓가에 응웅거린다.

세금 폭탄이라는 말은
이럴 때 쓰는 거다

나는 매달 초 구 주민세를 내러 집 앞 편의점에 갈 때마다 분노가 들끓는다. 왜 나는 제대로 혜택은 받지 못하면서 매달 모범생 마냥 30만 원 가까운 세금을 꾸역꾸역 내고 있느냐 말이다. 아이가 집앞에 있는 학교라도 갔으면 주민세를 아주 행복하게 냈을 것이다. 그런데 아이는 원하는 학교에 배정받지도 못하고, 뭐 이런 아이러니가 있냐 말이다.

구청에서는 아주 친절하게도 매년 주민세를 어디에 썼는지 안내 책자를 보내준다. 25퍼센트 정도는 런던 시로 보낸다. 시청은 그 돈으로 응급차와 대중교통 서비스를 제공하고, 또 요즘은 올림픽 경기장을 짓는 데에도 쓴다. 구청은 남은 75퍼센트의 세금으로 구정을 펼친다. 그중 3분의 1의 막대한 금액을 학교에 쏟아붓는다. 구청으로부터 원하는 학교 배정도 못 받은 채 다른 구에 있는 사립학교에 연간 1만 파운드를 쏟아붓는 나는 이 목차에서 그만 울컥한다. 내 아이는 팽당한 채, 다른 아이들이 질 좋은 교육을 받게 하기 위해 매달 주민세를 내다니, 쓴물이 넘어온다. 나머지 돈은 가난한 어린이들을 위한 사회복지, 가로수 정비, 노인 사회복지 등에 쓰인다. 도대체 내가 낸 돈 중 얼마가 나를 위한 복지로 다시 돌아오는지 심한 회의감이 든다.

주민세 말고도 내야 할 세금은 줄을 서있다. 전기와 가스료는 서울에서 살 때보다 체감적으로 세 배는 높다. 물세는 일년에 한 번 70만 원의 돈을 뭉텅이로 내야 한다. 일년 치 시청료도 내야 하고, 차를 소유하고 있으면 일년에 한 번씩 도로주행세도 낸다. 슈퍼에서 물건을 사거나 자동차에 기름을 넣을 때마다 17.5퍼센트의 부가가치세가 덧붙는다. 한국, 호주 등 국가들이 일반적으로 10퍼센트를 내는 것과 비교하면 꽤나 높은 수치다.

남편은 남편대로 월급에서 세금이 빠져나간다. 연봉의 10퍼센트는 소득세로 나가고, 국민연금에 또 10퍼센트가 나간다. 그래도 남편의 세금 차출은 양반에 속한다. 월급을 받으면서 가장 타격을 받는 이는 고액연봉자들이다. 연봉 15만 파운드 이상을 받는 사람은 세금을 50퍼센트나 낸다. 게다가 이들이 연말 보너스로 2만5천 파운드 이상을 받는 경우엔 그중 50퍼센트를 세금으로 바쳐야 한다. 일명 '슈퍼 텍스Super Tax'다. 사정이 이렇다 보니 '런던엔

구에 따라 주민세도 제각각이다. 중앙선을 기준으로 왼쪽은 웨스트민스터 구, 오른쪽은 캠든 구이다. 웨스트민스터 구의 세금은 캠든 구의 절반 수준에 불과하다. 길의 어느 쪽에 사느냐에 따라 세금 때문에 울고 웃는다.

열심히 죽도록 일하는 프로페셔널 바보만 산다'는 말까지 나오는 실정이다.

이 땅에서는 정말 바보들만 세금을 낸다. 돈이 많은 영국의 백만장자들은 여기저기 세금을 안 내기 위한 안전장치를 마련해놓았다. 이른바 비거주자 지위Non-dom Status를 이용하는 것이다. 영국에서 나서 영국에서 살고 영국에서 사업을 하면서도 이들은 정부에 자신을 비거주자로 신고한다. 그러면 해외에서 번 돈에 대해선 영국 정부에 세금을 내지 않아도 된다. 영국 정가는 요즘 이 지위를 악용하는 부자들에게 곱지 않은 시선을 보내고 있다. 보수당에 선거 지원금을 대는 비즈니스맨이자 정치인인 마이클 아쉬크로프트는 이 지위를 통해 엄청난 세금 이익을 얻었다. 정치권에 로비를 하는 그가 정작 세금은 제대로 내지 않는다? 이러한 비난에 데이비드 카메론 보수당 당수는 '그들과 국세청 간의 문제'라며 문제를 회피하다가 엄청난 비난과 질타를 받았다. 결국 마이클 아쉬크로프트는 이 지위를 버리고 앞으론 영국 국민으로서 세금을 내겠다고 억지 춘향식 선언을 했다.

세금에 관한 한 진리는 하나다. 영국이고 한국이고 월급쟁이 지갑만 만만하다.

사람을 홀리는
여름 & 겨울 빅 세일

오, 나는 존재한다. 고로 쇼핑한다. 크리스마스 연휴가 끝나자마자 폭탄 세일이 시작됐다. 일명 재고 대방출 세일! 쇼핑에 안달이 난 사람들아, 이곳

런던으로 오라. 당신의 존재감을 팍팍 느낄 수 있다. 손에 쥐가 날 정도의 쇼핑백들은 덤이다. 나도 존재감을 확인하기 위해 쇼핑에 나섰다.

논문을 쓴다고 한국에서 미술계 인사를 만나고 다니느라 지난 여름 세일 쇼핑의 기회를 놓쳤다. 하지만 괜찮다. 런던 쇼핑의 클라이맥스는 바로 겨울이다. 모든 상점은 한 해가 넘어가기 전에 물건을 다 팔아버려야 직성이 풀리는지 30~50퍼센트 할인은 기본이다. 일단 옥스퍼드 스트리트의 끝단, 셀프리지 백화점부터 시작하자. 1층 명품 가방 매장은 손님들로 인산인해다. 오우, 일본인과 한국인이 사랑하는 브랜드 미우 미우^{Miu Miu}. 그런데 러시아 KGB처럼 무섭게 생긴 가드가 입장을 저지하네. 구름떼처럼 몰려든 아시안 때문에 매장이 터지기 일보 직전이군. 한 사람이 나와야 한 사람이 들어갈 수 있단다. 포기하자. 어차피 사지도 않을 가방, 보면 뭐하나. 마음만 쓰리다.

백화점을 빠져나와 갭Gap 매장에 들어갔다. 옥스퍼드 스트리트에 있는 갭이 물건이 제일 많고 디자인도 다양하다. 어른 옷은 좀 자제하자. 지난번 세일할 때 8파운드 주고 산 주황색 니트 티셔츠가 빨 때마다 물이 빠져 남편 셔츠, 아이 바지, 수건 할 것 없이 모두가 주황색으로 초토화됐다. 피해가 이만저만이 아니다.

갭 매장의 세일 코너. 걸려 있는 모든 옷이 단돈 4.99파운드! 정말 착한 가격이다.

지하층의 아이 옷을 공략해야 한다. 오, 벌써 아줌마들이 개미떼처럼 몰려들었군. 바지가 7.99파운드, 반팔 티셔츠가 4.99파운드, 두툼한 가디건이 12파운드. 얼씨구나. 폴 매카트니의 딸이자 한창 잘나가는 디자이너 스텔라 맥카트니가 디자인한 옷들도 헐값이구나. 면 티 하나에 6.99파운드.

아, 이 줄 좀 보소. 족히 20명은 되어 보이는구면. 모두들 이때를 기다리고 있었나 보다. 하긴 똑같은 물건을 반값에 살 수 있는데 어느 누가 제 값 주고 사겠나. 사이즈별로 여러 벌 사서 장롱 안에 곱게 모셔뒀다가 아이 성장에 맞춰 하나씩 꺼내 입히면 된다. 이것이 바로 쇼핑의 지혜가 아니던가. 갭이라는 글씨가 큼지막하게 적힌 종이 가방에 한가득 채울 만큼 옷을 샀는데도 52파운

런던의 패셔니스타들에게 유행이란 없다. 자신의 스타
일대로 옷을 입을 뿐이다. 뚱뚱해도 과감하게 다리를
드러내고, 한여름에도 모피를 입고 당당하게 거리를
누빈다.

드. 10만 원이 안 되는 돈이다. 이 돈이면 서울의 한 백화점 어린이 옷 매장에서 바지 하나를 사면 끝이다. 손바닥만 한 아이 티셔츠 하나에 10만 원, 겨울 점퍼는 30만 원. 이건 말이 안 된다.

거리엔 쇼핑을 즐기는 여자들로 가득했다. 영국이 패션의 왕국이라는 건 익히 알았지만 처음 런던에 왔을 때 런더너들의 패션을 보고 좀 실망스러웠다. 도대체 그들에게서 패션 코드를 읽을 수가 없었다. 부담스럽게 뚱뚱한 한 여자는 붉은색 계열의 꽃무늬가 프린트된 짧은 원피스에 검정색 레깅스를 신고 어울리지 않는 베이지색 가디건을 걸쳤다. 그 위엔, 오 마이 갓, 역도 대회라도 나가려는지 역도 선수가 허리에 차는 굵직한 벨트를 찼다. 저러다 내장이 터져나오는 게 아닌가 걱정이 됐다. 어떤 젊은 여자는 아예 레깅스만 입고 짧은 재킷을 걸쳤다. 엉덩이 모양이 그대로 드러난다. 옷을 입다 말고 나온 모양이다. 최고 모델 지젤 번천이라면 모를까 숏다리에 펑퍼짐한 엉덩이는 보는 내가 다 부담스럽다.

아침에 회사에 출근하는 오피스 레이디 패션은 더 가관이다. 정장을 멋들어지게 차려입고 검은색 스타킹을 신은 뒤 하얀색 운동화로 마무리! 그리고 등에는 등산용 배낭을 메고, 옆구리에는 핸드백을 꼈다. 하지만 그들만큼 실용적이고 현명한 패셔니스타도 없다. 그들은 회사에 도착하자마자 배낭에서 뾰족한 하이힐을 꺼내 신겠지. 완벽한 오피스 레이디로 변신해 일을 하고, 저녁 퇴근길이면 다시 운동화로 갈아 신을 것이다.

시간이 흐를수록 남 눈치 안 보고 내가 편한 대로 꾸미고 입는 런더너의 패션 센스와 개성이 매력적으로 다가왔다. 한국에선 모두들 같은 옷에 같은 가방을 메고 다닌다. 유행이 모든 여자들을 몰개성으로 내몰고 있다. 지난 여름 한국에 갔을 때 나는 내가 탄 비행기가 북한에 잘못 떨어진 줄 알았다. 모두들 김일성 대학에 다니는 수수한 대학생 처녀 같은 모습을 하고 거리를 활보했다. 알고 보니 그 여름의 패션 코드는 하얀색 반팔 셔츠에 짧은 감색 플레어스커트였다. 런던의 그 부조화스러우면서도 개성 넘치는 패션에 묻혀 살던 나에게 김일성 대학 처자들은 너무나도 우스꽝스러워 보였다. 길 지나가는 그 처자들을 붙잡고 나는 묻고 싶었다. 너, 진정 이 패션이 멋지다고 생각하니?

런던에 근거지를 둔 패션 브랜드들은 요즘 한창 명품 디자이너나 유명 인사와 손을 잡고 저렴한 가격에 더 나은 디자인의 옷을 내놓고 있다. 스텔라 매카트니(갭), 빅토르 & 롤프(H&M), 케이트 모스(톱숍) 등은 저가 브랜드에 고급 이미지를 심어주기 위해 투입됐다. 생각해보라. 이들의 손길이 거친 옷을 몇 만 원이 안 되는 가격에 샀을 때의 만족감을. 더구나 지금은 세일 기간이 아니던가. 발품을 팔다 보면, 그리고 아주 적절한 시점에 쇼핑을 한다면 횡재도 가능하다. 세일의 끝물인 1월 말이 되면 매장은 한산하고 마지막 남은 세일 품목들은 구석에서 애물단지 취급을 받는다. 대부분이 심하게 뚱뚱한 사람을 위한 사이즈만 남지만, 의외로 날씬한 아시안이 입을 만한 사이즈가 한두 개씩 남아 있는 경우도 있다. 나는 아시안이 사랑해마지 않는 패션 브랜드 COS에서 검정색 원피스를 15파운드에 샀다. 70퍼센트 할인된 금액이었다. 미니멀하고 광택이 있는 그 원피스는 프라다로 오해받기 딱 좋다. 영국인들

명품 매장이 몰려 있는 리전트 스트리트의 버버리 매장. 이곳은 아시아 쇼핑객들의 천국이다.

이 공원에 갈 때마다 신는 비장화 헌터 부츠는 60파운드로, 장화치고는 꽤나 비싸다. 하지만 신발 매장에서는 매대에 전시해 약간 때가 탄 헌터 부츠를 25파운드에 내놓았다. 이런 건 얼른 가져가야 한다.

리전트 스트리트를 따라 쭉 걷다 보니 도로 건너편에 버버리 매장이 보인다. 아주 아시아 사람들 천지다. 영국인은 눈을 씻고도 찾아볼 수 없다. 매니저와 문을 지키는 경비원만 푸른 눈이다. 왜 아시아 사람들은 버버리에 미치는 걸까? 난 영국에 오기 전 영국 사람들은 버버리로 온몸을 치장하고 사는 줄 알았다. 그러나 웬걸, 멋을 아는 앞집 영국인 할아버지는 버버리 옷이나 액세서리가 없다. 그는 내가 입은 옷의 상표를 대충 짐작으로 맞추는 경지에 이른 멋쟁이다. "내가 죽을 땐 도나 카란 양복을 입혀주오"라고 부인에게 농담조로 부탁하는 신사다. 그런 그에게 버버리는 없다. 목도리 하나뿐이다. 그것도 십수 년은 족히 써서 테두리 털이 듬성듬성 빠져 있다. 화려한 쇼윈도 밖에서 매장 안 구석을 살펴보니 진풍경이 펼쳐졌다. 무슨 돈이 그렇게나 많은지 옷에 가방에 우산까지 덥석덥석 사재긴다. 대단한 아시안들이다.

리전트 스트리트에서 사이 길로 빠져 한 5분을 걷다 보면 명품의 거리 뉴 본드 스트리트가 나온다. 이 거리 또한 세일 광풍에 동참했다. 막스마라는 지난 가을 나온 신상품 알파카 코트를 30퍼센트 할인해서 팔았다. DKNY는 일부 품목을 50퍼센트나 깎아서 내놓았고, 멀버리 매장에서 역시 손에 쫘악 감기는 부드러운 가죽 장갑을 50퍼센트 할인가로 유혹했다. 쇼핑이라면 한가닥 하는 우리 한민족들이 생각났다. 혼자 보기 아깝다. 그냥 눈요기를 하는데도 가슴이 벅차오른다. 12월 말 겨울 찬바람 속에서도 런던은 쇼핑객들로 넘쳐났다. 모두들 행복한 얼굴로 숍에 들어가고 만족스런 얼굴로 숍을 나왔다. 런던에서만 볼 수 있는 한겨울 정경이다.

할인매장
전문 추격자들

할인가 인생이라고 불쌍하게 보지 말길 바란다. 여기서는 제값 주고 사는 놈이 바보다. 우리는 몇 달에 한 번씩은 비스터 빌리지^{Bicester Village}로 나들이를 간다. 물론 쇼핑이 주요 목적이지만, 그 쇼핑 거리를 돌아다니는 자체가 즐겁기 때문이기도 하다. 햇살은 따뜻하고 아이들은 놀이터에서 즐겁게 뛰어논다. 옥스퍼드 근처에 위치한 비스터 빌리지는 런던에서 차로 한 시간 반, 기차로 한 시간 정도 걸린다. 1~2년 사이 고객이 갑절은 늘어 주차 경쟁이 무척 치열해졌다.

이곳에는 없는 브랜드가 없다. 물론 런던 시내의 명품 숍만큼 선택의 기회가 많진 않지만 그래도 있을 건 다 있다. 고맙게도 대부분 50~70퍼센트 할인가다. 어떤 때는 이유도 없이 추가 10퍼센트 세일을 단행한다. 런던에서 여름, 겨울 빅 세일 시기가 아닐 때 쇼핑족들은 이곳으로 향한다. 영국의 디자이너 폴 스미스의 매장은 우리가 즐겨 가는 곳이다. 드레스 셔츠가 25파운드, 조끼가 30파운드 정도로 아주 저렴하다(저렴하다는 것은 매장에 따라 상대적인 것이다. 지난 여름 강남의 모 백화점 폴 스미스 매장에서 가격표를 보고는 놀라 자빠졌었다). 폴 스미스에서 강아지가 너무 귀엽게 프린트된 아이 반팔 티셔츠를 5파운드에 건졌다. 몽구의 타미 힐피거 겨울 오리털 점퍼는 28파운드, 팀버랜드 운동화는 20파운드를 줬다. 지미 추와 페라가모 여름 샌들이 70파운드 안팎이다.

대부분의 매장은 하나를 사면 다른 하나는 반값에 주는 서비스로 손님을 끌어모은다. 리바이스 매장에서 501 바지는 40파운드 정도에 살 수 있다. 게다가 남편 바지 하나를 사면 내 바지는 20파운드란다. 환상적이지 않은가. 한국에서 25만 원은 줘야 살 수 있는 캠퍼 신발도 두 켤레를 사봐야 60파운드 안팎이다. 비스터 빌리지, 사랑하지 않을 수 없는 쇼핑의 메카다.

할인매장이라고 해봤자 우리가 아는 곳이라곤 비스터 빌리지나 버버리 팩토리 숍이 고작이다. 하지만 런던에 사는 일본인을 보면 마치 구석에 숨겨진 할인매장을 발굴하러 온 인디아나 존스 같다. 일본인 친구인 게이코는 입은 옷들이 모두 범상치 않았다. 그런데 알고 보니 돈이 많아서 비싼 옷만 사 입은 게 아니었다. 모두 다 영국 곳곳의 할인매장에서 몇 만 원 정도의 돈을 주고 산 옷들이다. 아니 영국 곳곳에 그렇게 할인매장이 많았단 말인가? 비스터 빌리지와 버버리 팩토리 숍만 들어본 내게 그녀는 신세계를 알려주었다. 그녀는 이메일로 영국 내에 위치한 열 개 이상의 명품 할인매장 목록을 보내줬다. 영국의 신사들이 신는 맞춤신발 처치, 우리에겐 잘 알려지지 않았지만 일본에선 선풍적인 인기를 끄는 레븐함과 존 스메들리 등의 팩토리 숍이다. 재미 삼아, 또 착한 가격의 좋은 물건을 발굴하러 언젠가는 나도 가볼 생각이다.

영국에 살다 보면 정말 쇼핑의 유혹을 떨치기 힘들다. 여기저기서 나 좀 사달라고 아우성이다. 매년 황홀한 두 번의 빅 세일을 맞으면서, 인근의 팩토리 숍을 찾아다니며 런더너들은 모두 그렇게 살아간다. 인내와 충동을 적절히 조절해가면서.

맛없는 영국 음식이
세계를 제패하다

미국 애리조나의 한 시골마을, 언뜻 봐도 파리만 날리는 한 이탈리안 레스토랑에 한 남자가 들어섰다. 그는 가죽 점퍼를 입었고, 이마엔 다섯 개의 주름이 깊게 패여 있다. 족히 50인 석은 될 법한 이 레스토랑에 손님은 이 남자뿐. 남자는 메뉴를 찬찬히 훑어보더니 리조또를 주문했다. 30분이 흘렀다. 남자는 엉덩이를 들었다 났다 조바심을 냈다. 20분 더 경과. 드디어 리조또가 나왔다. 남자는 마지못한 표정으로 숟가락을 들었다. 그리고 서너 숟가락을 간신히 먹다가 마침내 숟가락을 내팽개친 채 달려갔다. 어디로? 화장실로. 카메라가 따라가진 못했지만 화장실에선 현장감 있는 소리가 터져나왔다.

"오우, 쉿! 이 거지 같은 음식은 뭐야! 우웩~"

토하면서 연신 욕을 해대는 이 남자, 맞다. 고든 램지다. 남의 레스토랑에 들어가 요리사가 해다 바친 음식을 당당하게 '똥'이라고 외치며 토할 수 있는 강심장은 아마 고든 램지 말고는 없을 것이다. 은퇴 후 퇴직금을 털어 레스토랑을 인수한 늙은 사장 부부와 고든 램지를 토하게 만든 남미 출신 요리사는 순간 당황한 기색이 역력했다. 화장실을 나온 고든 램지, 식당 안의 모든 사람들에게 소리친다. 모든 걸 싹 다 바꿔치우자고. 이건 정말 SHIT(똥)이라고!

매주 수요일 밤, 고든 램지는 텔레비전에 나타나 욕을 해댄다. 〈미국 최악의 식당Kitchen Nightmare in America〉이라는 프로그램에서다. 영국의 파리 날리는 식당에 저주를 퍼부으며 시작된 이 프로그램이 마침내 미국까지 진출하는 쾌거를 올렸다. 누가 지구촌의 빅 브라더, 강대국의 맏형인 미국을 우습게 보는가. 고든 램지다.

그는 요리계의 악동이다. 그가 나오는 또 다른 인기 요리 프로그램 〈에프 월드The F World〉를 보노라면 F로 시작하는 욕이 한 문장에 두서너 번은 나온다. 방송에 욕이 그렇게 쉴새없이 나와도 방송심의위원회로부터 지적 한 번

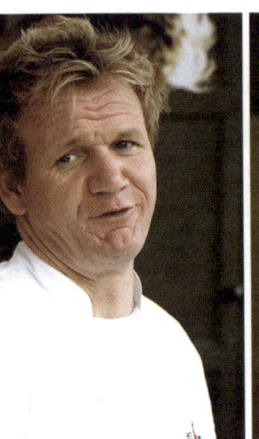

요리계의 악동 고든 램지. 그가 운영하는 고급 레스토랑 '메이즈'의 주요 고객은 비즈니스맨 아니면 정장 차림의 부자들이다.

당하지 않는다는 게 마냥 신기하다. 사람들은 그가 욕을 많이 할수록 더 자극받고 더 즐거워한다. 일종의 마조히즘이다. 욕을 얻어먹으면서 마음의 안정을 얻고 삶의 환희를 느끼는 비뚤어진 심리 말이다. 혹시나 "농짓거리 그만들하고 어서 처먹기나 혀" "돈이나 내, 이 후레아들놈아" 등 욕으로 성공 신화를 일궈낸 한국의 욕쟁이 할머니한테 가르침을 얻으셨나?

그는 여세를 몰아 파리, 프라하 등 유럽 대륙 곳곳과 런던의 부자 동네에 레스토랑을 열고 여러 권의 책도 냈다. 그의 부인도 요리책을 냈다. 최고의 요리사 고든 램지의 부인은 집에서 어떤 요리를 해먹을까, 하는 류의 책이다. 하지만 그가 크게 착각하고 있는 것이 있다. 그의 기대만큼 레스토랑은 성공을 거두지 못했다. 대부분의 식당이 적자에 허덕이고 있다. 이유는 간단하다.

고든이 거기 없기 때문이다.

　방송 일로 그가 바쁜 사이, 식당은 수석 요리사가 고든이 짜놓은 요리법대로 음식을 만든다. 엄격하게 말하면 그건 고든의 손길이 닿은 요리라고 할 수 없다. 더구나 지난해엔 한 언론이 그의 식당 뒷문으로 패스트푸드 재료들이 배달되는 것을 사진과 르포로 고발해 난리가 났었다. 밭에서 금방 딴 신선한 재료, 갓 요리해 내놓는 음식이 모토인 고든 램지의 식당에 패스트푸드라니. 아마 한국 같았으면 그는 그날로 대중에게 외면당하고 어디 시골 마을로 낙향해 더러운 식당 한편에 쭈그리고 앉아 있을 것이다. 하지만 그는 아직도 건재하다. 적어도 TV 스타 요리사로서는 그렇다.

　영국에서는 요리 프로그램이 저녁 황금시간대에 전파를 탄다. TV가 낳은 스타 요리사는 네 명 정도다. 고든 램지, 제이미 올리버, 마르코 피에르 화이트, 그리고 휴 펀리-위팅스톨이다. 이들은 요리하는 스타일도 제각각이다. 고든 램지가 연신 욕을 해대며 스태프들을 야코죽이는 반면 제이미는 독립군처럼 항상 혼자서 요리를 한다. 아주 깍쟁이 같다. 제이미 올리버는 'Fifteen'이라는 레스토랑으로 스타덤에 올랐다. 거리를 방황하는 청년들을 식당 부엌으로 불러 모아 요리를 가르치고 결국은 요리사로서 성공하게 하는, 일명 키다리 아저씨로 많은 영국인의 환심을 샀다. 일전에 한국에서 온 후배가 런던에서 꼭 해봐야 할 일 다섯 가지 중 Fifteen 레스토랑에 가보기가 들어 있는 걸 보고는 한국에서 제이미의 인기를 실감했다. 그는 비상한 머리로 학교 음식에도 손을 댔다. 하지만 2005년부터 그가 벌인 학교 음식 캠페인은 아쉽게도 실패로 끝났다. 많은 학교들이 그가 제안한 신선한 재료를 위주로 한 식단에

등을 돌렸다. 질 좋은 재료로 급식을 충당할 돈
도 없을 뿐더러 자극적인 음식에 길들여진 아
이들이 맛없다고 불평을 쏟아냈기 때문이다.

어찌 됐건 그는 일련의 스타덤으로 떼돈을
벌었다. 부자 동네에 있는 4층짜리 집 두 채를
사서 두 집 사이 벽을 뚫어 호화롭게 살려다가
동네 주민들의 엄청난 반대로 평생 들을 만큼
의 욕을 얻어먹었다. 그는 영국의 대형 슈퍼마
켓 체인인 세인즈베리와 손잡고 그의 이름을 딴 부엌 조리용품을 내놓는 사
업 수완을 발휘했다. 제이미가 쓴다는 프라이팬과 국자가 세인즈베리에서 잘
팔려나가는 사이 그는 한 TV 프로그램에 나와 세인즈베리가 공급하는 닭과
생선들이 비좁은 환경에서 비인간적으로(?) 사육되고 있다고 고발했다. 한마
디로 세인즈베리의 뒤통수를 친 것이다. 결과는? 그는 여전히 세인즈베리 부
엌 용품 코너에 대문짝만 한 자신의 얼굴을 대대적으로 광고하며 짭짤한 부수
입을 올리고 있다. 제이미도 미국에 진출했다. 완두콩으로 변장을 하고 정크푸
드에 길들여진 미국의 어린이들에게 몸에 좋은 음식을 먹으라고 설교를 하고
다녔다. 물론 아이들과 부모들의 적대감에 그는 고전을 면치 못하고 있다.

마르코 피에르 화이트. 아, 이 사람은 견적이 안 나온다. 그는 머리에 이상
한 목욕탕 때수건 같은 걸 두르고 요리를 한다. 이 때수건이 요리할 때 어떤
마술을 부리는지 몰라도, 매회 더 많은 스태프 요리사들이 머리에 때수건을
두르고 나온다. 나도 그 때수건 같은 걸 머리에 두르면 장금이에 버금가는 요

리가 나올까 가끔씩 궁금해진다. 때수건 같은 걸 머리에 두르고 매서운 눈초리로 다른 요리사에게 한두 마디 호통을 칠 땐 TV를 보고 있는 나도 가슴이 서늘해진다. 그는 자신의 이름을 딴 프라이팬을 출시해 성공을 거뒀다. 나도 한번 사보기도 했다. 인터넷으로 주문한 그 물건이 도착했을 때 무슨 납덩어리가 잘못 배달됐는지 알았다. 너무 무거워서 내 여린 손목으로는 들 수가 없었다. 좀더 나이가 들어 손목이 두꺼워지면 쓰겠다고 창고에 잘 모셔뒀다.

이들 세 명의 요리사가 엄청난 쇼맨십과 마케팅 전술로 성공했다면 휴 펀리-위팅스톨은 소박한 인상과 무소유적 콘셉트로 시청자를 사로잡았다. 그는 로빈슨 크루소다. 자연을 벗 삼아 자연에서 얻은 재료로 요리를 한다. 그는 언제나 영국 시골마을의 농장 한편에서 요리를 한다. 그리고 마을 사람들을 불러 모아 큰 파티를 연다. 하지만 그를 물렁하게 봐선 안 된다. 한번은 테스코 본사에 찾아가 "당신네가 파는 닭들이 비좁은 환

휴 펀리-위팅스톨의 TV 요리 프로그램 〈리버 코티지〉의 장면들. 자연을 벗 삼아 요리를 하다 보니 나오는 재료들 모두 신선 그 자체다.

경에서 신음하고 있다"고 일갈했다. 그리고선 직접 테스코에서 사들고 온 닭 봉지를 내놓으며 "여기 가격 표시 밑에 당신네 닭들이 어떤 환경에서 자라는 지 소비자에게 알려주는 내용을 적시하라"고 요구했다. 길게 마스카라를 덧 칠한 테스코의 젊은 홍보담당은 어쩔 줄 몰라 쩔쩔매기만 했다.

그가 테스코와 손잡고 부엌 용품을 파는 일은 물 건너갔다. 자연을 벗 삼 아 요리하는 데 손목이 부러질 정도의 프라이팬이 왜 필요하겠나. 프라이팬 출시도 바이바이. 그는 욕을 할 줄도 모르는 샌님이다. 욕쟁이 요리사로 성 공할 수도 없다. 그러나 그에겐 인품이 묻어난다. 자연을 해치지 않고 그 안 에서 최고의 맛을 끌어내는 그만의 철학에서 비롯된 인품 말이다. 그래서 나 는 그를 영국 최고의 요리사로 손꼽고 싶다.

TV만 보고 있자면 온 나라가 마치 요리에 미친 사람들이 사는 곳이 아닌 가 싶다. 각종 요리 경연대회가 열리고, 사람들을 집으로 초대해 자신의 요리 를 점수로 평가받는다. 이쯤 되면 영국이 무슨 요리의 종주국이라도 되는 것 같지만, 천만의 말씀. 영국은 모두가 알다시피 맛없고 볼품없는 음식으로 악 명 높은 나라다. 이탈리아의 스파게티, 스페인의 빠에야, 프랑스의 푸아그라, 한국의 불고기 등, 각 나라마다 대표 음식이란 게 있다. 그 음식들은 국적을 떠나 모든 사람들에게 사랑받는다.

그렇다고 영국 음식이 다 최악이라는 건 아니다. 영국에도 영국인이 사랑 하는 대표 음식이 있다. 굳이 들라면 피시 앤 칩스^{Fish and Chips}, 잉글리시 브 렉퍼스트^{English Breakfast}, 세퍼드 파이^{Shepherd Pie} 정도다. 피시 앤 칩스는 두 껍게 옷을 입혀 기름에 튀긴 대구살과 감자튀김이 솥뚜껑만 한 접시에 함께 나오는 음식이다. 영국인들이 오전 열한시쯤 아점으로 즐기는 잉글리시 브렉퍼스트는 역시나 솥뚜껑만 한 접시에 계란 프라이, 베이컨, 소시지, 구운 토마토, 볶은 버섯, 토스트 빵, 그리고 토마토 소스로 맛을 낸 삶은 콩이 사이좋게 자리를 잡는다. 거기다 홍차 한 잔이면 끝. 정크푸드 같은 저걸 어떻게 먹나 인상 찌푸렸던 나도 이제는 일주일에 한 번은 꼭 식당에 가서 사먹는다. 별 볼 일은 없지만 꽤나 중독성이 있다.

그렇다고 TV에 나오는 이들 스타 요리사들의 음식이 영국의 대표 음식과 달리 뭐 대단한 것도 아니다. 그들이 요리하는 법은 다 비슷하다. 신선한 재료, 후추, 올리브 오일, 때로는 바닐라나 각종 향신료 첨가. 그걸로 끝이다.

잉글리시 브렉퍼스트. 언뜻 보기에는 맛없어 보여도 몇 번 먹다 보면 중독되는 마력의 음식이다.

샐러드를 만들 건, 스테이크를 굽건 항상 후추와 올리브 오일이면 맛있는 요리가 된다니, 한 시간 넘게 부엌에서 밥하고 생선 굽고 튀김 만들며 허리가 끊어져라 요리하는 내게, 이건 사기다.

런던은 사람뿐만 아니라 세계 각국의 음식도 한자리에 모였다. 태국, 중국, 일본, 한국 식당 외에도 미식가들이 최고로 꼽는 이탈리안 레스토랑도 이탈리아가 아닌 이곳 런던에 있다. 먹고 싶은 건 무엇이든 찾아서 먹을 수 있고, 그 맛도 수준급이다. 런던이 이렇듯 세계 음식의 백화점이 된 데에는 아무래도 영국을 대표할 음식이 마땅히 없기에 가능하지 않았나 싶다. 어떤 음식이든 이곳에 들어와 맛이 있다고 정평이 나면 그것이 곧 영국 음식의 한 부분이 된다. 영국 음식이 맛없다는 편견은 이제 버려라. 꼭 유명 식당이 아니더라도 동네 곳곳에 숨은 맛집이 그 진가를 알아줄 손님을 기다리고 있다.

예술이
런던을 먹여살린다

"레이첼 와이즈, 일년에 한 번씩은 꼭 연극 무대에 서고 싶어요."

지난 3월 「이브닝 스탠다드」 문화면 헤드라인은 영국의 올리비에상 최고 여자배우상을 거머쥔 레이첼 와이즈의 멘트로 장식됐다. 올리비에상은 영국의 연극 무대에 오른 배우에게 주어지는 연극계 최고의 상이다. 이 상이 더 빛을 발하는 것은 우리가 아는 세계적인 배우들이 한자리에 모이기 때문이다. 올해 시상식엔 지난해 런던의 연극 무대에 섰던 키라 나이틀리, 주드 로,

질리안 앤더스 등이 참석했다. 최고 남자배우상 후보였던 주드 로는 아쉽게도 상을 타지 못했다. 하지만 우리가 주목할 것은 그는 후보로서 이 자리에 참석했고 수상 여부와 상관없이 축제를 즐겼다는 사실이다.

나는 지금 상상 비행기를 타고 한국의 대학로 아르코 예술극장의 객석에 앉아 있다. 오랜 권위를 자랑하는 대한민국 연극상인 토월상 수상식을 10여 분 앞두고 있다. 얼마 전 연극 〈햄릿〉에서 현대적인 버전의 햄릿을 선보인 정우성이 저 앞에 앉아 있다. 그 옆엔 〈리타 길들이기〉에 나와 연기력 논란에 마침표를 찍은 김태희가 보인다. 오, 연산과 그의 연인 공길의 동성애 코드로 선풍적 인기를 끌었던 연극 〈이〉에 오만석이 다시 돌아오다니! 그런데 다들 식이 시작되기 전에 자리를 뜬다. 오, 안 돼. 아직 식이 열리지도 않았다구. 영화 촬영장에서 스태프들이 기다리고 있다고? 광고 찍으러 지금 가야 한다고? 그럼 여긴 누가 지키냐 말야. 제발, 가지 마, 마, 마, 마……

나의 아름다운 상상은 악몽으로 끝이 났다. 런던에 살면서 가장 기분 좋은 일 중 하나는 내가 좋아하는 스크린 배우들을 직접 연극 무대에서 볼 수 있다는 것이다. 지난 몇 년 새 런던은 연극 특수를 누렸다. 주드 로(〈햄릿〉), 주디 덴치(《한여름 밤의 꿈》), 이안 멕켈른(《고도를 기다리며》), 키라 나이틀리(〈더 미산스로프〉) 등이 쉴새없이 연극 무대에 올랐다. 할리우드의 대표 대우 케빈 스페이시는 아예 그쪽 활동을 접고 2003년부터 런던의 올드 빅 극장의 예술감독으로 활동 중이다. 그는 우리에게 〈반지의 제왕〉의 간달프로 잘 알려진 배우 이안 멕켈른을 내세운 팬터마임극 〈알라딘〉으로 히트를 쳤고, 연극 〈리처드 2세〉에서는 직접 주인공으로 무대에 서기도 했다.

각종 연극과 뮤지컬 공연이 열리는 웨스트 엔드 거리.

　　영국이 오랜 세월 문화강국으로 자리매김하고 부수입으로 짭짤하게 돈을 긁어모으는 데는 이 배우들의 공헌이 크다. 세계적인 대스타에게 연극 무대란 어떤 의미일까. 관객을 직접 마주해 두 시간 넘게 대사를 하고 그 자리에서 평가를 받는 무서운 자리다. 몇 달간 계속되는 공연을 위해 영화도, 각종 행사 참석도 포기해야 한다. 한마디로 잘하면 본전이고 못하면 명성에 먹칠을 당한다. 그래도 그들은 용감하게 도전한다. 그리고 끊임없이 연극 무대로 돌아오려 노력한다. 연극 무대만이 갖는 마력이 있기 때문이다. 3D, CG가 판치는 영화판에서 그들은 자신의 존재를 확인하고 싶었을 것이다. 아무것도 없는 공간에서 오로지 몸과 목소리로 타인의 마음을 흔드는 그 원초적인 행위 말이다.

올해 올리비에상에서 〈욕망이라는 이름의 전차〉로 최고배우상을 수상한 레이첼 와이즈는 수상 소감에서 "연극 무대에 서본 지 8년이나 됐다. 너무 큰 휴식이었다. 앞으로는 매년 연극 무대에 오르고 싶다"고 말했다. 오, 레이첼. 전적으로 동감하오. 올해 마흔 살인 그녀는 너무도 용감하게 대서양을 건너 이곳 런던으로 왔다. 결코 화려하지도 않은 연극 무대에서 그녀의 모든 것을 보여주기 위해. 관객들은 신이 났다. 유명 배우를 무대에서 볼 수 있다니 런던의 연극 무대는 활기를 띤다. 매번 객석이 꽉 찬다. 여기에는 관광객들도 일조한다. 극장은 재정이 탄탄해지고 그 돈으로 새로운 연극을 기획해 내놓는다.

그 어느 때보다도 뜨거웠던 런던 공연계는 전세계적인 불황에도 불구하고 엄청난 흑자를 기록하고 있다. 지난해 웨스트엔드는 연극, 뮤지컬 등으로 5억4백만 파운드(약 9천억 원)를 벌어들였다. 전해보다 7.6퍼센트나 오른 수치이고 지난 7년간 계속 증가세에 있다. 연극만 보자면 지난해 수익이 전해보다 26퍼센트나 증가한 9천7백만 파운드(약 1천7백억 원). 공연 전체 수익의 18퍼센트에 해당하는 금액이다. 배고픈 연극이 상업적인 뮤지컬에 맞서 전혀 주눅 들지 않다니, 놀랄 만한 결과다. 주드 로는 한 인터뷰에서 연극 〈햄릿〉에 출연한 이유를 "저렴한 가격에 새로운 연극 관객을 끌어들이기 위한 도마르 극단의 노력에 힘을 보태고 싶어서"라고 밝혔다. 최고의 배우들과 최고의 기획으로 런던의 극장들은 이 어려운 경제 위기 속에 돈을 긁어모으고 있다.

그렇다고 런던의 극장들이 이름값 하는 배우들을 내세워 돈 좀 벌려는 수작을 부린다고 보면 섭섭하다. 템즈 강변의 국립극장에 가보라. 대극장은 들어서는 순간 감탄사가 절로 나온다. 홀 중간에 둥그런 무대가 있고 그 무대를 둘러싸며 수백 개의 분홍색 의자가 도열해 있는데, 마치 고대 원형경기장 같다. 극장 시설만 봐도 연극을 보고 싶은 마음이 절로 생긴다.

언젠가 국립극장을 찾았을 때, 작품과 배우들 이름이 낯선 데도 자리는 거의 다 찼었다. 내 옆자리에는 한 할머니가 앉았는데, 낡은 원피스에 역시나 오래되어 보이는 스카프를 목에 두르고 있었다. 어림잡아 칠순은 넘은 분 같았다. 천천히 안경을 끼고 팸플릿을 읽어 내려가다가 조용한 목소리로 같이 온 남편에게 무언가를 얘기했다. 심각한 표정인데도 내겐 아주 귀여워 보였다. 칠순 나이에도 멋지게 문화를 향유하는 그 모습이 정말 아름다워 보였다.

템즈 강변의 사우스뱅크 센터 내 로열 페스티벌 홀에선 런던 필하모닉 오케스트라, 로열 필하모닉 오케스트라가 순번을 돌려가며 거의 매일 연주를 한다. 지난해 겨울 특별히 만사 제치고 콘서트홀에 갔다. 사라 장이 협연을 한단다. 가서 응원해줘야 한다. 역시나 관객의 반수는 할머니와 할아버지들이다. 추운 날씨에도 불구하고 등이 깊게 팬 반짝이 드레스를 입은 젊은 처자도 보였다. 멋지다. 3층 발코니 자리라 무대에서는 좀 멀지만 사라 장의 손놀림은 볼 수 있었다. 고작해야 5파운드를 내고 이런 호사를 누리다니 나는 날아갈 것 같았다. 발코니의 경우 가격대가 9파운드에서 28파운드까지 다양하다. 학생 할인을 받으면 5파운드에도 볼 수 있다.

한국에서 로열 필하모닉 오케스트라와 사라 장 협연을 듣는다면 몇 십만

클래식 공연을 저렴하게 보고 싶다면 사우스뱅크 콘서트홀로 가면 된다. 로열 필, 런던 필 공연을 10파운드 안팎에 볼 수 있다.

원은 내야 괜찮은 자리에 앉을 수 있다. 이곳에선 가장 좋은 자리에 앉아봤자 55파운드다. 10만 원이 안 된다. 물론 가격을 이렇게 단순비교해서는 안 된다. 로열 필하모닉 오케스트라가 한국에 가려면 비행기값, 공연비, 체제비 등 정말 엄청난 액수의 돈이 든다고 가정할 때 수십만 원 정도의 공연비를 지불하는 건 어쩌면 당연한지도 모른다. 반면 런던에 있는 나는 10파운드에 내가 원하면 언제고 그들의 공연을 볼 수 있다. 특별 기획 공연을 빼고는 이들은 매일 다른 레퍼토리로 일년 내내 이곳에서 연주를 하기 때문이다.

뮤지컬 〈레 미제라블〉 극장과 영화 〈빌리 엘리어트〉를 원작으로 한 동명의 뮤지컬이 공연되는 극장.

뮤지컬도 빼놓을 수 없다. 예술이 런던을 먹여살린다. 그중 으뜸 효자는 뮤지컬이다. 런던에 온 관광객들의 필수 코스는 뮤지컬 관람이다. 1인당 50파운드가 넘는 고가임에도 불구하고 표가 없어서 못 살 지경이다. 공연장은 매일 만원이다. 쏟아지는 홍수 속에 뭘 고를지 고민된다. 〈빌리 엘리어트〉〈맘마미아〉〈레 미제라블〉〈위키드^{Wicked}〉〈라이온 킹〉〈시카고〉〈위 윌 락 유 We Will Rock You〉 등 대부분이 각자의 극장에서 10년 넘게 장수하는 뮤지컬들이다.

런던의 뮤지컬 극장에 가보면 하나같이 시내의 별다른 특징도 없는 건물들 속에 비집고 앉아 있다. 이 좁은 데서 어떻게 스펙터클한 뮤지컬이 나오는지 신기할 정도다. 하지만 그 안에 들어가보면 답이 나온다. 이건 마치 롤러코스터를 타고 지하 100미터 갱도 속으로 빨려들어가는 것 같다. 2~3층 객석은 정말 거짓말 안 보태고 경사가 70도는 된다. 앞으로 고개를 심하게 숙였다간 그대로 공처럼 굴러서 무대 위로 떨어질 것 같다. 하지만 이것도 나름 괜찮다. 앞에 덩치 큰 아저씨가 앉아도 무대가 훤히 잘 보인다. 오순도순 좁은 공간에 모여 다같이 뮤지컬을 즐긴다는 것도 기분 좋다. 생각해보라. 식구들이 화롯가에서 고구마를 구워 먹으며 도란도란 얘기하는 풍경을. 런던의 뮤지컬 극장은 그래서 정감이 간다.

5년 전쯤 런던에 출장왔다가 뮤지컬 〈빌리 엘리어트〉를 봤다. 당시 런던에 첫 선을 보인 신작이었다. 이 작품의 원작인 영화 〈빌리 엘리어트〉의 광팬인 나는 열 일 제쳐두고 그 뮤지컬을 봤다. 주인공 빌리는 영국의 북부 광산촌에 사는 어린 소년이다. 마땅한 재밋거리를 찾지 못하던 이 소년의 눈에 허름한 건물에서 발레를 배우는 여자 친구들의 모습이 포착된다. 빌리는 가족들의 만류에도 불구하고 발레를 배운다. 그리고 어렵사리 런던의 한 유명 발레단의 오디션에 참가하는 것으로 이야기는 끝이 난다. 그가 합격했는지 불합격했는지는 알 수 없다. 다만 영화는 빌리의 미래에 대한 단서 하나를 남긴다. 성인 남자 무용수가 깃털로 된 하얀색 바지를 입은 채 무대로 뛰어나가는 장면에서 엔딩 크레딧이 올라간다. 이 인상적인 마지막 장면을 보여준 어른 빌리 역은 매튜 본의 무용극 〈백조의 호수〉에 나왔던 수석 무용수다.

빌리가 성공적으로 컸다면 발레단의 남성 무용수가 됐을 거라고 생각했던 나에게 마지막 빌리의 모습은 충격 그 자체였다. 그리고 얼마 안 돼 서울 LG 아트센터에서 매튜 본의 무용극 〈백조의 호수〉를 봤다. 여자 백조 대신 남자 백조들이 나오는, 당시엔 매우 센세이셔널한 작품이었다. 공연 담당 기자로 수백 편의 뮤지컬과 무용극을 봤지만, 나는 단연코, 매튜 본의 〈백조의 호수〉를 최고로 치고 싶다. 상반신을 드러내고 깃털로 된 바지만 입은 근육질 남자들이 추는 군무는 가히 압권이었다. 자신의 정체성을 고민하며 또 다른 자아와 추는 춤은 은근히 동성애를 연상시켰다. 매튜 본은 천재다. 여린 여성 백조를 근육질 남성 백조로 바꿔놓고, 또 그 안에 삶의 본질, 인간의 본질을 멋들어지게 끼워놓았다. 그래, 빌리는 둔부가 드러나는 타이즈를 입고 여성 무용수를 번쩍 들어올리는 전통적인 발레리노는 어울리지 않는다. 탄광촌의 여자아이들 사이에 끼어 발레를 배웠던 예의 그 뻔뻔함과 당당함으로 그는 무대의 주인공이 되어 관객 앞에 서있어야 얘기가 된다.

그런데 아쉽게도 빌리의 이런 내면세계를 뮤지컬에서는 볼 수 없었다. 다만 이 뮤지컬은 지금은 쇠락한 탄광마을과 노동자들의 절망, 엄마가 없는 슬픈 현실 속에서 희망을 잃지 않는 빌리의 모습을 교차해서 보여준다. 다분히 영국적인 뮤지컬이다. 영국인의 마음속에 들어가지 않으면 이해할 수 없는 영국적인 것들이다. 무대는 아주 깔끔하고 스토리라인은 군더더기가 없었다. 하지만 마지막 장면에서 빌리가 무선 줄에 의지해 하늘을 날 땐 좀 유치하단 생각이 들었다.

뮤지컬의 영혼이라고 할 수 있는 음악도 별로였다. 엘튼 존이 만든 음악들은 기존의 그의 팝과 다를 게 없었다. 이곳에서 앤드루 로이드 웨버의 파워풀한 뮤지컬 음악을 기대해선 안 된다. 이봐, 엘튼 존. 예수는 동성애자였다는 폭탄 발언 같은 걸로 영국을 흔들어놓지 말고, 좀 뮤지컬다운 음악을 만들어봐.

그런데 나의 예상과 달리 이 작품은 대박이 났다. 런던의 웨스트엔드가 만든 또 하나의 영국산 뮤지컬로 연일 관광객을 끌어들이고 있다. 나는 추측한다. 관객의 반은 다분히 영국적인 냉소와 농담을 이해하는 지적인 부류거나, 관객의 반은 하늘로 나는 빌리에게서 꿈과 희망을 발견하는 웬디 같은 순수한 부류라고. 어쨌거나 영화감독의 손에서 태어난 빌리는 뮤지컬에서 성공적인 변신을 했다. 버전을 바꿔가며 무에서 유를 창조한 영국인에게 박수를, 짝짝짝.

이런, 나의 전공 분야인 미술을 빠뜨릴 뻔했다. 런던과 뉴욕은 세계 미술시장을 양분한다. 런던 미술시장은 올드 마스터나 인상파 화가들의 그림을 주로 거래하는 반면 뉴욕은 현대미술 시장을 주무르고 있다. 2000년대부터 현대미술이 큰돈이 되면서 뉴욕 미술시장은 세계 넘버원이 됐다. 그러나 미국발 경제 불황이 오면서 상황은 역전됐다. 뉴욕 미술시장이 휘청거리는 반면 런던의 미술시장은 불황 속에서 선전하고 있다. 지난 2월 런던의 소더비 경매에서 자코메티의 조각 〈걷는 사람〉이 6천5백만 파운드(약 1천2백억 원)에 낙찰되며 경매 최고가를 갱신했다(2010년 4월 현재). 지난 2004년 뉴욕에서 파블로 피카소의 〈파이프를 든 소년〉이 1억4백만 달러에 팔려 역대 경매 최고가를 기록했었다. 이날 소더비 경매에서는 클림트의 풍경화가 2천6백만 파운드에 낙찰되는 등 근현대미술 판매로 총 1억4천6백만 파운드가 낙찰됐다.
경매회사는 그림을 사고 팔 때 수수료를 받아 수익을 챙긴다. 소더비의 경우 일반적으로 그림을 파는 사람에게 10퍼센트, 그림을 사는 사람에게

12~20퍼센트의 수수료를 받는다. 소더비는 이날 하루 경매로만 최소 1천 5백만 파운드(약 270억 원)를 챙겼다는 계산이 나온다. 미술시장은 불황에도 건재하다. 왜냐하면 불황에 타격을 입은 부자들이 돈이 아쉬워 소장했던 그림을 시장에 내놓기 때문이다. 질 좋은 작품들이 저가에 시장에 쏟아지니 투자용으로 그림을 사기엔 가장 좋은 때가 요즘이다. 런던 미술시장이 웃을 수밖에 없는 이유다.

음악, 미술, 뮤지컬, 연극, 무용 등 영국의 예술이 번성하는 데는 정부의 지원도 큰 몫을 한다. 각종 예술 장르의 지원은 영국의 문화예술위원회가 맡는다. 문화예술위원회는 2008년부터 2011년까지 예술 분야에 16억 파운드(약 2조8천8백억 원)를 투자하고 있다. 지난해와 올해에만 각 예술 장르에 5억7천5백만 파운드(약 1조350억 원)를 지원하거나 지원할 예정이다. 그중 60퍼센트의 지원금은 사우스뱅크나 새들러웰즈 같은 공연장에 돌아가고, 나머지는 공공예술(7퍼센트), 예술교육(8퍼센트) 등에 사용된다. 물론 자금은 정부지원금과 복권기금에서 출원된다. 문화예술위원회가 이 엄청난 예산을 예술에 쏟아붓는 취지는 간단하다. 예술가를 지원하고 최상의 예술을 만들어내, 이 땅의 사람들이 문화의 향기를 누리게 하는 것이다. 더구나 사우스 뱅크 같은 국공립 기관들은 티켓 값을 현저히 낮추어 누구라도 공연을 즐길 수 있는 길을 터주고 있다.

이쯤 되면 런던은 정말 사랑하지 않고는 못 배길 도시다. 런던 밤거리를 한번 걸어보라. 몇 년을 이곳에 살아도 끝끝내 소화하지 못할 뮤지컬과 연극,

무용이 곳곳에서 쏟아져 나온다. 그것도 비교적 저렴한 가격이라 어려운 형편의 사람들도 마음만 먹으면 즐길 수 있다. 미술관은 또 어떤가. '어드미션 프리'라는 대형 현수막을 내걸고 지나가는 행인을 손짓한다. 주머니에 돈 한 푼 없이도 고흐며 르느와르며 레오나르도 다 빈치를 맘껏 볼 수 있다니 이 얼마나 환상적인 도시인가.

　문화는 돈 있는 사람만이 향유할 수 있다는 편견을 이곳에서는 버려라. 15년 전 시작된 대규모 문화 지원정책이 이제 곳곳에서 꽃을 피우고 있다. 전 국민의 3분의 2가 미술관이나 박물관에 가서 문화를 즐긴다. 이런 문화 부흥이 런던을 살기 좋은 도시, 사업하기 좋은 도시로 만든다. 가난하든 부자든, 무식하든 유식하든 누구나 문화를 누릴 수 있는 권리를 제공하는 문화정책이 오늘날 엄청나게 삐걱거리는 영국 경제를 살리고 있다.

헐렁한 나라,
그래서 무서운 나라

라운드어바웃에는 암묵적인 약속이 있다.
정지선에 서있는 차들보다는 라운드어바웃을 돌고 있는 차에 우선권이 있다.
신호등이 없으니 차들이 순간 엉켜버릴 것 같지만 천만의 말씀이다.
너무나도 자연스럽게 들어왔다가 유연하게 빠져나간다. 교통신호 없이도, 교통 경찰 없이도,
원활하게 잘도 굴러간다. 자율을 중시하는 영국인에게 딱 어울리는 제도 같다.
사실 런던에서 제일 기본 깨지는 일 중 하나는 마음 놓고 무단횡단을 하는 것이다.
어떨 때 무단횡단 하는 내 옆으로 경찰도 같이 지나간다. 참 정겹다.

영국법은
귀에 걸면 귀고리,
코에 걸면 코걸이

한 나라의 체제를 이해하려면 그 나라의 법을 들여다봐야 한다. 법체계의 관점에서 세계는 두 개의 반구로 나뉜다. 프랑코스피어^{Francosphere}와 앵글로스피어^{Anglosphere}다. 말 그대로 프랑코스피어는 프랑스의 성문법^{Civil Code System}이 통용되는 지역을 말하고, 앵글로스피어는 영국의 관습법^{Common Law System}이 통용되는 지역을 말한다.

프랑코스피어의 법은 강력한 법으로 촘촘하게 그물망을 짜놓아 사회 안정을 꾀하고 시민을 보호한다. 나폴레옹은 유럽을 장악한 후 제일 먼저 법체계부터 다져놓았다. 법 조항은 아주 세세하고, 각종 규제로 넘쳐난다. 법이 정해놓은 룰만 따르면 살아가거나 사업하는 데 별 문제가 없다. 프랑스는 이 법을 19세기 자신의 식민지 나라에 전파했다. 현재 서유럽 대부분의 국가와 남미,

북아프리카, 터키, 인도네시아, 러시아는 이 법체계를 유지하고 있다.

반면, 앵글로스피어의 법은 유연하고 해석의 여지가 많다. 시민의 자율과 양심에 맡기는 것이다. 그리고 문제가 생기면 법정에 가서 시시비비를 가리라고 한다. 시민사회의 이성을 믿었던 영국은 1800년대부터 이 법을 발전시켜 자기네 식민지에 전파했다. 남아프리카와 인도, 호주 등은 이 법을 따르고 있다. 그렇다면 소송 천국이라는 미국은? 당연히 앵글로스피어에 해당한다. 미국은 독립전쟁 후 새로운 법체계를 마련할 때 영국의 관습법을 대부분 수용했다.

영국법을 찬찬히 들여다보면 '이렇게 헐렁할 수가!'라며 이마를 탁 치게 된다. 영국에서 사업을 할 경우 천국이 따로 없다. 각종 규제도 없다. 개인사업자의 경우, 사업자 등록을 할 필요도 사업에 걸맞은 자격 요건도 없다. 내가 하고 싶은 사업이 있으면 그냥 시작하면 된다. 그리고선 정부에 자발적으로 세금만 내면 된다. 프랑스의 경우, 사업을 하려면 정부에 등록을 하고 각종 자산 규모와 빚, 그리고 그 사업에 맞는 자격을 갖췄는지 등을 문서로 제출해야 한다. 하지만 영국에서는 서류 업무가 필요 없다. 사업하기가 상대적으로 편하다.

헐렁한 영국법이 실제 비즈니스에 미치는 사례를 살펴보자. 런던의 대표적인 공공 미술관인 테이트 모던 갤러리는 영국 문화부로부터 지원금을 받는다. 문제는 테이트 모던이 엄청나게 몰려드는 관광객과 미술을 사랑하는 시민 덕분에 레스토랑, 서점, 전시를 통해 기대 이상의 수익을 올리고 있다는 것이다. 상황이 이렇다 보니 공공 미술관이 이윤 추구에 앞장선다는 비판이 제기되었다. 또 그렇게 흑자를 낸다면 정부 지원금을 대폭 삭감해야 한다는

테이트 모던 갤러리 홀에 놓인 기부금 통. 상단 부분의 조그만 구멍에 동전을 넣으면 게임기처럼 좌르륵 내려간다. 돈을 안 넣고는 못 배기는 장치다. 공공미술관은 개인이나 기업이 낸 기부금 등으로 운영된다.

주장도 나왔다. 다른 공공 미술관의 상황도 마찬가지였다.

그런데 천재적인 아이디어가 나왔다. 미술관에 소속된 각종 부서를 자회사로 쪼개는 방안이다. 미술관을 운영하는 핵심인력만 남고 서점, 티켓 박스, 레스토랑 등 돈이 들어오는 사업 부문은 독립 자회사가 된다. 그리고 각 자회사는 발생한 수익금을 모기업인 테이트 모던 갤러리에 '기부'하는 것이다. 자회사에서 선의의 취지로 모회사인 미술관에 기부를 하겠다는데 누가 말리겠는가. 테이트 모던은 이제 장부상으로는 흑자가 나지 않는 공공 미술관으로서 정부 지원금도 당당히 받게 됐다. 만약 누군가 "그건 일종의 편법 행위 아니오?"라고 이의를 제기한다면 영국의 변호사들은 이렇게 맞받아칠 것이다.

"법 조항도 없는데 그게 왜 편법이란 말이오?"

헐렁한 영국법을 선의의 목적으로 이용하는 자가 있는 반면 대부분 법에 무지한 시민들은 골탕 먹기 일쑤다. 내가 아는 한 사람은 현재 갖고 있는 비자를 다른 목적의 비자로 바꾸기 위해 변호사를 찾았다. 문제는 이곳 변호사조차도 고객에게 정확한 답을 주지 못한다는 것이다. 법 조항이 느슨하다 보니 해석의 여지가 많기 때문이다. 귀에 걸면 귀고리요 코에 걸면 코걸이다. 이 경우 변호사는 법원 소속의 검사나 판사에게 그 건에 대해 의견을 묻는다. 그리고는 고객에게 변호사비와 함께 검사나 판사에게 자문을 요청한 비용까지 두 배의 청구서를 내민다. 그러고도 확답을 해주지는 않는다. 비자 도장을 찍는 최종 심사관이 어떤 기준으로 비자를 심사하느냐에 따라 결과가 달라질 수 있기 때문이다. 결국 변호사 비용을 쓰더라도 결과는 그 누구도 장담을 못한다. 진정한 복불복의 정수다.

런던의 도로엔
자율의 미학이 있다

런던에 와서 차를 산 이후로 주말이면 인근의 중소도시로 당일치기 여행을 다녔다. 윈저 성, 브라이튼, 옥스퍼드, 이스트본 등은 런던에서 차로 한두 시간 거리에 있는 관광지들이다. 하지만 몇 군데를 다녀보니 거기가 거기 같았다. 뭔가 색다른 곳은 없을까? 영국적인 시골마을 같은. 그래서 찾은 곳이 런던 남쪽에 위치한 어촌마을 '헤이스팅스Hastings'다.

아직 이른 시간인지 고속도로엔 차가 뜸했다. 영국의 고속도로엔 톨게이트가 없다. 당연히 통행료도 안 낸다. 대신 일년에 한 번씩 도로주행세를 내야 한다. 도로주행세는 차의 크기와 종류에 따라 차등 부과된다. 나는 210파운드 정도를 낸다. 그 비용을 뽑기 위해서라도 부지런히 돌아다녀야 한다.

동네 사거리에 놓인 라운드어바웃. 먼저 들어온 차가 라운드어바웃을 돌다 빠져나가면 정지선 밖에 있던 차가 안으로 들어온다. 신호등이 필요 없다.

　　고속도로에서 국도로 빠져나오자마자 사거리가 나왔다. 일명 라운드어바 웃^{Roundabout}이다. 라운드어바웃은 사거리 중심에 만들어놓은 동그란 원형의 공간을 말한다. 고속도로 인터체인지뿐만 아니라 동네 어귀까지 라운드어바웃이 없는 데가 없다. 라운드어바웃은 일종의 '매직'이다. 라운드어바웃이 있는 곳엔 신호등이 없다. 대신 도로 상황에 대한 종합적인 판단력을 발휘해 눈치껏 끼어들어야 한다. 차는 사거리 진입로에 서있다가 라운드어바웃을 돌고 있는 차가 뜸할 때 재빠르게 진입한다. 그리고 빙빙 돌다가 자신이 원하는 방향의 도로로 빠져나가면 된다. 혹여 어느 방향으로 가야 할지 헷갈리면 계속 라운드어바웃을 돌면서 길을 파악하면 된다. 좀 어지럽겠지만, 길을 잘못 들어 몇 십 분을 허비해야 하는 사태를 미연에 방지할 수 있다.

라운드어바웃에는 암묵적인 약속이 있다. 정지선에 서있는 차들보다는 라운드어바웃을 돌고 있는 차에 우선권이 있다. 신호등이 없으니 차들이 순간 엉켜버릴 것 같지만 천만의 말씀이다. 너무나도 자연스럽게 들어왔다가 유연하게 빠져나간다. 교통신호 없이도, 교통경찰 없이도, 원활하게 잘도 굴러간다. 자율을 중시하는 영국인에게 딱 어울리는 제도 같다.

사실 런던에서 제일 기분 째지는 일 중 하나는 마음 놓고 무단횡단을 하는 것이다. 어떨 땐 무단횡단 하는 내 옆으로 경찰도 같이 지나간다. 참 정겹다. 한국에서 신호등 없는 도로를 건널 땐 항상 찝찝했다. 어딘가에서 갑자기 나타난 교통경찰에게 걸리면 2만 원이 날아간다. 도로 양쪽에 차가 하나도 없는데도, 나는 100미터가 넘는 거리를 에둘러 걸어 신호등이 있는 건널목으로 건너야 했다.

그런데 런던에서는 내가 건너면 그곳이 곧 횡단보도가 된다. 런더너들은 모두 목숨을 내놓고 사느냐고? 아니다. 그만큼 안전하기 때문이다. 런던의 도로에는 신호등이 별로 없다. 대신 도로 바닥에 얼룩말 무늬의 선이 그려져 있고 양쪽 도로가에 가로등 모양의 전등이 서있는 곳을 횡단보도라고 보면 된다. 이 구역에서 사람이 지나가려고 하면 차는 반드시 서야 한다. 물론 교통법에 적시된 건 아니다. 그냥 운전자와 행인 간의 암묵적 약속이다. 지금까지 나는 한 번도 이 횡단보도를 건널 때 행인을 무시하고 달려가는 차를 보지 못했다. 100퍼센트다. 내가 건너가려고 도로가에 서있으면 차들은 항상 정차선 위에서 멈춘다. 나는 손으로 고맙다는 인사를 하며 운전자를 쳐다본다. 내가 다 지나갈 무렵 건너편에서 다른 사람이 또 건너기 시작해도 양방향 모든 차량

런던의 도로는 보행자의 천국이다. 사람이 횡단보도를 지나가면 차는 무조건 서야 한다. 4차선 대로에서도 언제든 무단횡단이 가능하다.

은 그저 기다린다. 양쪽 길 모두에서 건너려는 사람이 정말 하나도 없다고 판단되면 운전자는 그때 다시 출발한다. 대단한 운전 매너이다.

운전자 사이의 매너도 존경할 만하다. 런던의 도로는 좁기로 유명하다. 수백 년 전부터 조성된 길을 새롭게 닦아 쓰기 때문에 일반 자동차 두 대가 지나가기도 힘든 도로가 태반이다. 그럴 땐 양방향에 서있는 차들이 서로 순번을 바꿔가며 지나간다. 한쪽에 서있던 차가 몇 대 지나가면 이번엔 반대편에서 기다리고 있던 차가 지나간다. 교통경찰도 없고, 신호등도 없지만, 양방향 차들은 너나 할 것 없이 상대방에게 먼저 지나가라고 신호를 보낸다. 자율과 양보의 미학을 도로 어느 곳에서든 볼 수 있다.

두 개의 라운드어바웃을 돌아 좁다란 국도로 들어섰을 때, 갑자기 몽구가 오줌이 마렵다고 난리였다. 주변을 둘러보니 영국의 전형적인 시골마을이었다. 길에는 개미 한 마리 보이지 않고 집들은 을씨년스러웠다. 이런 데 무슨 휴게소가 있겠나 싶어 포기하려던 차에 저 멀리 주유소 한쪽에 막스 앤 스펜서Marks & Spencer 편의점이 보였다. 역시 동네 삼거리에 놓인 작은 라운드어바웃을 돌아 막스 앤 스펜서 앞에 차를 주차했다. 휴게소라기보다는 동네 구멍가게 같았다. 시끄러운 뽕짝 음악이 흘러나오고, 사람들이 호떡이며 어묵, 구운 감자, 떡볶이, 호두과자로 양손을 가득 채운 채 차로 돌아가던 한국 휴게소의 모습. 아, 그립다. 이곳 휴게소에서 파는 것이라고는 칩스(Chips, 감자튀김)와 주스, 아이스크림 정도다. 항상 뭔가 아쉽다. 다시 동네 어귀의 작은 라운드어바웃을 돌아 헤이스팅스로 향했다.

그런데 이 어촌마을, 뭔가 수상했다. 바닷가에 족히 500대는 주차할 수 있는 주차장이 있었다. 전통적인 영국의 어촌마을인 줄 알았더니 벌써 관광지로 돌변한 것일까. 영국 각지에서 온 차들이 주차장에 빼곡하게 들어서 있었다. 주차장 옆으로는 검은색 목조가옥이 자리잡고 있었다. 1층엔 문이 없고 2층에 문이 있었다. 사람 사는 곳은 아닌 것 같고 바다에서 잡은 생선을 임시로 저장하는 창고 같았다. 그 목조가옥 옆으로 폭 30센티미터 정도의 기찻길이 깔려 있고, 라면 상자만 한 객차를 10여 개 붙인 미니 기차가 10분마다 운행을 하고 있었다. 완전히 아이들을 타깃으로 한 장사로군. 몽구는 그 기차를 꼭 태워달라고 애걸했다. 한 사람당

차 한 대가 겨우 지날 만큼 폭이 좁은 도로에서도 차들은 양방향으로 잘도 달린다. 멀리서 차가 오는 게 보이면 일단은 멈춰 서서 반대 방향 차가 지나갈 때까지 기다린다.

바닷가 어촌마을의 이국적인 풍경. 생선 저장고가 재미나게 생겼다.

5파운드를 내고 마지못해 기차를 탔다. 한 100미터쯤 달렸을까, 내리란다. 좀 황당했다.

　미니 기차에서 내리자 유원지가 한눈에 들어왔다. 조그만 터에 청룡열차, 회전목마 등이 오밀조밀하게 자리잡고 있었다. 놀이공원의 무서운 놀이기구는 죄다 섭렵했던 나는 몽구와 남편을 뒤로하고 날아가는 접시에 혼자 올라탔다. 접시는 위아래로 움직이며 자체적으로도 360도를 도는 고난도 놀이기구였다. 와우, 흥분된다. 기구가 20미터 상공으로 올라가자 저 밑에서 나를 쳐다보는 몽구와 남편이 보였다. 즐거움도 잠시, 이 기계가 미쳤나. 좀체 쉬지 않고 나를 뱅뱅 돌렸다. 아, 신발이 헐렁하다. 발에서 떨어져나갈 것 같았다. 유원지가 좁다 보니 나는 옆집 생선 창고 슬레이트 지붕 위로도 날아가고, 차가 쌩쌩 달리는 도로 위쪽에서 360도 회전도 했다. 머리는 산발이 되어 구미호 같았다. 아래를 쳐다보니 몽구가 울고 있었다. 엄마가 죽을 것 같았나 보다. 시간은 상대적이다. 고통스런 시간을 한 열 시간쯤 보낸 것 같았다. 기계가 작동을 멈추자, 살았구나! 하는 안도의 한숨이 나왔다.

정말 목숨 걸고 탔다. 배가 고팠다. 우리는 바닷가에 위치한 펍으로 향했다. 펍은 손님들로 북적였다. 운 좋게 바다를 바라볼 수 있는 야외 테이블에 앉았다. 옆자리엔 영국 남부의 억센 사투리를 구사하는 부부와 개구쟁이 아이들이 앉았다. 남편의 비닐점퍼를 빌려 입은 듯 패션과는 담을 쌓은 엄마는 가끔씩 F 자가 들어가는 욕을 아이들에게 쏟아부으며 담배를 피워댔다. 그 여자의 남편은 처음 본 옆 테이블의 아저씨와 줄담배를 피워가며 축구 얘기에 정신이 팔려 있었다.

빨리 먹고 여길 뜨자. 아이 교육에 안 좋다. 어, 저 멀리 높은 구릉이 보였다. 가서 맑은 공기나 쐬자. 그런데 구릉에 올라가는 사람들은 보이는데 도대체 어느 길로 올라가는 건지 알 수 없었다. 그 흔한 안내 푯말도 없었다. 영국은 참 불친절하다. 어느 관광지를 가건 그 장소를 한눈에 볼 수 있는 안내지도가 없다. 그냥 거리를 무작정 걸으며 스스로 길을 개척해야 한다. 구릉 아랫동네를 몇 바퀴 돌면서 올라가는 길을 찾다가 결국 실패하고 다시 펍으로 돌아왔다. 펍의 웨이트리스에게 물으니 펍 건물을 왼쪽으로 끼고 계단을 올라가면 구릉에 오르는 길이 나온다고 했다. 벽에 작은 종잇조각이라도 하나 붙여놓았으면 이 고생을 안 했을 것을!

런던엔 높은 산이 없다. 오르고 싶어도 오를 산이 없다는 뜻이다. 그런데 이곳 구릉은 꽤나 높은 지대에 위치해 있어 마치 북한산을 등반하듯 숨이 차고 힘이 들었다. 10여 분을 캑캑거리며 올라가자 또다시 대자연이 펼쳐졌다. 사람들은 곳곳에 돗자리를 펴고 슈퍼에서 사온 샌드위치와 칩스, 음료수를 먹으며 한낮의 평화를 즐겼다. 어느덧 햇살이 약해지고 해가 뉘엿뉘엿 서산으로 지고 있었다. 이제 집으로 돌아갈 시간이었다. 이 조그만 어촌마을 헤이스팅스에서 우리는 바다에서 갓 잡은 생선을 보았고, 미니 열차를 탔고, 유원지를 돌아다녔으며, 대자연 속에서 낮잠을 잤다. 그것도 하루 반나절 동안에.

뿌듯한 마음으로 우리는 주차장으로 향했다. 영국의 전형적인 시골마을을 거쳐 서너 개의 라운드어바웃을 돌면 곧 우리 집에 도착하겠지. 집으로 돌아가는 한 시간 반 동안의 여정이 기대됐다. 누구 하나 공격적인 사람 없이 모두들 매너를 지켜가며 운전을 할 테니, 나도 편하고 상대방도 물론 편할 것이다. 여행 다녀오는 길이 즐거웠다. 아무래도 런던 도로엔 해피 바이러스가 뿌려져 있나 보다.

알아서 돈 내라,
걸리면 끝장이다!

학교에 갈 때 나는 빨간색 73번 벤디 버스^{Bendy Bus}를 탄다. 버스 두 대를 붙여 가운데 연결 부분에 고무 주름을 넣은, 일명 '구부러지는 버스'다. 더 많은 승객을 실어 나르고 승하차 시간을 줄이기 위해 런던에선 2층 버스의 전통을 깨고 2002년부터 벤디 버스가 돌아다닌다. 길이 18미터에 이르는 기다란 버스가 좁디좁은 런던 시내를 운행하려면 숙련된 운전 기술이 필요하다. 그래서 벤디 버스는 2층 버스를 3년 이상 무사고로 운전한 버스 기사만이 몰 수 있다.

한번은 버스가 정류장에 서자 딱 보기에도 한국인으로 보이는 여학생이

탔다. 섬드렁한 표정으로 전화 통화를 하며 연신 "열라 짱나"를 연발했다. 진짜인지 가짜인지 구분이 안 가는 루이뷔통 백에 화장을 아주 곱게 했다. 내가 앉은 자리 바로 앞에는 교통카드를 대는 전자칩 장치가 있었다. 버스에 올라탄 그녀는 전화를 끊고는 가방을 열어 이리저리 지갑을 찾았다. 교통카드를 꺼내려는 것 같은 한데 자꾸 주변을 둘러보았다. 1분이 흘렀다. 내 눈에도 루이뷔통 가방 안에 든 지갑이 훤히 보이건만 그녀는 그것을 무시한 채 다른 부분만 뒤졌다. 그러더니 또 주변을 슬쩍 살폈다. 다시 1분이 흘렀다. 마침내 지갑을 찾은 그녀, 지퍼를 열자 각종 카드와 쿠폰이 눈에 들어왔다. 그녀는 아주 느린 속도로 카드를 하나씩 꺼내 보았다. 또다시 주변을 살펴봤다. 카드 몇 개를 꺼내 보다가 그녀는 안심하는 눈빛으로 지갑을 닫고는 도로 백 안에 던져 넣었다.

확언하건대, 그녀의 지갑 속에는 분명 파란색 교통카드가 있었다. 그러니까 그녀는 그냥 찾는 척 연기를 한 거였다. 버스 안에 감시원이 없다는 걸 확인할 때까지. 교통카드로 버스를 탈 때 내는 돈이 1.2파운드, 우리 돈으로 2천 원 정도이다. 환승할인 혜택도 없어서 탈 때마다 돈을 내야 한다. 그렇다 해도 이건 아니지 않은가? 감시원이 없다는 걸 이용해 무임승차를 하다니……. 그것도 화장을 곱게 한 루이뷔통 아가씨께서! 같은 한국인이라는 게 무지막지하게 창피했다.

사실 루이뷔통 그녀를 무조건 탓할 일도 아니다. 대중교통비가 너무 비싸다 보니 무임승차의 유혹은 누구에게나 있을 수 있다. 버스도 그렇지만 영국에서 기차여행을 하기는 더 무섭다. 런던에서 한 시간 거리에 있는 남쪽 해안

버스 두 대를 이어붙인 벤디 버스. 운전기사의 눈과 손길이 미치지 못하는 뒤편 차량에는 곳곳에 교통카드 단말기가 설치되어 있다. 돈을 안 내려는 일부 양심 불량 승객들은 일부러 버스의 뒷부분에만 탄다.

도시 브라이튼까지 가는 완행열차의 경우 왕복요금이 44파운드, 우리 돈으로 8만 원 정도이다. 움직이기만 하면 돈이 날아가는 런던의 대중교통을 생각한다면 이런 유혹을 물리치기 힘든 것도 사실이다. 런던 지하철의 경우 출구에 개찰구가 있어 무임승차는 어림도 없지만, 개찰구가 없는 일반 기차역의 경우 감시원에게 적발되지 않는 한 얼마든지 무임승차가 가능하다.

세금도 마찬가지다. 구청에 내는 주민세는 거주하는 동네의 수준과 집의 크기, 사는 사람 수에 따라 부과된다. 사람이 많이 살수록 세금이 오르다 보니 실제로 거주하는 사람 수를 줄여서 신고하기도 한다. 학생은 주민세가 면제라는 걸 악용해 성인 세 명이 사는데도 학생 한 명만 등록해 아예 세금을 안 내는 경우도 봤다.

사업세도 마찬가지다. 내가 번 돈을 모두 고스란히 신고하는 바보는 없을 것이다. 대개는 회계사를 고용해 최대한 소득을 줄여 신고한다. 구에서는 월세나 모기지 비용을 낼 여유가 없는 가구를 위해 주택지원금을 지원하는데, 일부 구민은 개인 소득이 있음에도 무직자라고 속여 한 해 몇 천만 원씩 주택지원금을 받기도 한다.

한마디로 모든 게 개인의 자발적인 양심에 맡겨진다. 참 아름다운 발상이다. 약간의 거짓말을 보탠 뒤 알아서 돈만 내면 된다. 그런데 이것이 거짓으로 드러날 경우엔 엄청난 처벌이 기다린다. 구청에는 거짓으로 주택지원금을 타가는 사람들을 위한 감시 부서가 따로 있다. 이들이 서류상의 오류를 적발해 현장조사를 나갈 경우 허위 신고를 한 당사자는 그간 받은 돈을 모두 토해내야 하는 것은 물론 곧바로 감옥행이다. 런던 시내의 대중교통에 무임승차했다가 적발되면 50파운드의 벌금을 물어야 한다.

이 모든 것이 마치 시민을 시험대에 올려놓고 매일 양심 검사를 하는 빅 브라더(Big Brother, 조지 오웰의 소설 『1984』에서 비롯된 용어로, 긍정적 의미로는 선의 목적으로 사회를 돌보는 보호적 감시, 부정적 의미로는 음모론에 입각한 권력자들의 사회통제 수단을 말함)의 장난 같다. 더구나 본인

버스 정류장마다 버스표를 파는 기계가 설치되어 있다. 한 번 타는 데 2파운드, 심히 부담스럽다.

이 조절할 수 없는 양의 자율은 각종 폐해를 낳는다. 사기와 편법이다. 그러나 어쩌겠는가. 나는 관습법의 시조인 영국에서 살고 있는 것을. 내가 할 일이라곤 매일 집 앞을 나서기 전 주기도문의 한 구절을 외우는 것뿐이다. "우리를 유혹에 빠지지 말게 하시고, 악에서 구하소서……."

의원님,
건전지값 26파운드
토해내시죠

국민의 세금 허투루 썼다간 정치인생 끝이다. 적어도 영국에선 그렇다. 이안 클레멘트 전 런던 부시장이 그 대표적인 경우다. 그는 보리스 존슨 시장의 신임을 받으며 2012년에 개최될 런던 올림픽을 진두지휘하던 촉망받는 정치인이었다. 그러다 지난해 11월 시민의 세금을 전용한 죄로 부시장직에서 물러나고 12주 구속 수감과 100시간의 사회봉사 명령을 받았다. 그 죄라는 것이 그리 거창한 것도 아니다. 그는 2년간 자신의 신용카드로 긁은 7천 파운드(약 1천2백만 원)의 비용을 시청사에 청구했다. 일부는 자신의 내연녀와 즐기는 데 쓴 돈이었고 일부는 해외 출장 때 비행기 좌석을 업그레이드한 비용이었다. 결국 그는 등에 '사회봉사'라는 큼지막한 글씨가 쓰인 형광색 조끼를 입고 유원지의 화장실을 페인트칠하는 신세가 됐다. 한 사람의 인생이 순식간에 하늘에서 땅으로 떨어졌다.

이안 클레멘트 전 부시장뿐만 아니라 많은 수의 국회의원과 시의원들이

의원들의 공금 유용 행태를 다룬 신문기사들.

공금을 사적으로 전용해 입방아에 올랐고 일부는 불명예스럽게 자리를 떠났다. 이른바 지난해부터 불어닥친 정치계의 '공금 스캔들'이다. 이들이 국민의 세금으로 쓴 돈의 내역은 정말 가관이다. 보수당 피터 비거스 의원은 창문틀 교체(669파운드), 집 청소(320파운드), 건전지 구입(26파운드), 정원 잔디 깎기 구입(117파운드), 정원 유지(554파운드), 방범장치 설치(440파운드) 등에 국민의 세금을 썼다. 그것도 모자라 전기료, 가스비, 물세, 주민세까지 공금을 사용했다. 정치활동과는 아무 상관도 없는 이 항목들의 총 청구비는 한 해 1만8천 파운드, 우리 돈으로 3천만 원이 넘는 금액이다. 조사위원회가 밝힌 의원들의 공금 유용 내역을 보면 침대, 와인따개, DVD 플레이어 구입비나 구두 수선비, 심지어 성인용 비디오 대여료까지 있다. 이쯤 되면 국민의 세금으로 호의호식하며 산다고 봐야 한다.

조사위원회는 의원들이 유용한 부분에 대해 모두 정부에 돈을 반납하라고 명령했다. 브라운 총리도 예외는 아니다. 그는 자체 검열을 통해 집 청소비 1만2천 파운드를 자진 반납했다. 데이비드 카메론 보수당 당수도 매년 런던 집 유지비로 2만 파운드를 청구했다가 이 스캔들이 터지자 슬그머니 3,066파운드로 대폭 줄이는 민첩성을 보였다.

영국에서 국회의원 하기는 정말 꿀맛일 것 같다. 런던 국회에서 정치활동을 하는 의원들은 지역구를 떠나 런던에서 생활해야 한다는 이유로 런던 집에 대한 월세나 모기지 비용을 지원받는다. 그렇다 보니 이를 악용하는 의원들이 부지기수다. 군이 필요 없는데도 재테크를 위해 두번째 집을 사두고 모기지 비용은 국민의 세금으로 충당한다. 몇 년 후 집값이 서너 배 뛰면 이를 되팔아 수억 원을 챙긴다. 잘나가는 부부 국회의원인 앤드루 맥케이와 줄리 커크브라이드는 6만 파운드를 토해내게 생겼다. 그들은 각각 런던에 집 한 채씩을 빌리고 그에 대한 렌트비를 청구했다. 부부가 한집에 같이 사는데도 말이다.

이번 스캔들로 가장 많은 돈을 토해낸 의원은 노동당의 바바라 폴렛 의원(42,458파운드)과 보수당의 버나드 젠킨(36,250파운드) 의원이다. 바바라 폴렛 의원은 국민의 세금을 참 간 크게도 팍팍 써댔다. 자신의 집 보안에 34,776파운드를 썼고, 그림 보험료, 보일러 보험료, 쥐약 값 등에 7천 파운드를 썼다. 이번 공금 스캔들로 제적의원의 반 수 이상이 적발됐고 그 금액은 110만 파운드에 이른다. 그중 대부분은 의정활동을 위해 빌린 두번째 집에 대한 과다한 청구로 적발됐고 나머지는 휴대폰비, 생일 카드 구입비 등 의정활동과는 관계없는 비용을 청구한 것으로 적발됐다. 이런 식으로 의원 생활 10년만 하면 부자 대열에 오를 수 있을 것 같다.

이번 공금 유용 스캔들은 모든 것이 증거자료로 남아 있었기 때문에 조사와 응징이 가능했다. 영국 사람은 문서를 너무 좋아한다. 의원님들이 썼던 비용들은 모두 영수증을 첨부해야 했기에 속속들이 그 내역을 파헤칠 수 있었다. 그렇다면 한국은 어땠을까. 안 봐도 비디오다. 국민의 세금으로 철철이 해외여행을 가도 언론에서 비판만 하지 그걸 막을 재간이 없다. 더구나 국민의 세금을 허투루 썼다고 양심의 가책을 느껴 의원직을 사퇴할 양심의원님이 얼마나 될까. 자기가 없으면 이 나라가 곧 망할 것이라는 착각을 하며 사는 분들이다. 차제에 성격 불투명한 해외 시찰 나가지 말고 영국에 와서 투명한 정치, 양심적인 정치가 뭔지 배우고 갔으면 좋겠다. 국민의 세금을 내 맘대로 썼다간 그 종말이 어떻게 되는지 뼈저리게 느낄 테니 말이다.

공무원 월급이
의사보다 많다?

지난해 영국은 온 나라가 아동 학대 스캔들로 들썩였다. 일명 '베이비 P 비극'이다. 17개월 된 피터라는 아이가 엄마와 함께 사는 동거남으로부터 심하게 매를 맞아 급기야 죽게 된 사건이다. 사망 당시 아이는 갈비뼈 두 대가 나가고, 등뼈가 부러지고, 손톱은 빠져 있고, 눈 한쪽은 시퍼렇게 멍든 상태였다. 이 일로 인해 아이 엄마와 동거남, 동거남의 형까지 줄줄이 감옥에 갔다. 아이가 죽기 이틀 전 아이를 진찰한 의사는 별다른 소견이 없다는 진단을 내려 병원에서 해고당했다. 관할구의 어린이 서비스국 직원들도 된서리를 맞았다. 신문에는 연일 관련 공무원들의 얼굴 사진이 올라오고, 이들을 업무 태만이라고 거세게 비판했다. 결국 이들 중 대다수가 해고되거나 업무 정지를 당했다.

여리디여린 천사 같은 아이를 어떻게 때리면 등뼈가 부러질 수 있는지 상상이 안 된다. 이쯤 되면 그들은 인간이 아니라 짐승이다. 한 아이를 키우는 엄마로서 나는 분노했다. 관련자들에 대한 처벌로 사건이 마무리된 후, 예기치 않은 제2라운드 전쟁이 시작됐다. 이 일로 해고된 구청의 어린이 서비스국 국장인 샤론 슈스미스가 자신은 불법적으로 해고됐다며 소송을 제기한 것이다. 당시 그녀의 연봉은 13만 파운드, 공무원직을 명예롭게 그만두면 150만 파운드의 연금을 받을 수 있는 자리였다. 사람들은 뻔뻔하다며 그녀를 비난했지만 그녀도 잘린 마당에 먹고는 살아야 하지 않겠는가. 그녀가 한 주장의 정당성 논의를 떠나 내가 주목한 것은 그녀의 월급과 연금의 규모였다. 연봉이 2억5천만 원에, 연금은 30억 원! 구청 국장급이 이 정도의 대우를 받는다면 다른 공무원들의 월급 수준은 어느 정도일까.

2010년 초 웨스트민스터 구는 구청 직원들의 연봉을 일반에 공개했다. 개인의 연봉은 며느리도 모르는 1급 비밀에 해당할 정도로 베일에 감춰져 있는 영국 사회에서 꽤나 파격적인 일이었다. 웨스트민스터 구는 의회와 중심가 상업지구, 그리고 부자 동네를 관할하는 알짜 부자 구 중 하나다. 구청장의 연봉은 20만379파운드(약 3억8천만 원), 연간 보너스는 2만264파운드(약 4천만 원) 정도다. 재정국장은 한 해 18만5천 파운드(약 3억5천만 원), 대민서비스국장은

내가 살고 있는 지역을 관할하는 캠든 구청. 구청 건물이 따로 있지 않고 일반 건물에 입주해 있다.

16만2천978 파운드(약 3억 원)을 받았다. 이뿐이 아니다. 구청 공무원들은 차량 리스, 개인 건강보험, 축구장 연회원비 대출 등 각종 직원 복지 혜택을 받았다. 이를 위해 웨스트민스터 구는 지난해 총 45만5천 파운드(약 9억 원)를 지출했다. 돈의 출처는? 물론 구민과 기업이 낸 세금이다.

아마 이 리포트를 한국의 구청 공무원이 읽는다면 뒷골이 당기면서 혈압이 급상승할 것이다. 한국의 공무원은 정년 보장이라는 당근에 감사해하며 박봉과 과중한 업무에 시달린다. 일을 잘하면 당연한 거고, 못하면 매서운 비난이 쏟아진다. 더구나 일선 대민 업무를 담당하는 공무원들은 친절과 신속을 얼마나 요구받는가!

왜 이런 차이가 발생하는 걸까. 영국은 국가 경영을 공공부문에서 주도한다. 물론 대처 수상 시절에 철도, 석유 등의 공공부문을 민영화하긴 했지만 여전히 대부분은 국가의 손에 의해 운영된다. 당연히 공적인 일을 하는 공무원들이 좋은 대우를 받는다. 더구나 우리같이 9급, 7급, 행정고시처럼 공무원 공채제도가 있는 것도 아니어서, 야망만 있다면 그리고 운 좋게 일할 기회가 주어진다면 얼마든지 공무원 사회에서 성공해 여유롭게 살아갈 수 있다.

물론 의사라는 직업도 고소득업이긴 하다. 개인 병원에서 월급 의사로 일하는 경우 최소 10만 파운드(약 2억 원) 이상은 받는다. 하지만 본인이 병원을 세워 떼돈을 벌지 않는 이상 월급은 그리 크게 오르지 않는다. 게다가 이 사회에서는 의사를 그리 존경스럽게 쳐다보지도 않는다. 아무리 생각해도 이곳에서는 공무원이 최고의 직업인 것 같다.

컴퓨터 자판을 두드리다 말고, 거실 바닥에서 레고로 뭔가를 만드는 데 심취해 있는 몽구에게 은근슬쩍 물어봤다.

"몽구는 커서 뭐가 되고 싶어?(변호사? 의사? 돈 많이 벌어서 편하게 살아라…….)"
– 속을 떠보는 엄마.

"응, 나는 139번 운전하는 버스 기사 아저씨가 될 거야. 그래서 사람들 다 공짜로 태워줄 거야."
– 망설임 없는 아들.

"오, 그거 말고는 없어? 하루 종일 버스 운전하면 되게 피곤하거든."
– 실망감을 애써 감추는 엄마.

"응, 그럼 지하철 운전하는 아저씨 해도 돼? 엄마, 이거 봐봐. 레고로 지하철 만들었어. 진짜 똑같지!"

– 눈이 반짝반짝하는 아들.

그래그래. 무슨 일을 하든 네가 행복하다면야 엄마는 그걸로 만족한다. 아들아…… 아이고…….

〈Britain's Got Talent〉 보다
재미있는 국회 청문회

무대에 한 뚱뚱한 여인이 나왔다. 얼굴은 못생긴 남자라고 해야 더 어울릴 것 같다. 머리는 자다가 일어난 듯 헝클어져 있다. 심사위원들이 삐딱한 태도로 여인에게 질문을 했다. "여기에 나온 이유가 뭡니까?"

그러자 역시나 까칠해 보이는 그 여자는 당당하게 대꾸했다.

"프로 가수로 성공하고 싶어서 나왔는데요?"

순간 심사위원들과 객석에서는 피식 웃음이 터져나왔다. 못생긴 중년의 아줌마가 무대에 나오자 다들 못마땅한 눈치였다. 하지만 아줌마가 뮤지컬 〈레 미제라블〉의 유명한 노래인 〈나는 꿈을 꾸네^{I dreamed a dream}〉를 부르기 시작하자 객석은 순간 쥐 죽은 듯 숙연해졌다. 의자에 한껏 몸을 의지한 채 거들먹거렸던 심사위원들도 무대 쪽으로 몸을 숙여 그녀의 노래를 경청했다.

수잔 보일^{Susan Boyle}. 처음 그녀가 〈브리튼스 갓 탤런트^{Britain's Got Talent}〉의 예선 무대에 나왔을 때만 해도 어느 누구도 그녀가 세계적인 스타가 되리라곤 예상하지 못했다. 이 프로그램은 영국에서 최고의 인기를 얻고 있는 오락 프로그램이다. 평범한 사람들이 출연해 노래, 마술, 춤 등을 선보인다. 16 강, 8강, 4강을 거쳐 결승전까지 치르게 되는데 시청자들의 전화 투표 결과로 승자를 가린다. 이 프로그램을 통해 많은 신데렐라와 왕자님들이 탄생했다. 휴대폰 외판원이었던 폴 포츠^{Paul Potts}는 이 프로그램을 통해 일약 스타가 되었다(한국에서도 공연을 했다니 말 다했다).

　　지난해 최종 결승에서 수잔 보일은 아깝게 우승을 차지하지 못했지만 우승자 못지않은 인기와 앨범 판매로 승승장구하고 있다. 이 프로그램의 성공요인은 누구나 스타가 될 수 있다는 데서 출발한다. 가난과 역경을 딛고 최고의 자리에 우뚝 선 휴먼 스토리에 사람들은 열광했다. 그리고 열심히 유료 전화를 돌려 자신이 마음에 들어하는 후보를 지원했다. 전 국민이 너무나도 열심히 전화를 돌려대는 모습을 본 정치인들은 작금의 사태를 개탄했다. 제발 그 의지와 정열로 선거 때 투표를 좀 해달라는 것이었다.

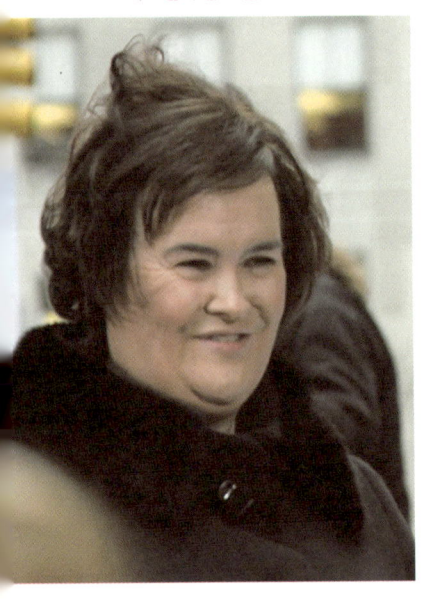

〈브리튼스 갓 탤런트〉로 일약 스타덤에 오른 수잔 보일.

　　사실 영국인들이 왜 이 〈전국노래자랑〉류의 프로그램엔 열광하면서 정치에는 심드렁한지 모르겠다. 영국 정치를 보는 나는 퍽이나 재밌는데 말이다. 개인적으론 이 프로

그램보다 더 즐겨보는 프로그
램이 따로 있다. 바로 국회 청
문회 중계다. 카메라를 중심으
로 왼쪽엔 노동당이, 오른쪽엔
보수당 인사들이 앉는다. 긴
복도를 사이에 두고 마주보고
앉은 모습이 마치 지하철 2호

국회 청문회장. 청문회에선 국회의원이 대정부 질문을 한
다. 총리는 매주 수요일 청문회에 참석해 열띤 토론과 방
어에 나선다.

선을 탄 승객들 같다. 그러고 보니 그들이 앉은 의자도 녹색이다. 각 당의 의
원들은 좁디좁은 이 녹색 의자에 어깨를 겹쳐가며 바싹 붙어 앉는다. 이윽고
청문회가 시작되면 양 당의 당수들이 중앙에 놓인 큰 테이블의 양쪽 끝에 마
주 선다. 그리고 설전이 시작된다.

"당신이 주장하는 정책(보수당의 상속세 감세 정책)은 백만장자들에게만 이로울
뿐입니다. 흥. 이튼 학교 운동장에서 놀 때부터 꿈꿔온 정책인가 보지?"
– 고든 브라운 총리
브라운 총리의 말이 끝나기 무섭게 노동당 의원들이 포복절도하며 웃는다.
"사립학교 출신 배경을 문제 삼는 건 계급 전쟁을 일으키자는 것인가? 투표
권자들이 당신에게 등을 돌릴 것이오." – 데이비드 카메론 보수당 당수
보수당 의원들은 카메론 당수의 말에 "옳소!" 하며 박수를 친다.'

설전은 설전인데 위트 있는 설전이다. 절대 어느 나라 국회처럼 삿대질하

면서 소리 지르고, 중요한 안건임에도 일부 의원은 졸고 있고, 일부 의원의 자리는 듬성듬성 비어 있지도 않다. 모두들 똘망똘망한 눈빛을 하고 자기가 속한 당의 당수 뒤편에 앉아서 지원한다. 노동당의 당수인 고든 브라운 총리도, 보수당의 당수인 데이비드 카메론 당수도 한치의 물러섬 없는 설전을 벌인다. 하지만 항상 웃는 낯이다. 그리고 간간이 상대방을 야코죽이는 농담을 잊지 않는다.

토론에선 고든 브라운 총리가 데이비드 카메론 당수보다 한수 위다. 노동당 정책을 비판하는 보수당 당수에게 브라운 총리는 대답 대신 농담을 던지곤 한다. "오, 그 잘생긴 포스터용 얼굴은 어디로 가고 얼굴이 벌게지셨나" 혹은 "어떻게 말을 많이 할수록 내용이 없어지냐" 등등. 청문회장에 떠들썩한 웃음이 돈다. 약간의 가벼운 농담으로 상대를 기죽인 뒤 정확한 숫자와 논리로 정책의 정당성을 집요하게 파고든다. 30분이 넘게 진행되는 청문회를 보면 한편의 축제를 보는 것 같다. 집권당이 잘하고 못하고를 떠나서 상대방의 공격을 열린 마음으로 받아들이고 이를 자신의 논리로 맞받아치면서 그들은 더 나은 정치를 향해 달려간다.

내게 좋은 아이디어가 있다. 영국의 〈브리튼스 갓 탤런트〉 프로그램과 청문회를 버무려 여의도 국회의사당에 도입하는 것이다. 지하철 2호선 객차 같은 형식의 국회에는 양당의 국회의원들이 옹기종기 모여 앉는다. 양당 당수가 각자 연단에 나온다. 상대방의 정책을 비난하고 또 자기네 정책의 정당성을 옹호한다. 카메라맨 옆에는 세 명의 심사위원이 있다. "지금 그걸 말이라고 하느냐" "도대체 어느 별에서 온 의원님이냐" "집에 가서 다시 공부해 와라"며 의원들과 당수들을 야코죽인다. 강호동의 〈1박2일〉 대신 이 방송을 찾아보는 대다수의 시청자들은 열심히 유료 전화를 돌려 토론에 나선 두 사람 중 한 사람에게 표를 던진다. 바로 집계가 나오면 진 사람은 퇴장한다. 세 번 퇴장당하면 의원직을 사퇴해야 한다.

다우닝가 10번지, 총리 관저로 유명한 곳이다. 검은 대문 안쪽의 회색 건물에 총리와 그의 가족들이 산다. 권위를 버리고 국민에게 다가가려는 영국 정치의 한 단면을 보여준다.

의원들은 위기감을 느껴 뒷자리에서 졸지도 않고, 막무가내로 소리 지르거나, 폭력을 행사하지도 않는다. 지역구를 위해 힘쓴 정책들을 시청자들에게 알려주고 그곳에서 자신의 능력과 열정을 인정받는다. 곧 진정한 민주주의이자 국민을 무서워하는 정치 환경이 조성된다. 그리고 이들은 열띤 토론과 언쟁 속에 더 나은 정치를 꿈꾼다……. 아, 생각만 해도 즐겁다!

p.s 이 책의 출간을 얼마 앞둔 지난 5월 영국에선 총선이 치러졌다. 가난한 이와 이민자들을 위한 노동당의 '퍼주기식' 정책에 이골이 난 유권자들이 이번엔 보수당에 표를 던졌다. 세계적인 경제 위기 또한 노동당에겐 악재였다. 선거 결과 데이비드 카메론 보수당 당수가 차기 영국 총리가 되었다. 귀족 집안에서 자라 이튼 학교를 나온 이 젊고 야망으로 가득 찬 총리가 무너져가는 영국을 어떻게 이끌고 갈지 흥미진진한 게임은 이제부터 시작이다.

이런
코미디가 없다

영국인에게 책은 삶의 한 부분이다. 비록 집의 책장은 빈약할지 모르지만
언제 어디서든 꾸준히 책을 읽는다. 책을 사랑하는 민족성은 책과 친해질 수 있는 환경을 만들어준
도서관이 있기에 가능했을 것이다. 한두 살 아이들도 도서관에서 하루 반나절을 보낸다.
그리고 책을 아무 데다 던져놓든, 밟고 다니든, 누구도 상관하지 않는다.
그 속에서 아이들은 점점 책과 친해지는 법을 배우고 있다.

집앞 유치원
보내기가
이렇게 어려워서야

런던에 살면서 가장 낯설고 이해하기 힘든 점을 꼽으라면 단연 교육 시스템이다. 영국에서는 만 한 살부터 네 살까지 유치원에 간다. 한국에서는 길 지나가다가 '원아 모집'이라고 큼지막하게 써붙인 노란색 유치원 차를 수시로 봤기 때문에 유치원은 골라가는 것이라고 생각했다. 하지만 이곳에서는 별 대수롭지도 않은 동네 유치원에 들어가는 것도 엄청난 경쟁과 인내를 요구한다. 런던에 처음 왔을 때 동네 지도를 손에 들고 다니며 유치원 10여 곳을 방문했다. 9월부터는 내가 학교 공부를 시작해야 하니 아이를 맡길 곳이 절실했다. 그런데 방문한 유치원마다 당장은 자리가 없다고 했다. 지원서를 써놓고 호출을 기다리는 수밖에 방법이 없었다.

다행히 몇 주 만에 한 유치원에서 연락이 왔다. 자리가 났다는 것이다. 문제는 그 유치원이 런던에서 꽤나 비싸기로 유명한 사립유치원이라는 것이었다. 한 달에 1천3백 파운드(약 240만 원)! 웬만한 사립학교보다 더 비쌌지만 울며 겨자 먹기로 보냈다. 대안이 없기 때문이었다. 그런데 이 유치원은 많은 돈을 낸 만큼 만족스럽지 못했다. 열다섯 명의 아이들을 네 명의 선생님이 돌보는데도 항상 번잡하고 뭔가 정돈이 안 된 느낌이었다. 선생님들은 아이들과 노는 대신 허구한날 무슨 문서를 써대느라 정신이 없었다. 정말이지 영국인들은 문서를 너무 좋아한다. 아이들이 무얼 하고 놀았는지, 점심때 뭘 먹었는지, 놀다가 얼굴에 상처가 났다면 왜 그런 일이 벌어졌는지 사건 일지를 기록하느라 정작 아이를 돌보지 못했다.

뭔가 잘못돼도 한참 잘못됐다. 이들은 업무시간에 모든 걸 끝내고 싶어했다. 당연히 아이들은 관심 밖이었다. 한번은 2층에서 1층으로 방을 옮기기로 했다며 아이들이 놀고 있는 대낮에 이사를 하고 있었다. 먼지를 풀풀 날리면서 아이들 사이로 짐을 옮기고 청소를 했다. 아이들이 집에 돌아가고 나서 이사를 할 수는 없는 걸까? 돈도 돈이지만 아이들을 다루는 방식이 영 마음에 들지 않았다.

그렇게 불만이 쌓여갈 무렵, 어느 날 아침 유치원 정원에 나갔다가 맞은편 집 정원에서 아이들 노는 소리를 들었다. 언뜻 듣기에도 무슨 유치원에서 나는 소리 같았다. 아이를 유치원에 맡기고는 부리나케 소리가 나는 곳으로 향했다. 이럴 수가! 그 비싼 유치원 바로 뒷집에 구립유치원이 있었다니! 똑같이 생긴 건물에 똑같은 정원을 갖고 있었다. 시설이며 선생님들이며 나무랄 게 없는데도 유치원비는 무료. 이 상황이 너무 아이러니해서 입이 다물어지

유치원 한 귀퉁이에 마련된 북 코너. 아이들은 마당에서 놀다 지겨워지면 이곳에 와서 책을 읽는다.

지 않았다.

　누구는 무료 구립유치원에 아이를 보내는데, 나는 한 달에 240만 원을 내고 뒷집 사립유치원을 다니게 하고 있다니. 만 3세가 되면 누구나 무료로 유치원 교육을 받을 수 있는 나라, 그러나 그 혜택을 누리기가 너무나도 어려운 나라, 뭔가 앞뒤가 안 맞았다. 나는 구립유치원의 사무실에 들어가 몽구를 위한 자리가 있는지 물어봤다. 당연히 없을 거라는 걸 알면서도 말이다. 역시나 사무실 직원은 "당신네 아이를 위한 자리가 일년 후에 나올지, 2년 후에 나올지 알 수 없다"고 말했다. 이보쇼. 2년 후면 우리 아이는 여기가 아니라 초등학교에 가있어야 한다고요!

더럽고 치사하다. 유치원 보내기가 이렇게 힘들어서야……. 차라리 아이를 집에서 봐주는 유모^{Nanny}를 찾아보자는 생각에 구청 가정복지과에 전화를 했다. 이곳에 아는 사람도 없고, 이곳의 교육 시스템도 낯설다 보니, 모르는 게 있으면 구청 복지과 직원을 달달 볶아야 했다. 친절한 구청 직원은 나에게 두 가지 방법을 알려주었다. 정부에 등록된 유모를 고용하거나 아니면 차일드마인더^{Childminder}에게 아이를 맡길 수 있다고 했다.

차일드마인더란 영국에서 보편적인 아이 돌보기 서비스로, 일반 가정주부가 자신의 집에서 낮 동안 10여 명의 아이들을 돌봐주는 것이다. 물론 정부에 등록되어 있어야 하고, 사립유치원보다 비용은 훨씬 적게 든다. 난 이 서비스는 마음에 안 들었다. 물론 아이를 내 아이처럼 사랑하며 돌봐주는 사람이 대부분이겠지만, 최악의 상황을 감안하지 않을 수 없었다.

순간 영화 〈행복을 찾아서〉의 한 장면이 머리에 스쳐갔다. 낮 동안 일을 해야 하는 윌 스미스는 아이를 슬럼가의 한 동양인 집에 맡긴다. 인가도 안 난 불법 놀이방 같은 곳이다. 그곳에는 비슷한 처지의 또래 아이들이 우글댄다. 아이들이 하는 일이라곤 하루 종일 TV를 보는 것뿐이다. 그것도 어른들이 보는 폭력물이나 애정물이다. 단돈 몇 푼을 벌기 위해 어쩔 수 없이 아이를 맡기고 돌아서는 윌 스미스의 슬픈 뒷모습을 난 잊지 못한다. 난 윌 스미스가 되지 않겠다! 우리 아이를 번듯한 유치원이 아닌 남의 가정집에 맡기고 싶진 않았다.

그렇다면 유모를 고용하는 건 어떨까? 런던의 길거리를 지나다 보면 유모차를 끌고 다니는 어여쁜 20대 처자들을 볼 수 있다. 화장을 곱게 하고 누가 보기에도 처녀 같은 몸매다. 물론 아이 엄마가 아니다. 이들 대부분은 유모라고 보면 맞다. 그런데 길거리에서 이들을 보면 가끔씩 눈살을 찌푸리게 된다. 아이는 울어대는데도 계속 휴대전화로 수다를 떨거나, 아이 앞에서 담배를 피워댄다. 우리 집 앞길을 매일 지나가는, 그래서 이제는 얼굴이 익숙한 한 유모는 아이가 떼를 쓰거나 울어대면 담배를 피우다 말고 "퍽 오프^{Fuck off}" 라고 소리쳤다. 아, 저 아이의 부모는 아이가 매일 욕 세례를 받으며 사는 걸 알고 있을까. 당장 그 아이의 부모에게 일러바치고 싶은 심정이었다.

나는 내 아이가 매일 담배 연기를 맡으며, 또 욕을 들으며 불우한 유아시절을 보내게 하고 싶진 않았다. 게다가 유모 비용을 보고는 입이 쩍 벌어졌

많은 아시아 여성들이 유모로 일하고 있다. 이들 중 일부는 고용주의 집에 거주하면서 아이를 돌보는 일을 비롯한 가사 전체를 책임지기도 한다.

다. 정부에 등록된 괜찮은 유모를 고용하면 하루에 100파운드 이상은 줘야 한단다. 한 달이면 2천 파운드, 일년이면 2만4천 파운드. 유모라는 직업의 벌이가 웬만한 직장인 못지않았다. 구청 소식지에 따르면, 하루 종일 유모에게 아이를 맡길 경우 런던에선 평균 3만2천 파운드를 써야 한다고 했다. 부자가 아니고서는 불가능하단 계산이 나온다. 나는 생각했다. 유치원 자리나 다시 알아보자고.

나의 스토커 같은 전화질이 효과가 있었는지, 아니면 하늘이 도왔는지, 구립유치원에서 자리가 났다고 연락이 왔다. 대기자로 등록한 뒤 정확히 일년 2개월 만이었다. 구립유치원은 아주 흡족했다. 스물네 명의 아이들이 한 반에서 우글댄다는 것만 빼놓고. 만 세 살짜리 아이들이 모인 몽구의 반에는 네 명의 선생님들이 있었는데 한결같이 프로답고, 친절하고, 무엇보다 아이들을 좋아했다. 아이들만큼이나 선생님들의 국적도 다양해서 이야깃거리도 풍성했다. 말레이시아에서 온 조조, 슬로바키아에서 온 카타리나, 홍콩에서 태어났지만 모로코에서 자란 크리스티나, 스페인에서 온 임마…….

햇살이 좋은 날이면 넓은 차양을 친 마당에서 아이들은 자전거를 타며 놀거나 모래놀이를 했다. 교실은 마당과 연결돼 있어 아이들은 어느 때고 실내 놀이가 지겨워지면 나가서 놀았다. 자율을 최대한 보장한 유치원의 교육 방식이 참 마음에 들었다. 그러나 호시절도 끝났다. 만 네 살 생일을 앞두고 몽구가 떠나야 할 때가 온 것이다.

억울하면
학교 옆집으로
이사 가라

"우리 학교에 아이를 보내고 싶다면 옆집으로 이사를 오시라고 권하고 싶습니다. 경쟁률이 엄청나서요. 아, 2층보다는 1층으로 이사 가세요. 거리상 더 가까운 집이 확률이 높으니까요."

몽구의 초등학교 지원을 앞두고 집에서 500미터 거리에 있는 피츠존스 초등학교에 견학을 갔다. 학교를 소개하던 교장선생님이 농담 반 진담 반으로 이 학교의 인기를 말해주었다. 영국에선 원하는 초등학교에 가려면 최대한 그 학교와 가까운 곳에 살아야 한다. 이 학교는 공립학교임에도 불구하고 사립학교만큼 훌륭한 건물과 정원이 있는 데다 커리큘럼도 환상적이었다. 음악 시간이면 대강당에서 다 함께 악기를 연주하고, 교실 벽면마다 붙어 있는 실크스크린 작품은 팝아트의 대가인 앤디 워홀을 능가했다. 사립학교 세 곳을 이웃으로 하다 보니 자연히 이 학교의 수준도 높아진 것 같았다.

나는 피츠존스 초등학교 외에도 다른 후보지 학교들을 견학했다. 그 소감은? 대략난감이었다. 학교마다 개성이 뚜렷했다. 방금 지은 것 같은 깔끔하고 넓은 교실에서 열댓 명이 수업하는 학교가 있는가 하면 좁은 다락방에서 서너 학년이 그룹을 지어 수업을 하는 학교도 있었다. 운동장이 저 푸른 초원만큼 넓은 학교가 있고, 운동장이 없어 인근의 스포츠센터로 이동해 운동을 하는 학교도 있었다. 한 학년 학생수도 15~50명까지 고무줄 정원이었다. 사정이 이렇다 보니 아이 학교에 대해 미리 답사하고 세심하게 비교 분석하지

우리 동네에 있는 초등학교들. 두 학교 모두 10대1의 입학 경쟁률을 자랑할 정도로 인기 만점이다.

않을 수가 없다. 기껏해보아야 집 앞 초등학교에 보내는 것인데도 정말 품도 많이 들고 알아야 할 것도 많다.

영국에서는 만 네 살부터 초등학교 정규 교육이 시작된다. 엄격히 말하면 다섯 살 때 1학년이 되고 네 살 때에는 리셉션 학급^{Reception Class}에서 학교생활을 제대로 수행할 수 있는 기본적인 자질을 키운다. 아직도 엄마 품이 좋은 네 살에 학교를 다닌다? 노동력이 절실했던 1870년대, 영국은 궁여지책으로 5세를 취학연령으로 정했다. 아이를 학교에 맡기고 부모들은 공장에 가서 일을 하라는 것이었다.

그렇다 보니 취학연령에 대한 찬반 논란도 뜨겁다. 케임브리지대는 최근 연구보고서를 통해 정규교육 시작 시기를 6세로 제안했다. 이 보고서는 7세에 초등교육이 시작되는 핀란드 등 북유럽 아이들의 학업 성취 결과가 더 뛰어나다는 것에 주목했다. 하지만 반대측의 주장도 만만치 않다. 아이들은 하루 빨리 제도권 교육을 받아야 올바른 시민으로 자랄 수 있다는 것이다. 일하는 부모 입장에서는 취학연령이 빠를수록 좋다. 학교만큼 아이를 안전하게 맡길 수 있는 데가 어디 있겠는가.

아이를 사립학교에 보낼 경우 일년에 1만~2만 파운드(약 1천8백만~3천6백만 원) 정도 수업료를 내야 하는 반면 공립학교는 급식비를 제외하곤 전액 무료다. 나는 물론 공립학교를 보낼 생각이었다. 그간 동네 근처의 세 개 학교를 방문했고 모두 만족스러웠기 때문이다. 그런데 중요한 걸 놓쳤다. 집에서 가장 가까운 엠마누엘 초등학교는 영국 성공회 교회가 운영하는 종교학교였다(영국의 공립학교는 구가 운영하는 일반학교와 성공회·가톨릭·이슬람 등 종교학교로 크게 나뉜다). 엠마누엘 초등학교는 학교 성적이 전국을 통틀어 상위 1퍼센트에 드는 학교로 명성이 자자했다. 한 반 정원이 열다섯 명 정도로 가족적인 분위기였다. 그런데 이 학교에 지원하려면 근처의 성공회 교회를 일년 이상 다녀야 한다는 걸 몰랐다. 그 누가 이런 정보를 도시락 싸들고 다니면서 나에게 알려주겠는가.

공립초등학교 입학 관련 업무는 구에서 총괄한다. 그런데 구청 직원은 그런 말을 해준 적이 없다. 이곳에선 캐묻지 않으면 누구도 말을 안 해준다. 누가 알아서 해주겠지 하고 가만 있다가는 억울한 일을 당하게 되어 있다. 어쨌든 나는 집 앞 학교 중 어디 하나는 되겠지 라는 마음으로 총 네 개의 학교에 지원 신청을 했다. 사립학교 버금가는 학교시설과 커리큘럼을 자랑하는 피츠

존스, 성공회 학교인 엠마누엘, 그리고 가톨릭 학교인 로사리 등이었다. 그리고 보기 좋게 다 떨어졌다. 거리 경쟁에서 밀린 것이다. 최근 런던에 인구 유입이 늘고 출산율이 증가하면서 아이들이 많아져 학교에 자리가 없다는 것이었다. 사회적 문제가 고스란히 내 개인적인 피해로 나타났다. 무슨 명문 대학 보내는 것도 아닌데, 그 흔한 유치원이나 초등학교 들어가기가 이곳에선 정말 낙타가 바늘구멍 통과하기보다도 더 힘이 든다.

피눈물 흘리며
아이 사립학교 보내기

내가 지금 뭔 짓을 하고 있는 거야? 오전 수업까지 빼먹고? 오늘은 미술 시장 포트폴리오 구성하는 법을 배우는 중요한 날인데, 내가 왜 구청의 이 음산한 복도에 혼자 썰렁하게 앉아 있는 거지? 그렇다. 나는 지금 몽구의 초등학교 배정을 재고해달라는 '학교 배정 재심사 위원회'가 열리는 캠든 구청의 복도에 앉아 내 순서를 기다리고 있다.

"유감스럽게도 귀하가 지원한 네 개 학교 모두 자리가 나지 않았습니다. 대신 귀하의 자녀는 네틀리 초등학교에 배정받았음을 알려드립니다."

한 달 전 학교 배정 통지서를 받았을 때의 충격은, 백수 시절 언론사 최종 발표에서 떨어졌을 때보다도 참담했다. 네틀리? 듣도 보도 못한 학교였다.

나는 구청 홈페이지의 학교 정보 코너에 들어가 네틀리라는 이름의 학교를 검색했다. 영국에서는 학교의 평판과 학업 성취도를 알려면 1~2년에 한 번씩 독립된 검사관이 학교를 방문해 쓴 '학교 관찰 리포트'를 보면 된다.

네틀리라는 학교는 시내 유스턴 근처에 위치해 있었다. 런던 지하철 노선도를 보고 학교까지 가는 여정을 따져보니, 오 이런, 버스와 지하철을 갈아타고 한 시간이 걸리는 거리였다. 그래 참자. 학교만 좋으면 되는 거지. 허걱, 이건 뭐야. 리포트를 읽어 내려갈수록 나의 얼굴은 일그러졌다. 학생들은 소말리아, 알바니아, 방글라데시 출신이 대다수고, 전체 학생의 25퍼센트가 난민이나 망명자의 자녀들이란다. 가정 형편이 어려워 무료 급식을 하는 아이들이 과반수를 넘고, 영어가 모국어가 아닌 아이들이 91퍼센트. 당국으로부터 학교 개선 주의 조치까지 받았다. 이건 뭐 아이를 학교 보내지 말라는 얘기다. 극도로 흥분한 나는 구청에 전화를 걸어 따졌다.

"우리 집 앞에 초등학교가 두 개나 있어요. 그런데 그 학교에 배정을 받지 못하다니 이게 말이 됩니까?"

참고로, 영국 공립초등학교 입학의 대원칙은 집과 학교 사이의 거리다. 우리 집에서 '까마귀가 마실 나갈 만한 거리^{Crow's fly}'의 학교이면 안정권이다. 하지만 초등학교의 한 학년 인원이 50명을 넘지 않기 때문에 좋은 공립학교는 입학 경쟁이 치열하다. 오죽하면 2층에 사는 것보다 1층에 사는 것이 학교 배정을 받는 데 유리하다는 말까지 나올까.

"댁의 자녀는 거리 원칙에서 다른 지원자에 밀렸습니다. 일단 각 학교에 한번 어필을 해보세요."

전화 너머에서 입학 담당자의 건조한 대답이 날아왔다.

전화를 끊은 나는 두 학교에 차례로 전화를 했다. 그러나 돌아온 대답은 "구청에 물어보세요. 우리는 모르는 일입니다"였다.

영국에선 모든 게 이런 식이다. 아무도 나서서 책임지지 않는다. 씩씩거리며 구청에 다시 전화를 했다.

"나는 아이를 그 학교에 보낼 수가 없어요. 네 살짜리 아이가 매일 왕복 두 시간씩 학교를 통학한다는 게 말이 됩니까? 왜 집 앞에 있는 학교를 놔두고 우리 아이가 그 고생을 해야 합니까? 더구나 난 엄청난 세금을 당신네 구청

공립학교에 등교하는 어린이들. 학교에서 가까운 집의 아이들을 우선 배정하기 때문에 다양한 국가 출신들이 학교 인근으로 모여든다.

에 내고 있다고요. 게다가 난, 지금 공부까지 하고 있단 말입니다!"

그 순간 왜 내 공부 얘기가 튀어나왔는지 모르겠다. 미지근하고 짭짤한 눈물이 볼을 타고 흘러내렸다. 아! 나는 우리 몽구를 집 앞 학교에 보내기 위해 지난 6개월간 얼마나 많은 시간과 노력을 투자했던가. 한국과는 전혀 다른 학제를 알아가는 데 두 달, 지원할 학교에 미리 견학을 가고 학교마다 필요한 서류를 제출하는 데 네 달이 걸렸다. 그 와중에 나는 매일 학교를 다녀야 했고, 매주 3천 자가 넘는 에세이를 써내야 했고, 팀 프로젝트도 챙겨야 했다. 아이의 학교 지원을 위해 간간이 수업을 빼먹고, 관련 학교와 구청에 수십 통의 전화를 해댔다. 그런데도 그 결과가, 매일 아침 한 시간 가까이 버스와 지하철을 갈아타고 난민과 이민족들이 우글거리는 학교로 내 아이를 보내야 하는 것이라고? 울부짖는 나에게 담당 직원은 역시나 냉랭하게 답했다.

"우리가 지금 항의 전화를 받느라 너무 바쁘네요. 불복하신다면, 재심사 위원회에 어필을 하세요."

오전 열시인데도 어두침침한 구청 복도는 내 마음을 더 우울하게 했다. 그간의 험난한 학교 지원 과정을 생각하다 보니 또다시 가슴 저 깊은 곳에서부터 쓴물이 올라왔다.

"미시즈 박, 들어오세요."

구청 직원이 나를 방으로 안내했다. 길이 5미터는 될 듯한 육중한 마호가니 책상이 홀 가운데 떡하니 놓여 있고, 그 너머로 세 명의 백인 여성이 간격을 두고 앉아 있었다. 바늘로 찔러도 피 한 방울 안 나올 것 같은 인상들이었다. 그녀들은 내가 미리 제출한 서류들과 나를 한 번씩 번갈아보며 머리를 바삐 굴리고 있는 것 같았다. 가운데 앉은 대장 여인이 나에게 얘기를 시작해보라고 했다. 좋아, 해주지.

"나는 구청의 학교 배정에 동의할 수 없습니다. 첫째, 학교의 위치가 너무 멉니다. 아이 걸음으로 걷고, 지하철 타고, 버스를 갈아타는 데 족히 한 시간은 걸립니다. 네 살짜리 어린이가 하루 왕복 두 시간씩 통학한다는 건 아동학대라고 생각합니다(나는 아동학대라는 단어를 힘주어 말했다). 둘째, 우리 남편은 일을 하고 나는 공부를 하고 있습니다. 우리 부부 이외에는 아이를 봐줄 사람이 없습니다. 그 먼 거리까지 아이를 통학시킬 사람이 없다는 말입니다. 제발 이 사안들을 감안해 아이가 집 앞 학교에 다닐 수 있게 해주십시오."

아, 오늘 따라 영어가 왜 이리 잘되지? 내가 생각해도 잘했어. 어라, 근데 뭔가 이상하다. 나 지금 최대한 불쌍해 보여야 하는 거 아닌가. 이런, 의상 콘셉트를 잘못 잡았군. 바나나 리퍼블릭 블랙 셔츠에 황금색 아르마니 치마라. 각종 아트 비즈니스 관련 책이 삐져나와 있는 주황색 빅 백까지……

"더 할 말이 없다면 가도 좋습니다. 심사 결과는 2주일 후에 나옵니다."

대장 여인이 얘기가 끝났으니 나가보라고 했다. 안도의 한숨을 쉬며 문을 나서는데, 아차, 중요한 걸 말하지 않은 것이 생각났다. 내가 재심사 위원회에 참석한다고 하자 며칠 전 카우터 엄마는 효과적으로 영국인에게 어필하는 전술을 귀띔했다. 모로코 사람인 그녀는 인터넷 사이트에서 만난 이라크 남자와 결혼해 옆 동네에 살고 있다. 아이들이 같은 유치원에 다니면서 친하게 지내게 되었는데, 무엇이든 불합리한 것에는 당당하게 이의를 제기하는 멋진 여성이다.

그녀가 내게 준 팁은 '반은 정신 나간 여자로 보여라'였다. 아이의 학교 배정을 받고 나서 심각한 우울증에 걸렸다, 매일 잠도 못 자고 이유 없이 눈물이 난다(이때 눈물 한 방울 보여주고), 심지어 죽고 싶은 충동을 느낀다 등의 충격 발언을 쏟아내라고 했다. 순전히 거짓말은 아니었다. 난 정말 우울증 초기 증세에 있었으니까. 그녀는 위원회에 가기 전 주치의에게 가서 내가 우울증에 걸려 반은 미쳐가고 있다는 소견서도 받아놓아야 한다고 했다. 영국 사람들은 증명 서류를 좋아하기 때문이란다. 그 금쪽같은 카우터 엄마의 충고를 한쪽 귀로 흘려버리고, 나는 너무 쿨하게 항의를 마친 것이었다. 구청 입구 회전문을 나오며 생각했다. 이 어필, 실패했다.

2주 후 나의 어필이 받아들여지지 않았다는 한 장의 짤막한 편지가 날아왔다. 이렇게 된 거, 나는 다시 구청에 전화를 해 우리 아이를 어느 학교에도 보내지 않겠다는 폭탄선언을 했다. 그러자 담당 공무원은 역시나 심드렁하게 맞받아쳤다.

"아이를 학교에 보내지 않는 것은 불법입니다."

사람을 미치게 하는 건 바로 이런 경우다. 학교는 어떤 고려도 없이 아무 데나 배정해놓고, 그럼 아이를 학교에 보내지 않겠다는 학부모에게 그건 불법이라고 겁을 준다. 그럼 대안이 없는 거냐고 울부짖는 나에게 그들은 "없다"고 잘라 말했다. 나중에 알고 보니 구청도 이 문제로 엄청 몸살을 앓고 있었다. 우리 구에서만 200여 명의 아이들이 학교 배정조차 받지 못했다는 것이다. 런던 시 전체로는 5천여 명의 아이들이 학교 배정을 받지 못했다. 옆 동네인 프림로즈 힐에 사는 외무부장관 아들도 인근 초등학교 배정을 받지 못했다니, 말 다했다.

왜 이런 일이 벌어졌을까. 런던은 매년 10만 명 이상의 외지인이 새로 유입돼 덩치가 기하급수적으로 커지고 있다. 런던 시는 향후 8년간 5만 명의 초등학교 학생 수가 늘어날 것으로 예상하고 있다. 당연히 공급이 수요를 따라가지 못하고 있다. 우리나라 같으면 초등학교를 신설하거나 학교의 학급 수를 늘려서라도 문제를 조속히 해결하겠지만, 이곳에선 모든 것이 달팽이 기어가듯 느리고 또 무심하다. 어찌 됐건 학교 배정을 받은 몽구는 운이 좋다는 게 다른 학부모들의 반응이었다. 어필에 실패하고 난 몇 주 후 구청에서 공문서가 날아왔다.

"우리 구청에서는 학교 배정을 받지 못한 아이들을 위해 주민센터에 임시 학교를 마련했습니다. 9월부터 아이를 그곳으로 등교시키기 바랍니다."

산 넘어 태산이다. 난 큰 걸 바란 게 아니었다. 아이가 집 앞의 가까운 학교에 다니며 행복해하고, 반 친구들과 서로 좋은 영향을 주고받으며 훌륭한 시민으로 자라는 모습을 보고 싶었을 뿐이다. 나는 내 아이가 임시 학교에 다니다가 운 좋게 일반 학교에 자리가 나면 옮겨야 하는 철새가 되는 게 죽기보다 싫었다.

어느덧 나는 동네 사립학교에 전화를 돌리며 학교 배정을 거부한 이 불쌍한 네 살짜리 중생을 받아줄 수 있는지 물어보는 신세가 됐다. 그러면서 아이

햄스테드에 있는 한 사립학교 학생들. 대부분이 영국인이고, 아시안이나 흑인은 가뭄에 콩 나듯 끼어 있다.

를 사립학교에 보내는 건 공립학교에 보내는 것보다 더 어렵다는 걸 뼈저리게 느꼈다. 전화를 걸어본 대부분의 학교는 "아이가 태어나면 바로 등록을 해야 합니다. 그리고도 인터뷰와 테스트를 거친 아이만이 학교에 다닐 수 있지요" 같은 말들을 쏟아냈다. 그러다 우연히, 정말 기적적으로, 한 사립 가톨릭 학교로부터 몽구를 위한 자리가 비어 있다는 말을 들었다. 할렐루야!

도서관은
놀이터다

"몽구, 어디 가고 싶어?"
"엄마, 도서관 가도 돼요?"

"이 시간엔 사람이 너무 많던데, 다음에 가자. 딴 데 가고 싶은데 없어?"

"그럼 서점에 가도 돼요?"

아이 학교가 끝나는 오후 세시 15분. 학교를 나오며 아이와 나누는 대화는 대충 이런 식으로 흘러간다. 갑갑한 학교에 하루 종일 있었으니 근처 공원에라도 가서 뛰어놀면 좋으련만 몽구의 대답은 한결같다. 도서관 아니면 서점에 가고 싶단다. 몽구가 무슨 책벌레라도 되는 양 자랑을 하는 것인가? 아니다. 물론 몽구는 책을 좋아한다. 집에서도 TV를 보지 않고, 컴퓨터도 전혀 할 줄 모르다 보니, 몽구는 심심해 죽을 지경이 되어 책을 집어든다. 그리고 한 자리에서 열 권은 족히 본다. 그래도 그렇지. 학교 끝나기가 무섭게 또 책을 본다고? 도서관이나 서점은 책을 본다는 행위 그 이상의 무엇이 있다. 적어

햇살 좋은 날 선탠하러 나온 미녀들. 살을 태우는 중에도 열심히 책을 읽는 모습이 참 보기 좋다.

도 영국에선 그렇다.

영국인들은 책을 끼고 산다. 공원에서 선탠할 때도 책을 읽고, 유모차를 끌고 산책을 하다가 아이가 잠이 들면 커피 한 잔을 마시며 책을 읽는다. 번잡한 지하철 안에서도, 잠자기 전 침대에서도, 휴양지로 가는 비행기 안에서도 책을 읽는다. 대부분 페이퍼백^{Paperback}으로 된 책이어서 들고 다니기도 편하고 값도 저렴하다. 런던에는 우리나라의 광화문 교보문고급의 대형 서점이 세 개나 된다. 워터스톤^{Waterstone}, 포일스^{Foyles}, 보더스^{Borders} 같은 체인형 서점은 시내 곳곳의 주요 거리에 위치해 있다(안타깝게도 보더스 서점은 경영난에 허덕이다 지난 겨울 모든 체인의 문을 닫았다). 그뿐인가. 동네 곳곳마다 크고 작은 서점들이 들어서 있다. 인터넷 서점인 아마존에서 10~30퍼센트 싸게 살 수 있는데 누가 서점에 가서 책을 사나 싶지만, 다들 서점에 가서 책을 고르고 몇 권씩 사들고 나온다. 장사가 된다는 얘기다.

모든 서점이 특별히 공을 들이는 곳이 있다. 바로 어린이 책 코너다. 따로 큰 공간을 마련해서 아이들이 좋아할 만한 인테리어로 엄청 신경을 썼다. 어린이용 테이블과 형형색색의 재밌는 모양의 의자, 책을 읽다 지겨우면 할 수 있는 게임들도 마련되어 있다. 아이들은 책꽂이에 비치된 책들 중 읽고 싶은 것을 골라 와서 엄마와 함께 읽는다. 여러 아이들 손을 타다 보니 책이 구겨지고 때론 더러운 것도 묻는다. 하지만 누구 하나 눈치를 주지 않는다. 오히려 어린이 책 코너 전담 직원이 있어서 아이들이 어질러놓은 책들을 바로바로 정리해 다시 책꽂이에 꽂아준다.

몽구는 우리 동네 대형 쇼핑센터 안에 있는 워터스톤 서점을 좋아한다.

서점 바닥에 주저앉아 아이와 함께 책을 보는 엄마. 아무리 많은 책을 꺼내 읽어도 서점 직원은 눈치를 주지 않는다.

『토마스와 친구들』시리즈 북이 수십 권도 넘게 있고, 또 속속 쏟아지는 신간 들을 마음놓고 볼 수 있어서다. 나는 서점에 갈 때마다 몽구가 즐겨보는 책을 기억해뒀다가 아마존에서 할인된 가격에 주문을 한다. 서점엔 약간 미안하다. 아니 많이 미안하다. 그래서 가끔씩은 서점에서도 제 값을 주고 책을 산다. '당신네들의 서비스가 너무 감동적이라 여기서 책을 안 사고는 못 배기겠소'라는 의미 있는 표정을 지으면서. 그러면 서점 직원은 눈빛으로 말한다. '이건 아이들을 위한 고객 서비스예요. 신경쓰지 마세요'.

지난해 여름 서울 강남 고속터미널 근처의 한 어린이 책 전문서점에 갔을 때였다. 몽구는 페이지를 열 때마다 기차들이 입체적으로 나타나는 책이 너무 신기했는지 접었다가 폈다가 아주 신이 났었다. 그런데 오른쪽 얼굴이 따가웠다. 저 멀리 계산대에서 서점 주인이 우리를 쏘아보고 있었다. 나는 몽구에게 주의를 줬다. 조심해서 보자고, 이건 우리 책이 아니라고. 몇 분이 흐른 뒤 급기야 주인아줌마가 우리 쪽으로 왔다.

"이거 살 거예요? 그게 아니라면 보지 마세요. 구겨지면 다른 사람에게 팔수가 없잖아요."

고객 감동이란 단어가 존재하지 않던 구석기시대에 벌어진 일이 아니다. 바로 지난 여름 지구 반대편 한국에서 당했던 일이다. 주인아줌마의 정나미 떨어지는 행동 때문에 나는 아이에게 그 책을 사주려는 마음을 고쳐먹었다.

사실 우리가 서점 주인에게 홀대당한 데에는 다 이유가 있었다. 처음 그곳에 들어섰을 때 그녀는 나에게 바싹 달라붙어 친한 척을 했다.

"전집 사시게요?" 아줌마가 물었다. 내가 관심 없다는 표정을 짓자 아줌마는 속사포같이 말을 쏟아내기 시작했다.

"그래도 아이가 네 살 정도 되면 창의력과 상상력을 키워줘야 해요. 전래동화와 명작동화, 창작동화, 과학놀이는 기본으로 갖고 있어야 하는데."

글쎄요⋯⋯. 자꾸 창의력 운운하는데 명작동화 읽는다고 그게 발달이 되긴 하는 건가요? 런던에서 보면 안 그렇던데? 거긴 어린이 명작동화가 없어요. 신데렐라, 백설공주, 피터 팬, 뭐 이런 얘기는 초등학교 고학년용 책밖에 없더라고요. 대여섯 살 때까진 그냥 주구장창 창작된 책만 읽어요. 그 나이에 세계 명작동화 안 읽어도 다들 미술, 공연, 패션, 세계적인 어린이 책 작가까지, 영국 사람들 한 가닥씩 하던데? 뭘 잘못 알고 하시는 말씀? 이렇게 반박하고 싶었지만 난 그만뒀다. 설전을 벌일 때가 아니었다. 이 주인 아줌마는 지금 전집 파는 데 목숨을 걸고 있지 않은가. 우물쭈물하는 나에게 그녀는 또 다른 미끼를 던졌다.

"혹시 가격이 부담되신다면 여기 중고책도 많아요. 손때가 하나도 묻지 않았죠? 새 거나 마찬가지예요." 아이고, 어떤 귀 얇은 엄마가 큰돈 들여 엄청 사댔다가 아이가 안 보자 되팔았나 보구면. 초지일관 흥미 없어 하는 나를 포기한 듯 주인장은 결국 쌩하니 계산대로 돌아갔다.

전집 사기. 대한민국 엄마들의 팬덤(Fandom, 특정한 인물이나 분야를 열성적으로 좋아하는 사람들 또는 그러한 문화현상) 중 하나다. 남들도 가졌는데 나라고 못 가질쏘냐, 빚을 내서라도 사고야 말 테다. 그렇게 아파트를 사고, 명품을 사고, 전집을 산다. 굴욕의 서점 사건이 있은 후 며칠 안 돼 친구집에 놀러 갔다가 정말 놀라운 신세계를 발견했다. 앨리스가 원더랜드에 간다 한들 볼 수 없는 기막힌 광경이었다. 거실의 벽 세 면이 온통 어린이 책들로 꽉 차있었다. 내 머릿속 계산기는 바쁘게 돌아갔다. '한 질에 30만 원이라고 치고 벽 한 면에 30질……. 그러면 900만 원. 벽 세 면이니까 총 2천7백만 원?'

아이 둘을 둔 대학 후배한테 전집의 중요성을 누누이 듣긴 했지만 내 눈으로 보니 정말 상상 밖이었다. 부모가 보는 책은 몇 권 되지도 않을 뿐더러 그마저도 구석 한 귀퉁이로 밀려나 있었다. 아이가 자주 본다는 그 책들은 표지도 빤질빤질하고 먼지도 한 톨 없는 게 마치 금방 산 책 같았다. 바닥에 널려 있으면 책이 저주라도 받게 되는지, 모두들 책장에 아주 얌전히 앉아 있었다.

몽구와 함께 런던에서 도서관과 서점만 죽어라 드나들던 나는 완전 충격에 빠졌다. 몽구가 적어도 세 번은 책을 사달라고 조르고 졸라야 낱권 한 권을 사주었다. 인터넷에 오른 후기를 꼼꼼히 읽어본 후 한두 권씩 책을 샀다. 나는 아이 교육에 최선을 다하고 있노라고, 역시 좋은 엄마라고 자부했다. 그런데 여기 3면을 둘러싼 아이들 책이 있다!

런던에 돌아갈 날이 며칠 안 남았을 때 나는 지인들에게 전집을 추천해달라며 전화를 돌려댔고, 전집을 구입하는 방법을 이리저리 알아봤다. 영국에 돌아갈 때 모두 바리바리 싸들고 가리라. 안 그러면 런던에서 땅을 치고 후회할 것 같았다.

유태인들이 자녀교육용으로 쓴다며 전국적으로 유명해진 놀이교구와 책 세트도 주문했다. 200만 원이 훌쩍 넘었다. 그런데 막상 그 세트들이 한자리에 모인 것을 보니, 이건 이웃집 옥탑방에 이사를 가는 가난한 대학생 이삿짐 수준이었다. 나는 우리나라 어린이라면 필수로 사야 한다는 그 놀이교구와 책 세트를 눈물을 머금고 취소했다. 알아보던 전집들도 사는 걸 포기했다. 어느 순간 이건 미친 짓이라는 생각이 들었다. 결국 친정언니가 추천해준 낱권짜리 책들 10여 권만 짐 가방에 넣고 며칠 후 서울을 떠났다.

런던에 와서는 모든 상황이 역전됐다. 우리 집에 놀러 온 영국인 엄마들은 빈약하기 그지없는 두 단짜리 아이 책장을 보면서 깜짝 놀랐다. 웬 책이 이렇게 많냐는 것이었다. 마치 내가 3면이 어린이 책으로 둘러싸인 거실을 봤을 때처럼 그네들도 충격적인 얼굴이다. 그도 그럴 것이 이들은 책을 사지 않는다. 굳이 책을 살 필요가 없다. 동네 도서관에 가면 다 있는데 왜 사냐고 반문한다. 아이 친구네 집에 놀러 가면 확연히 알 수 있다. 책장에 전집을 꽂아놓은 집은 보질 못했다. 물론 이곳에선 전집이란 개념도 없다. 대신 몇 권 안 되는 책들은 이리저리 굴러다니거나 플라스틱 박스에 아무렇게나 쑤셔져 있다. 이들에게 책은 책장에 고이 모셔놓는 인테리어 용품이 아니다. 원하면 어느 때고 마음대로 꺼내보는 장난감이다. 잠시 잠깐 전집에 홀려 있던 내가 창피했다.

사실 런던의 도서관 서비스는 감동에 가깝다. 우리 구에는 열세 개의 구립 도서관이 있다. 쉽게 말해 강남구에 열세 개의 공공도서관이 있는 것과 마찬가지다. 대로변에서 문 하나만 열면 들어갈 수 있을 정도로 접근성이 좋아 남녀노소 누구 할 것 없이 옆집 드나들 듯 이용한다. 각 도서관에는 어린이 도서관이 따로 있다. 도서관끼리 누가누가 잘하나 경쟁이라도 벌이듯 어린이 도서관 인테리어에 제일 신경을 썼다. 우리 집 앞 웨스트 햄스테드 도서관은

구립도서관의 어린이관은 책뿐만 아니라 각종 놀이기구를 마련해 아이들이 또 오고 싶어하는 공간으로 꾸몄다. 도서관은 대로변에 위치해 있어 접근성도 좋다.

2층짜리 소규모 도서관인데 1층 전체를 어린이 도서관으로 꾸몄다. 거기엔 수십 년 동안 아이들의 사랑을 받아온 낡은 책부터 최근에 나온 책들까지 다양하게 비치되어 있다. 한쪽에는 장난감 코너가 있어 마음대로 꺼내 놀 수도 있고, 무료로 빌려갈 수도 있다.

아이들은 마음껏 책을 읽고, 또 싫증이 나면 주변에 널려 있는 장난감을 갖고 논다. 가끔씩 여기가 도서관인지 놀이터인지 분간이 안 갈 정도다. 아이들이 보던 책들은 도서관 바닥 여기저기를 뒹군다. 찢어지고 때가 타는데도 도서관 사서는 아무 말도 안 한다. 그저 묵묵히 어지럽게 널려 있는 책들을 주섬주섬 주워 다시 책꽂이에 꽂아둔다.

이곳 엄마들이 굳이 책을 사지 않아도 되는 데에는 다 이유가 있다. 어린이 도서관에서는 책을 한 번에 열두 권까지 3주간 빌릴 수 있다. 빌린 책을 더 오랫동안 읽고 싶으면 다섯 번까지 연장이 가능하다. 정말 마음에 드는 책은 장장 3개월에 걸쳐 아이가 볼 수 있다. 더구나 도서관에 직접 가지 않고도 홈페이지를 통해 원하는 책을 예약하고 기간 연장도 할 수 있다.

도서관을 자주 드나들다 보니 좋은 책을 고르는 노하우도 생겼다. 도서관에서 빌린 책 중엔 몽구가 너무 좋아해서 하루에도 몇 번씩 보는 책이 한두 권씩 나온다. 그런 책은 장기 대여가 끝나면 동네 서점이나 인터넷 서점에서 산다. 이렇게 해서 하나둘씩 차곡차곡 모은 책은 나와 몽구만의 컬렉션이 된다.

영국인에게 책은 삶의 한 부분이다. 비록 집의 책장은 빈약할지 모르지만 언제 어디서든 꾸준히 책을 읽는다. 책을 사랑하는 민족성은 책과 친해질 수 있는 환경을 만들어준 도서관이 있기에 가능했을 것이다. 한두 살 아이들도 도서관에서 하루 반나절을 보낸다. 그리고 책을 아무 데다 던져놓든, 밟고 다니든 누구도 상관하지 않는다. 그 속에서 아이들은 점점 책과 친해지는 법을 배우고 있다.

석사 출신이 애덤 스미스를 모른다고?

소더비 학교에서 공부를 시작하기 전 나는 코벤트가든에 있는 '원투원 잉글리시' 학원에 다녔다. 일반 영어학원이 열다섯 명 정원에, 아시안이 반 이상을 차지하는 것과 달리 이 학원은 한 반의 정원이 세 명 이하다. 물론 학원비는 일반 학원에 비해 곱절은 비싸다. 하지만 그 효과를 보자면 그 정도의 돈을 내도 아깝지 않다. 이 학원을 설립한 조시 달비 교장은 일본인 부인을 둔 영국인이다. 세계를 여행하며 학원에서 영어를 가르친 경험을 바탕으로 자신만의 교재와 수업 방식을 창안해냈다.

두 달간은 선생님 한 명과 학생 세 명이 수업하는 회화반에 다녔다. 학교 시작 한 달 전에는 에세이 쓰는 법과 프레젠테이션 잘하는 법 등을 일대일로 공부했다. 나의 담당 선생님은 마리아였다. 런던으로 이민 온 인도인 부모 밑에서 태어난 마리아는 예쁜 얼굴만큼이나 마음도 곱고, 무엇보다 똑똑했다. 예술사 석사 학위를 갖고 있는 그녀는 UCL에서 미술관 큐레이팅이라는 또 다른 석사 코스를 밟고 있었다. 예술과 관련된 전공을 한다는 면에서 나와 통하는 구석이 많았다.

어느 날 마리아가 나에게 미술 시장에 대한 짧은 에세이를 써오라고 했다. 나는 애덤 스미스 ^{Adam Smith} 의 경제 이론까지 들먹이며 퍽이나 유창한(그러나 내용은 조잡한) 에세이를 써 갔다. 그런데 내 에세이를 읽던 마리아가 "애덤 스미스가 누구냐"고 물었다. 애덤 스미스가 누구냐고? 이런, 영국이 자랑하는 경제학의 아버지 아닙니까요. 내가 손짓 발짓을 해가며 그의 이론과 명성을 설명해보아도 마리아는 난생 처음 듣는 이야기라는 표정이었다. 그렇게 똑똑하고 아는 게 많은 그녀가 애덤 스미스를 모른다고 하니, 내가 오히려 더 당혹스러웠다. 하지만 그녀가 영국 교육을 받아왔다는 걸 생각하면 애덤 스미스를 모르는 건 당연한 일인지도 모른다.

영국의 학교 교육은 우리와는 사뭇 다르다. 몽구가 초등학교에 들어가기 전 집앞 공립초등학교에 견학을 갔을 때였다. 3학년 교실에 들어갔을 때 아이들은 선생님과 헬렌 켈러에 대해 이야기하고 있었다. 역사 시간 같았다. 잠시 그곳에 머물며 수업을 지켜봤다. 헬렌 켈러는 어디가 아팠으며, 설리번 선생님은 어떻게 그 집에 오게 됐는지, 어떤 식으로 아이를 가르쳤는지, 별의별 질문과 대화가 오갔다. 헬렌 켈러를 그리고 색을 칠하기도 했다. 아마 한 시간 내내 그러고 있을 모양이었다. 수업이 끝나면 헬렌 켈러에 대해선 박사가 될 것 같았다.

학창시절 세계사 시간, 수백 년에 걸친 전세계 역사를 주요 사건별로 달달 외운 나에게 이 수업 광경은 꽤나 낯설었다. 우리는 외우고 또 외운다. 건드리지 않는 주제 없이 모든 걸 다룬다. 애덤 스미스는 고등학교 교육을 받은 사람이라면 이웃집 총각처럼 친숙한 이름이다. 보이지 않는 손? 내 손만큼이나 익숙한 이론이다. 그러나 영국 교육은 다르다. 한 가지 주제를 집요하게 물고 늘어진다. 다양한 지식을 쌓진 못하지만 한 가지 주제를 갖고 몇 시간이고 토론할 수 있는 힘이 생긴다.

무엇이 옳다고 말할 순 없다. 다만 소더비 대학원에서 토론식 수업을 할 때 꿀 먹은 벙어리가 된 내 자신을 보자면 참 한심했다. 별로 할 얘기도 없는 주제인데도 10분 넘게 혼자 떠드는 저 외국인들을 보라. 국제무대라는 링 위에서 외우기짱 선수와 토론짱 선수가 싸울 때 결국 누가 이길지는 자명하다. 외우기짱 선수가 한 방 크게 날려본들, 마구 들이대며 집요하게 옆구리만 공격하는 토론짱 선수를 이길 수는 없다. 세계무대에서 KO승을 거두려면 우리의 교육도 뭔가 변해야 하지 않을까?

돈 몇 장
셈하는 데
10분이 걸렸다!

수학 교육에 관해선 할 말이 좀 많다. 영국인들에게 한국 학생들은 아마 아인슈타인쯤으로 비춰질 것이다. 몽구가 유치원에 다녔을 때, 유치원 선생님들은 몽구가 숫자를 20까지 세고 쓸 줄 안다며 놀라서 난리가 났다. 현관 게시판에 숫자를 쓰고 있는 몽구 사진을 큼지막하게 붙이고 '특출난 어린이 A Unique Child'라는 설명을 붙여놓기까지 했다. 초등학교에 가서는 몽구가 한

유치원 벽에 붙은 몽구의 사진.

자리수 더하기를 잘한다고 옆반 선생님까지 와서 구경을 했다고 한다. 내 아이가 어딜 가나 칭찬을 받으니 기분 좋긴 한데, 한편으론 이곳 수학 교육이 어떻길래 별것도 아닌 일에 흥분을 하나 싶었다. 한국에 가봐라, 세 살이면 글을 다 깨치고 산수도 제법 잘한다.

사실 고등학교를 떠난 지 20년이 지난 나도 아직 미적분과 함수의 계산 공식을 어렴풋이 기억하고, 웬만한 수학 문제는 풀 수 있다. 고등학교 때 머리 싸매고 공부한 내공 때문이다. 한국인 학생이 이곳의 어렵다 하는 사립학교에 쉽게 입학하는 이유도 다 수학이나 과학이 이곳 아이들보다 특출나기 때문이다. 영국 고등학생들은 대학에 가기 위해선 'A 레벨'이라는 시험을 치러야 한다. 수험생은 자신이 좋아하는 과목 세 가지를 선택해 죽어라고 공부한 뒤 이 세 과목만 갖고 시험을 본다. 예를 들어 대학에서 예술사를 전공하고 싶다면 영문학, 역사, 외국어를 선택한다. 세 과목 모두 A를 받으면 케임브리지나 옥스퍼드 대학에도 갈 수 있다.

사정이 이렇다 보니 자신이 선택하지 않은 과목들은 따로 공부하지 않는 이상 까막눈이 된다. 물론 한 분야에 올인하는 것도 좋지만 제발 수학 교육만은 정성을 들였으면 좋겠다. 살면서 불편한 일이 너무 많기 때문이다.

주민세를 내러 동네 편의점에 갔다가 겪은 일이다. 20파운드짜리 열한 장과 10파운드짜리 한 장을 점원에게 건넸다. 총 230파운드다. 점원은 내가 준 열두 장의 지폐를 한 장씩 테이블에 내려놓으며 세기 시작했다. 그런데 점원 얼굴이 점점 홍당무가 됐다. 20파운드짜리 지폐를 두 번이나 반복해서 세더니 한 장을 나한테 돌려줬다. 내가 돈을 더 줬다는 것이다. 옳다구나! 나는 그 돈을 도로 받았다. 그대가 굳이 준다면 내가 받지. 그러더니 남은 20파운드짜리 지폐 열 장을 또 한 번 셌다. 얘는 10 곱하기 2는 200이라는 아주 쉬운 진리를 모르나 보다. 다섯 장만 넘어가면 도대체 어떻게 계산해야 할지 몰라 쩔쩔맸다. 빨리 계산이 끝나라. 나는 공돈 20파운드를 들고 튀리라.

그 사이 내 뒤에는 손님 여덟 명이 계산을 기다리며 길게 줄 서있었다. 순간 물건을 선반에 정리하던 편의점 사장님이 이쪽으로 왔다. 안 돼! 그는 점원이 세던 돈을 낚아채더니 아주 기계적으로 셈을 하기 시작했다. 그리곤 나에게 눈짓을 했다. 내 손에 있는 20파운드를 돌려달라는 표정이었다. 김샜군. 그날 나는 구 주민세를 내는데 10분이라는 시간을 허비했다. 점원이 그 단순한 곱하기와 더하기를 마구 헷갈린 탓이다.

이런 경험은 한 번이면 족하련만 이곳에선 자주 겪게 된다. 한번은 주민세가 계산이 잘못돼 전화를 걸었다. 전문 상담원은 계산법에는 오류가 없다고 주장했다. 나는 전화상으로 더하기, 빼기, 곱하기, 나누기 용어를 사용하며 내 계산법을 아주 친절하게 설명해줬다. 결과는? 전문 상담원은 뭐가 문제인지 모르겠단다. 전화상으로 덧없는 수학 교육을 40분이나 해댄 나는 이메일로 계산법을 적어 보내겠다며 전화를 끊었다. 그리고 며칠 뒤 제대로 계산이 된 주민세 청구서가 다시 날아왔다. 아무래도 그 전문 상담원이 뭐가 찜찜했는지 산수를 잘하는 동료에게 물어봤나 보다. 미적분에 함수까지는 아니더라도 산수쯤은 기본적으로 해야 하는 것 아닌가. 적어도 돈을 다루는 일을 하는 사람이라면! 한심해 미칠 지경이다.

수학 교육이나 신경 쓸 일이지, 노동당 정부를 보면 참 쓸데없는 데 삽질하고 있구나 하는 생각이 든다. 고든 브라운 전 총리는 임기 초반부터 '무선학교Wireless School' 정책을 강력하게 추진해왔다. 칠판 대신 컴퓨터 보드를 설치하는 것까지는 애교로 봐줄 수 있다. 등하교 기록 전자카드와 지문인식 시스템, 가상 환경 수업 조성을 위해 영국 정부는 지난해 16억5천만 파운드의 막대한 예산을 학교에 쏟아부었다. 하지만 일선 학교에서는 인터넷이 자주 끊기는 데다 교사들도 컴퓨터보다는 종이 수업을 선호한다며 부정적인 태도를 보이고 있다. 최첨단 컴퓨터 시스템을 설치한다며 2천4백만 파운드를 쏟아부었던 브리스톨의 한 학교는 최근 다시 과거 아날로그 교육방식으로 돌아간다고 선언하는 지경에 이르렀다.

사실 학교를 정보통신 기술의 최전선에 놓고자 하는 야망은 노동당의 오랜 숙원사업이었다. 1997년 총리 자리에 오른 토니 블레어는 '학교에 정보고속도로 사업을 추진하겠다'며 모든 초등학교와 중등학교에 최신 컴퓨터를 공급하겠다고 했다. 2009년엔 컴퓨터 교육이 영어·수학과 동등한 학교 정규 수업으로 채택되었다. 정부는 한술 더 떠 2010년엔 27만여 빈곤 가정에 컴퓨터와 인터넷을 무상으로 제공해 자녀들이 집에서도 숙제를 잘할 수 있게 한다는 정책을 시행했다. 과연 아이들이 집에서 숙제하는 데만 컴퓨터를 쓸지

몽구의 작품들. 컴퓨터로 그린 그림보다는 고사리 손으로 직접 그리고 만든 것들이 더 정감 있고 좋다.

의문이다. 네 살짜리 몽구도 학교 컴퓨터실에서 수업을 한다. 가끔씩 컴퓨터로 그린 그림이라고 집에 가져온다. 하지만 그리 감동스럽진 않다. 컴퓨터가 그려준 화려한 그림보다 고사리손으로 크레용 칠을 하고 여기저기 종이를 오려 붙인, 조금은 투박한 그림이나 카드가 더 마음에 든다.

　손으로 글씨 연습을 하고 도서관에서 책을 찾아 숙제를 하는 것은 낡고 버려야 할 교육이 아니다. 오히려 컴퓨터에 노출된 청소년들에게 인내를 가르치고 스스로 무언가를 이뤄냈다는 성취감을 심어줄 수 있다. 최첨단 기술에 대한 집착을 비웃는 유명한 일화가 있다. 미국우주항공국 나사NASA는 우주의 무중력 상태에서 쓸 수 있는 특수 펜을 개발하기 위해 몇 백만 달러를 투자했다. 반면 러시아 우주인의 해답은 간단했다. 그들은 연필을 가져가서 썼다. 러시아인이 천재인가, 나사가 바보인가. 최첨단 기술만 좇다간 진정한 핵심을 놓칠 수 있다. 학교 교육도 마찬가지다.

말 많은 서양인들,
돌쇠 같은 동양인들

　어느덧 소더비 대학원에서의 전쟁 같던 2학기도 끝이 보였다. 지난해 6월 첫째 주, 나는 이틀째 밤을 꼴딱 샜다. 지난 3주간 3천 자짜리 에세이 네 개를 냈다. 그 사이 팀 프로젝트 최종 프레젠테이션이 있었고, 또 교수와 학생들을 앞에 두고 논문 주제 발표를 했다. 이제 마지막 하나 남은 예술경영론 에세이만 제출하면 끝이었다. MBA 교육과정을 답습한 이 과목은 다양한 아트 비즈니스 사례를 들어 토론하고 다섯 명씩 팀을 짜 가상 사업도 수행했다. 이날 제출할 에세이는 그간 팀 프로젝트를 하면서 내가 배우고 느낀 것들을 각종 비즈니스 이론으로 전개하는 것이었다. 슬슬 학교에 제출하러 가볼까. 컴퓨터를 끄기 전 이메일을 확인했다. 학교 측에서 보낸 세 개의 메일 중 '팀 프로젝트 채점 결과'라는 제목이 눈길을 당겼다. 두근두근, 몇 점이나 나왔을까. 짠! 메일을 열어본 순간 나는 내 눈을 믿을 수가 없었다. 너무나도 선명한 한 단어, "페일Fail."

　페일은 50점 이상을 받지 못했을 때 주는 등급이다. 전과목 중 어느 하나라도 50점을 넘지 못하면 석사학위를 받을 수 없다. 페일을 받았을 경우, 다시 과제를 제출해야 하고 그것이 통과되면 그냥 50점만 받는다. 한 번 실패한 것에 대한 응징이다. 담당 교수는 왜 우리가 이번 숙제를 패스하지 못했는지 일목요연하게 설명했다. 지적한 것 모두가 다 맞는 말이었다. 그리고 그것들은 내가 그동안 팀에서 주장한 것들과 일치했다. 우리 팀의 결과물은 실망 그 자체였다.

'포터하우스^{Porterhouse} 프로젝트'라 명명된 이 팀 프로젝트는 소더비 대학원 전체 수업을 통틀어 가장 비중 있는 과목으로, 다른 과목의 성적에까지 영향을 미쳤다. 각 과목의 성적은 75퍼센트만 반영되고, 나머지 25퍼센트는 포터하우스 팀 프로젝트 성적을 적용했다. 가령 아트마켓 과목에서 성적이 100점이 나왔다 해도 포터하우스에서 50점을 받으면 그 과목의 최종 성적은 87점이 된다. 엄청난 타격인 셈이다. 그간 우리가 배워온 모든 지식을 쏟아붓는 총체적인 결과물이니 최선을 다해 임해야 했다.

포터하우스 프로젝트는 일종의 가상 시나리오다. 옥스퍼드 대학의 포터하우스 단과대는 그림, 가구, 악기 등 소장품을 팔아 교육 기금을 마련하고 싶어한다. 하지만 윤리적인 문제들이 뒤따른다. 소장품 대부분은 기증자들이 '학교에 영속적으로 귀속되어야 한다'는 유언을 남긴 터라 쉽게 팔 수 없는 물건들이다. 더구나 일부는 진위 여부를 가릴 수 있는 문서조차 없다. 창고에 처박아둔 소장품들을 팔자니 문제가 될 것 같고, 안 팔자니 돈이 궁한 실정이다. 그렇다면 법적, 윤리적 문제 없이 어떻게 이 소장품을 팔아 돈을 마련할 것인가? 그 해결법을 제시하는 게 우리의 미션이었다.

교수님은 임의로 팀원을 정해주었다. 우리 팀은 옥션회사를 차려 이 소장품들을 시장에 내놓기로 했다. 파리의 옥션회사에서 일해본 경험이 있는 캐나다 출신 근육남, 뉴욕에서의 변호사 생활을 접고 공부를 시작한 여 변호사, 러시아에서 태어나 그리스에서 자란 4차원 까칠녀, 파키스탄인임에도 자신이 영국인이라고 오해하며 사는 자뻑녀, 그리고 나이 서른일곱에 그 좋다는 직장 그만두고 아트 비즈니스 배우러 온 한국 아줌마로 구성됐다. 꽤 괜찮아 보이지 않는가? 우리에게는 옥션에서 일했던 실제 경험자도 있고, 법이라면 다 꿰고 있는 변호사도 있고, 자료분석이나 문서작업에 능한 전직 기자도 있었다.

하지만 사공이 많으면 배가 산으로 가는 법이다. 근육남은 "옥션에선 무조건 파는 게 장땡"이라고 말했다. 나는 기증품들이 학교에 영속적으로 남아 있어야 한다는 유언을 주목해야 한다고 반박했다. 여 변호사는 영국법을 들어 "팔아도 될 것 같다"고 말했다. 나는 법조항이 그렇더라도 윤리적인 면에서 문제가 될 수 있다고 주장했다. 자뻑녀는 자신이 담당한 '에콜 드 파리' 컬렉션의 경우 "옥션에 죄다 내다 팔아도 문제가 없다"고 했다. 나는 '에콜 드 파리' 컬렉션의 경우 '교육적인 수단으로만 이용할 수 있다'는 단서 조항을 들어 시장에 내놓는 대신 전시 대여 쪽으로 수익을 창출해야 한다고 설득했다. 4차원 까칠녀는 "담배 좀 피고 오겠다"고 말했다. 나는 네 맘대로 하세요, 라고 중얼거렸다.

다섯달 간의 준비기간 끝에 우리는 소더비 경매사처럼 멋지게 차려입고 옥스퍼드 대학 위원들(물론 교수님들이 가짜 행세를 했다) 앞에서 프레젠테이션을 했다. 그 준비기간 동안 나는 네 명의 팀원들과 계속 설전을 벌였다. 아니, 설전은 말이 통할 때 하는 것이다. 영어가 유창한 팀원들과 설전은 안 될 말이다. 난 그저 짧은 몇 마디로 최선을 다해 이렇게 가서는 안 된다며 여러 가지 대안을 내놓았다. 하지만 다들 내 말을 무시했다. 각자 자기 의견이 최고라고 생각했고 남이 내놓은 의견은 귀담아 듣지 않았다. 팀 프로젝트가 반 이상 진행될 무렵 나는 설득을 포기했다. 그리고 배가 자기 마음대로 산이며 들로 돌아다닌 결과, 프레젠테이션 당일 날 우리는 엄청 깨졌다. 옥스퍼드 대학 위원들로 가장한 우리의 친절한 교수님들께서는 윤리적인 문제들을 거스르고 몽땅 팔아버려 큰돈을 당신네들한테 안기겠다는 우리의 계획을 조목조목 반박했다. 그래도 그렇지, 그간 팀 프로젝트하면서 맘 고생한 게 얼마인데 '페일'이란 말인가!

방학기간임에도 우리는 과제를 다시 제출하기 위해 모였다. 근육남은 미라스베이거스에 놀러 가 불참했고, 여 변호사는 법적인 부분에서 가장 많은 지적을 받은 것에 엄청 자존심이 상해 있었다. 자뻑녀는 왜 우리가 페일을 당했는지 절대 용납할 수 없다고 인상을 찌푸렸다. 4차원 까칠녀는 담배 좀 피고 오겠다며 쌩하니 나가버렸다.

나는 소리치고 싶었다. 봐, 이것들아. 내가 뭐랬어. 신중하게 팔 물건과 안 팔 물건을 가려야 한다고 했었지? 내 말 들었으면 이런 개고생은 안 할 거 아니야! 하지만 말도 안 나왔다. 자기네들이 잘못한 게 없다는 데 거기다 대고 뭐라고 지껄이겠나. 어렵사리 새로 만든 제안서로 우리는 간신히 페일은 면

했다.

팀워크라는 게 참 요상한 유기체다. 멤버 개인이 아무리 잘났어도 팀워크가 없으면 프로젝트는 방향 없이 헤매게 돼 있다. 서로 끊임없이 이야기하고, 상대방의 착오를 지적해주고, 서로 잘한다고 칭찬도 해주면서 목표에 도달해야 한다. 그런데 이런 다국적 인종들이 모였을 경우 한 가지 고려사항이 더 있다. 각 인종들의 일하는 방식이 전혀 다르다는 걸 알아야 한다는 것이다. 여러 나라에서 온 그네들과 5개월간 몸으로 부딪히며 내가 얻은 결론은 이렇다. 영어권 아이들은 말만 많고 내용은 없다는 것이다. 밤을 새워가며 무언가에 몰두해 끝장을 보지도 않는다. 대충 말로 때운다. 그 말이 영양가라도 있으면 다행이련만, 십중팔구는 영양가 제로다. 하지만 그 현란한 입놀림으로 다른 사람들을 매료시킨다.

뭐니뭐니 해도 영어가 가장 큰 문제다. 내가 그네들만큼 유창한 영어 실력을 갖지 못했기에 나는 토론에서 졌다. 나에겐 이메일이 이들을 설득하는 유일한 통로였다. 말은 유창하게 못해도 논리적인 글로 상대를 제압할 수 있었다. 하지만 어느 순간 이마저도 허무해졌다. 말로 때우는 걔네들에게 매일 밤 이메일을 써가며 '이렇게 해선 안 된다'고 반박하는 내가 한없이 불쌍했다.

소더비 대학원의 강의실에 앉아 있는 학생들은 세 부류로 나뉜다. 교수의 눈에 띄고 싶어 안달이 나 내용 없는 말을 속사포처럼 쏴대는 야망의 서양인들, 그리고 거울이나 보고 낙서나 하는 영국 귀족의 자녀들, 마지막으로 열심히 노트 필기하되 입에 군내가 나도록 말이 없는 동양인들. 세미나 시간에도 마찬가지다. 밤새도록 공부한 돌쇠 같은 동양애들은 빛도 못 보고, 수업시간

전 잠깐 짬을 내 인터넷으로 자료를 뒤적인 영어 래퍼들이 빛을 발한다.

일년간의 석사과정을 공부하면서 나는 결심했다. 앞으로 외국에서 석사나 박사 학위를 딴 한국인은 존경의 눈으로 쳐다보기로. 그들 대부분은 돌쇠같이 공부하고도 말 많은 외국인들 사이에서 빛을 잃고 있었을 것이다. 속으로는 이렇게 울분을 토하면서. 한국말로 해봐. 내가 너희들보다 백배 천배는 잘할 수 있거든!

달콤 쌉싸름한
회사 다닐 맛

회사다니기

비가 억수로 쏟아져도 우산 없이 유유히 걸어갈 자신이 있다면,
한겨울에 반팔 옷을 입고 한여름에 모피를 입을 수 없는 패션감각을 가졌다면,
해가 쨍하고 뜨는 날엔 열 일 제쳐두고 햇볕을 쬐러 공원에 간다면,
당신은 얼추 영국인이 다 됐다고 말할 수 있다.
예기치 않게 블리자드가 내린 날에는 출근을 포기하고 그냥 집앞에서 눈사람이나 만들고 놀면 된다.
물론 부장님께 전화하지 않아도 된다.
부장님도 자기네 집앞에서 눈사람 만들며 아이들과 놀고 있을 테니까.

눈 오는 날
회사 나온 놈이
바보지

흔히들 영국 날씨를 변화무쌍하다고 하지만 그것은 비가 오느냐 안 오느냐의 문제다. 하루에도 수십 번 비가 왔다가, 해가 반짝이다, 바람이 불다, 갑자기 우박이 내려 사람 마음까지 어수선하게 만들지만 그래도 이 정도면 복받은 거다. 영국에는 블리저드(Blizzard, 매서운 눈보라)나 태풍, 지진, 홍수, 폭설, 가뭄이란 게 없다. 물론 내가 가장 싫어하는 모기도 없다. 우리나라처럼 매년 여름 홍수로 집이 떠내려가고, 태풍에 온 나라가 피해를 보는 걸 경험해보지 못한 영국인들의 날씨 개념은 이렇다.

봄 정원에 꽃이 피기 시작했다. 그런데 집 안은 여전히 냉동고만큼 춥다.

여름 이틀째 기온이 25도를 넘어섰다. 햇빛 아래 있다간 바비큐가 될 판이다.

영국엔 여름이 없다. 며칠간 햇볕이 쨍쨍해 온도가 30도 가까이 올라가면 바비큐 서머Barbecue Summer
라며 호들갑을 떤다. 아이들은 길거리 분수에 모여 속옷 차림으로 물놀이를 즐긴다.

가뭄 3일 연속 비가 오지 않는다. 이러다간 꽃들이 말라 죽을 것 같다.

폭설 집앞에 눈이 5센티미터나 쌓였다. 이런 날은 집에 있는 게 상책이다.

2009년 2월, 영국 날씨 역사에 길이 남을 '폭설 대란'이 일어났다. 월요일 아침, 눈을 뜨자 온 세상이 하얀 눈으로 덮여 있었다. 눈은 사람을 즐겁게 만드는 구석이 있다. 동네 사람들 모두 경이로운 표정으로 쌓인 눈을 바라보며 경탄했다. 지난 10년간 런던에는 눈다운 눈이 내리지 않았으니 얼마나 반가웠겠는가.

몽구와 나도 신이 나서 장화를 신고 유치원으로 향했다. 하지만 웬걸, 버스 정류장에서 10분을 기다려도 버스가 오지를 않았다. 그리고 보니 길 반대

자고 있어났더니 세상이 온통 하얗다. 10년 만의 폭설이었다. 대중교통은 올 스톱했고, 어른 아이 할 것 없이 인근 공원에서 눈사람을 만드느라 신이 났다

편에도 버스가 오지 않았다. 유치원에 늦겠다 싶어 세 정거장 거리를 걸어갔다. 몽구랑 눈싸움도 하고 나무를 툭툭 치며 미니 눈사태도 만들어봤다. 그렇게 30여 분 만에 유치원에 도착해보니 문은 굳게 잠겨 있고 쪽지만 덩그러니 붙어 있었다. "오늘은 눈사태로 인해 문을 닫습니다."

아니 눈이 10센티미터도 안 왔는데 버스도 안 다니고, 유치원도 문을 닫아? 그럼 유치원 문 닫는다고 휴대폰 문자라도 보내줘야 할 것 아닌가. 다시 터벅터벅 걸어 집에 도착했다. 이왕 다 젖은 바지, 집앞 놀이터에 가서 눈사

람이나 만들며 놀기로 했다. 이곳에선 눈사람 만들기가 식은 죽 먹기다. 눈송이가 워낙 큰 데다 엉겨붙기도 잘해서 놀이터를 몇 번만 왕복하면 50센티미터 직경의 눈덩이가 금세 만들어진다. 한 시간 정도 놀았을까. 남편에게서 전화가 왔다. "여보, 어디야? 나 지금 집에 왔어."

엥? 방금 전 회사 간다고 나간 사람이 집에 오다니, 당신 잘린 거유? 나는 일단 남편에게 우리가 있는 놀이터로 오라고 했다.

"회사에 갔더니 아무도 안 나왔더라. 나만 혼자 있기 뭐해서 그냥 왔어"라는 남편. 그리고는 몽구와 눈 위에서 구르고 난리가 났다.

큰 눈이 오면 도시 전체가 올 스톱되는 이런 문화, 뭐라고 설명해야 하나. 도로에 눈이 쌓여 교통사고 위험이 있다며 버스는 아침부터 죄다 운행을 멈춰버리고, 기찻길 위의 미끄러운 눈 때문에 지하철은 심하게 연착되거나 아예 노선을 닫아버렸다. 대중교통이 서버리니 출퇴근길 직장인들은 도로 집으로 유턴, 일부는 아예 출근할 시도조차 하지 않았다. 블리저드로 인해 도로가 마비되고, 수백 편의 항공기가 공항에 발이 묶여 있었다. 신문 사설마다 정부나 런던 시가 눈사태에 제대로 대응하지 못하고 있다고 비난했다. 겨우 10센티미터 가량 내린 눈 때문에……

눈이 올 때는 신나고 좋지만, 사후 처리는 간단치가 않다. 도로나 인도 곳곳이 빙판길이 되어 사고가 나기 일쑤다. 구청에서는 빙판에 소금을 뿌려 사고를 미연에 방지하려고 했지만 정부에서는 소금 이용 한도를 극도로 제한했다. 소금 재고량을 유지해야 하기 때문이란다. 각 구청은 소금을 보유하고도 도로에 뿌리지 못하는 촌극을 벌였다. 정부 관리의 변은 이랬다. "얼음과 눈을 일부러 깨고 녹이는 일은 그 지역을 더 위험하게 만드는 행위이며, 만약 이 지침을 어기고 눈을 녹인다면 이후 발생하는 사고는 그 당사자가 모두 책임져야 한다."

그러니 폭설에 대처하는 우리의 자세는 단 하나다. 가만히 집에 앉아서 눈이 다 녹을 때까지 기다리는 것이다. 괜히 내 집앞 빙판길을 치웠다가 길 지나가던 노인이 재수 없게 미끄러지면 내가 다 물어줘야 한다는데!

한국은 어떤가. 겨울이면 으레 폭설이 내리지만 버스와 지하철은 시간을 준수하며 달린다. 도심에는 새벽부터 눈을 치우느라 제설차가 등장한다. 직장인은 미션 임파서블을 수행하는 톰 크루즈가 된다. 버스나 지하철이 안 되면 택시라도 타고, 택시마저도 안 되면 걸어서라도 직장에 나간다. 주택가에선 내 집앞을 치운다며 삽을 들고 삼삼오오 나온다. 눈이 엄청 내린다 한들 큰 혼란은 없다.

하지만 런던은 전혀 딴 세상이다. 누구 하나 눈을 치우러 나오는 사람도 없다. 도로에 제설차도 없다. 물론 눈이 드문 나라니 제설차도 별로 없을 뿐더러 염화칼슘은 자연을 해친다며 극도로 싫어한다. 눈은 그냥 놔두면 녹게 되어 있다, 그때까지 참고 기다려라, 이것이 영국 정부와 시민들의 공통된 생각이다. 뭐, 그것까지는 애교로 봐줄 수 있다. 올 1월 또 한 번 폭설이 내리자 똑같은 패턴이 반복됐다. 일부 버스와 지하철 노선은 운행을 잠정 중단하고 학교는 문을 닫았다. 빅토리아 역까지 가는 기차가 고장 나자 대신 증기 기관차가 출동하는 기막힌 사건도 벌어졌다.

런던 인근의 공항들도 눈 때문에 모두 운항을 중단했다. 수천 명의 여행객

들은 공항 터미널에서 밤을 지새워야
했다. 그나마 벤치에 앉은 사람은 행운
아였다. 대부분의 사람들이 공항의 차
가운 시멘트 바닥에서 잠을 잤다. 공항
에 발이 묶인 여행객들은 공항 직원들
의 무관심을 비난했다. 아무도 음식이
나 담요 등을 지원하는 이가 없었다.
심지어 종합병원 응급실도 문을 닫았
다. 강추위와 폭설 때문에 전기 공급이
중단돼 잠정 휴업이란다. 그럼 갑자기

여름과 겨울의 공존. 런던에 살다 보면 여름에
모피를 입은 사람, 겨울에 반팔 옷을 입은 사람
을 자주 목격한다. 워낙 날씨를 예측하기 힘들
다 보니 입은 옷도 제각각이다.

사고를 당하거나, 빙판에 미끄러져 다리가 부러지면 어디로 가야 하나? 정말
대책 없는 시추에이션이다.

나는 이것이 국민성의 차이라고 생각한다. 한국인은 어떻게든 역경을 극
복하려고 노력하는 반면, 영국인은 뭔가를 의도적으로 바꾸려 노력하지 않는
다. 그냥 내버려둔다. 자연의 힘을 거스르지 않고 그냥 묵묵히 받아들이고 불
편함을 견뎌낸다.

변화무쌍한 영국 날씨에 익숙해지려면 정말 오랜 시간이 걸린다. 번거로
운 우산보다 모자 달린 재킷이나 후드티셔츠를 선호한다면, 비가 억수로 쏟
아져도 우산 없이 유유히 걸어갈 자신이 있다면, 한겨울에 반팔 옷을 입고 한
여름에 모피를 입을 수 있는 패션감각을 가졌다면, 해가 쨍하고 뜨는 날엔 열

일 제쳐두고 햇볕을 쬐러 공원에 간다면, 당신은 얼추 영국인이 다 됐다고 말할 수 있다. 또한 예기치 않게 블리저드가 내린 날에는 출근을 포기하고 그냥 집앞에서 눈사람이나 만들고 놀면 된다. 물론 부장님에게 전화하지 않아도 된다. 부장님도 자기네 집앞에서 눈사람 만들며 아이들과 놀고 있을 테니까.

남편 도시락 싸준
덕분에 '열녀'되다

아, 5월의 햇살. 며칠간 비가 쏟아지더니 모처럼 쨍하고 해가 떴다. 이런 날은 만사 제치고 공원으로 가야 하지만, 다음 주 월요일까지 제출해야 할 에세이가 있어 도서관으로 갔다. 돈이 될 만한 미술 시장과 장르를 선택해서 포트폴리오를 구성하는 숙제였다. 쉽게 말해, 각종 숫자와 그래프로 화려하게 만든 리포트로 돈이 많은 미술 컬렉터를 꼬드기는 작업이다.

'올드 마스터(Old Master, 15세기부터 18세기까지의 대화가, 혹은 그 작품)처럼 좋은 투자 수단이 없습니다. 그림은 한정돼 있고, 갖고 싶어하는 사람은 점점 많아지기 때문입니다. 지금 사시면 나중에 큰 이득을 볼 수 있을 겁니다. 난해한 현대미술보다는 거장의 붓 터치가 살아 있는 올드 마스터가 고객님의 품격과 딱 맞아 떨어집니다. 여기, 이 그래프를 보세요. 현대미술의 가격은 시장 상황에 따라 가격이 요동치지요? 그런데 올드 마스터는 꾸준히 상향세입니다. 이보다 안전하고 고수익을 보장하는 투자 수단이 없단 말입니다. 올드 마스터 중에도 이탈리아와 네덜란드 출신 화가의 작품이 꾸준히 인기를 얻고 있

습니다. 아, 빅토리안 시대 작가의 그림도 너무 저평가됐으니, 몇 점 추가?'

뭐, 대충 이런 식이다.

점심시간이 되기 전인데도 배에서 꼬르륵 소리가 났다. 머리를 쓰면 배가 금방 고파지는 법이다. 내가 즐겨 머무는 대영 도서관 ^{British Library} 3층 인문관은 아침부터 책을 보려는 사람들로 자리가 꽉 찼다. 숙제를 위해 책을 산처럼 쌓아두고 씨름하는 대학생들도 있고, 오래된 고문서를 확대경으로 한 줄 한 줄 읽어가며 깨알같이 메모하는 영화배우 숀 코너리를 닮은 노신사도 있다. 물론 토플 책이나 영단어 책을 보는 이는 한 명도 없다. 과자를 먹으며 잡지를 보는 여학생도, 옆자리 여자 친구가 예뻐 죽을 것 같아 공부는 뒷전인 남학생도 없다. 모두들, 정말 전투적으로 책을 읽고 메모를 한다.

대영 도서관은 내가 지금까지 가본 도서관 중 최고다. 넓은 나무 책상에 개인용 컴퓨터를 위한 전기 소켓과 독서용 전등까지 달려 있다. 머리 위로는 저 높이 천장에서 햇볕이 내리쬔다. 공기는 상쾌하고, 분위기는 뜨겁다. 문 입구 쪽에는 인터넷으로 미리 신청해놓은 책을 받아가는 데스크가 있고, 그 맞은편에는 정보검색사가 앉아 있다.

총 1천4백만 권의 책과 92만 종의 저널을 보유하고 있는 대영 도서관은 도서 대출 서비스도 감동적이다. 일단 인터넷 홈페이지에서 최대 여덟 권까지 책을 요청하고 본인이 도서관에 갈 날을 지정한다. 도서관에 가서는 데스크에 이름만 말하면 사서 직원이 뒤편에 있는 책장에서 신청한 책을 갖다 준다. 그날 다 보지 못한 책은 서고로 돌려보내지 않고 3일간 뒤편 책장에 보관해준다.

언론고시 삼수생 시절, 나는 집앞 국립중앙도서관에서 공부를 했었다. 그러던 어느 날 열람실이 사라졌다! 도서관은 정말 책 읽는 사람을 위한 공간으로 탈바꿈했다. 토플을 공부하는 대학생들, 그리고 나 같은 언론고시생과 공무원시험을 준비하는 미래의 꿈나무들은 길거리로 내몰렸다. 도서관은 독서실이 아니다. 열람실 책상을 치울 때 국립중앙도서관 직원들이 얼마나 결의에 찼을지 짐작이 간다.

대학교 도서관도 마찬가지다. 창피한 고백이지만 나는 대학 4년 동안 도서관에서 책을 빌려본 적이 거의 없다. 영어 공부나 하고 친구들과 매점에서 빵 사먹는 재미가 다였다. 몇 번 책을 빌려보려고 시도해봤지만 빌리는 과정이 너무 복잡해 초장에 포기했다. 나는 하루에 책 한 권을 읽을 만큼 독서광이었지만 도서관 책은 영 손에 익질 않았다. 하지만 영국에서는 다르다. 도서관에 엉덩이 붙이고 앉아 있는 만큼 학점은 잘 나오고, 점점 똑똑한 사람이 된다.

배가 고프니 집중이 안 됐다. 나가서 도시락이나 먹자. 대영 도서관 현관문을 박차고 나오니 넓은 광장이 막혔던 가슴을 시원하게 뚫어주었다. 나는 테이블과 의자가 오순도순 모여 있는 마당 한구석에 앉아 도시락을 먹었다. 좀 창피했다. 혼자 밥 먹는 기분, 왕따가 된 것 같았다. 하지만 그도 잠시, 도서관에서 공부하던 사람들이 점차 쏟아져나왔다. 그리곤 바닥 곳곳에 철퍼덕 주저앉기 시작했다. 빵에 치즈와 햄을 대충 얹어서 만든 샌드위치를 아주 맛있게들 먹었다. 내가 보기엔 별로 맛있어 보이지 않은데 말이다.

오전에 내가 신청한 책들을 건네줬던 대머리 사서 아저씨도 보였다. 테스코 비닐봉지를 덜렁덜렁 들고 밖으로 나왔다. 출근하는 길에 테스코에 들러 점심거리를 샀나 보다. 그 역시 바닥에 철퍼덕 앉아 봉지에서 먹을거리를 주섬주섬 꺼냈다. 샌드위치와 칩스, 그리고 주스다. 칩스는 감자를 얇게 저며 기름에 튀긴 스낵인데, 영국인에겐 없어선 안 될 간식거리다. 대개 영국인들은 점심으로 샌드위치를 먹고 디저트로 칩스 한 봉지를 다 먹어치운다. 어라, 근데 이 아저씨는 순서가 바뀌었네. 칩스 한 봉지를 다 먹어치운 뒤 샌드위치를 먹었다.

모두가 행복한 시간은 밥 먹고 난 뒤에 일광욕을 즐길 때이다. 상상해보라. 100여 명의 열공생들이 대충 때운 점심 후에 햇살을 즐기며 행복해하는 광경을. 나는 이 분위기를 사랑한다. 한국에서는 절대로 있을 수 없는 진풍경이다. 남친과 오랜만에 도서관에 데이트하러 갔다. 점심때가 되자 밖으로 나온다. 인근 맛집에 가려고 발걸음을 재촉하는 그녀, 하지만 남친은 집에서 싸

도서관에서 공부하던 사람들은 점심때가 되면 도서관 앞마당에 나와 샌드위치 등을 먹은 뒤 햇살을 즐긴다.

런던의 직장인들은 점심으로 샌드위치와 음료수를 사먹는다. 금요일은 으레 펍에서 동료와 함께 맥주로 점심을 때운다.

온 허술한 도시락을 내밀며 도서관 앞 시멘트 바닥에 철퍼덕 앉아서 먹자고 한다. 여자는 기가 막히다. 그날로 그 커플은 끝이다. 여자는 그날 밤 친구에게 전화를 걸어 시쳇말로 '돈 없는 찌질이 루저'라며 그 남자를 욕할 것이다. 슬픈 현실이다.

나의 아침은 도시락을 싸는 일로 시작한다. 공부를 시작한 이후에도 남편 도시락 싸는 일을 걸러본 적이 없다. 나는 현모양처인가 보다. 한국의 직장인이 점심 먹는 모습, 참 정겹다. 넥타이 부대들이 삼삼오오 바지에 손을 찔러 넣은 채 맛집을 찾아 골목을 누비고 다닌다. 설렁탕, 부대찌개, 우렁된장에 쓱쓱 비빈 산채비빔밥! 아, 고르기가 힘들 지경이다. 하지만 이곳 런던 직장인의 점심 먹는 모습, 참 멋없다. 각자 배고플 때 알아서 인근 슈퍼나 가게에서 샌드위치와 커피를 사먹는다. 그러나 살인적인 물가를 견디지 못하는 대부분의 직장인은 집에서 대충 싸온 샌드위치로 끼니를 때운다. 그것도 자기가 일하는 사무실 책상에 앉아서.

남편도 처음엔 점심을 사먹었다. 그런데 매번 밖에서 먹는 게 질렸는지 어느 날부터 샌드위치를 싸달라고 했다. 나의 샌드위치는 그들의 샌드위치와는 달랐다. 엄선된 빵에 한쪽은 버터, 다른 한쪽은 겨자씨를 발랐다. 그 속엔 오가닉 상추와 이탈리안 햄, 그리고 치즈와 싱싱한 토마토를 얹었다. 투명 랩으로 싼 뒤 반으로 자르면 아내표 샌드위치 완성! 매일 샌드위치만 먹으면 지겨울까봐 하루 걸러 쌀밥을 싸줬다. 물론 전날 저녁에 먹었던 음식의 잔반 처리이긴 했다. 쌀밥에 카레를 얹기도 하고, 불고기와 김치를 곁들이기도 했다.

저녁때마다 남편은 빈 도시락을 건네주며 동료들의 코멘트를 빼먹지 않고 전했다. "그 샌드위치 어느 집 거냐. 정말 맛있어 보인다" "아니, 그걸 아내가 만들었다고? 혹시 그녀는 잘나가는 요리사?" "한국 음식은 요리하기 힘들다던데, 그걸 아침에 어떻게 만드냐" 등등의 찬사다. 물론 한국의 주부 요리왕들이 보면 코웃음을 칠 일이지만, 도시락을 싸준 지 몇 달 만에 나는 남편 동료들 사이에 '위대한 아내'로 인식되기 시작했다. 이유인즉슨, 이곳 남자들은 아침마다 자기 도시락은 자기가 직접 싸기 때문이다. 부부가 둘 다 직장에 다닐 경우에도 각자가 알아서 점심을 마련해 간다. 아이 키우며 학교에 다니는 아내가 싸준 도시락이 그네들에겐 너무나도 부럽고, 한편으론 상식 이상의 행동으로 보였던 것이다. 신혼 시절 진간장과 국간장도 구분 못해 남편을 황당하게 만들었던 내가 이제는 어엿한 프로 요리사가 됐다. 게다가 남편을 하늘처럼 받드는 열녀로 등극했다. 적어도 이곳 런던에서는.

직원을
행복하게 하는
쇼! 쇼! 쇼!

나는 한국의 CEO들이 만사 제쳐두고 우리 남편의 회사에 견학을 와야 한다고 주장한다. 백문이 불여일견이다. 남편은 런던의 그림쇼 건축사무소에서 일한다. 니콜라스 그림쇼^{Nicholas Grimshaw}. 그는 노먼 포스터, 리처드 로저스와 함께 영국을 대표하는 건축 중 한 명이다. 영국의 건축을 한 단계 발전시켰다는 공로로 엘리자베스 여왕으로부터 작위를 받기도 했다.

노먼 포스터는 일명 '거킨^{Gerkin}'이라 불리는 오이지 모양의 빌딩과 테이트 모던 갤러리 앞 밀레니엄 브리지를 디자인해 런던의 관광지형을 확 바꾼 인물이다. 리처드 로저스는 젊은 날 렌조 피아노와 함께 파리 퐁피두센터를 디자인 해 일약 스타덤에 올랐다. 건물 내부 골조가 밖으로 드러나 마치 25세기 미래사회를 연상케 하는 런던의 로이드 빌딩이 그의 대표작이다.

스타덤에 오른 이 두 명의 건축가와 달리, 묵묵히 자신의 건축철학을 전파

영국 남서부 콘웰 지방에 있는 에덴 프로젝트. 거대한 인공 식물원으로, 많은 관광객을 끌어모은다.

하는 이가 있으니, 그가 니콜라스 그림쇼다. 그림쇼는 영국 곳곳에 기념비적인 건물을 많이 지었다. 영국 남서부 콘웰 지방의 '에덴 프로젝트'는 한치의 오차도 없는 치밀한 디테일과 환경을 생각하는 지속가능한 건축 Sustainable Architecture 철학이 빚은 산물이다. 에덴 프로젝트는 하나의 거대한 인공 식물원이다. 멀리서 보면 마치 거미가 알을 여기저기 낳은 모양을 하고 있다. 유리 대신 플라스틱 재질로 지상에 열대우림을 조성한 것인데 이제는 영국 전역에서 관광객이 끊임없이 찾아드는 명소가 됐다.

　　기계공학자였던 아버지의 영향을 받은 그림쇼는 겉만 번드르르한 디자인

보다는 환경을 생각한 실용적인 디자인을 추구했다. 디테일이 강하면 인간이 살기 좋은 건물이 나온다. 건물 외관에만 신경쓰다 보면 막상 집을 지을 때 건물 이음새에 1~2센티미터의 오차가 발생한다. 그래서 물이 새고, 건물이 기우뚱한다. 그림쇼의 아주 세세한 디테일은 실제로 건물을 지었을 때 이런 오차를 허용하지 않는다. 워털루 역이나 히드로 공항 등 공공장소 디자인을 많이 한 것도 그가 건물의 모양새보다는 편리함과 실용성을 더 염두에 두었기 때문이다.

이쯤 되면 그는 아주 괴팍하고 꼼꼼해서 직원들이 엄청 스트레스받으며 '이놈의 회사 언제 때려치우나' 하고 아우성칠 것 같지만, 현실은 정반대다. 그는 디자인 못지않게 직원의 복지도 중요하다고 여기는 몇 안 되는 건축가다. 그림쇼 사무소에서는 직원들에게 매 주말 축구장, 공연장, 유로스타(Eurostar, 영국·프랑스·벨기에 등에 의해 공동 운영되는 고속열차) 티켓을 공짜로 나눠준다. 주중에 신청을 받아 매주 금요일 추첨을 통해 당첨자를 사내 게시판에 올린다. 일과 관련된 직원 교양 교육도 체계적으로 잘 짜여 있다. 매주 목요일 오후면 한 테마와 관련된 전문가가 방문한다. 변호사가 현장 안전사고 발생 시의 법적 대응법을 설명하거나, IT 전문가가 새로 출시된 디자인 프로그램을 선보이고 이를 어떻게 활용하는지 가르쳐준다. 누드모델 크로키를 배우는 수업도 있다. 직원의 지적인 욕구를 충족시켜주기에 손색이 없다.

사무실 한가운데 위치한 큰 홀에는 닌텐도 위^{Wii}가 설치되어 있다. 점심시간에 직원들은 이곳에서 가상 테니스 게임이나 축구 게임을 즐긴다. 그 옆에는 당구대만 한 테이블 테니스 경기 시설이 있어서 직원들 사이에 토너먼트

휴식시간을 이용해 게임을 즐기는 사람들.

경기가 열린다. 매년 한번씩 열리는 결승전은 사내 TV로 실시간 중계된다.

나른한 오후 네시에는 티타임이 마련된다. 사내 이메일로 '차와 간단한 먹을거리가 준비되어 있습니다'라는 메시지가 뜨면 모두들 하던 일을 접고 우르르 캔틴(Canteen, 작은 부엌)으로 향한다. 남편은 초콜릿 바 하나를 집어 주머니에 넣어뒀다가 퇴근한 아빠를 향해 돌진하는 아들에게 몰래 건넨다. 그 장면을 목격한 나는 제발 초콜릿 바는 가져오지 말라고 악악댄다.

분기별로 프로젝트 팀마다 금요일 오후를 접고 '세미나'를 연다. 밖에 나가서 맛있는 걸 먹고 신나게 놀자는 취지의 세미나다. 점심을 서너 시간이나 푸짐하게 먹은 뒤 다같이 볼링을 치러 가거나 연극을 보러 간다.

크리스마스가 다가오는 연말이면 런던의 대부분 회사는 직원들을 위한 파티를 연다. 남편의 회사는 건축가 집단답게 파티도 특이하고 멋지다. 매년 파티를 위한 주제가 발표되면 모든 직원들은 그 주제에 걸맞은 의상을 입고 파티에 나타난다. 물론 모형 만들기에 이골이 난 건축가들답게 종이나 끈을 활용해 맥가이버처럼 뚝딱 하고 뭔가를 만들어낸다. 최고 인기를 얻은 직원에겐 트로피와 약간의 상금이 주어진다.

남편이 취직한 첫해의 주제는 '러시아'였다. 그해 러시아 상트페테르부르크 공항 디자인에 당선된 걸 축하하기 위해서였다. 남편의 팀은 러시아 체조 선수단으로 분했다. 남자들은 과거 소련연방을 뜻하는 CCCP가 등에 새겨진 트레이닝복을 구해서 입고 유일한 여자 동료는 콧수염을 단 무서운 코치로 변장했다. 이날 복사 용지 박스를 뚫어 머리에 쓰고 몸에는 하얀 천을 감싼 러시아 우주인 팀이 1등을 거머쥐었다.

물론 이와 같은 직원에 대한 감동적인 배려와 각종 혜택은 그림쇼 건축사사무소만의 개성이며 문화다. 어떤 건축사사무소는 직원들을 아침 아홉시부터 새벽 두시까지 일하라고 몰아치고, 또 어떤 곳은 런던에서 생활할 수 없을 정도의 짠 월급으로 직원을 착취한다. 그런 면에서 우리 남편은 운이 좋은 편이다.

이 운 좋은 남자가 어느 날은 수도승이 되어 나타났다. 갈색 가마니 같은 옷을 입고 허리에는 조그만 술이 달린 끈으로 마무리했다. 곧 다가올 회사 연말 파티를 위해 퇴근길에 캠든 타운에 들러 18파운드를 주고 그 옷을 샀단다. 캠든 타운에는 록음악을 하는 사람이라면 꼭 들러보는 시장이 있다. 그 시장에서는 갖가지 가죽 옷과 특이한 디자인의 의상들을 싼 값에 살 수 있다.

"오호, 이번엔 파티 주제가 뭔데?"라고 묻는 아내.

"음, 20세기야. 과거를 반추해보자는 거지"라는 수도승.

파티 당일 오후, 업무를 대충 마친 직원들은 주섬주섬 파티 의상으로 갈아입고 차로 10분 거리에 있는 파티 장소로 향했다. 수도승으로 변신한 남편은 얌전한 축에 속했다. 누구는 신사용 모자와 구레나룻을 붙여 셜록 홈즈가 됐고, 누구는 가슴을 드러낸 채 뿔 달린 모자를 쓴 바이킹이 됐고, 누구는 빅토리아 여왕 시절 영국의 전설적인 럭비팀 선수가 됐다. 평소 예수를 닮았다는 소리를 듣던 옆자리 동료는 포도주를 들고 주님으로 부활했다. 그리고 이들의 기행을 심각한 얼굴로 바라보며 연신 병증을 적어대는 하얀 가운의 20세기 의사도 있었다!

자고로 잘 놀고, 잘 먹고, 잘 알아야 좋은 디자인이 나온다. 그런 면에서 니콜라스 그림쇼는 똑똑하다. 직원을 행복하게 만드는 각종 이벤트와 쾌적한 업무 환경, 이 모든 것이 좋은 디자인을 위한 보이지 않는 노력이 아니던가. 구글이 왜 사무실 내에 놀이터를 만들고 직원들에게 하루의 몇 시간은 그냥 놀라고 하겠는가. 다 계산이 있어서다.

노동자들의 권한이 어디보다 센 곳이 바로 영국이다. 우체국이고, 철도고, 병원이고, 요즘도 걸핏하면 파업을 하겠다고 겁을 준다. 미국인의 눈으로 영국 곳곳을 들여다본 인기작가 빌 브라이슨은 그의 책『작은 섬나라에서 쓴 편지A note from small Island』에서 19세기로 거슬러 올라가는 노동자 중심의 복지제도를 '산업과 인간이 이뤄낸 위대한 협작'이라고 평가했다. 실제로 19세기 영국이 방적산업과 탄광산업으로 공장 굴뚝에서 연기가 쉴새없이 배출될 무렵, 일부 노동자들은 21세기 뺨치는 복지제도를 누렸다. 영국 북쪽의 샐타

지난해 남편 회사의 크리스마스 파티 때 모습. 직원들은 럭비선수, 해적, 예수, 셜록 홈즈 등으로 변신했다. 모두 회사에서 옷을 갈아입고서 지하철을 타고 파티 장소로 이동했다.

이어에 있는 방직공장 사장은 1851년 사회복지제도를 도입했다. 직원들에게 넓은 집을 무상으로 제공하고, 공장지대에 학교와 병원, 도서관을 지어 직원과 그 가족들이 안락한 삶을 누리도록 힘썼다.

물론 그 시절 영국의 모든 노동자들이 그런 부러울 만큼의 대우를 받으며 산 것은 결코 아니다. 영국 빈민가와 가난한 노동자들의 삶을 적나라하게 고발한 찰스 디킨즈의 소설을 읽다 보면 당시 도시 공장노동자의 삶이 얼마나 비참했는지 엿볼 수 있다. 다섯 살 어린이가 방직공장에서 하루 열두 시간이 넘게 일을 하고 몇 푼 안 되는 동전을 손에 쥐고 돌아가는 장면을 상상해보라. 당시 런던의 노동자 평균 수명이 28세였다니 처참한 작업 환경은 안 봐도 비디오다.

그 시절 공장 소유주의 의도가 어떠했건, 그리고 오늘날 그림쇼의 의도가 어떠했건, 좋은 작업환경과 복지제도는 노사 양방을 행복하게 하는 당근이다. 영국의 한 심리학자가 최근 재밌는 실험을 했다. 직장인들에게 두 가지 선택의 기회를 줬다. 페인트가 뜯겨지고 귀신이 나올 것 같은 사무실에서 혼자 일하면서 연봉 2억 원을 받는 것과, 산뜻한 사무실과 친절한 동료들이 있는 환경에서 일하면서 연봉 5천만 원을 받는 것. 대부분의 실험 대상은 후자를 선택했다. 아무리 돈을 많이 번다한들, 일하는 환경이 비인간적이라면 사람들은 그 자리를 떠나게 되어 있다.

해고도
아름답고 쿨하게

    불황에 가장 큰 타격을 입는 업종은 당연히 건축과 광고다. 허리띠를 졸라
매야 할 상황이라면 당장 하지 않아도 되는 것부터 지출을 줄이게 마련이다.
2008년 9월 세계적인 투자회사 리먼 브러더스가 망한 후 불어온 후폭풍은
잔인하고 거셌다. 대형 투자은행들이 모여 있는 런던 남부의 카나리워프에선
하루가 멀다 하고 은행원들이 대량 해고됐다. 그 여파로 산업 각 부문에서 해
고 도미노가 일어났다. 많은 기업들은 물론 정부조차 공공부문 인력을 감원
하겠다고 발표했다.

    건축계가 체감으로 느끼는 불황은 이보다 더 심각했다. 리먼 브러더스 사
태가 있은 지 두 달이 지났을 때 남편의 회사는 팀 별로 직원을 모아놓고 정
리해고에 대한 직원설명회를 열었다. 인사부의 최고담당자는 직원들에게 25
퍼센트의 인원 감축 계획이 있다, 그 기준은 인사부가 그간 누적해 갖고 있던
인사 기록을 바탕으로 한다, 한 달 후 대상 후보에겐 개인적으로 편지를 주겠
다, 대상 후보자들은 대표자회의를 구성해 회사와 협상할 수 있다는 등의 개
괄적인 내용을 발표했다. 이후 한 달간 전 직원의 마음고생이 어땠을지 상상
이 간다. 남편은 겉으로는 멀쩡해 보였다. 하지만 속은 속이 아니었을 것이
다. 직원의 4분의 1이 해고되는 마당에 누군들 마음이 편했겠는가. 더구나 남
편은 140여 명의 직원 중 몇 안 되는 외국인이었다. 불황에 자국민부터 보호
해야 하는 건 어린아이도 알 만한 이치다. 하지만 남편은 내심 자신 있어 했
다. 당시 진행하고 있던 히드로 공항 프로젝트는 회사의 가장 중요한 사업 중

하나였다. 당장 그 사람이 빠지면 일에 큰 지장을 줄 수 있는 상황이었다. 남편의 팀 동료들도 다들 그렇게 위안하며 하루하루를 보냈을 것이다.

드디어 디데이! 크리스마스를 몇 주 앞두고 런던은 그야말로 우울 모드였다. 연일 어느 회사에서 얼마만큼의 감원이 이뤄졌는지를 보도했다. 아침에 출근하는 남편의 등을 두드렸다. 괜찮을 거야, 여보. 약간의 긴장 속에 하루가 훌쩍 지나갔다. 남편은 전화가 없었다. 혹시 편지받고 템즈강으로 달려간 거 아니야? 퇴근해 집에 돌아온 남편의 얼굴은 편안해 보였다. 남편이 속한 팀에서는 한 명만 편지를 받았고, 다른 팀에서 좀 많이 받은 모양이었다. 해고 대상은 10퍼센트 정도, 당초 계획했던 25퍼센트보다는 훨씬 줄어든 숫자다. 회사는 고용을 최대한 보장하는 대신 임금 동결로 가닥을 잡았다고 했다. 사실 모두가 프로페셔널처럼 열심히 일하는데 누구를 자르고 누구를 남겨둘지 회사도 이만저만 고민이 아니었을 것이다.

다행이었다. 편지는 개인적으로 비밀리에 전해졌기 때문에 직원들 사이에는 누가 해고 대상자인지 몰랐다. 다만 당장 프로젝트가 없는 팀이 타격을 받았을 거라고만 추측했다. 편지를 받은 20여 명의 직원들은 크리스마스 전 회사를 떠났다. 물론 왜 내가 떠나야 하냐며 억울해했을 것이다. 그러나 회사가 지난 한 달간 보여준 침착하고 투명한 태도는 직원들에게 회사에 대한 반감을 최소화하는 데 성공했다.

해고 대상자 발표를 앞두고 나는 남편에게 말했었다. 혹시 인사담당 간부에게 사과 한 상자라도 보내야 하는 거 아냐? 그리고 사업부 소장한테도? 물론 농담이었다. 한국 같았으면 어땠을까. 다들 어디서건 무언가를 하고 있었

2년 전 세계적인 경제 위기가 시작된 이래 런던에선 각종 도로 공사가 시작됐다. 침체된 경기 속에서 일자리 확충에 노력하고 있는 모습이다.

을 것이다. 결정권자의 자택에 굴비 상자를 보내거나, 김밥이며 막걸리를 바리바리 싸들고 등산에 따라가거나, 3차까지 이어지는 술자리에서 쓰디쓴 폭탄주를 함께 마시거나. 정리해고 절차가 투명하지 않고 결정권자의 호불호에 의존하는 상황이라면 당연히 해야 할 일이 아니겠는가. 살아남기 위해서 말이다.

영국은 노동자들의 천국답게 고용주가 20명 이상 직원을 해고할 때는 반드시 법이 정해놓은 정리해고 절차를 따라야 한다. 일단 회사가 감원을 결정하면 한 달 간의 조정기간 동안 사원들과 적극적인 대화를 가져야 한다. 이 기간 동안 사원들은 대표자회의를 구성해 회사 측과 사원들 간의 의견 조율을 한다. 해고 대상자가 결정이 되면 회사는 각 개인에게 왜 정리해고가 꼭 필요했는지, 절차와 기준은 무엇이었는지 설명해야 한다.

그림쇼 건축사무소는 불황에도 크게 흔들리지 않았다. 공항, 기차역 등 기간산업 부문에 주로 발을 담그고 있었기 때문이다. 불황이라고 당장 필요한 공항이며 기차역 건설을 미룰 수는 없다. 하지만 다른 건축사무소는 유혈이 낭자한 겨울을 보냈다. 1천3백 명의 직원을 거느리며 전세계 건축계를 주무르던 노먼 포스터의 사무실은 400명을 해고했다. 베를린과 이스탄불에 있던 사무실은 아예 문을 닫았다. 리처드 로저스의 사무실은 160명의 직원 중 서른다섯 명을 해고했다. 중동 지역 프로젝트가 많았던 이 사무소는 중동 경제가 무너지면서 타격을 받았다.

물론 이들 또한 그림쇼 건축사무소처럼 투명한 방식으로 직원을 해고했다. 당사자는 뼈아프겠지만, 제3자가 보기엔, 해고의 과정이 참 아름답고 쿨했다. 그리고 그 속에서 자랑스럽게 자신의 자리를 지킨 대한의 남아, 우리 남편이 왠지 더 멋져보였다.

내 머리 위의
유리천장

"여보, 기뻐해! 우리 이제 축구 보러 갈 수 있어."

때 아닌 남편의 전화. 회사에서 축구 관람권 두 장을 얻게 됐단다. 남편의 회사는 매주 추첨을 통해 축구 관람권, 유명 가수 공연 티켓, 유로스타 왕복

권 등을 직원에게 제공한다. 축구 관람권의 경우, 회사에서는 풀햄 구단의 시즌 회원권을 두 개나 사놓았다. 초등학교 소풍 때 보물찾기부터 시작해 로또, 각종 경품행사에서 한 번도 당첨된 적이 없던 남편은 극도로 흥분했다. 무엇보다 그 티켓은 우리의 설기현 선수가 뛰고 있는 풀햄 구단 것이 아닌가!

축구 종주국에 있으면서 축구를 아직 보지 않았다는 건 창피한 일이다. 한번은 맨유가 첼시와 맞붙기 위해 런던에 온다기에 티켓 값을 알아봤다. 웬만하면 큰돈이라도 눈 딱 감고 그라운드를 누비는 박지성을 보러 가고 싶었다. 티켓 값은 무려 한 사람당 150파운드(약 25만 원), 성인 두 명에 아이 한 명이 볼 경우 60만 원 안팎의 돈을 내야 한다는 얘기다. 경기 티켓은 시즌 티켓을 갖고 있는 회원에게 우선적으로 구매 권한이 주어지고, 남은 티켓은 우리 같은 비회원들이 살 수 있다. 맨유와 첼시의 경우 워낙 빅 매치라 당연히 티켓 값도 비싸다. 거금을 내고 박지성을 보러 가야 하는가. 우리는 결국 포기했다. 차라리 돈을 더 들여 남아공 월드컵에 가서 박지성뿐만 아니라 한국 대표팀 선수들을 실컷 보는 게 낫겠다고 위안했다. 그런 우리 부부에게 이번 티켓은 일종의 로또인 셈이었다.

2009년 11월 25일, 풀햄 구장이 있는 푸트니 브리지 역에 가기 위해 지하철을 세 번이나 갈아탔다. 퇴근한 남편은 엣지웨어 역에서 합류했다. 지하철 역사에는 축구를 보기 위해 모여든 행렬로 발 디딜 틈이 없었다. 군중을 따라 발걸음을 총총 옮겼다. 축구장으로 가는 길은 낭만적이었다. 작은 묘지를 지나, 공원 내 예쁜 오솔길을 걸어, 템즈 강변의 푸른색 야경을 배경으로 한 풀햄 구장에 도착했다. 이날 경기는 풀햄 대 블랙번의 대결. 두 팀 다 하위권에서 골골거리고 있었다. 하지만 어떠랴, 아무래도 상관없다. 우리는 설기현을 보기 위해 이곳에 왔다.

경기장 외곽에는 말을 탄 경찰들이 순찰을 돌고 있었다. 말들도 흥분했는지 똥을 연신 싸댔다. 이런, 똥이 튀기 전에 빨리 들어가자. 그런데 이 문은 왜 이리 좁은 거야? 축구장 담장 안으로 들어가려면 폭 30센티미터 정도의 좁은 벽돌길을 통과해야 했다. 꽤나 마른 체격인 나도 들어가기가 좀 불편할 정도였다. 끙끙대며 몇 걸음을 들어가 좁은 문 끝자락에서 티켓을 보여주고 간단한 짐 검사를 받은 뒤 구장 안으로 들어갔다. '당신이 진정한 풀햄의 팬이라면 이곳으로 들어오세요'라는 현수막이 한눈에 들어왔다.

풀햄 구장의 출입구. 날씬한 내가 들어가기에도 비좁은데, 영국의 장정들은 어떻게 이곳을 통과할까.

한쪽에는 칼스버그 생맥주를 마시려는 사람들이 50미터쯤 길게 줄 서있었다. 축구장에서는 맥주 등 알코올이 일절 금지되어 있기 때문에 들어가기 전에 어서 마셔야 한다. 우리도 한 잔씩 시원하게 들이켠 뒤, 긴 복도를 따라 축구장 안으로 들어갔다. 우리 자리는 사이드라인쪽 2층 중간쯤이었다. 선수들의 개별적인 움직임과 전체적인 전술을 보기에는 제법 괜찮은 자리였다. 풀

풀햄 구장 내부의 모습. 풀햄 팀의 공식 스폰서인 LG 마크가 여기저기서 번쩍번쩍한다.

햄과 블랙번의 스코어보드 위로 분홍색 LG 마크가 선명하게 눈에 띄었다. 외국에 나가면 모두 애국자가 된다더니, LG 마크가 그렇게 자랑스럽고 감격적일 수 없었다. 옆자리에 앉은 더벅머리 영국 청년에게 거들먹거리고 싶었다. 너 알아? 저 LG, 한국 거야. 우리 한국이 풀햄을 먹여살리고 있다고!

경기 시작에 앞서 선수단이 모습을 드러냈다. 저기 보인다, 설기현! 그런데 트레이닝복을 걸쳤다. 주전이 아닌 모양이었다. 경기가 바로 시작됐다. 풀햄 선수들은 전날 다같이 삼겹살에 소주로 회식이라도 했는지 영 힘을 못 썼다. 볼을 대충대충 걷어찼다. 반면 블랙번 선수들은 몸싸움, 드리블, 골 결정력에서 풀햄을 압도했다. 우리가 앉은 풀햄 팬 관중석에선 연신 한숨이 쏟아져나왔다.

'훌리건Hooligan'이라는 단어는 역시나 축구 종주국인 영국에서 유래됐다.

내가 응원하는 팀이 지면 난동을 부리고 집기를 부수는 등의 행위를 하는 광팬을 뜻한다. 나는 짐짓 겁이 났다. 혹시라도 이대로 풀햄이 졌을 경우 한 팬이 던진 음료수 캔 모서리에 머리를 맞아 타국에서 즉사하는 건 아닐까. 그러나 기우였다. 내 옆자리에 앉은 더벅머리 영국 청년은 같이 온 친구와 함께 아주 조용히 속삭이며 경기를 관전했다. 한 번도 일어서서 소리를 지르거나 욕을 해대는 일은 없었다. 우리 주변의 다른 관람객도 마찬가지였다. 도대체 훌리건은 다들 어디로 간 걸까. 나는 깡통에 맞아 이국에서 죽지 않은 걸 다행이라 생각하며 '영국인은 곧 훌리건'이라는 잘못된 편견을 지워버렸다.

앗, 잠시 훌리건에 대한 상념에 잠긴 사이, 설기현이 나타났다. 전반 30분이 지났을 무렵, 그는 트레이닝복을 입은 채 사이드라인 바깥쪽에서 다른 동료 두 명과 함께 가볍게 러닝을 했다. 곧 교체선수로 들어올 모양이었다. 그는 생각보다 키가 컸다. 다른 외국인 몸짱 선수에 비해 조금도 위축되지 않는 신체였다. 하지만 그의 얼굴은 슬퍼 보였다. 땅만 보고 뛰어다니는 모습에는 왠지 모를 그늘이 져있었다. 사실 그는 주전으로 뛰지 못한 지 꽤 되었다. 그의 슬럼프가 안타까웠다.

후반이 시작됐다. 좀 지루해진 나는 여기저기 사진을 찍어대느라 바쁘고, 몽구는 아빠 무릎에 쓰러져 잠이 들었다. 남편만 신이 났다. 예상과 달리 대충 뛰어다닌 풀햄이 죽기 살기로 덤벼든 블랙번을 3대 1로 완파했다. 인생이란 그런 거다. 아무리 노력해도 얻어지지 않는 게 있고, 어쩌다 걸려들어 대박이 나기도 한다.

설기현은 끝끝내 그라운드에 나서지 못했다. 종료 휘슬이 울릴 때까지 그는 사이드라인을 달리고 또 달렸다. 고개를 숙인 채 자신의 존재감을 드러낼 그날을 하염없이 기다리는, 킬리만자로의 표범 같았다. 영국 시민이 아니라는 이유로, 영어를 그들만큼 잘하지 못한다는 이유로, 얼굴이 다르게 생겼다는 이유로, 어쩔 수 없이 이등 시민으로 살아야 하는 내 자신이 그에게 투영됐다. 난 가슴으로 울었다. 아마 설기현도 가슴으로 울고 있었을 것이다. 지금 뛰는 무대가 한국이었다면 그는 더 잘할 수 있었을지도 모른다. 외국인에 대한 편견, 소통의 부재, 기회의 불평등 등, 설기현이나 나와 우리 남편 모두 각자의 활동 무대에서 적잖은 차별을 견뎌야 한다.

영국인과 외국인. 당신이 영국인 사장이라면 누구를 더 선호하겠는가. 곧 떠날 거라고 믿는 외국인보다 그곳에서 죽을 때까지 살 영국인이 나을 것이다. 때때로 말이 안 통하는 외국인보다는 '아' 하면 '어' 하고 알아듣는 자국민이 함께 일하기에는 더 편할 것이다.

지난 3월 소더비 대학원 석사과정 졸업식이 있었다. 같이 공부했던 친구들을 정말 오랜만에 만났다. 졸업식에 나타난 친구들은 대부분 취직을 한 아이들이었다. 어떤 친구는 소더비 경매장에서 일자리를 얻었고, 어떤 친구는 가고시안 갤러리의 큐레이터로 취직했다. 어떤 친구는 영국 최대의 미술 투자회사에, 다른 친구는 저명한 미술 보험회사에 들어갔다. 찬찬히 곱씹어보니 이들 모두 영국인이거나 아니면 영어를 모국어로 사용하는 나라에서 온 아이들이었다. 우연은 아니었을 것이다. 인턴 자리도 구하기 힘든 이 어려운 시기에 그들은 당당히 정식 직원으로 채용됐다. 물론 비영어권 출신 학생들도 취직을 하긴 했다. 하지만 중국인은 중국 미술을 다루는 갤러리에, 이탈리안은 이탈리아 은제품을 수입하는 갤러리에 취직되는 식이었다. 부모님이 저명한 미술 컬렉터라든가 아니면 천재에 버금가는 재능을 갖지 않은 이상 외국인이 이 땅에서 취직하기란, 그리고 경쟁에서 이기고 성공하기란 그리 녹녹하지가 않다는 걸 보여주는 생생한 사례였다.

환상적인 직원 복지를 자랑하는 남편의 회사도 마찬가지다. 외국인에 대한 보이지 않는 차별이 없을 수 없다. 비영어권 출신 직원들은 디자인 실력이 월등함에도 불구하고 소장 자리까지 올라가지 못한다. 대신 디자인 실력은 떨어지더라도 영어가 유창한 영국인이 그 자리를 차지한다. 왜냐하면 소장이라는 자리는 외부 업체와 긴밀히 사업을 추진하고 안으로는 수십 명의 직원을 관리하는 직위이기 때문이다. 당연히 문화와 언어가 다른 외국인보다는 영국인이 그 자리에 임명되는 게 회사로서도 얻는 게 더 많을 것이다.

유리천장은 직장여성에게만 있는 게 아니다. 실력을 떠나서, 외국인에게 작용하는 유리천장은 더욱 가혹하고 깨기 힘들다.

얼마전 인터넷 뉴스를 보다가 설기현이 한국의 포항팀에서 뛰고 있다는 걸 알게 됐다. 그날, 사이드라인을 뛰면서 그는 한국행을 생각하고 있었을까. 아니면 더 이를 악물고 참아보자고 다짐했을까. 그에게 직접 물어보고 싶다. 당신의 런던 생활은 어땠느냐고.

우리가
취직을
못하는 이유

나는 히드로 공항 입국심사대의 긴 줄에 서 있었다. 50명쯤 되는 비유럽권 출신들이 우글대며 모여 있었다. 피로에 지쳐 다크 서클을 하나씩 달고 서 있는 불쌍한 중생들 옆으로 일단의 영국 시민과 유럽연합국 출신들이 콧바람을 날리며 경쾌한 발걸음으로 지나갔다. 그들이 코팅도 안 되어 있어 너덜너덜해진 코딱지만 한 종이를 보여주자 입국심사관은 흘긋 보고는 가라고 눈짓했다. 부러웠다.

우리 줄 맨 앞에서는 한국인 남자가 심사관과 진지한 대화를 나누고 있었다. 무슨 말을 하는지 들리지는 않지만 대충 짐작이 갔다. 나는 얼마나 착한 성품을 갖고 있으며 이곳에서 얼마나 열심히 공부하고 있는지, 최대한 선한 눈빛과 단정한 태도로 설명하고 있을 것이다. 3분여의 질문과 대답이 끝난 후 심사관이 도장을 꽝 찍는 순간 남자 얼굴엔 안도하는 표정이 스쳤다.

20여 분을 기다리자 드디어 우리 차례가 왔다. 남편이 심사관에게 우리 셋의 여권을 내밀었다. 물론 자랑스럽게 비자도 보여주었다. 이건 그린카드라고. 그러니 그냥 보내주라. 난 속으로 애원했다. 남편의 비자엔 '레지던스 퍼밋Residence Permit'이라고 적혀 있다. 굳이 번역하자면 노동허가 비자다. 나와 몽구의 비자에는 '워크 퍼밋 디펜던트'라고 적혀 있다. 굳이 번역하자면 노동허가서를 받아 영국에서 일하는 외국인 노동자가 기러기로 살지 않도록 아내와 어린 아들도 자유롭게 영국을 드나들 수 있도록 허락하는 가족 비자다.

영국 밖 유럽 국가를 수시로 여행하는 우리 가족은 입국심사대에서 전혀 쫄지 않는다. 왜? 노동허가 비자가 있으니까. 좀 깐깐한 심사관에게 걸리면 별의별 질문이 다 쏟아진다. 직장은 어디냐, 직장에서 무슨 일을 하느냐, 그 직장에서 얼마나 일했느냐, 언제쯤 한국에 돌아갈 생각이냐, 심지어 일은 재밌느냐, 직업을 바꿀 생각은 없느냐는 질문까지 해대다. 하지만 대부분의 입국 심사관은 아무런 의심의 눈초리 없이 시원하게 도장을 찍어준다. 그럴 때마다 나는 사랑스런 눈빛으로 남편을 쳐다본다. 능력 있는 내 남자!

닭살이라고 욕하지 말길 바란다. 이곳 영국에서 노동허가서를 받기는 시쳇말로 낙타가 바늘구멍 통과하기보다 조금 덜 어렵다. 남편은 런던의 건축학교에서 석사과정을 마친 뒤 바로 취직을 했다. 운이 참 좋았다. 그가 평소 일하고 싶은 회사 중 한 곳이었고, 또 5년짜리 노동허가서도 발급받았다. 비유럽권 출신 국가에서 온 사람은 노동청으로부터 노동허가서를 받아야 합법적으로 영국에서 일할 수 있다. 이미 폴란드, 헝가리, 이탈리아, 독일 등 유럽연합국 곳곳에서 자유롭게 드나드는 노동자들로 인해 영국 노동시장이 포화상태에 이르렀기 때문에, 비유럽권 출신의 비자 발급은 아주 엄격하다.

노동허가서를 발급받기 위해서는 아주 깐깐한 과정을 거쳐야 한다. 건축사무소의 경우, 영국 시민이 아닌 외국인을 고용할 때 '우리는 이러저러한 이유로 이 사람이 꼭 필요하다오' 류의 보고서를 써서 노동청에 제출해야 한다. 그에 앞서 회사는 외국인을 고용한다는 광고를 관련 업종 신문이나 잡지에 3개월 이상 지속적으로 내야 한다. 회사는 또 노동허가 비자 발급이 가능하도록 각종 서류를 구비해야 하고, 또 몇 백만 원이 넘는 비자 대금도 내야 한다.

바보가 아니고서야 회사에 비유럽권 인사를 쓸 필요가 없는 것이다. 취직하고 싶어서 안달이 난 유럽의 인재들이 널렸는데 왜 생고생을 해가며 외국인을 고용한단 말인가. 이쯤 되면, 당당하게 노동허가 비자를 쥔 내 남자의 능력에 고개를 끄덕이기에 충분하지 않은가.

그런데 그나마 호시절도 끝났다. 영국 정부는 지난해부터 노동허가서 발급 제도를 폐지하고 대신 점수제로 전환했다. 가방끈이 길수록, 나이가 젊을수록 가점이 되는 방식이다. 이 새로운 제도의 핵폭탄은 영어능력시험인 IELTSInternational English Language Test System를 보고 성적을 제출해야 한다는 것이다. 영국에서 공부하려면 토플 대신 IELTS라는 영국 공인 영어 시험 성적표를 내야 한다.

나는 이 시험에 한이 맺힌 사람 중 한 명이다. 그간 별의별 외국어능력시험을 다 봤지만 이 시험만큼 어려운 건 보질 못했다. 토익? 토플? 죽어라 공부하면 성적이 나온다. 우리는 공부 잘하는 한국인이 아닌가. 그러나 IELTS는 다르다. 듣기, 읽기, 쓰기, 말하기 네 가지 영역을 종합적으로 테스트하는 이 시험은 개인의 영어 능력을 제대로 알아볼 수 있는 마력을 지녔다. 무조건 외우고 시간 투자한다고 성적이 잘 나오는 게 아니다. 읽기의 예를 보자. 주어진 60분 동안 총 세 개의 지문을 읽고 40개의 문제를 푼다. 쉬워 보인다고? 한번 풀어보시라. 장장 두세 페이지를 도배한 지문은 섬에 공항을 세우는 데 필요한 구조 기술, 거미줄에서 시작된 신섬유 전쟁, 작업환경에서 심리적인 요인이 노동자에게 미치는 영향 등 방대한 주제로 악명이 높다. 더구나 그 내용 또한 전공자가 아니면 거의 무슨 소린지 이해하기 힘든 수준이기 때문에

영국 공인 영어능력시험인 IELTS를 신청하는 곳. 영국에서 공부를 하거나 취직을 하려면 이 시험을 꼭 봐야 한다.

시험을 보다 보면 진땀이 좔좔 흐른다. 대부분이 주관식 문제여서 신이 내린 찍기 기술은 써볼 수도 없다.

　IELTS 성적은 곧 나의 총체적인 영어 실력이다. 만약 한국에서 영어 실력을 늘리고 싶다면 나는 이 시험을 재미 삼아 보길 권한다. 내 영어가 어느 수준인지, 어느 부분이 부족한지 단번에 알 수 있다. 소더비 대학원에 들어가려면 7.0점 이상을 맞아야 한다. 7.0점이 어느 정도 수준인가 하면, 영국의 명문대학 석사과정 중에서도 말로 먹고사는 전공인 법, 저널리즘, 비즈니스 등 톱 랭크된 학과에서 원하는 성적이다. 나도 세 번 도전한 끝에 7.0점을 받았다. 아, 성적표를 받았을 때 그 기쁨이란 대학 합격, 언론사 합격의 기쁨과는 비교도 할 수 없었다. 세상을 다 얻은 것만 같았다. 그만큼 원하는 점수를 얻기가 힘들다.

영국에서 일을 하려면 IELTS 성적표를 내야 하다 보니 요즘 IELTS 시험장은 대학교와 대학원 지원자보다 직장을 구하려는 외국인들로 북적거린다. 그들 대부분이 영어를 모국어로 하는 미국인, 호주인, 남아프리카공화국인들이다. 사정이 이렇다 보니 영어가 제2 외국어인 아시아인에겐 상대적으로 불리한 게임이다. 취직도 하기 전에 영어 성적이 안 나와 '컴백 홈' 해야 할 수도 있다.

순간 음모이론이 떠오른다. IELTS 테스트비는 우리 돈으로 20만 원 정도. 외국인들 상대로 짭짤한 장사가 될 것 같다. 국고도 살찌우고, 외국인 고용은 더 엄격하게. 두 마리 토끼를 잡는 셈 아닌가. 어디까지나 내 이론이다. 하지만 현실은 그리 다를 바도 없다. 영국 내에선 외국인이 영국을 점령했다는 쓴소리가 멈추질 않는다. 영국의 젊은이들은 모두 실업수당을 받으며 무직자로 하루하루를 보내고, 객인 외국인들이 와서 얼씨구나 돈을 벌어가니 화가 날 만도 하다. 당연히 제도를 바꿔서라도 외국인 노동자의 유입을 제한하는 제스처를 보여줘야 한다. 하지만 그게 무슨 소용이 있단 말인가. 유럽 전역에서 노동자들이 무비자로 쓰나미처럼 몰려드는데. 엄한 아시아 사람들만 피를 보고 있다.

영국이 경제위기를 겪는 사이 회사의 고용 풍토도 많이 바뀌었다. 어렵사리 서류를 만들고 회사 비용으로 비자 대금을 내는 등 회사가 발 벗고 외국인을 고용하는 시대는 지났다. 영국에서 일하려면 지원자 스스로 비자 문제를 해결해야 한다. 몇 년간 체류할 수 있는 비자가 있는 지원자를 선호하고, 그 직원의 비자가 끝나면 다른 지원자를 새로 뽑는다. 그렇다 보니 정규직원 대신 인턴을 선호하는 경향도 생겨났다. 인턴사원은 3~6개월간 고용하면서 하루 7파운드 정도의 교통비와 점심값만 지불하면 되기 때문이다.

직장 구하기가 하늘의 별 따기이다 보니 석박사 출신들이 인턴이라도 하겠다며 줄을 선다. 혹시나 정규직으로 취직될 수 있지 않을까 하는 실낱같은 희망을 안고. 반대로 회사는 느긋하게 즐긴다. 넘쳐나는 고학력 노동자들을 인턴으로 골라 쓰면서, 인건비도 줄이고 말이다. 세상은 넓은데 할 일은 정말 없다. 적어도 영국에서 일하고 싶은 외국인들에겐.

유럽여행 편을 시작하며

런던에 살면서 가장 좋은 점 중 하나는 마음만 먹으면 유럽 어느 나라로든 여행을 떠날 수 있다는 것이다. 거리가 가깝기도 하지만, 무엇보다 저렴한 항공편이 많기 때문이다. 이탈리아나 스페인, 네덜란드 등은 비수기 왕복 항공료가 50~80파운드 정도다. 그러니, 주말에 뭘 할까 고민하다가 불쑥 파리나 베니스로 도시여행을 떠나기도 한다. 한국에 있었다면 이런 호사를 누리지 못했을 것이다. 유럽여행은 런던이 갖고 있는 또 하나의 매력이다.

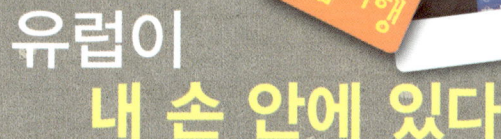

유럽이
내 손 안에 있다

산 마르코 광장을 지나 대운하의 첫번째 다리인 폰테 델 아카데미로 향했다.
바닷가 길을 버리고 골목길로 들어서자 입이 떡 벌어졌다.
일반 베니스 골목길보다 서너 배는 넓은 대로를 사이에 두고 양쪽 집들이 빨래를 사이좋게 널어놓았다.
어불 호청이며, 남편 속옷, 아이 바지, 수십 짝의 양말 등이 거마줄처럼 얽히고설켜 있었다.
남편과 내가 동시에 외쳤다. "전시장 작품보다 길거리 빨래가 더 예술 같네!"

성수기와 비수기 틈새를 노려라

그리스 산토리니와 크레타 섬 _ 2009년 6월

눈앞에 하얀 절벽이 나타났다. 산토리니 섬이다! 크레타 섬 하니아에서 봉고차를 타고 이라클리오까지 세 시간, 다시 이라클리오에서 배를 타고 두 시간 만에 나는 산토리니 섬을 눈앞에 두고 있었다.

여객선인 '씨 러너' 호에서 내리자 항구는 관광객들로 북새통을 이뤘다. 이 배에 탄 사람들 대부분이 당일치기로 산토리니 섬 구경에 나선 사람들인 모양이었다. 현지 가이드가 배에서 내리는 관광객들에게 소리쳤다.

"러시아인은 1호 차로, 폴란드인은 2호 차로, 독일인은 3호 차로, 영어를 쓰는 사람들은 4~5호 차로 가세요!"

버스 한 대에 싣기엔 폴란드인 관광객이 너무 많았는지 우리가 탄 5호 차에 반수 이상의 폴란드인이 탔다. 자연히 영어 가이드와 폴란드어 가이드가 서로 마이크를 주거니 받거니 교대로 설명을 해야 했다.

이 섬에서 나고 이 섬에서 자라 이 섬에서 늙어가고 있는 중년의 그리스인 가이드는 목에 두꺼운 깁스를 두른 채 중절모를 썼다. 키가 190센티미터는 되어 보였다. 레옹이랑 느낌이 똑같았다. 그는 버스 인원을 점검한 뒤 우리에게 반갑게 인사를 했다. "웰컴 투 산토리니!" 이어 젊은 폴란드 여자 가이드가 폴란드어로 인사했다.

드디어 출발한 버스는 항구를 뒤로하고 지그재그 산길을 따라 절벽을 숨 가쁘게 올라갔다. 버스 창밖으로는 푸른 바다와 아무도 돌보지 않는 듯한 밭, 그리고 화산 폭발로 구멍이 숭숭 뚫린 낮은 돌산이 보였다. 레옹은 산토리니 섬에 대한 개괄적인 지식을 늘어놓았다.

"우리 엄마도 가난했고, 우리 할머니도 가난했고, 할머니의 엄마도 가난했었죠. 산토리니 섬은 자원도 없고 물도 귀했기 때문에 항상 가난하게 살아야하는 운명이었어요. 지금은 이렇게 관광 수입으로 좀 먹고살지만요. 저기 밭

여객선에서 내리자 산토리니 섬의 작은 항구가 나타났다. 화산섬인 산토리니의 척박한 산길을 지그재그로 올라가면 반대편에 위치한 시내가 나타난다.

에 다 쓰러져가는 포도나무가 보이죠? 저래 뵈도 당도가 엄청 높아서 와인으로 마시면 기가 막힌답니다. 저기 우리가 가려는 마을이 보이네요. 화산 폭발로 작은 동굴들이 생겨났고, 그 동굴에 집들을 짓기 시작하면서 저런 마을이 형성됐어요. 아, 저 동굴 하나 사고 싶다고요? 그게 좀 비싼데……. 50만 유로(8억 원)는 줘야 살 수 있단 걸 명심하세요. 그나마 요새는 유럽의 부자들이 사재기 경쟁을 해서 매물도 없지만요. 자, 피라에 도착했습니다. 세 시간 드릴 테니 맘껏 즐기세요!"

버스가 마을 입구에 들어설 때 조그만 당나귀가 버스 옆을 아슬아슬하게 스쳐 지나갔다. 레옹 말로는 너무 가난해서 차는 살 여유가 없어 얼마 전까지만 해도 이곳의 대중교통이자 짐꾼은 당나귀였다고 한다. 산토리니 섬의 당나귀? 별로 어울리지 않는 조합이었다.

파란색 지붕과 온통 새하얀 담장들. 둥그런 창문과 햇살에 반짝이는 골목길. 돔 모양의 교회 지붕에서 연신 종이 울려대고, 절벽 사이사이의 작고 예쁜 집들을 따라 걷다 보면 길을 잃기 일쑤다. 에게해가 바라보이는 호텔의 아담한 수영장에서는 금발 미녀가 수영을 하고 있었다. 남는 건 사진밖에 없다며 우리는 사진 찍기에 바빴다. 그런데 어느 순간, 마을 전체가 영화 촬영 세트장 같아 보였다. 예쁘기는 한데 인간적인 정취를 느낄 수 없었다. 동네 골목길마다 기념품이나 수영복을 파는 가게들 아니면 레스토랑이 전부였다. 당일치기로 오길 잘했구나. 이곳에서 일주일간 묵었다면 너무 심심한 나머지 정신병자가 되어 땡볕 아래 쓰러져 생을 마감했을 것 같았다.

사진도 잘 찍었고 아름다운 풍경은 머릿속에 잘 저장해놓았다. 이제 돌

아갈 시간. 레옹은 차에 올라타서는 "여기가 우리 집이에요. 나는 갑니다"라는 말을 남긴 채 내려버렸다. 참 이상한 가이드군. 손님을 끝까지 책임져야지 도중에 날라버리다니. 폴란드 가이드의 쉴새없는 폴란드어 설명을 들으며 우리는 다시 절벽을 지그재그로 내려와 항구에 도착했다. '씨 러너' 호가 저 멀리 보였다. 인근 섬에 나머지 손님들을 데려다주고 다시 돌아오는 길이었다.

사실 이곳에 온 것은 기적이나 마찬가지였다. 크레타 섬에서는 산토리니 섬을 당일치기로 여행하는 상품이 많았다. 물론 6월 중순부터 9월까지 성수기 때 얘기다. 처음 호텔 직원에게 문의했을 땐 비수기이긴 하지만 패키지 상품이 있다고 했다. 그런데 산토리니로 가기 이틀 전 갑자기 취소가 됐다. 예약 손님이 너무 적단다. 별 수 있나. 실망감은 컸지만 다음 기회를 노리는 수밖에. 우리가 파파 할아버지 할머니가 되면 다시 한번 와보려나?

다른 여행상품이 없는지 팸플릿을 살펴보고 있는데 호텔 직원에게서 방으로 전화가 왔다. 산토리니 섬 여행을 신청해놓은 몇몇 가족이 엄청난 항의를 한 터라 그냥 가기로 했다는 것이다. 하지만 방법이 바뀌었다. 하니아에서 가까운 레팀노에서 배를 타는 게 아니라 차로 세 시간 거리에 있는 이라클리오까지 가서 배를 타야 한다고 했다.

무엇이든 상관없다며 우리는 기뻐했다. 그리고 그 말이 얼마나 생각 없이 뱉어낸 말이었는지 나는 산토리니 섬을 떠나 호텔로 돌아가는 봉고차 안에서 후회하고 또 후회했다. 1950년대에 만들어진 차 마냥 기어를 바꿀 때마다 덜컹거리는 이 봉고차는 의자 군데군데가 스프링이 나가 엉덩이를 2분에 한 번씩 움직여줘야 했다. 그리고 운전자! 젊은 그리스인 청년은 우리를 차에 태우고 문을 닫자마자 휴대폰을 꺼내더니 두 시간이 넘도록 전화를 해대고 있었다. 한 손으로 핸들을 잡고, 다른 한 손엔 전화기를 든 상태로, 시속 150킬로미터쯤 되는 속도로 신나게 달려갔다.

크레타 섬의 2차로 고속도로는 가로등조차 없었다. 사방은 칠흑 같고 차안에서는 젊은 청년의 쉴새없는 그리스어만 뱅뱅 맴돌았다. 나는 차창 위의 손잡이를 두 손으로 꼭 잡은 채 엉덩이를 2분에 한 번씩 움직이며 기도했다. 제발 크레타 섬의 한 고속도로에서 즉사하지 않게 해달라고. 죽음의 문전에 서있기를 세 시간, 우리는 무사히 호텔 앞에 도착했다. 남편은 5유로의 팁을 줬다. 10유로를 주자니 우리를 불안에 떨게 한 그 녀석이 밉고, 안 주자니 우리를 죽지 않게 해준 것이 고마웠다.

왕복 열 시간을 죽음의 봉고차와 지루한 배에서 보낸 우리는 다음날엔 그냥 호텔 수영장에서 놀기로 했다. 크레타 섬 제2의 도시 하니아의 바닷가에 있는 파노라마 호텔은 여러모로 다른 휴양지 호텔과 차별화된다. 이곳엔 마당이 딸린 방이 있다. 호텔방의 큰 발코니 창을 열면 다섯 평 남짓한 잔디밭 정원이 있고 그 너머로 푸르디푸른 지중해가 펼쳐진다. 호텔 수영장에서 실컷 놀다 지겨우면 우리는 호텔방 앞마당에서 놀았다. 가족들이 머물기엔 정말 안성맞춤이었다. 빨래도 반나절이면 바짝 말랐다.

호텔의 야외 수영장은 에게해와 수평선이 맞닿아 있어 마치 바다를 향해 헤엄치는 듯한 착각을 일으켰다. 바닷물을 끌어온 이 수영장의 깊이는 4미터가 넘었다. 비수기의 끝물인 6월 초이다 보니 손님도 별로 없었다. 영국에서

호텔 객실 밖에는 자그마한 마당이 있어 낮잠을 자거나 빨래를 널기에 좋았다. 저 멀리 푸른 지중해가 보인다.

온 몇몇 노부부 커플과 미국에서 온 세 명의 할머니 팀이 고작이었다. 한마디로 우리가 이 호텔을 접수했다는 말씀.

　며칠간 호텔에 머물며 세월낚시를 했더니 호텔 음식도 지겹고 수영장도 지겨워졌다. 시내로 행차할 시간이 된 것이다. 호텔 로비에서 버스표를 샀다. 버스 기사에게 사면 더 비싸단다. 호텔 앞에서 버스를 타고 10분 정도를 달려가니 하니아 시내가 나왔다. 크레타 섬의 서북쪽 바닷가에 위치한 하니아는 15세기부터 어업으로 번성한 도시다. 그리스의 대표적인 관광지임에도 불구하고 참 소박하고 시골 같은 느낌이 들었다. 항구도 있고, 멋진 레스토랑도 있고, 남대문시장 같은 길거리 시장도 있다.

항구를 등지고 길거리 레스토랑 사이에 있는 작은 골목길로 들어서니 500년이 넘는 세월의 흔적을 고스란히 담은 돌담이 나타났다. 대리석과 밝은 색 흙으로 깐 도로는 햇살에 반짝반짝 빛이 났다. 구불구불 끝없이 이어지는 골목길을 따라 늘어선 가게들은 그리스식 도자기, 앙증맞은 선물용 열쇠고리, 해변에서 입을 수 있는 옷 등을 팔고 있었다.

상점들을 지나 좀더 골목길 깊숙이 들어서자 레스토랑이 속속 자리잡고 있었다. 햇살 좋은 날이면 모두 레스토랑 앞 길가에 테이블을 내놓고 손님들을 맞았다. 우리는 『론리 플래닛 그리스 섬』이 강추한 식당가의 한 레스토랑을 골랐다. 물론 길거리 야외 테이블에 앉았다. 바람은 선선하고 햇살은 우리

하니아 시내는 시골마을처럼 약간 투박하지만 정감이 있는 곳이다. 골목길을 이리저리 돌아다니며 소소한 재미를 맛볼 수 있다.

그리스인의 소박한 먹을거리인 그리크 샐러드. 길거리 테이블에 앉아 먹는 맛이 가히 일품이다.

머리 위를 비췄다. 영어를 유창하게 하는 주인 아줌마 덕에 메뉴에 대해 이것 저것 물어봤다. 알고 보니 주인 아줌마는 웨일즈에서 온 영국인이었다. 손님 이 오지 않으면 야외 테이블에 앉아 책을 읽으며 망중한을 즐겼다. 멋진 인생 이다.

그녀가 추천해준 대로 절인 꽁치구이와 고소한 국물이 자작하게 깔린 미 트볼, 그리고 그리크 샐러드 Greek Salad 를 주문했다. 그리크 샐러드는 그리스 인의 식탁에 삼시세끼 오르는 메뉴로, 아주 심플하다. 염소젖 치즈와 토마토, 오이를 깍두기처럼 썰어 넣고 양파와 피망 등을 추가한다. 그리고 후추, 식 초, 올리브 오일을 뿌리면 끝이다. 요리법은 아주 간단한데 그 맛은 정말 일 품이었다. 사각사각한 채소와 부드러운 치즈의 만남은 여타 샐러드의 맛과는 비교가 안 됐다. 멕시칸 샐러드 맛에 익숙한 한국인들이 먹어보면 이 새로운 맛에 깜짝 놀라게 될 것이다(참고로 멕시코인들은 멕시칸 샐러드를 모른다. 멕시코 친구에게 멕시칸 샐러드에 대해 물어봤더니 자기는 듣도 보도 못했단다. 그럼 멕시칸 샐러드는 어느 나라에서 온 걸까? 미스터리다).

주인 아줌마가 오렌지 주스를 먼저 내왔다. 어이쿠, 한 모금 들이켜니 입 안에 방금 딴 오렌지의 통통한 알알이 소용돌이쳤다. 마치 지중해의 태양이 입 안에 들어온 것 같았다. 기다리던 메인 메뉴가 나오자 3일 굶은 거지처럼 우리는 게걸스럽게 먹어치웠다. 길거리를 지나가며 어느 레스토랑에 갈까 고민하던 미국인 관광객들은 동양인 세 명이 세상에서 제일 맛있다는 표정으로 쩝쩝거리는 걸 보더니 옆 테이블에 앉았다. 아하, 우리가 손님 한 팀 끌어왔군. 우리는 그 다음날도 이곳으로 출근했다. 이번엔 다른 추천요리를 맛봤다. 그새 안면이 있다고 주인 아주머니는 주문하지도 않은 감자튀김을 한 접시 내왔다. 따뜻한 나라의 사람들은 마음도 따뜻하다.

다음날, 하루를 통틀어 남쪽 바다 투어에 나섰다. 일명 패키지여행이었다. 호텔 라운지에 비치된 각종 광고 팸플릿을 살펴보다 기가 막힌 바다 사진을 발견했다. 엘라포니시! 바다를 건너면 육지가 나오고 다시 바다가 나오는 참 특이한 바다였다. 차로 두 시간 반 거리에 있는 이 바다에 다녀오는 패키지 투어가 성인 한 사람당 15유로. 머뭇거릴 이유가 없었다.

아침 일찍 우리를 픽업하기 위해 대형 관광버스가 호텔 앞으로 왔다. 우리가 첫 승객이었다. 이어 리조트 타운의 호텔마다 들러 승객들을 하나둘씩 태웠다. 모두들 야자수가 그려진 셔츠를 입고, 손에는 음료수며 비치타올, 튜브를 잔뜩 들었다. 칠순은 되어 보이는 노부부가 마지막으로 버스에 올라탄 후 그 뒤로 금발의 젊은 남자가 올라탔다. 이번 여행을 함께할 가이드였다. 그는 마치 젊은 시절의 로버트 레드포드가 환생한 것 같았다. 지적이고 잘생겼다. 여행이 더 즐거울 것 같았다.

버스는 해안가 도로를 따라 돌다가 어느새 협곡 사이로 들어섰다. 마치 추풍령 고개를 지나가는 것 같았다. 도로엔 자갈이 깔려 있어 버스는 덜컹거리고, 왼쪽 창밖을 쳐다보니 버스 바퀴에서 5센티미터 거리에 천길 낭떠러지가 있었다. 울타리도 없고 위험을 나타내는 표지판도 없다. 한순간 실수했다간 그야말로 황천길이다. 이런 와중에도 로버트 레드포드는 그리스의 올리브 산업에 대해 침을 튀기며 설명했다.

30여 분 간담이 서늘한 협곡을 지나자 다시 에메랄드 빛 바다가 나왔다. 드디어 엘라포니시에 도착했다. 레드포드는 세 시간 동안 즐겁게 놀다 오라며 버스 옆 모래사장에 드러누웠다. 엘라포니시는 크레타 섬의 명물 바다임에도 그 흔한 백사장 카페나 상점이 없다. 정부 당국에서 자연을 보호하기 위해 일체의 상업적인 행위를 금지했다고 한다. 대신 해변가의 선베드는 한 개당 10유로를 내고 빌릴 수 있다.

우리는 선베드 두 개를 빌려 짐을 내려놓고는 바로 바다로 향했다. 그런데 바람이 너무 세게 불었다. 혹 하고 날아와 강편치로 얼굴을 때렸다. 나는 수영복 위에 옷을 다시 주섬주섬 입고 이티처럼 비치타올로 머리를 감쌌다. 남편과 몽구는 빨리 가자며 나를 재촉했다. 바다에 발을 담그자, 아, 차가워 소리가 절로 났다. 이 50미터 너비의 얕은 바다를 건너면 또다시 육지가 나타난

엘라포니시 해변. 어디에서도 볼 수 없는 특이한 바다다.

다. 그 육지 건너편으로 또다시 넓은 지중해가 펼쳐진다.

　무릎 깊이였던 물 높이는 바다 중간쯤에 이르자 허벅지까지 차올랐다. 고개를 들어보니 남편은 몸에 카메라를 둘러맨 채 몽구를 안고 건너편 육지에 다다랐다. 주변을 보니 사방이 온통 물이다. 투명한 바닷물 사이로 새끼손가락만 한 물고기들이 다리를 간지럽혔다. 순간 바다 한가운데에 혼자 남겨진 기분이 들었다. 아, 너무 무섭다. 이건 공포다.

"여보, 나 좀 데려가줘!"

나를 번쩍 들어 바다를 건넌 람보 남편은 바로 몽구와 모래놀이를 시작했다. 이티 아내는 이제야 정신을 차리고 주변 풍광을 감상했다. 아, 이런 멋진 바다를 내 평생 또다시 볼 기회가 생길까! 온통 모래와 바다와 바람뿐인 이곳에서 비로소 나는 자연과 하나가 되었다. 크레타 섬에 오길 정말 잘했다.

돌아오는 길에 우리는 협곡 근처의 시골마을에 들러 늦은 점심을 먹었다. 역시나 소박한 그리크 샐러드와 꽁치구이 등 신선한 해물요리였다. 중간엔 올리브 오일을 만드는 한 농가에도 들렀다. 패키지여행의 필수 코스였다. 마당 앞에 플라스틱 테이블을 설치한 주인 아줌마는 집에서 만든 올리브 오일과 라키(포도 잎으로 담근 술)를 내놓았다. 우리는 작은 컵에 한 잔씩 따라 마셔보았다. 올리브 오일은 점도가 높고 쓴맛이 입에 강하게 남았다. 최상급 오일이었다. 라키는 보드카처럼 강력했다.

술 서너 잔에 거나해진 우리는 오일 두 병, 라키 두 병을 샀다. 다른 관광객들도 주섬주섬 몇 병씩 사가지고 버스로 돌아갔다. 물론 주인 아줌마와 여행사 간에 일종의 거래가 있었겠지만, 나는 이 풍경이 너무나도 정겹고 소박해 보였다. 이날의 패키지여행은 얼마나 정직하고, 자유롭고, 강매가 없는 여행이었던가.

천국 같은 크레타 섬을 떠나기 며칠 전 우리는 호텔 수영장과 호텔 밖 아기자기한 해변에서 모래성을 지으면서 놀았다. 호텔에 함께 머물던 영국인 노부부와 미국인 할머니 세 명과도 인사를 나눌 정도로 친해졌다. 섬을 떠나기 전날 밤 호텔 야외 레스토랑에서는 각종 마술쇼와 흥겨운 노래 공연이 펼쳐졌다. 우리는 레스토랑이 훤히 보이는 수영장의 선베드에 나란히 누워 하늘의 별을 쳐다보고, 화려한 깃털을 머리에 달고 엉덩이춤을 추는 댄서를 엿보며 천국 같은 나날을 즐겼다.

저 문을 열면 바다가 나올까?

길거리에 문만 덜렁 세워져 있는 걸 봤다. 혹시 저 문을 열고 들어가면 바다에 풍덩 빠지는 건 아닐까, 하는 엉뚱한 생각이 들었다. 하지만 이 문은 엄연한 레스토랑 출입구다. 깎아지른 절벽지대이다 보니 가파른 계단을 따라 내려가야 레스토랑이 나온다. 아, 장난기 많은 그리스인이여!

베니스 비엔날레를 가다

이탈리아 베니스_2009년 11월

또다시 길을 잃었다. 남편의 얼굴은 급기야 홍당무가 되었다. 길을 헤매는 것이 마치 직장에서 잘려 보잘 것 없는 가장이 된 것보다도 더 절망적이라는 눈빛이었다. 참, 길 하나 잃었다고 저렇게 안절부절이니 남자는 도대체 이해할 수 없는 화성인이다. 행인에게 길을 물어보면 간단한 것을 왜 저렇게 지도만 뚫어져라 쳐다보고 있을까.

베니스에 온 지 이틀째, 남편은 아직까지도 방향감각을 상실한 채 길만 나서면 헤매고 있다. 직감으로 길을 알아맞히는 저 '걸어다니는 네비게이터'가 베니스만 오면 작동을 멈춰버린다. 하지만 그를 비난해선 안 된다. 이곳은 베니스가 아니던가. 위성지도를 보면 베니스는 마치 수백 개의 유리 파편이 물 위에 둥둥 떠있는 모양을 하고 있다(베니스는 117개의 조그만 섬들 위에 세워졌다. 150개의 운하와 409개의 다리가 있다. 베니스 시내를 관통하는 대운하에는 세 개의 다리만이 있기 때문에 대운하 반대편 섬으로 이동하려면 족히 1천 리 행군을 감행해야 한다). 이 도시는 마치 조물주가 숨바꼭질을 한바탕 해보라고 지어놓은 미로 같다. 채 1미터도 되지 않는 좁은 골목길을 돌고 돌아 물가에 다다르고 그 위에 놓인 다리를 건너 다시 좁은 골목길을 맞닥뜨리다 보면, 아주 자연~스럽게, 방향감각을 상실하게 된다.

게다가 그 흔한 길거리 표지판도 없다. 운 좋으면 수천 년도 더 된 낡은 벽돌 한구석에 '산 마르코 광장 가는 길^{Via San Marco}'이라는 희미한 글자를 볼 수 있다. 하지만 코너만 돌면 산 마르코 광장이 짠 하고 나타날 거라고 생각하면 오산이다. 이 표지판의 숨은 뜻은 '이 길을 따라가 산 넘고 물 건너 바다 건너면 어쩌다 운 좋게 산 마르코 광장에 다다를 수 있을 것임. 꼭 이 방향으로 간다고 산 마르코 광장에 갈 수 있다는 보장은 못함'이라고 해석해야 한다. 산 마르코 광장에 도달하려면 수십 개의 운하를 지나고 또 수십 개의 골목길을 지나는 대모험을 펼쳐야 한다.

미로에 들어선 쥐 마냥 종종걸음을 치며 목적지를 향해가는 그 모습, 베니스에만 있는 매력이자 마력이다. 더구나 이곳의 이방인들은 목적 없이 걸어 다니기보다는 보트를 타고 간단하게 장소에서 장소로 이동하기 때문에 길은 무척이나 한적하다. 18년 전 이곳에 배낭여행을 왔을 때는 걸어다니는 묘미를 몰랐었다. 그저 일행들과 함께 배만 열심히 타고 다녔다. 베니스에 와서는 그래야 할 것 같았다. 그런데, 아이러니하게도, 물의 도시 베니스는 배를 타는 대신 걸어다녀야 그 진가가 하나둘 보이기 시작한다.

2009년 11월, 3박4일간 베니스에 머물렀다. 푸른 바다, 뜨거운 태양의 나

베니스에서는 길을 잃는 게 다반사다. 오른쪽 건물 귀퉁이 골목길이 산 마르코 광장으로 가는 유일한 길이다. 두 사람이 나란히 걷기 힘들 정도로 좁기도 하고, 거리에 표지판이 없어서 찾기도 힘들다.

라를 가고 싶었지만 뒤로 미뤘다. 당장 가볼 데가 있었다. 세계적인 미술계 행사인 베니스 비엔날레가 2주 후면 폐막하기 때문이었다. 문 닫기 전에 얼른 봐야 했다. 베니스 비엔날레는 홀수 해에는 미술전이 열리고 짝수 해에는 건축전이 열린다. 그간 건축가인 남편은 짝수 해에 베니스를 찾았고, 미술 기자였던 나는 홀수 해에 베니스에 갔었다. 그리고 올해엔 온 가족이 함께 베니스를 찾았다.

베니스의 마르코 폴로 공항은 바다 근처에 있었다. 공항 안내소에서 베니스 시내까지 가는 교통편을 물어봤다. 공항 밖 바닷가에서 '수상버스'를 타면 된단다. 이 수상버스는 공항에서 출발해 베니스 시내 곳곳을 돌아다니며 관광객을 내려준다. 22유로를 내고 왕복표를 샀다. 관광 시즌의 끝물인데도 버스 정류장에는 사람들로 북적였다. 7미터 길이의 지붕 있는 보트에 올라탔다. 좁은 문을 통해 선실로 들어서니 20여 명이 마주보고 앉는 의자가 마련되어 있었다. 사람을 꽉 채운 후 보트는 출발했다. 통통통통 하는 엔진 소리가 귀에 좀 거슬리고, 거의 흙탕물에 가까운 베니스 바닷물이 열린 창을 통해 들어와 내 얼굴에 튀기는 것 말고는 나름대로 낭만이 있었다.

우리를 태운 수상버스는 넓은 바다를 뒤로하고 점차 도시 안쪽으로 들어 갔다. 대운하 안으로 들어서자 물길은 점점 좁아지고 곳곳의 골목에서 버스(배)와 트라게티(곤돌라)가 갑자기 나타났다가 대각선 방향으로 사라졌다. 도로로 치자면 2차선 도로에 버스와 봉고차, 승용차가 뒤엉킨 상황인데, 배 운전자들은 눈빛을 교환하며 서로 부딪히는 불상사 없이 아주 자연스럽게 각자 갈 길로 향했다. 대운하 깊숙이 들어서자 이젠 배에 남은 건 우리 가족뿐이었다. 세인트 안젤로 정류장에 내리자마자 우리가 묵을 마닌 호텔이 보였다. 물의 도시는 이래서 편리하군. 배에서 내리자마자 호텔이 떡하니 우리를 맞이하다니 말이다.

호텔에 짐을 풀고는 시내 구경이나 하자며 밖으로 나왔다. 11월 초 치고는 날씨가 꽤나 따뜻했다. 호텔 뒤편에 나있는 조그만 골목길을 따라 산 마르코 광장까지 가보기로 했다. 그런데 골목길에 접어든 지 몇 분 안 돼 패닉 상태에 빠졌다. 도대체 어디가 어딘지 알 수가 없었다. 그 유명한 관광지임에

좁은 골목길을 걷다 보면 조그만 운하가 짠하고 나타난다. 이곳 사람들은 운하 쪽으로 나있는 뒷문을 통해 배를 타고 일을 보러 간다.

도 길 안내판은 도무지 보이질 않았다. 그저 마음을 비우고 골목길을 어슬렁 거리는 수밖에. 골목을 한 바퀴 돌면 나타나는 운하는 작은 오솔길 마냥 짙푸른 녹색으로 출렁였다. 물로부터 10센티미터 위쪽으로는 각 건물의 현관문이 나 있었다(물론 골목길 쪽으로도 주출입문이 있다). 어떤 집은 문 앞에 조그만 보트를 정박시켜 놓기도 했다.

　골목길에 관광객은 별로 보이지 않았다. 하긴 이들은 모두 수상택시나 수상버스를 타고 목적지로 이동하고 있을 것이다. 우리가 한 시간에 걸쳐 다다를 장소에 그들은 5분이면 도착할 것이다. 배를 타면 간편하고 빠르긴 하지만 골목길 대탐험의 소소한 재미를 놓치게 된다.

남편은 골목길에서 지도 보랴, 5분이면 한 번씩 나오는 계단마다 몽구의 유모차를 들어올리랴 혼자 바빴다. 다섯 개의 운하를 건넜을 때쯤 물가에 곤돌라를 대놓고 호객행위를 하는 청년을 만났다. 그 옆으로는 일본인 관광객 여섯 명을 태운 곤돌라가 유유자적 지나갔다. 청년은 오늘 하루 한 건도 못 건진 모양이었다. 일본인 관광객을 태우고 지나가는 배를 부러운 듯 쳐다봤다. 베니스에 왔는데 곤돌라를 안 탈 수 없지. 세 가족이 한 시간 동안 타는 데 얼마냐고 청년에게 물었다. 80유로란다. 15만 원! 안되겠다. 너무 비싸다며 다시 길을 재촉하는데, 청년이 우리를 붙잡았다.

"60유로에 해주지요. 더구나 한 시간 후에는 비가 오기 때문에 이거 타고 싶어도 못 타요. 지금 타야 해요."

청년은 아이팟 터치폰을 우리에게 보여주는 시늉을 하며 곧 비가 온다는 걸 무척 강조했다. 그러고 보니 여러 개의 운하를 지나는 동안 곤돌라 주인들이 손님을 기다리며 하염없이 아이팟 놀이를 하던 게 떠올랐다. 아이팟으로 시간마다 날씨를 체크하며 장사를 하다니, 발명품에 목을 맸던 레오나르도 다 빈치가 무덤에서 나와 놀랄 일이다. 60유로도 비싸다. 딱 반으로 불렀다. 30유로! 그러자 청년은 뒤도 안 돌아보고 자기 배로 돌아갔다. 이탈리아 말로 뭐라뭐라 지껄이면서. 흥, 널리고 널린 게 곤돌라다. 우리도 쿨하게 우리 갈 길을 갔다. 한 시간 후, 비는 오지 않았다. 오히려 햇살이 더 강력해져 땀이 삐질삐질 날 정도였다. 그 청년의 간교한 꾀에 속을 뻔했다.

베니스 골목길 어귀마다 각종 기념품점이 수두룩했다. 주로 파티에 쓰는

곤돌라에 관광객을 싣고 시내 곳곳을 누비는 뱃사공. 이들은 손님이 없을 때면 아이폰으로 날씨를 확인하며 시간을 보낸다.

화려한 가면이나 도자기 용품을 파는 가게였다. 그러나 이보다도 베니스에서 눈여겨볼 것은 안경 가게다. 이탈리아에 오면 안경을 사야 한다. 프라다, 페라가모, 페라리, 람보르기니 등 디자인의 선봉에 선 나라답게 안경 디자인도 남다르다. 이탈리아 하면 파스타만 떠올리는 건 참 슬픈 일이다. 이탈리아 하면 형형색색의 안경테를 떠올려야 마땅하다.

다음날 아침, 나는 작정하고 운동화를 신었다. 오전에 베니스 비엔날레에 갔다가 오후엔 구겐하임 뮤지엄과 프랑스와 피노가 새로 개관한 푼타 델라 도가나 미술관 등을 부지런히 둘러볼 작정이었다. 요 몇 년 새 베니스는 현대미술의 또 다른 메카로 떠오르고 있다. 베니스 비엔날레 말고는 딱히 가볼 만한 전시가 없다는 것도 옛말이다.

산 마르코 광장 쪽으로 나왔더니 비가 추적추적 내렸다. 비와 지구온난화는 베니스가 당면한 최대 난관이다. 도시는 물로 인해 특이하고 아름다운 정경을 연출하는 반면, 또한 물로 인해 큰 피해를 보고 있었다. 산 마르코 광장에 사람 허리 높이까지 물이 차는 건 연례행사나 마찬가지란다. 지난 1996년부터 2005년까지 물 높이가 1미터가 넘게 올라간 경우가 쉰다섯 번이나 된다고 했다. 어떤 과격한 학자는 홍수로 인해 베니스는 수십 년 안에 수중도시로 사라질 거라고 예언했다.

광장에서 이리저리 구경을 하다 보니 빗방울이 제법 굵어졌다. 그때 광장 앞에 아주 일사분란하게 간이 나무 보도가 설치됐다. 아하, 골목길을 걸어갈 때마다 저 나무 보도를 본 적이 있었다. 50센티미터 높이의 쇠다리에 나무판자를 얹은 것으로, 골목길 한 귀퉁이마다 서있기에 길거리 난전 가판대인 줄 알았다. 그런데 그 물건이 이제 보니 홍수를 대비한 행인 보도였던 것이다.

비만 오면 아파하는 이 슬픈 도시의 운명 앞에 울어야 할지 웃어야 할지 도통 감이 오지 않았다.

산 마르코 광장을 나와 동쪽으로 바닷가 길을 따라 20여 분을 쭉 걸어가니 베니스 비엔날레가 열리는 장소가 나타났다. 전시의 끝물이고 보니 미술계의 화려한 인사들은 자취를 감추고, 이젠 관광객들이 그곳을 채우고 있었다. 베니스 비엔날레는 미술 올림픽이나 마찬가지다. 각 국가관별로 자기네 나라의 대표적인 작가와 작품을 대중과 세계 미술

길 가장자리에 포개져 있다가 비가 오면 설치되는 나무 보도. 매년 1미터 넘게 물에 잠기는 베니스에서 없어선 안 될 필수품이다.

계에 선보이고 또 평가받는다. 글로벌 시대에 웬 국가주의를 내세우는지 모르겠다. 또 그 나라 출신의 작가가 그 나라만의 화풍을 고수하는 것도 아닌 마당에, 국가별 전시가 무슨 의미가 있을까 싶다. 그럼에도 불구하고 베니스 비엔날레가 전세계 미술계를 좌지우지하는 최고 권력을 자랑하는 까닭은, 각국의 대표선수들이 나와 상업성을 배제한 순수 예술 그 자체를 선보이기 때문이다.

베니스 비엔날레는 하나의 조그만 마을을 돌아다니는 기분으로 즐기면 된다. 올해 전시의 주제는 '세상 만들기'였다. 전시장의 작품들 대부분은 제목뿐만 아니라 내용도 요상해서, 그냥 딱 봐서는 작품이 무엇을 나타내는지 도통 알 수가 없었다. A4 용지 두 장에 걸친 깨알 같은 작품 설명을 읽어야 대충 작가가 무슨 의도로 이 작품을 여기에 내놨는지 알 것 같았다. 이것이 현대미술의 맹점이다. 작가 말고는 아무도 그 의도를 꿰뚫어볼 수가 없는 것이다. 난해한 현대미술을 좋아하는 사람들은 현대미술이 보는 사람 개인에게 생각의 여지를 많이 남기기 때문에 매력이 있다고들 한다. 하지만, 미술을 감상하는 이유가 무엇이라고 생각하는가. 작품을 보고 있으면 마음이 떨리기 때문이다. 그런데 현대미술은 너무나도 어려운 용어와 난해한 해석으로 보는 이의 마음을 혼돈에 빠뜨린다.

한국관의 작품 또한 그랬다. 올해 전시엔 양혜규 작가의 〈일련의 다치기 쉬운 배열 – 목소리와 바람〉이라는 작품이 나왔다. 한국관에 들어서면 곳곳에 알루미늄 블라인드와 선풍기 등이 설치되어 있었다. 그런데 그게 도통 뭘 말하려는 건지는 알 수 없었다. 전시의 이해를 위해 집에서 프린트해 간 잡지

01 베니스 섬 끝자락에 위치한 베니스 비엔날레 현장. 숲속을 거니는 듯한 한적한 분위기 속에서 각국의 작품을 감상할 수 있다.
02 한국관 내부 양혜규 작가의 설치작 〈일련의 다치기 쉬운 배열 - 목소리와 바람〉.
03 스칸디나비아관 앞마당에 설치된 작품 〈컬렉터의 죽음〉.

인터뷰 기사를 다시 펼쳐봐도 여전히 이해가 되지 않았다. 전시 작품에 대한 양 작가의 변은 이렇다.

"블라인드 설치작의 경우 강렬한 조명 광선과 블라인드의 변증법적 조합이 형식적인 구성의 바탕이 되고, 두 요소는 서로를 걸러내는 과정을 상관적 서사로 지닌다. (……) 개인적인 서사를 넘어서고자 하는 욕망과 자기 참조가 지닌 착취적인 측면 때문에, 차라리 작품 속에서 비인칭으로 남아 있음으로써 나의 지점을 잊어버리는, 혹은 잃어버리는 쪽을 택하고 싶다."

아, 나는 도통 이 말이 무슨 말인지 모르겠다. 안토니오 그람시의 헤게모니 이론을 조잡한 번역서로 읽었던 것보다 더 힘들다. 변증법적 조합, 상관적 서사, 자기 참조, 착취적인 측면, 비인칭으로 남아 있음……. 퍽이나 어려운 단어들의 어색한 조합이다. 작가는 왜 자신의 세계를 쉬운 말로 풀어쓰지 못하고, 관람객들에게 해석을 떠넘기는가. 나같이 무식한 관람객은 그냥 몇 초간 살펴보다 아무 생각 없이 떠나도 상관없단 말인가.

사실 양 작가는 이번 비엔날레에서 많은 주목을 받았다. 그렇다면, 베니스 비엔날레에 온 다수의 미술계 인사와 관람객들은 그녀의 작품을 완전히 이해했다는 말이다. 그분들은 모두 형이상학적 정신세계의 소유자들인가 보다.

너무 난해한 한국관과 너무 단순한 이집트관의 그 접점. 이해하기도 쉽고 예술적으로도 메시지를 던지는 건 스칸디나비아관이었다. '더 컬렉터스'라는 제목의 전시는 덴마크, 노르웨이, 핀란드 등 북유럽 국가의 작가 20여 명이 참가했다. 대부호 컬렉터의 집처럼 건물 안에는 소파와 벽난로 부엌 등을 꾸며놓았다. 벽에는 작가들의 그림이 걸려 있고, 빈 공간에는 조각 작품들이 서 있었다. 하지만 이 부자 컬렉터의 집에는 온기가 없었다. 집 안을 한 바퀴 돌아 야외 수영장으로 나가자 한 남자가 물 위에 둥둥 떠있었다. 신발은 가지런히 수영장 가에 놓여 있었다. 〈컬렉터의 죽음〉이라는 작품이었다. 돈으로 아름다운 집을 짓고, 돈으로 좋은 작품들을 골랐지만, 돈으로 행복을 살 수는 없는 법. 그 집과 작품들은 현대인의 초상을 적나라하게 보여주고 있었다.

베니스 비엔날레는 세계 유수의 아트 잡지나 신문사 저널리스트로부터 "해를 거듭할수록 실망스럽다"는 평을 받고 있다. 각 국가의 전시 수준이 매 해마다 들쑥날쑥인 것도 한몫했다. 20여 개의 국가관을 들렀더니 세 시간이 후딱 지나갔다. 더이상의 궁금증은 없었다. 실망감만 더 커질 것 같았다. 나

는 '미련 없이' 비엔날레 장소를 벗어
났다.

구겐하임 미술관은 대운하 반대
편에 자리하고 있었다. 베니스 비엔
날레가 열리는 곳을 빠져나와 바닷
가 도로를 따라 걸었다. 산 마르코
광장을 지나 대운하의 첫번째 다리
인 폰데 델 아카데미아로 향했다. 바
닷가 길을 버리고 골목길로 들어서
자 입이 떡 벌어졌다. 일반 베니스
골목길보다 서너 배는 넓은 대로를

사이에 두고 양쪽 집들이 빨래를 사이좋게 널어놓았다. 이불 호청이며, 남편
속옷, 아이 바지, 수십 짝의 양말 등이 거미줄처럼 얽히고설켜 있었다. 남편
과 내가 동시에 외쳤다.

"전시장 작품보다 길거리 빨래가 더 예술 같네!"

지도상으로 보면 구겐하임 미술관은 아카데미아 다리를 건너 좌회전해 바
닷길로 쭉 가면 쉽게 찾을 수 있다. 그러나 이곳은 베니스라는 걸 명심해야
한다. 목적지에 도착하려면 또다시 안쪽의 골목길을 헤집고 여러 개의 다리
를 건너야 한다. 그러기를 30분, 우리는 또다시 길을 잃었다. 구겐하임 미술
관의 반대쪽 바닷가에 서 있었던 것이다.

그러다가, 너무나도 우연히, 렌조 피아노가 디자인한 조그마한 전시장을

발견했다. 렌조 피아노는 퐁피두센터를 디자인한 20세기 혁신적인 건축가 중한 명이다. 육중한 아치형 문으로 사람들이 삼삼오오 들어갔다. 현판에는 '베도바 폰타치오네(파운데이션)'라고 적혀 있었다. 일행을 따라 들어가봤더니 장방형의 긴 창고가 나왔다. 800년도 더 된 건물이라고 했다. 사람들은 벽 쪽에 기대어 앉아 있거나 무리지어 서 있었다. 도대체 무슨 일이 벌어지길래? 이윽고 천장에서 '웅~' 하는 소리가 들리더니 창고 안쪽 저 끝에서 뭔가 하나가 쑤욱 하고 나왔다. 그림이다! 사방 2미터 크기는 되어 보이는 추상화가 지붕의 레일을 따라 나와서 입구 쪽에 멈춰섰다. 이어 다음 그림이 '웅~' 하는 소리를 내며 그 그림 뒤쪽에 섰다. 이렇게 총 열 개의 그림이 차례로 나와 도열을 했다. 사람들은 그림들을 둘러싸고 이리저리 살펴보며 감상했다. 열 개의 그림을 충분히 감상했을 무렵, 그림들은 나온 순서와 반대로 다시 천장의 레일을 따라 그림 서가로 돌아갔다.

아, 이걸 신개념 전시 관람이라고 해야 하나. 이런 전시는 난생 처음 봤다. 기계를 활용한 그야말로 최첨단 전시였다. 벽에 붙인 그림이 아니라 공간 한가운데 둥둥 떠있는 그림이다 보니 앞을 보고, 뒤를 보고, 옆도 볼 수 있는 입체적인 감상이 가능했다. 안내 데스크에 물어보니, 이 공간은 작가인 베도바 부부가 사재를 털어 미래의 꿈나무들에게 전시 공간을 무료로 빌려주는 곳이란다. 물론 좁은 장소를 활용하기 위해 렌조 피아노가 이 멋진 기계설비를 고안해냈다. 무대 위 패션쇼처럼 그림이 차례대로 나오고, 관람객들은 이를 아무 데서나 앉아서 감상하고, 그림은 다시 줄을 맞춰 되돌아가는 모습이 하나의 아름다운 퍼포먼스 같았다. 역시 르네상스의 후손들이 맞다. 이탈리아 사람들은 항상 기발한 아이디어로 우리의 허를 찌른다.

생각지도 않은 신개념 전시에 혼이 팔린 사이 어느덧 해는 서산으로 기울었다. 구겐하임 미술관은 문 닫기 30분 전에야 간신히 들어갈 수 있었다. 당연히 애초 계획했던 피노의 미술관은 가보지도 못했다.

하루 종일 그림을 보러 다녔더니 발이 아팠다. 운동화를 신었는데도 퉁퉁 부었다. 이럴 땐 근사한 이탈리아산 와인과 파마햄을 먹으며 여독을 풀어줘야 한다. 호텔로 가는 길에 정육점에 들러 파마햄을 샀다. 돼지고기를 훈제해 말려 0.1밀리미터 두께로 썰어주는 파마햄은 이탈리아에서는 최고의 요리로 통한다. 구운 바게트 빵에 얹어먹으면 더 맛있다. 이틀간 저녁을 밖에서 먹었

800년이나 된 창고를 개조해 만든 '베도바 폰타치오네' 미술관. 천장의 기계 설비를 따라 그림이 차례로 나와 공간을 채운다.

지만 맛은 실망스러웠다. 스파게티는 너무 짜고, 해산물은 싱싱하지 않았다. 런던으로 돌아가기 전날 밤, 우리는 영혼이 없는 레스토랑에 가는 대신 호텔로 향했다. 파마햄과 와인을 봉지 가득 들고서, 베니스의 아름다운 골목길들과 전시들에 작별 인사를 건네면서!

안토네티의 집은 어디인가?

베니스의 건물 출입문 옆에는 이런 안내판이 붙어 있다. 각각의 벨 위에 그 집에 사는 사람의 이름이 쓰여 있는데 안토네티, 프랑코, 모그나토 등이 이 건물에 살고 있다. 혹여 번지수를 잘못 찾아 다른 집 벨을 누르는 일은 없을 것 같다.

스페니시 가족과 보낸 시간들

스페인 발렌시아

_2007년 8월 / 2008년 10월

2007년 8월 초 우리 가족은 스페인 발렌시아로 떠났다. 남편과 친하게 지내는 스페인 친구인 호세라몬이 놀러 오라고 몇 번이나 얘기해 작정하고 5일간 머물기로 했다.

호세의 집은 발렌시아에서 최고 비싸다는 타워형 빌딩에 있는 아파트였다. 족히 100평은 되는 집에 들어서자 거실 곳곳에 크고 작은 스페인 올드 마스터의 그림이 걸려 있었다. 오랜 세월 정성들여 모아온 가구들과 그림들이 썩 잘 어울렸다. 호세는 부모님이 쓰시는 스위트룸 같은 안방을 우리에게 쓰라고 했다. 부모님은 요즘 도시 외곽의 별장에 머물고 계신단다. 그래도 그렇지 아들 친구 가족에게 안방을 턱하니 내주다니 남편과 호세는 절친이 맞는가 보다.

짐만 던져놓고 우리는 호세 아버지가 기다리는 별장으로 향했다. 발렌시아 시내에서 40분 거리에 있는 바닷가 작은 마을은 화려한 별장 단지로 유명

발렌시아 인근에 있는 호세라몬 가족의 별장. 호세라몬의 아버지는 별장 한쪽에 있는 화덕에서 빠에야를 요리했다.

하다. 2층짜리 하얀 회벽으로 마감한 호세의 가족 별장은 푸근하면서도 모던했다. 건축가인 그의 아버지가 23년 전 직접 디자인해 지은 이 집에서 가족들은 일년의 반을 보낸다. 여섯 개의 방과 운동장만큼 넓은 거실, 아름다운 수영장, 그리고 빠에야를 요리할 수 있는 화덕까지, 없는 게 없었다.

우리가 별장에 도착했을 때 호세라몬의 아버지는 앞치마를 두른 채 마당 화덕에서 빠에야를 요리하고 있었다. 건축가로 크게 성공한 그의 아버지는 요리에도 일가견이 있었다. 발렌시아 집 부엌 한가운데 벽에는 그가 평소 자주 들르는 레스토랑의 메뉴판들을 구해와 액자에 넣어 걸어놓았을 정도다.

노란 쌀밥 같은 빠에야는 스페인의 대표적인 음식이다. 닭고기나 해물을 넣어 짭짤하게 맛을 내 우리 입맛에도 잘 맞는다. 호세 가족들과 한바탕 인사를 한 후 나는 어지러워졌다. 호세라몬의 아버지 이름은 호세라몬이다. 호세라몬 아버지의 아버지 이름도 호세라몬이다. 호세라몬이 아들을 낳으면 그 아이 이름도 호세라몬이 될 것이다. 호세라몬의 어머니 이름은 카르멘이다. 카르멘의 친정어머니 이름도 카르멘이다. 호세라몬의 큰누나 이름도 카르멘이다. 누나 카르멘이 딸을 낳으면 그 아이 이름도 카르멘이 될 것이다. 대가족이 한자리에 모이면 혼란이 고조에 달할 것 같지만 정작 그네들은 누구를 부르는지 척하면 3천리라고 한다. 신기하기만 했다.

호세라몬(호세 아버지)이 요리를 하는 사이 카르멘(호세 엄마)은 부엌에서 디저트를 준비했다. 나는 그렇게 예쁜 중년의 외국인 여성은 처음 봤다. 까뜨린느 드뇌브와 그레이스 켈리를 섞어놓은 얼굴이었다. 카르멘은 약사다. 호세 말로는 스페인에서 가장 좋은 직업은 건축가와 약사란다. 두 부부의 이름을 물려받은 자식들은 직업 또한 고스란히 물려받았다. 호세라몬(남편 친구)은 건축가고, 카르멘(호세 누나)과 동생 엘레나는 약사다. 다만 막내 비앙카는 대학에서 경영학을 공부하고 있다. 카르멘(호세 엄마)은 막내딸을 약대에 보내지 못한 것을 아직도 한탄하고 있단다.

카르멘(호세 누나)은 동양 남자아이를 난생 처음 봤다며 몽구 곁을 떠나지 않았다. 같이 그림도 그리고, 수영장에서 그물을 이용해 나뭇잎을 거두는 일도 함께했다. 요리를 끝낸 카르멘(호세 엄마)은 나를 소파로 끌고 가 앉혀놓고선 가족 앨범을 보여주었다. 카르멘이 태어나서 결혼할 때까지의 흑백 사진들이었다. 카르멘의 아버지는 프랑코 정권 때 잘나가는 장군이었다. 당연히 부유하게 살았고 사진이 귀하던 그 시절에 정말 많이도 찍어뒀다. 8남매 중 첫째인 카르멘은 원, 투, 쓰리, 포, 파이브…… 하고 숫자를 세면서 첫째부터 여덟째까지 사진 속 인물을 하나씩 가리켰다. 그리고 자기가 제일 예쁘다며 엄지손가락을 치켜세웠다. 영어를 못하는 카르멘과 스페인어를 못하는 나는 손짓발짓하며 그 두꺼운 사진첩을 다 봤다.

별장에서 점심을 먹고 나선 발렌시아 시내를 돌아다녔다. 발렌시아에는 웅장한 중세시대의 성과 현대적인 건물이 공존한다. 길거리의 아무 성당에나 들어가도 그 화려한 기둥과 섬세한 부조 등에 감탄사가 절로 나온다. 스크류바처럼 빙빙 돌려가며 조각을 새긴 기둥들은 깊게 팬 돔형 천장과 만난다. 기둥 하나로도 멋진 인테리어가 된다는 걸 반증하는 것 같았다.

배가 고플 땐 재래시장에 들러 맥주와 타파를 먹었다. 발렌시아 시내 곳곳에는 재래시장이 널려 있다. 지붕 있는 큰 홀에 다양한 채소와 과일, 해물 등을 파는 매대가 들어서 있다. 굳이 대형 마트에 가지 않아도 웬만한 것은 이곳에서 다 살 수 있다. 타파는 손바닥만 한 접시에 나오는 음식으로 감자튀김, 절인 조갯살, 미트볼 등이 담겨 있다. 이런 소박하면서도 기막힌 맛의 음식들을 갖고 한국에서 레스토랑을 열면 대박이 날 것 같았다. 스페인 음식하면 빠에야만 떠오르지만 그 외에도 맛있는 먹을거리가 도처에 널렸다. 그런데 스페인 사람들은 다들 휴가를 떠나고 객들만 남아 여기저기를 어슬렁거리다 보니 도시를 탐험하는 재미가 반감됐다. 그냥 호세 아버지 요리나 맛보러 가야겠다!

발렌시아에 머무는 5일 내내 점심은 별장에서 호세라몬(호세 아버지)이 요

발렌시아는 전통과 현대가 공존한다. 중세시대에 지어진 성당 안에는 스크류바처럼 생긴 기둥이 멋진 자태를 뽐내고 있고, 번화가로 나가면 마치 미래도시에 와있는 듯한 멋진 건축물들이 곳곳에서 눈에 띤다.

리하는 음식을 먹었다. 어떤 날은 만두처럼 생긴 파이에 크림을 곁들인 요리를 먹었고, 어떤 날은 생선구이를 먹었다. 둘째 날 들렀을 때는 다른 손님들도 있었다. 로베르토와 마리아 부부였다. 로베르토는 쿠바인으로, 카스트로 정권을 비판하다가 생명의 위협을 느끼고 일찌감치 스페인으로 망명을 했다. 마리아는 식전에 모든 사람들에게 진토닉을 한 잔씩 돌렸다. 그런데 그 진토닉이 범상치가 않았다. 라임과 시원한 토닉이 어우러져 입속 세포들이 상큼하다고 난리가 났다. 일명 쿠바표 진토닉이었다. 상큼함의 비결은 진과 토닉의 비율에 있었다. 먼저 라임을 반으로 갈라 잔의 가장자리에 바른 뒤 나머지 라임은 잔에 꽉 짜둔다. 토닉을 반 정도 채운 뒤 얼음을 넣어 여러 번 휘젓는다. 마지막으로 진을 넣을 차례. 진은 바닥에서부터 검지손가락 두 마디만큼만 붓는다. 그러면 상큼하고 새콤한 쿠바표 진토닉이 완성된다.

카르멘(호세 엄마)은 몽구가 밥을 잘 먹지 않자 걱정이 이만저만이 아니었다. 나보고 부엌에서 몽구가 좋아하는 요리를 좀 해보라고 했다. 간단히 할 게 뭐 있겠나. 계란 프라이나 해주자고 생각했다. 프라이팬에 기름을 두르고 계란을 탁 깨서 넣었다. 물론 소금도 뿌리고. 그런데 이 광경을 카르멘(호세 엄마)뿐만 아니라 마리아, 카르멘(호세 누나), 심지어 도우미 아줌마까지 내 뒤에 둥그렇게 서서 호기심 어린 눈으로 쳐다봤다. 순간 미쉐린 별을 세 개나 받은 세계적 요리사가 된 기분이었다. 계란 한쪽이 익어 뒤집개로 뒤집자 나의 갤러리들은 "오!" 하고 감탄사를 내뱉었다. 신대륙에서 난생 처음 보는 음식을 발견한 듯 이 해상왕국의 후손들은 자기네들끼리 스페인어로 뭐라뭐라 속삭였다. 참, 계란 프라이 하나에 그렇게들 반응하니, 민망했다.

5일간의 국빈 대접을 뒤로하고 런던으로 돌아왔다. 호세도 런던으로 돌아와 자하 하디드 건축사무소에 취직했다. 우리는 호세를 수시로 불러 한국음식을 대접했다. 발렌시아에서 5일간 호강한 것에 비하면 아무것도 아니었다. 그렇게 일년여가 지났을 무렵 호세가 우리에게 청첩장을 건넸다. 5년간 연애를 해온 크리스티나와 한 달 후 발렌시아에서 결혼식을 올린다며 우리 가족을 초대했다.

다시 찾은 발렌시아의 10월은 런던만큼 추웠다. 시내 호텔에 짐을 풀고 바로 식이 열릴 성당으로 향했다. 번화가 큰 도로 앞에 있는 그 성당은 500년 역사를 자랑하는 고딕양식 건물로 발렌시아에선 꽤나 유명하다고 했다. 호세 라몬의 아버지도 이곳에서 결혼식을 올렸다니, 정말 전통과 역사를 품에 안고 사는 민족 같다.

사람 키의 세 배나 되는 육중한 성당 문 앞에는 수십 명의 사람들이 서서 환담을 나누고 있었다. 모두들 쌀쌀한 날씨에도 불구하고 파티용 드레스를 입고 나타났다. 남자들은 턱시도를 걸쳤다. 문 안으로 들어서니 아담한 정원에 신랑과 신부의 가족들이 손님들을 맞고 있었다. 호세라몬은 결혼식을 한다고 머리를 무스로 발라 넘기고 트레이

호세라몬의 가족과 함께.

드 마크인 턱수염도 깎았다. 마치 잘생긴 차인표 같았다.

오후 다섯시, 식이 시작됐다. 10인조 오케스트라의 연주에 맞춰 호세가 먼저 들어와 자리를 잡고, 아름다운 신부 크리스티나가 뒤를 따랐다. 신부님이 진행하는 이 결혼식은 너무나도 경건해서 사진 찍을 엄두가 안 났다. 스페인어로 진행된 결혼식이라 집중이 안 됐지만 그 분위기만큼은 몇 시간 동안 있어도 질리지 않을 만큼 인상적이었다.

식이 끝난 후 하객들은 세 대의 관광버스에 나눠 타고 피로연장으로 향했다. 30여 분을 달려 농장 안 대저택에 들어섰다. 무슨 파티 전용 성 같았다. 바람은 선선하고 사람들은 들떠 있었다. 대저택 앞마당에는 경쾌한 스페인 음악이 흘렀다. 버스에서 내린 하객들은 삼삼오오 마당으로 모여들어 간단하게 요기를 했다. 웨이터들이 쟁반에 음식을 담아 돌아다니면 하나둘씩 집어 먹었다. 크레페, 은행구이, 심지어 김밥까지 있었다. 카르멘(호세 어머니)이 다가와

"너희들을 위해 특별히 주문했어"라고 말했다. 아, 수백 명의 하객 중 유일한 동양인인 우리 셋을 위해 김밥까지 준비하다니 감동 그 자체였다. 마당 한쪽에선 요리사가 직접 초리또와 살라미를 잘라줬다. 돼지고기를 훈제해 말린 이 고기는 스페인의 최고급 요리다. 멋진 드레스를 입고 파티를 즐기는 사람들 가운데 있자니 마치 할리우드 영화의 한 장면 속에 내가 끼어든 것 같았다.

30분쯤 후 모두들 피로연장으로 이동했다. 한국과 다를 것도 없었다. 하얏트 그랜드볼룸만 한 장소에 8인용 둥그런 테이블이 수십 개가 마련되어 있었다. 스페인에서는 결혼식에 초대받은 것을 영광이라고 여긴다. 초대받지 않으면 결혼식에 참석할 수도 없다. 초대를 받았는데 거절하는 것도 예의가 아니다. 그래서 우리는 비행기값과 호텔비 등 적잖은 출혈을 감수하며 이 자리에 온 것이었다. 우리처럼 호세의 결혼식을 위해 런던에서 온 건축학교 친구들도 함께했다.

한국처럼 이곳에서도 결혼식 피로연은 꽤나 성대하게 치러진다. 얼마나 비싼 곳에서 얼마나 비싼 음식과 와인을 먹느냐가 개인의 사회적 지위와 부를 말해준다. 더구나, 스페인에서는 피로연이 다음날 아침까지 계속된다. 더 많은 돈이 든다는 얘기다.

스프와 샐러드로 에피타이저를 먹은 뒤 본요리로 스테이크가 나왔다. 그런데 한 요리사가 몽구에게는 다른 접시를 건넸다. 오므라이스였다. 호세 어머니가 스페인 요리에 적응 못하는 몽구를 위해 따로 요리사에게 주문을 해놨다고 했다. 아, 이건 완전히 한국과 스페인 간의 우정의 무대로군. 우리 가족을 위해 이렇게 배려를 해주다니 눈물이 날 지경이었다.

식사가 끝난 뒤엔 와인과 샴페인이 테이블을 가득 채웠다. 부어라 마셔라 춤춰라 다들 몰아지경이었다. 자정이 될 무렵, 호세 아버지가 우리 테이블로 왔다. 몽구와 나는 호텔로 먼저 가는 게 낫겠다고 했다. 그는 전화로 밖에서 대기 중인 운전기사를 불렀다. 30분 후 몽구와 나는 호세 아버지의 배려로 아주 편안하게 호텔로 돌아왔다. 다음날 아침 친구들과 함께 호텔로 돌아온 남편의 눈가에 다크 서클이 보였다.

스페인 민족들은 노는 것엔 정말 일가견이 있나 보다. 일하다 말고 점심때 집에 와서 한 시간 정도 낮잠을 자고 다시 회사에 간다. 오후 아홉시 느지막하게 시작한 저녁은 자정이 돼야 끝이 난다. 너무 게을러 보일지도 모르겠지만, 나에겐 그들의 모습이 행복하게만 보였다. 인생 뭐 별 것 있겠나, 천천히 즐기면서 살면 되지. 결혼식 다음날 우리는 부리나케 짐을 챙겨 런던으로 돌아왔다. 다시 각박한 삶의 현장으로.

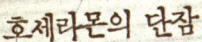

호세라몬의 단잠

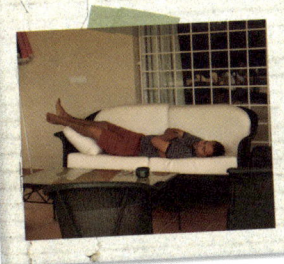

스페인에는 점심을 먹고 나서 한두 시간씩 낮잠을 자는 시에스타라는 게 있다. 호세라몬은 우리가 온 첫날에도 어김없이 낮잠을 잤다. 물론 호세라몬의 아버지도, 어머니도, 누나도 낮잠을 잤다. 오후 한나절, 우리 가족만 별장 이곳저곳을 돌아다니며 놀았다.

렌터카 타고 와이너리 여행

이탈리아 토스카나 지방 _ 2008년 4월

비행기는 사뿐히 피사 공항에 내려앉았다. 아니, 피사 공항이라는 이름은 멋이 없다. 정정한다. 비행기는 사뿐히 갈릴레오 갈릴레이 공항에 안착했다 (갈릴레오 갈릴레이 공항은 피사 공항이라고도 한다). 로마 제국, 르네상스 등 잊을 만하면 짠 하고 나타나 문명사를 뒤흔든 이탈리아인답게 각 공항의 이름도 선조의 이름을 따는 센스를 발휘했다. 로마엔 레오나르도 다 빈치 공항이 있고, 베니스엔 마르코 폴로 공항이 있고, 피사에는 갈릴레오 갈릴레이 공항이 있다니, 참 낭만적이지 않은가!

공항에서 차를 렌트했다. '유로카'는 유럽 전역에서 차를 빌려주는 큰 체인업체다. 이탈리아 운전자들이 시골길에서조차 광란의 질주를 한다는 소리를 귀에 못이 박히게 들은 터라 안전하고 기동력 있는 폭스바겐을 골랐다. 열쇠를 건네받고는 건물 밖 주차장에서 우리 차를 찾았다. 가뿐하게 시동을 걸고, 출발! 남편은 런던에서 가져온 네비게이션을 설치했다. 영국뿐만 아니라 유럽 전역을 커버하는 꽤나 쓸모 있는 여행 필수품이다. 네비게이션의 여인네가 친절하게 설명해주는 대로 공항을 빠져나와 포지봉시로 향했다.

포지봉시는 피사에서 남쪽으로 두 시간 거리에 있는 작은 시골마을이다. 남편은 수주 간의 웹서핑 끝에 와인산지로 유명한 끼안티 지방에서 시골 농가를 하나 찾아냈다. 그곳에서 우리는 7박8일간 묵으며 인근 도시들을 하나씩 여행할 계획이었다.

포지봉시의 시골 읍내를 지나 구불거리는 산길을 달려 농가에 도착했다. 다 쓰러져가는 오두막을 상상했던 나에게 그 농가는 마치 방금 지어놓은 저택 같았다. 건물 안으로 들어가니 젊은 청년이 우리를 맞이했다. 농가와 일대 포도밭의 주인인 세르지오였다. 30대 초반의 세르지오는 결혼도 미룬 채 와인 사업과 창고를 개조한 팜하우스Farmhouse 운영에 올인하고 있었다. 그의 아버지는 스페인 세비야에서 옷가게를 하는데, 아버지의 돈을 밑천으로 7년 전 이 일대 포도밭과 와인 저장고, 농가를 사들였다고 한다. 세르지오는 지난해엔 모로코의 사막 한가운데에 호텔을 지었다며 우리에게 겨울 휴가는 그곳으로 가라고 호객행위를 했다. 짜식, 부럽군.

세르지오가 사무실로 쓰는 본채엔 두 채의 빌라와 식당이 함께 있는데, 그 옆 아담한 독채가 우리가 묵을 곳이었다. 300년이 넘어, 거의 버려지다시피한 창고를 개조해 정말 럭셔리한 호텔처럼 꾸며놓았다. 30센티미터 두께나 되는 돌로 만든 집이라 그런지 딱 보기에도 이종격투기 선수인 효도르의 가슴팍처럼 빈틈이 없었다.

팜하우스 홀에 있는 세르지오의 사무실. 젊은 청년 세르지오는 이 일대 포도밭과 와이너리, 농가를 사들여 운영하고 있다. 유익한 정보를 많이 알려준 그에게 컵라면 두 개를 선물했다.

　이 농가는 높은 언덕에 자리잡고 있어 끼안티 지방의 포도밭과 올리브나무 밭이 한눈에 들어왔다. 집 앞마당에는 세르지오가 관리하는 포도나무 밭과 올리브나무 밭이 있었다. 그런데 약간 실망스러웠다. 난 이곳에 오면 태양의 맛을 머금은 포도를 맛볼 줄 알았다. 흐드러진 포도나무에서 포도 열매를 직접 따보고도 싶었다. 그런데 웬걸, 포도알은 간 데 없고 앙상하고 말라비틀어진 포도나무 줄기만 덩그러니 남아 있었다. 올리브나무 역시 대머리 총각처럼 말라빠진 이파리만 듬성듬성 매달려 있을 뿐이었다. 하긴 당연하지, 지금 여긴 겨울의 끝물이라구! 4월 초인데도 밤이면 난방기를 팍팍 틀어야 하는 이탈리아 중부에 너는 지금 서있는 거라고!

사실 토스카나의 봄 날씨는 '뜨거운 이탈리아'라는 편견을 보기 좋게 깨주었다. 3일 내내 차가운 비가 쏟아졌고, 이틀은 아주 쌀쌀했고, 하루는 햇빛이 쨍쨍하더니, 그 다음날은 믿기지 않게도 눈이 펑펑 내렸다. 밤에 잘 때 보일러를 틀지 않으면 이 잘생긴 돌집은 남극은 저리 갈 정도여서 자는 사람을 동태로 만들고도 남을 듯했다.

포도밭 창고를 개조한 팜하우스. 수백 년 된 돌집 안은 별 다섯 개짜리 호텔만큼 화려하다. 고지대에 위치한 덕분에 인근의 끼안티 와이너리가 한눈에 보였지만, 아쉽게도 포도밭은 삭막하기 그지없다.

이탈리아에 온 첫날 밤, 남편은 세르지오가 만들었다는 와인을 한 병 들고 왔다. 라벨에 'IL CELECE'라고 적혀 있었다. 한 모금 마셔보니 거칠고 신맛이 났다. 세르지오는 아무래도 숙박사업에 올인해야 할 것 같았다. 남편은 와인잔을 앞에 두고 향후 어느 도시를 여행할지 내게 브리핑을 했다. 산 지미나노, 볼테라, 아시시, 시에나, 피렌체, 몬탈치노 등 토스카나와 움브리아 지방을 아우르는 도시들이었다. 이 지역은 이탈리아의 중심부에 위치해 15세기 르네상스를 주도했다. 토스카나 지방 사람들은 전통적인 가족 중심의 가업을 이어가면서 와인과 올리브유를 생산하고 있다. 메모지를 보니 각 도시에서 뭘 할지 깨알 같은 글씨가 적혀 있었다. 아, 우리 남편, 건축을 하지 않았으면 여행 플래너로 떼돈을 벌었을 것 같다.

우리의 첫 여행지는 팜하우스에서 차로 한 시간 거리에 있는 작은 중세도시 산 지미나노^{San Giminano}였다. 성 밖 주차장에 차를 세워두고 중앙 입구로 향했다. 성곽의 일부는 무너져내렸고 돌 사이엔 검은 이끼가 꼈다. 문 안으로 들어가자 2미터 폭의 길이 쭉 이어졌다. 양쪽에는 3층 높이의 벽돌집에 선물용품 가게들이 자리하고 있었다. 디자인의 나라답게 각종 선물용품을 참 아기자기하게도 진열했다. 거리도 쓰레기 하나 없이 너무나도 잘 정비되어 있다.

골목길을 구불구불 돌아 성의 피아자(광장)에 다다랐다. 14세기에 지어진 키 큰 탑을 여럿 지나왔다. 과거에는 탑의 수가 그 도시의 힘을 대변했다고 한다. 당시 일흔두 개였던 탑은 오늘날 14개밖에 남아 있지 않다. 광장 한가운데엔 우물이 자리잡고 있었다. 집집마다 수도시설이 없었을 때 마을 사람

중세도시 산 지미냐노의 성곽 문을 따라 들어가면 아기자기한 선물용품 가게들이 반긴다.

들은 피아자로 나와 물을 떠가며 이웃들과 친교를 나눴으리라.

 광장 한편의 젤라또(아이스크림) 가게에는 사람들이 구름떼처럼 몰려 있었다. 이탈리아에 와서 젤라또를 안 먹을 순 없지. 가까이 가서 보니 간판 아래쪽에 '2007년 월드 챔피언'이라는 글씨가 보였다. 긴 줄 끝에 섰다. 마침 우리 순서가 되서 안에 들어가니 공장용 하얀 비닐모자를 쓴 아줌마가 우리를 반겼다. 젤라또의 종류는 언뜻 보기에도 60여 가지는 되어 보였다. 수박맛

'젤라또 월드 챔피언'을 여러 번 수상한 아이스크림 가게. 수십 가지의 환상적인 맛이 여기에 있다.

과 딸기맛을 골랐다. 우물가에 앉아 젤라또를 먹었다. 아, 월드 챔피언은 그냥 되는 게 아니었구나! 수박맛을 한입 베어문 순간 셔벗 같은 차가움이 입을 감싸기가 무섭게 크림처럼 사르르 녹아내렸다. 광장에 서있는 사람들 모두가 젤라또 콘을 하나씩 들고 그 맛에 폭 빠져 있었다. 자신 있게 말하건대, 산 지미나노에서 얻은 최고의 수확은 이 월드 챔피언 젤라또였다.

숙소로 돌아가는 길에 세르지오가 전날 추천해 준 읍내 식당에 들렀다. 평일 저녁인데도 사람들로 꽉 차있었다. 이탈리아 사람들이 셋 이상 모이면? 정말 귀가 찢어질 듯 시끄럽다. 무슨 몸통에 확성기를 달아놓은 것처럼 성량 자

체가 크다. 더구나 이들이 대화하는
걸 보면 마치 10년 만에 만난 원수
와 싸우는 것 같다. 그런데 이 식당
에 들어섰을 때 나는 무슨 성당 기
도회에 잘못 들어온 줄 알았다. 수
십 명의 이탈리아 사람들이 모여 저
녁을 먹는데도 왁자지껄한 대화 소
리는 들리지 않았다. 포지봉시 사람
들만 다른 유전자를 갖고 태어났나?
지금까지 알 수 없는 미스터리다.

100년 역사를 자랑하는 이 식당
에서 끼안티 지방 토속음식인 뇨끼
(Gnocci, 엄지 손톱만 하게 만든 밀가루 알
반죽을 토마토와 올리브 오일로 버무린 음식)
와 파스타, 비둘기 구이를 주문했
다. 와인은 '까스텔라레Castellare'라

끼안티 지방의 최고급 와인 '까스텔라레'의 저장고.

는 이 지역 와인을 골랐다. 반 병 크
기 와인이 13유로로, 병 입구에 닭 그림 스티커가 붙어 있는데 이는 끼안티
지방의 최고급 와인에게 주는 인증마크다.

음식은 대체로 먹을 만했지만 파스타만큼은 접수를 줄 수 없었다. 우리에
게 익숙한, 얇은 국수면에 해산물을 곁들인 시실리안 스파게티를 상상하면

큰 코 다친다. 토스카나 지방의 파스타는 일본 우동 면보다도 굵다. 거기다가 끓는 물에 넣었다 바로 건졌는지 국수면이 설익어서 도통 목으로 넘어가지 않았다. 토스카나에서 이 설익은 국수만 먹어야 한다고 생각하니 앞이 캄캄했다. 와인 맛은 참 좋았다. 서빙을 하던 웨이터가 이 인근에 까스텔라레 와이너리가 있으니 한번 가보라고 추천해주었다. 생각지 못한 좋은 정보를 얻었다. 남편과 나는 내일 당장 가보기로 했다.

까스텔라레 와인의 포도밭과 저장고는 운 좋게도 우리가 묵는 농가에서 10분 거리에 있었다. 언뜻 보기엔 그냥 시골마을 집 같았다. 건물 입구에 있는 사무실에 들어가자 한 여직원이 있었다. 혹시나 와인 저장고를 둘러볼 수 있냐고 묻자 그녀는 흔쾌히 허락했다. 알고 보니 이곳은 와인 마니아들이 유럽 지역을 투어할 때 한 번쯤은 들르는 코스 중 하나였다. 자신을 슬로바키아에서 온 미나라고 소개한 여직원은 세 명의 손님에게도 최선을 다해 까스텔라레 와인을 홍보했다.

육중한 문을 열고 건물 안으로 들어가자 어두컴컴한 복도 한쪽에서 일꾼들이 와인병의 먼지를 닦고 있었다. 곧 출시를 앞둔 와인들이었다. 복도 반대편 하얀 벽은 콘크리트 와인 저장고였다. 가을에 포도를 따서 큰 통 안에 포도를 부수어 넣은 뒤 한 달 후 이 콘크리트 와인 저장고로 다시 옮긴다. 이곳에서 15일간 숙성된 와인을 오크통에 넣어 밀봉한 뒤 지하 깊숙한 저장고에 고이 모셔둔다. 가장 맛있게 마실 수 있는 때를 기다리면서.

병의 먼지를 닦고 있는 일꾼들을 지나 더 깊숙이 들어가자 동굴 모양의 와인 저장고가 나왔다. 3미터 폭의 넓은 복도 양쪽엔 오크통들이 나란히 줄서

있었다. 제조 날짜와 포도 비율을 적은 난해한 글씨들이 보였다. 오크통들을 지나 막다른 방에 이르자 미나가 육중한 나무 문을 힘껏 밀었다. 그 안에는 네 단짜리 선반에 먼지가 켜켜이 쌓인 와인이 보관되어 있었다. 밀라노 출신인 사장이 1970년대 이 와이너리를 인수하면서부터 만든 와인들이라고 했다. 미나는 이 일대 끼안티 와인의 산지는 이제 모두 외지인 부자들이 사들였다고 말했다. 가업으로 그 가족만의 개성이 묻어난 와인을 만들어내던 토스카나 지방의 전통도 이젠 옛날이야기가 됐다.

우리는 다시 사무실로 돌아와 테이스팅 룸으로 자리를 옮겼다. 테이스팅을 하려면 한 사람당 10유로를 내야 했다. 미나는 까스텔라레 중에서도 가장 맛이 뛰어난 해의 와인과 중간급 와인, 그리고 지난해 만든 어린 와인을 들고 왔다. 와인 라벨에는 매년 다른 종류의 새 그림이 그려져 있었다. 무슨 의미가 있는 거냐고 물으니 "그냥 사장님이 새를 좋아해서 매년 조류도감을 보고 그림을 선택한다"고 귀띔했다. 미나가 추천하는 연도의 와인 여섯 병을 샀다. 생각지 않던 좋은 와인을 저렴한 가격에 산 우리는 약간 발그스레한 얼굴로 와이너리를 떠났다.

다음날 아침, 고속도로를 달리는 차 안에서 나는 사방으로 고개를 끄덕이며 졸고 있었다. 런던에서부터 달고 온 지독한 독감이 떨어질 생각을 안 했다. 감기약이 꽤나 독했던지 계속 잠이 쏟아졌고 급기야 침까지 흘렸다. 잠결에 침을 닦기 위해 잠깐 눈을 떴다. 헉, 왼편에 보이는 저건 뭐야? 하얀 구름이 땅 바로 위까지 내려온 걸까. 눈을 비비고 쳐다보니 그건 하나의 마을이었

얕은 산 중턱에 자리잡은 중세도시 아시시. 예전 모습을 그대로 간직한 이탈리아의 숨은 보물이다.

다. 언덕 위에 소담스럽게 내려앉은 중세 마을, 아시시^{Assisi}였다. 13세기 이탈리아 중부지방에서 최고 권력과 영광을 누렸던 아시시는 페스트가 휩쓸고 간후 숙적 피렌체에 권력을 몽땅 빼앗겼다고 한다. 하지만 그 중세도시의 유구한 번영의 역사는 도시 곳곳에 숨어 있다. 우리에겐 참 낯선 곳이지만 유럽과 미국에서 매년 수백만 명의 관광객이 다녀가는 이탈리아의 숨은 보물이다.

아시시, 하면 빼놓을 수 없는 사람이 성 프란체스코다. 1182년 이곳에서 부자 상인의 아들로 태어난 프란체스코는 평생을 빈자를 위해 기도하며 살았다. 그는 프란체스코 수사회를 결성했고, 1939년엔 성인으로 추대됐다. 성 프란체스코의 시신이 안장됐다는 바실리카 디 프란체스코(프란체스코 교회당)는 지금까지도 순례지로 명성을 얻고 있다. 성당으로 가는 좁은 골목길에서 놀랍게도 한국인 수녀님을 네 분이나 만났다. 오전 미사를 마치고 밖으로 잠깐 외출하는 모양이었다. 토스카나 여행을 와서 처음 만나는 한국인이었다. 가족을 만난 듯 너무나도 반가워 인사를 건넸다. 한 수녀님이 몽구의 머리를 쓰다듬어줬다. 그네들의 얼굴은 참 평화롭고 잔잔했다.

바실리카 디 프란체스코를 둘러본 우리는 골목길 탐사에 나섰다. 한 뼘 크기의 돌을 켜켜이 쌓은 돌집들은 수백 년간 리모델링을 거쳐 여전히 방금 지은 새집처럼 깔끔하고 단정했다. 노란색과 빨간색 문, 아치형 혹은 정사각형 문 등 색깔과 모양도 가지각색이어서 두 시간여를 돌아다녀도 지겹지가 않았다.

아시시를 빠져나와 고속도로에 들어서자 표지판에 페루자라는 글씨가 보였다. 안정환이 뛰고 있는 축구팀이 그곳에 있을 테지. 한번 들렀다 갈까 잠깐 고민도 했지만 안정환 말고는 아무 정보도 모르는 도시에 몇 시간을 투자한다는 건 좀 아닌 것 같아 그냥 숙소로 향했다.

고속도로를 빠져나와 포지봉시로 향하는 길은 온통 햇살에 반짝거렸다. 이탈리아 정경을 너무나도 아름답게 만드는 주인공은 바로 사이프러스 나무다. 키가 4미터를 훌쩍 넘는 이 나무는 그냥 심어놓기만 하면 바로 멋진 풍경이 된다. 대륙의 황사바람을 막아주는 효과도 있다니 일석이조다. 2차로 국

키 큰 사이프러스가 운치 있게 서있는 토스카나의 시골길.

도는 산의 부드러운 곡선을 따라 지그재그로 물결쳤다. 어떨 땐 360도로 턴을 하는 곳도 나왔다. 그럴 때마다 차 뒷자리의 몽구가 몽구의 카시트와 함께 기역자로 쓰러졌다. 남편이 카시트를 단단히 설치하지 않은 모양이었다.

시간이 지날수록 360도 턴이 많아졌다. 몽구는 마음의 안정을 잃더니 엉엉 울기 시작했다. 그러더니 급기야 똥을 쌌다. 차 안에서 아이가 똥을 싸면 그 냄새는 10리를 간다. 갈아입힐 옷도 없는데 난감했다. 숙소에 가기 전 근사한 저녁을 먹으려고 레스토랑에 어렵사리 예약까지 해놓은 상태였다. 어쩔 수 없이 아이 팬티를 벗기고 바지만 입혔다. 윗옷까지 젖어서 옷을 벗기고 내 가디건을 입혔다. 영락없는 국제 거지였다.

레스토랑에 들어가자 다들 쳐다봤다. 물론 동양인을 여간해선 보기 힘든 이 시골마을에서 우리는 가는 곳마다 주목을 받았다. 생수와 과일을 사려고 동네 구멍가게에 들르면 프라다 자켓 같은 멋진 옷을 입은 주인 할머니는 몽구에게 '벨 밤비노!(귀여운 녀석)' 하면서 귀엽다고 난리였다. 하지만 이날만큼은 달랐다. 다리까지 내려오는 엄마 가디건을 걸치고 얼굴은 눈물로 얼룩진 아이가 어디가 귀여워 보이겠냐 말이다. 나는 똥 싼 아이에게도 화가 났고, 이런 상황에서 숙소로 가지 않고 곧장 레스토랑으로 온 남편에게도 화가 났다. 세르지오가 추천해 마지않는 그 환상적인 레스토랑에서 우리는 한마디의 대화 없이 맛있는 음식을 맛없게 먹어치웠다. 썰렁한 밤이었다.

하루는 피렌체에서, 또 하루는 시에나에서 도시를 산책하며 보냈다. 산 지미나노나 아시시 등의 중세도시에 필이 꽂힌 나는 이 유명한 관광지들이 성에 차지 않았다. 그 도시에서 내가 뭘 했나 생각해보면 한두 가지만 떠오른다. 피렌체에서는 우피치 미술관 앞에서 산 냉동피자보다 더 맛없던 비싼 피자가 떠오르고, 시에나에서는 한 시간 넘게 주차장을 찾아 헤맸던 악몽이 떠오른다. 여행도 어느덧 막바지에 이르렀다. 어느새 정든 농가를 떠나기 전날, 우리는 마지막 여행지인 몬탈치노로 향했다.

토스카나 남부의 몬탈치노와 몬테풀치아노 인근에서 생산되는 와인은 끼안티 지역에서도 최상급 와인으로 친다. 몬탈치노의 와인 부르넬로^{Brunello}는 이미 국제적인 유명세를 치렀다. 17세기 이탈리아 시인 프란체스코 레디는 몬테풀치아노산 와인을 '모든 와인의 왕'이라고 칭송하기도 했다. 우리는 거리상으로 좀더 가까운 곳에 있는 몬탈치노에 들렀다. 14세기에 요새로 지어진 이 작은 마을을 수박 겉 핥기 식으로 돌아다녔다. 중세마을이 이젠 좀 식상해지도 했고, 우리가 이곳에 온 목적은 딴 데 있기 때문이었다.

이 마을에서 제일 크다는 에노티카(와인 가게)에 들렀다. 50평 남짓한 공간에 종류별 와인이 수백 가지도 넘게 진열되어 있었다. 남편은 직원과 30분간 열띤 토론 끝에 열여덟 병의 와인을 골랐다. 아니, 세관에 걸리는 거 아니유? 걱정이 됐다. 그러나 직원은 우리를 안심시켰다. 35유로를 내면 항공편으로 배달해준다고 했다. 같은 EU 지역이라 세금 문제는 신경 안 써도 된단다. EU 경제 공동체가 좋은 점도 있구나, 하고 새삼 놀랐다.

웬만한 여행 플래너 뺨치는 남편 덕분에 토스카나의 7박8일이 참 즐거웠다. 이젠 집에 갈 시간. 두 시간 거리의 갈릴레오 갈릴레이 공항까지 가려면 아침 일찍 서둘러야 했다. 그런데 체크아웃을 하고 온 남편의 얼굴이 조금 어두웠다. 남편이 내민 영수증을 보고는 눈이 휘둥그레졌다. 난방비 180유로(약 32만 원)! 난방비는 숙박비에 포함되는 게 상식이다. 세르지오는 체크인을 할 때 난방비에 대해 따로 언급한 적도 없었다. 아, 당했다. 세르지오가 젊은 날 청년 부자가 된 것도 다 이유가 있었구나…….

피사탑을 잠깐 구경한 뒤 우리는 갈릴레오 갈릴레이 공항으로 향했다. 렌터카를 반납하고 가뿐하게 런던행 비행기에 올라탔다. 나의 사랑 토스카나여, 이젠 안녕!

그로부터 6개월 뒤 은행 계좌에서 렌터카 회사 이름으로 50유로가 빠져나갔다. 피사 공항에서 차를 반납할 땐 아무런 문제도 없었다. 렌터카 회사에 전화를 걸어 왜 남의 계좌에서 마음대로 돈을 빼가느냐고 항의했다. 담당직원은 우리가 속도위반을 했다고 말했다.

"아니 속도위반 요금이 6개월이나 지나서 청구서가 나온다는 게 말이 됩니까? 그럼 속도위반을 했다는 증명서류를 먼저 보냈어야죠!" 씩씩거리며 내가 따져물었다.

"아, 고지서요? 일년 안에 당신네 집으로 보내드리겠습니다."

오 마이 갓, 돈은 허락 없이 홀랑 빼가고선 증명서류는 일년 안에 보내겠다고? 이탈리아에서는 집을 짓는 데 서류 작업만 일년이 걸린다더니, 이건 해도 너무했다. 이탈리아, 우리에게 황홀경을 선사해주더니, 이제 와서 왜 그러니?

길거리의 소박한 기도

산 지미냐노의 골목길을 돌아다니다 우연히 발견한 기도하는 장소. 그 곳엔 화려한 십자가나 예수의 사진이 걸려 있지도 않다. 그저 길에서 따온 들풀들이 작고 아담한 화병 속에서 소담하게 피어 있을 뿐이다. 오늘 아침에도 누군가 꽃을 놓고 기도했겠지.

〈진주 귀고리를 한 소녀〉가 나를 부른다
네덜란드 암스테르담, 덴하그, 로테르담
_2009년 12월

2009년, 런던에서 아주 심심한 크리스마스를 보낸 뒤 바로 다음날 우리는 암스테르담행 비행기에 몸을 실었다. 18년 만이었다. 스키폴 공항이여, 잘 있었니? 너는 여전히 넓고, 깨끗하고, 편리하구나. 공항에서 에스컬레이터 하나만 타고 내려가면 바로 기차역이라니. 이렇게 엎어지면 코 닿을 곳에 시내까지 가는 기차가 몇 분마다 있는 공항은 너밖에 없을 거야.

네 개의 플랫폼에는 각각 암스테르담 시내와 덴하그, 로테르담, 할렘 등으로 가는 기차들이 수시로 드나들었다. 국철뿐만 아니라 유럽을 횡단하는 탈리스, ICE, 렘페 같은 고속철도 보였다. 타임아웃에서 출간한 『위대한 세계 기차 여행』이라는 책을 닳도록 본 몽구는 책에서만 보던 기차를 코앞에서 보니 눈이 돌아갈 지경이었다. 유럽은 그야말로 기차의 천국이다.

우리가 탄 2층짜리 국철기차가 20분 만에 암스테르담 중앙역에 도착했다.

로테르담 시내의 상점에 전시된 기차들. 네덜란드에서 운행하는 2층 국철, 화물 기차 등을 모형으로 만들었다. 대부분 200유로(35만 원)가 넘는 고가지만 네덜란드에는 이 기차를 사는 기차 마니아들이 많다.

밖으로 나오니 한겨울임에도 거리는 관광객 천지였다. 도로에는 복잡하게 얽힌 전차 길을 따라 전차가 사뿐하게 지나다녔다. 이곳에선 버스보다 전차가 대세다. 전차를 타면 도시 구석구석을 다 둘러볼 수 있다. 남편은 몽구와 나를 남겨두고 역 맞은편에 있는 관광안내소로 들어갔다. 정보도 얻고 전차표도 사기 위해서였다. 그런데 20분이 지나도 남편은 돌아오질 않았다. 줄이 꽤 긴 모양이었다.

그때 광장 저쪽에서 한 중년 아저씨가 아코디언을 들고 다가왔다. 아저씨는 아무 건반이나 막 누르면서 마치 자기가 무슨 아티스트나 된 것 마냥 연주에 심취해 있었다. 연주가 끝나자마자 나에게 손을 내었다. 돈을 달라고? 나는 "No" 하고 차갑게 말했다. 아코디언 아저씨는 무슨 뜻인지 모를 네덜란드어를 지껄이며 이마를 탁 쳤다. 나쁜 년이라는 말인가? 좀 무서웠다.

아저씨가 가버리자 이번에는 아르마니 광고 모델같이 생긴 청년이 다가왔다. 쟨 또 뭐야? 또 손을 내민다. 돈을 달라고? 나는 "미안해, 난 돈이 하나도 없어"라고 영어로 말했다. 아르마니 청년 역시 또 뭐라고 내용도 모를 말을 지껄였다. 지옥에나 가라는 뜻인가? 인상을 찌푸리는 것이 나를 한 대 칠 것 같았다. 주변엔 경찰도 안 보였다. 안절부절하는 사이 아르마니 청년은 한숨을 쉰 뒤 다시 군중 속으로 돌아갔다. 어디 할 짓이 없어서 잘생긴 얼굴로 구

암스테르담의 국립 릭스 미술관에는 렘브란트, 베르메르 등 17세기 올드 마스터의 작품이 전시되어 있다.

걸을 하고 다니냐. 한심하다.

아내가 네덜란드 거지들에게 위협을 받고 있는 사이 남편은 여전히 긴 줄 속에 끼여 하염없이 자기 차례를 기다렸나 보다. 20분이 더 지났을까. 드디어 남편이 돌아왔다. 살았다!

우리는 12번 전차를 타고 호텔로 향했다. 미리 예약해놓은 본 델 파크 플라자 호텔은 암스테르담의 주거 지역에 위치해 있었다. 호텔 바로 뒤에 유럽에서 제일 크다는 본 델 파크가 있다. 자고로 잠은 좋은 데서 자야 한다. 가족이 여행을 다닐 때는 특히 그렇다. 호텔에 짐을 풀자마자 밖으로 나왔다. 오전 비행기를 탄 덕분에 오후 한나절을 벌었다.

호텔에서 전차로 세 정거장 거리에 있는 국립 릭스^{Rijks} 미술관에 갔다. 렘브란트, 베르메르, 피터 드 후치, 프란스 할스 등 네덜란드 올드 마스터를 죄다 만날 수 있는 곳이다. 1층 전시실은 17세기 해상왕국의 위용을 여러 각도로 보여줬다. 전사의 갑옷, 사람보다 세 배는 긴 듯한 칼과 총, 모형 배에서 네덜란드 귀족들이 사용했던 각종 도자기와 보물들이 있었다.

2층으로 올라가면 본격적인 그림 감상이 시작된다. 프란스 할스의 방을 거쳐 렘브란트의 방으로 들어섰다. 가장 눈길을 끄는 건 아무래도 허름한 옷과 이마에 주름이 깊게 팬, 말년의 렘브란트 초상화다. 오늘날의 데미안 허스트처럼 그는 그림을 상업적으로 잘 이용한 최초의 화가였다. 자기 스태프들을 거느린 일명 '공장'을 만들어 그림을 생산해냈다. 암스테르담 최고의 화가이자 유명 인사였던 그는 방탕한 생활로 말년을 돈 없이 우울하게 보내야 했다. 이젠 아무도 찾아주지 않는 노년의 화가는 자신의 비참한 현실을 슬픈 자화상으로 덤덤하게 화폭에 옮겼다.

렘브란트 방을 나오는 순간 내 발걸음이 멈칫했다. 요하네스 베르메르가 나타났다. 〈편지를 읽는 여자〉와 〈부엌의 하녀〉였다. 베르메르는 풍경화보다는 집 안의 소소한 장면을 화폭에 담는 걸 좋아했다. 여느 화가들과 달리 베르메르는 힘세고 억센 하녀를 모델로 삼곤 했다. 그는 집안일로 점점 두꺼워진 하녀의 팔목과 목 근육에 매료됐다. 좀 변태가 아닌가 싶은데, 그건 개인의 취향이라고 생각하자.

다른 17세기 네덜란드 화가의 방을 거쳐 긴 복도를 지나자 렘브란트의 대작 〈야경The Night Watch〉이 걸린 방이 나타났다. 가로 4미터, 세로 3미터 규모의 걸작이다. 방을 따로 내줄 정도로 이 그림은 네덜란드의 국보이자 렘브란트의 대표작이라고 할 수 있다. 당시 스페인에 대항하는 시민방위군의 출동을 드라마틱하게 그려낸 이 그림은 시청사에 걸려 있다가 이곳에 정착했다. 사방이 온통 녹색으로 칠해져 있어 벽 한 면을 채운 〈야경〉이 드라마틱하게 도드라져 보였다.

그런데 이 방의 분위기가 뭔가 심상치 않았다. 그림으로부터 4미터 거리에 관람객의 접근을 막는 울타리가 세워져 있고 그 안에는 높다란 스툴 의자에 미술관 직원이 앉아 있었다. 아무리 국보급이라고 하지만 이건 좀 심하지 않은가. 그런데 다 이유가 있었다. 이 그림은 그간 세 번이나 미치광이에 의해 칼로 찢기고 유황산으로 표면이 녹는 등 테러를 당했다. 복원을 했다곤 하지만 오른쪽 아래 개가 있는 부분은 사고의 흔적이 여전히 남아 있었다.

어느덧 해가 서산으로 기울었다. 미술관을 나오니 오후 네시였다. 슬슬 배가 고파왔다. 간단히 요기나 하자며 미술관 바로 옆에 유리 상자 모양으로 된 카페에 들어갔다. 네덜란드산 맥주 하이네켄과 코코아, 감자 칩을 시켰다. 네덜란드 음식은 도통 먹을 게 없다. 단, 우유는 그 맛이 기가 막히다. 실크처럼 부드러우면서도 고소하다. 치즈도 빼놓을 수 없다. 여행의 바이블『론리플래닛 암스테르담』에 따르면, 네덜란드 남자들의 평균 키는 180센티미터다. 치즈를 많이 먹어서 그렇게 크단다. 단 하나 부작용은 치즈를 많이 먹을 경우 악몽을 자주 꾸게 된다고……. 믿거나 말거나.

네덜란드 남자들이 키가 크고 잘생겼다는 말은 들었지만 직접 와서 보니 정말 하나같이 잡지 속 모델 같았다. 약간 웨이브진 갈색이나 금발 머리에 조각 같은 얼굴로, 멋들어진 옷을 입고, 대개는 자전거를 타고 다닌다. 학처럼 긴 다리로 자전거 페달을 밟으며 가는 모습은 정말이지 혼자 보기 아깝다. 자전거 디자인도 상식을 뛰어넘는다. 바퀴 하나 크기가 수레 바퀴만 하다. 키가

네덜란드 거리의 자전거들.

크니 자전거도 크겠지. 게다가 얘네들이 타는 자전거는 브레이크가 없다. 손잡이와 안장, 바퀴뿐이다. 다리가 기니 급하게 서야 할 때 브레이크 대신 긴 다리를 이용하면 되겠지. 그들은 강추위에도 장갑을 끼지 않았다. 왜 그런지는 모르겠다. 그저 한 손으론 자전거를 운전하고 다른 한 손은 주머니에 끼고 간다. 그런데 그 폼이 완전 멋지다.

다음날 아침, 일찍 서둘러 전차를 타고 중앙역으로 갔다. 그날 하루는 덴하그에서 보낼 생각이었다. 덴하그. 영어 이름은 헤이그다. 아하, 이준 열사가 만국평화회의에 참석해 일본의 만행을 세계에 알렸다는 그 도시! 이준 열사는 잠시 잊자. 우리는 이곳에 그림을 보러 왔다.

지도를 따라 큰 호수를 빙 둘러 가자 17세기에 지어진 거대한 대리석 궁전이 위용을 드러냈다. 바로 왕립 마우리츠호이스^{Mauritshuis} 미술관이다. 베르메르의 〈진주 귀고리를 한 소녀〉를 소장한 곳, 그리고 렘브란트와 홀바인, 루벤스, 반 딕 등 17세기를 주름잡은 네덜란드와 플레미시(플란더스 지방), 독일 화가들의 작품을 소장한 곳이기도 하다.

매표소에서 입장료 10.5유로를 냈다. 네덜란드 명작들을 보러 왔는데 그 값이면 정말 저렴한 거였다. 게다가 18세 이하는 공짜란다. 표를 내고 들어가려는데 직원이 친절한 말로 덧붙였다.

"저기 코너에서 오디오 가이드 가져가세요."

아니, 오디오 가이드를 그냥 빌려준다고? 미술에 해박한 지식이 있는 사람이 아니라면 작품을 설명해주는 오디오 가이드는 미술 감상에 필수품이다.

사랑하면 알게 되고 알게 되면 보인 다고 하지만, 사랑만 한다고 자동으 로 다 알아지는 건 아니다. 알아야 보이고 보여야 사랑하게 된다.

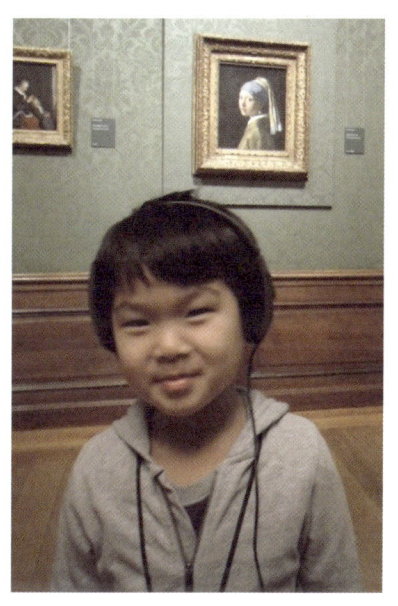

공짜 오디오 가이드라고 무시해 선 안 된다. 이 미술관의 오디오 가 이드는 그간 다녔던 어떤 미술관의 것보다 훌륭했다. 종교화를 설명할 때는 웅장한 바흐의 합창곡이 배경 음악으로 나오고, 평민들의 삶을 그 린 세속화에서는 모차르트의 경쾌 한 피아노곡이 흘렀다. 지루한 설명 은 그림도 지루하게 하는 법인데, 그림에 대한 설명은 짧고도 핵심을 찔렀다.

시간은 없고 볼 그림은 널렸다. 몇 개 그림만이라도 제대로 보자. 우리는 베르메르의 방으로 걸어갔다. 아담한 방 안에서 그 유명한 〈진주 귀고리를 한 소녀〉가 우리를 기다렸다. 방 안엔 키가 장대만 한, 매튜 맥커너히를 닮은 젊 은 남자가 두 손을 주머니에 찔러넣은 채 그림을 응시하고 있었다. 그대, 오 늘 하루 휴가를 내고 미술관에 그림 보러 왔느뇨. 매튜 맥커너히에게 넋이 빠 진 나를 몽구가 불렀다.

"엄마, 여기 반 고흐 아저씨 그림 있어!"

쇠귀에 경 읽기다. 이곳에 오기 전 인터넷으로 미리 그 그림을 보여주고

마우리츠호이스 미술관 앞 광장에 있는 도넛 가게. 주먹만 한 도넛을 하얀 설탕에 묻혀준다. 겉은 바삭바삭
하고 안은 술빵처럼 부드럽다.

그렇게 설명해줬건만, 진한 노란색만 보면 반 고흐란다. 〈해바라기〉의 영향
이 너무 크다. 선명한 노란색 옷에 푸른빛 두건을 두른 그녀, 그 자리에서 자
체 발광을 한다. 명화를 명화라 부르는 데에는 다 이유가 있다. 소녀가 진주
귀고리를 찰랑찰랑하며 우리에게 다가와 말을 걸 것만 같았다.

　소녀의 시선을 따라가보았다. 벽 맞은편에 베르메르의 〈델프트 풍경〉이
있었다. 실내 풍경만 즐겨 그리던 베르메르가 야외 풍경화를 그렸다. 그것도
아주 멋지게! 그는 이 한 폭의 풍경화를 통해 자랑스럽게 외치고 있었다.

　"내가 집안 하녀들만 그리는 줄 알았지? 나도 한 풍경 한다구!"

　마치 하드록의 거장인 익스트림이 "우리도 발라드할 줄 알어"라며 〈당신

에게 첫 키스를 했을 때〉^{When I first kissed you}〉라는 달콤한 명곡을 만들어냈듯이 말이다.

두 시간 넘게 미술관을 돌아다녔더니 다리도 아프고 배도 고팠다. 식당에 가기엔 어정쩡한 시간이었다. 마침 미술관 앞 광장에 도넛 가게가 보였다. 야구공처럼 생긴 도넛이었다. 일단 허기나 채우자며 세 개를 샀다. 주인 아줌마는 호주 오픈 테니스 트로피만 한 은색 그릇에 도넛을 넣었다 꺼냈다. 도넛이 밀가루처럼 부드러운 설탕 가루를 입었다. 한 입 깨물었을 때 나는 중심을 잃고 뒤로 넘어질 뻔했다. 겉은 과자처럼 바삭하고 속은 술떡처럼 촉촉했다. 하나로는 성이 차질 않았다. 남편은 아예 열다섯 개를 사왔다. 길가에 서서 먹는 그 하얀 설탕이 묻은 도넛은 정말 맛있었다. 도넛을 하나도 남기지 않고 게걸스럽게 먹어치운 우리는 식당들을 뒤로하고 에셔^{Escher} 뮤지엄으로 향했다.

나는 에셔를 대학시절 진중권 씨의 『미학 오디세이』를 읽으며 처음 접했다. 그의 작품들에서 눈을 뗄 수 없었다. 단순한 선들 속에 복잡한 의미를 내포한 그의 작품은 정말 지적이고 너무나 과학적이었다. 그는 영원과 불멸이라는 두 가지 화두로 평생을 작업해온 판화가다. 끝이 시작이 되고 그 시작은 다시 끝이 된다. 같은 모양의 패턴이 조금씩 변해가면서 대칭을 이루는 다른 패턴으로 변하는 그의 작품을 보자면 그가 마술을 부리는 것 같다.

입구를 들어서자 흰 수염이 멋진 할아버지 안내원이 인자한 얼굴로 표를 팔고 있었다. 전시장 문을 열고 들어가자 또 다른 할아버지 안내원이 표를 받고 있었다. 그리고는 아주 유창한 영어로 이것저것 설명을 해줬다.

"가방이나 옷이 무거우면 저쪽 보관대에 맡기세요. 그리고 여기선 마음껏 사진을 찍을 수 있답니다. 전시 즐겁게 보세요!"

　아, 나는 네덜란드에 온 지 이틀 만에 웃는 네덜란드인을 처음 보았다. 거리를 걷든, 호텔 직원과 얘기하든, 식당 점원에게 주문을 하든, 이들은 모두 입을 꾹 다물고 있었다. 뭐에 그리 화가 났는지 미소는 당최 볼 수가 없었다. 아이한테도 마찬가지였다. 영국 사람들도 무표정한 얼굴로 유명하지만 적어도 아이들한테는 한없는 미소와 관심을 보여준다. 그런데 네덜란드 사람들은 이마저도 없었다. 아이의 머리를 쓰다듬어주는 이 할아버지 직원의 환대에 눈물이 날 것 같았다.

　에서 뮤지엄을 나오니 밖은 벌써 깜깜했다. 덴하그 역으로 발걸음을 재촉했다. 역 앞에 도착했을 때 아침나절에 보지 못했던 진풍경이 펼쳐졌다. 자전거 수천 대가 광장만 한 주차장을 꽉 채우고 있었다. 이 자전거의 주인들은 집에서 이곳까지 자전거를 타고 와 이곳에 주차를 한 뒤 인근 도시로 일을 하러 갔겠지. 중국의 베이징, 베트남의 호치민에서 셀 수 없을 만큼의 자전거 행렬을 보았지만, 이 정도 규모는 아니었다. 네덜란드인에게 자전거란 교통수단 이상의 그 무엇, 삶의 중요한 일부인 듯했다. 수천 대나 되는 자전거의 배웅을 받으며 우리는 덴하그 역을 떠났다.

　암스테르담 시내는 너무나도 달라져 있었다. 18년 전 배낭여행을 왔을 때만 해도 거리는 쓰레기로 몸살을 앓았고, 도시 곳곳의 운하에선 악취가 났다. 벽들은 온통 그래피티Graffiti로 도배되어 있고, 길거리에 앉아 담배 피우는 사람들(아마 대마초였을 것이다)은 부지기수였다. 그런데 다시 온 암스테르담은 너무나도 깨끗하고 쾌적했다. 거리는 신형 전차와 다리 긴 남자들의 자전거로

덴하그 중앙역 앞의 자전거 주차장. 수백 대의 자전거가 늦은 밤 퇴근하고 돌아오는 주인을 기다리고 있다. 역시 자전거의 나라답다.

낭만 그 자체였다.

　오전 내내 시내를 어슬렁거리며 돌아다녔다. 꽃시장을 비롯해 수많은 운하와 홍등가까지. 정처 없이 돌아다니다 안네 프랑크의 집을 지나치게 됐다. 18년 전 배낭여행을 왔을 때 내 희미한 기억으론 안네 프랑크의 집은 이렇지 않았었다. 수수했었다. 그런데 지금은 통유리와 값비싼 대리석으로 온통 리모델링해 보기에도 거북스러웠다. 안네 프랑크가 아니라 패리스 힐튼이 살아야 할 집 같았다. 건물 밖에는 안네의 집에 들어가려는 관광객들로 북적였다. 줄 서서 기다리는 사람들의 반은 아시아 사람들이었다.

암스테르담 시내를 관통하는 운하. 그 앞에 집들이 촘촘히 서있다. 땅이 좁은 나라이다 보니 집들의 폭이 매우 좁은 편이다.

네덜란드의 보물이라고 할 수 있는 릭스 뮤지엄이나 마우리츠호이스 뮤지엄에 갔을 땐 한국인을 본 적이 없다. 간혹 일본인은 봤다. 그 많은 한국인 관광객은 다 안네 프랑크의 슬픈 역사를 보기 위해 이곳에 모여 있었단 말인가. 제발 안네 프랑크의 집을 관광 넘버원 자리에 올리지 말길 바란다. 그 휘황찬란한 건물 말고도 네덜란드에는 볼 게 너무나도 많다.

점심때도 됐고 배도 고팠다. 오늘 점심도 감자로 때워야 하나 투덜대는 사이 남편이 기막힌 곳을 찾아냈다. 세계 최고의 팬케이크를 파는 집이란다. 점심 먹기엔 이른 열두시인데도 '팬케이크 베이커리'라는 간판을 건 식당 입구에는 대여섯 명의 사람들이 줄을 서있었다. 20분을 기다린 끝에 안으로 들어갔다. 수백 년 된 창고를 개조해 여덟 개의 4인용 테이블을 양쪽으로 늘어세운, 별다를 것 없어 보이는 식당이었다.

그런데 메뉴만큼은 뻑적지근했다. 나는 바나나 팬케이크를, 남편은 오믈렛을 골랐다. 어린이 메뉴도 따로 있었다. 소방관 팬케이크, 경찰관 팬케이

크, 요정 팬케이크, 그리고 아무거나 팬케이크 등이 단돈 5유로. 몽구는 소방
관 팬케이크를 골랐다.

　이윽고 주문한 팬케이크가 우리 앞에 나타났다. 우와, 음식에 관한 기사를
쓰는 '맛집 기자'들을 존경해야 한다. 이 맛을 어떻게 표현해야 하나. 한 조각
썰어 입에 넣으니 달콤한 버터 향이 입 안 가득 퍼졌다. 점원은 몽구의 소방
관 팬케이크를 테이블에 내려놓고는 몽구에게 새빨간 소방관 모자를 씌워줬
다. 내가 깜짝 놀라 "이거 선물이에요?"라고 묻자 점원은 너무나도 기쁜 표정
으로 "네, 맞아요!"라고 답했다. 런던 시내 장난감 백화점 햄리스에서 이 모
자를 돈 주고 샀다면 아마도 25파운드는 줬을 것이다. 허섭한 플라스틱 총이
25파운드를 하는 곳이다. 오늘 완전히 횡재했다. 소방관 모자를 쓴 채 소방
관 팬케이크를 먹고 있는 몽구는 너무 행복해 보였다. 몽구는 "다음에 암스테
르담에 또 오면 그땐 경찰관 팬케이크를 먹을래요"라고 입을 오물거리며 말

암스테르담 '팬케이크 베이커리'에서 맛본 팬케이크는 지금껏 먹어본 것 중 최고였다. 소방관 팬케이크를 주
문하자 덩달아 나온 소방관 모자를 쓰고 몽구는 신이 났다.

했다.

호텔로 돌아가는 길에는 반 고흐 미술관에 들렸다. 나 역시 고흐를 좋아하지만 저 멋없고 권위적인 건물에 들어가 그림을 본다는 건 참으로 달갑지 않았다. 저녁 무렵인지 입장을 기다리는 줄은 비교적 짧았다. 표를 사는 창구에 앉은 중년의 여성은 방금 법원에서 이혼 도장을 찍고 온 사람처럼 얼굴을 구길 대로 구긴 채였다. 그녀 때문에 미술관 첫 인상도 구겨졌다. 12.5유로를 내고 안에 들어갔다. 1층 전시장에 들어서자 가슴이 턱하니 막혔다. 무슨 난민 행렬처럼 전시장은 사람들로 북새통을 이뤘다. 그림 하나를 보려면 5분은 기다려야 할 것 같았다. 좀체 줄은 움직이질 않았다. 그림을 보는 사람 뒤에서 기웃기웃거리며 그림의 일부만 엿볼 수밖에 방법이 없었다.

전시장은 고흐의 그림을 연대기순으로 나열해 놓았다. 초기작 〈감자를 먹는 사람들〉(1885)부터 〈방〉(1888) 〈해바라기〉(1889) 〈까마귀가 나는 밀밭〉(1890) 등 책에서나 보던 고흐의 그림이 곳곳에 걸려 있었다. 좋은 것도 한두 번이지, 고흐 그림만 죽어라 보다 보니 점점 흥미가 없어졌다. 몽구도 지겨웠던지 몸을 불판 위의 오징어처럼 꼬았다. 이럴 땐 사탕이 약이다. 가방에서 막대 사탕을 하나 꺼내 몽구 입에 넣어줬다. 몽구는 다시 순한 양이 되어 유모차에 탄 채 그림을 감상하기 시작했다.

그런데 얼마 지나지 않아 저쪽에서 미술관 직원이 나를 향해 걸어왔다. 뚱뚱한 중년의 아줌마였다. 그녀의 눈에 쌍심지가 켜진 것이 멀리서도 보였다. 내 앞으로 다가온 그녀는 마치 반정부 인사를 처단하러 온 게슈타포처럼 경직된 얼굴로 쏘아붙쳤다.

"미술관에서 아이에게 사탕을 먹이면 어떡하자는 겁니까. 그림에 손상이라도 가면 당신이 책임질 겁니까?"

일단 미술관에서 사탕을 준, 무식한 이 엄마를 용서하길 바란다. 하지만 그 직원도 잘한 건 아니다. 친절하게 말하면 어디가 덧나난 말이다. 순간 고흐 미술관에 오만정이 다 떨어졌다. 화려한 건물, 수없이 늘어선 고흐의 그림, 주체할 수 없이 밀려드는 관람객들……. 반 고흐 미술관은 돈은 많이 벌었을지 몰라도 관람객의 마음을 훔치는 데는 실패했다. 미술관 직원들은 경직됐고 때론 공격적이었다. 5유로를 주고 빌린 오디오 가이드는 대충 설명하는 듯해 너무 아쉬웠다. 미술관을 나오면서 나는 반문했다. 상업주의에 물든 이 미술관에 과연 반 고흐의 영혼이 깃들기는 했을까? 나는 그렇지 않다는 데 과감히 한 표를 던졌다.

반 고흐 미술관에 악담을 퍼부으며 나는 암스테르담을 떠나 로테르담으로 향했다. 로테르담은 세계적인 건축가 렘 쿨하스의 건축사무소가 있는 도시다. 이쯤 되면 도시가 얼마나 아름다울지 기대가 된다. 그러나 로테르담 기차역에서부터 이런 기대는 여지없이 무너졌다. 도시는 별 개성도 없는 네모난 회색 상자 같은 건물들과 밋밋하기 이를 데 없는 3층짜리 아파트 단지들뿐이었다. 이런 곳에서 어떻게 세계적인 디자인이 나오는지 신기하기만 했다.

큰 대로변을 따라 미리 예약해놓은 바자 호텔로 갔다. 아프리카풍, 모로코풍 등 방마다 이국적인 테마가 있는 호텔이었다. 홈페이지를 보니 방들이 너무나도 예뻐서 좀 비싼 가격이지만 한번 묵어보기로 했다. 로비에 들어서자

바자 호텔의 아프리카풍 방에 있는 화장실. 문 대신 작은 구슬로 엮은 발이 쳐져 있어 큰 일을 볼 때 참 난감했다.

펑크족처럼 차려입은 직원이 우리를 맞았다. 간단한 체크인 절차가 끝난 후 펑크족이 우리를 3층 방까지 안내했다. 엘리베이터는 큰 공장에서 물건을 하역할 때 쓰는 것처럼 크고 심하게 낡았다. 펑크족에게 물으니 이곳은 원래 대형 창고였다고 한다. 허걱. 그러다 7년 전 건물 전체를 손봐서 호텔로 전환했단다. 뭔가 속은 기분이었다.

방 열쇠를 건넨 직원은 밤에는 로비에 아무도 없으니 부탁할 게 있으면 낮에 하라고 말했다. 무슨 호텔이 이래? 아프리카풍 방은 말 그대로 '아프리카풍'이긴 했다. 벽에는 아프리카인 사진이 몇 장 걸려 있고, 아프리카 사람들이 쓰는 바가지가 선반에 놓여 있고, 아프리카 사람들이 쓰는 돗자리가 바닥에 깔려 있었다. 하지만 너무 오버했다. 아프리카풍 화장실엔 문이 없었다. 그럼 똥은 어떻게 누고 샤워는 어떻게 한단 말인가. 남녀가 유별한데 정말 난감했다.

괴상하고 멋없는 건물들로 꽉 채워진 로테르담이지만 미술관들만큼은 다른 도시 못지않게 훌륭했다. 호텔에서 바로 나와 인근에 있는 보이즈만 반 베우닝겐Boijmans Van Beuningen 미술관으로 향했다. 이 미술관의 이름은 보이즈만과 베우닝겐이라는 두 명의 컬렉터 이름에서 따왔다. 두 사람은 자신들의 컬렉션을 모두 미술관에 기증했다. 이 미술관은 17세기 네덜란드 화가들 뿐만 아니라 인상파, 모더니즘, 현대미술에 이르기까지 다양한 컬렉션을 선보이고 있다.

운이 좋았다. 수요일은 무료 입장이란다. 티켓 박스에서 사람 좋아 보이는 여직원이 입장권을 무료로 나눠줬다. 손바닥만 한 크기의 입장권 뒷면에는 이 미술관의 소장품이 하나씩 사진과 함께 실려 있었다. 자고로 미술관이라면 이 정도는 돼야지.

말을 물가에 끌고 갈 수는 있지만 물을 먹일 순 없다고 했다. 몽구는 이 기

보이즈만 반 베우닝겐 미술관 입구의 옷 보관소. 관람객 스스로 줄을 잡아당겨 옷을 건 뒤 다시 반대편 줄을 잡아당겨 옷을 천장 높이까지 올리는데, 행위 예술이 따로 없었다.

똥찬 그림들엔 관심이 없었다. 그저 버릇처럼 미술관에 오면 사탕이 먹고 싶을 뿐이었다. 하지만 반 고흐 미술관의 무서운 게슈타포 직원의 얼굴이 떠올랐는지 사탕 얘기는 꺼내지도 않았다. 대신 우리가 그림을 보는 사이 슬그머니 유모차 가방에서 책을 꺼내 읽었다. 『처킹턴의 모험』이었다. 15세기 종교화부터 17세기 네덜란드 화가의 그림, 그리고 19세기 인상파와 모더니즘 화가의 그림들을 지나칠 때까지 몽구는 처킹턴과 연애를 하고 있었다. 힘이 빠졌다.

중앙홀로 나오니 가장 눈에 띄는 자리에 평소 눈에 익었던 그림이 걸려 있었다. 한 반 메헤렌! 자신이 그린 그림을 베르메르의 그림이라고 속여 독일 나치에게 팔았다가 전범으로 옥살이를 한 유명한 사기꾼 화가다. 그는 처음에는 베르메르의 그림을 모사해 팔다가 나중엔 자기 화풍으로 그림을 그려 베르메르의 이름으로 팔았던 간 큰 화가이기도 하다.

이곳에 걸린 〈엠마우스에서의 만찬The Supper at Emmaus〉은 그가 1930년대에 그린 그림으로 당시 시장에 나와 4백만 달러(오늘날 환율 기준)에 팔렸다. 전범재판을 통해 이 작품은 위작으로 판명났지만 보이즈만 뮤지엄은 그의 그림을 미술관의 중앙홀 가장 눈에 띄는 곳에 걸어두었다. 나는 안내 데스크로 가 그 그림을 건 이유에 대해 물어봤다. 창구 직원은 자랑스러운 표정으로 말했다.

"베르메르의 위작인 건 익히 알고 있지요. 하지만 그림 그 자체로 봐도 참 훌륭하지 않습니까? 우리는 그를 위작을 그린 사기꾼이 아니라 진정한 네덜란드의 화가 중 한 명이라고 생각합니다. 그래서 중앙홀 가장 잘 보이는 곳에 걸어두었지요."

미술관 중앙홀에 걸린 한 반 메헤렌의 〈엠마우스에서의 만찬〉.

훌륭한 미술관의 내공은 이런 데서 나오나 보다. 어떤 예술도(심지어 위작으로 판명난 작품까지도) 예술의 한 부분으로 받아들이는 이 넓은 아량과 철학. 보이 즈만 미술관이 새삼 위대해 보였다.

로테르담에서 이틀을 보내기로 한 건 정말 크나큰 실수였다. 미술관에 가는 것 말고는 딱히 할 일이 없었다. 호텔 방에 있자니 아프리카풍 환경에 적응이 안 됐다. 특히 아무리 가족이라지만 똥 누기가 민망했다. 우리는 항구

근처의 긴 다리를 건너보기도 하고, 재즈 공연이 유명하다는 펍에 들르기도 했다. 하지만 별 흥미를 못 느꼈다. 이젠 갈 때가 됐다. 친절한 사람들이 있고, 맛있는 음식들이 있고, 또 화장실 문이 제대로 달려 있는 우리 집이 있는, 런던으로!

삐삐가 나타났다!

가족여행의 단점은 저녁엔 딱히 할 일이 없다는 것이다. 아이 때문에 공연을 보러 갈 수도, 펍에서 술을 한 잔 할 수도 없다. 그래서 저녁때면 다같이 호텔 침대에 누워 TV를 봤다. 앗, 그런데 너무나도 익숙한 얼굴, 삐삐가 나왔다! 스웨덴에서 제작된 이 프로그램은 1980년대 한국에서 엄청난 인기를 끌었다. 우리 부부는 추억에 잠겨, 몽구는 삐삐의 괴력에 연신 놀라워하며 즐기고 또 즐겼다.

대도시보다는 인근 휴양도시에서 지내라

포르투갈 리스본과 카스카이스 _2008년 8월

리스본 공항 문을 열고 나오자 8월의 뜨거운 열기에 숨이 턱 막혔다. 우리는 대도시인 리스본 대신 차로 30분 거리에 있는 휴양도시 카스카이스^{Cascais}에서 지내기로 했다. 호텔에 미리 픽업을 요청했다. 운전기사는 벌써 공항 앞에서 우리를 기다리고 있었다. 20대 젊은 청년이었다. 공항을 빠져나오자 청년은 기가 막힌 풍경을 보여주겠다며 시내로 통하는 주 도로 대신 해변도로로 들어섰다. 오른쪽 대형 광고판에서 축구선수 피구가 웃고 있었다. 여태껏 피구만큼 귀티나게 잘생긴 선수를 보지 못했다. 청년에게 어느 선수를 제일 좋아하냐고 물었다. 피구? 호날두?

"전 축구를 잘 모르는데요."

청년은 심드렁하게 대답했다. 엥? 포르투갈 하면 다들 축구에 미친 줄 알았는데, 그게 아니었어? 그럼 청년은 뭘 좋아하우?

"컴퓨터, 여자친구, 서핑, 뭐 그런 거요?"

유레카! 나는 청년과의 짧은 대화에서 삶의 깊은 철학을 발견했다. 독일인을 만났을 때 자동차 얘기를 꺼내지 말자. 이탈리아인을 만났을 때 파스타 얘기는 그만하자. 핀란드 사람을 만났을 때 자일리톨 껌 얘기는 집어치우자. 이얼마나 무식한 질문들이란 말인가. 한 나라의 대표성을 띠는 것이라고 해서 국민 개개인 모두가 그것에 같은 마음일 필요도 의무도 없잖은가!

카스카이스는 포르투갈의 대표적인 휴양도시다. 작은 어촌마을이던 이곳은 1870년부터 왕가가 여름 휴가를 이곳에서 보내면서 세련된 도시로 탈바꿈했다. 파스텔톤의 건물들과 거대한 바닷가 성채는 왕가의 후원 아래 건설됐다. 우리는 카스카이스 읍내에서 버스로 두 정거장 거리에 있는 빌라게일 호텔에 묵었다. 포르투갈에서 해산물이나 배 터지게 먹고 가자며 호텔에는 조식만 신청했다. 영국의 해산물은 너무 비쌀 뿐더러 질도 별로 좋지 않았기 때문에 늘 싱싱한 해산물이 그리웠다.

호텔에서 읍내로 들어가는 길엔 소규모 미술관과 빨강, 노랑, 분홍색 칠로 예쁘게 단장한 집들이 늘어서 있고, 오른편 바다에는 거대한 성채와 요트 정박장이 있었다. 저 요트 정박장에는 이탈리아, 프랑스, 스페인에서 자신의 요트를 타고 온 부자들이 머물고 있겠지.

카스카이스 읍내는 돌아다니는 곳마다 '나 정말 깨끗해요'라고 자랑하는 것 같았다. 햇살은 뜨겁고 도시는 깨끗하다 못해 먼지 하나 보이지 않았다. 우리를 지나치는 관광객들도 얼굴이 해맑았다. 모두들 완전 해제된 사람 같았다. 선물용 마스코트를 파는 상점에서 이것저것을 구경하다가 손바닥만 한

리스본에서 기차로 20분 거리에 있는 휴양도시 카스카이스. 넓은 바다를 끼고 있어 요트 여행객에게 인기 만점이다.

범선과 양철로 된 등대를 샀다. 런던 집 선반에 놓으면 카스카이스의 바다 냄새가 고스란히 날아올 것 같았다.

　시내 구경의 묘미는 이런 데 있다. 별다른 계획 없이 이곳저곳 쑤시고 다니는 것이다. 넓은 중앙 광장을 벗어나니 아주 좁고 구불구불한 골목길이 나

골목길을 구경하다 지치면 나무 그늘 아래 식당에서 쉬었다. 오징어, 대구살 등 신선한 해산물을 저렴한 가격에 맛볼 수 있다.

타났다. 형형색색의 집들과 창밖에 걸어둔 빨래들이 조화를 이뤘다. 노란색 집, 분홍색 건물, 하얀 벽에 새파란 그림 벽돌……. 이런 색깔의 집들과 건물을 보고 있노라면 마음도 무지개빛으로 물드는 것 같았다.

　돌아다니다 배가 고프면 우리의 여행 가이드 『론리 플래닛』이 강추하는 식당을 찾아가면 그만이다. 골목길을 돌고 돌아 부처님이 그 아래서 수행했을 것 같은 보리수나무를 발견했다. '돔 페드로' 식당이었다. 론리 플래닛의 설명인즉슨, 저렴한 가격에 최고의 생선구이를 먹을 수 있단다. 우리는 보리수 그늘 아래에 자리를 잡고 꽁치구이와 대구살구이, 그리고 해산물 죽을 주문했다. 부야베스라고 불리는 이 해산물 죽은 생선과 후추, 감자, 토마토, 양파 등을 넣고 끓인 것으로 언뜻 보기엔 개죽과 비슷해 보이지만 맛은 일품이었다. 포르투갈 사람들은 부야베스와 함께 꽁치나 대구살을 화로에 구워 먹는다. 그냥 소금만 뿌려서 구웠을 뿐인데 육질이 부드럽고 고소한 맛이 났다.

역시 여름휴가는 물가로 가야 한다. 호텔 수영장에서 반나절, 바닷가에서 모래성 놀이를 하며 반나절을 보냈다. 점심과 저녁은 카스카이스 일대의 생선구이집에서 먹었다. 대부분 2미터 길이의 거대한 화덕에 그릴을 얹어놓고 주문한 요리를 실시간으로 구워줬다. 연기 때문에 약간 눈이 따가운 것 말고는 분위기며 맛이 가히 최고였다. 며칠간 이런 신선놀음이 지겨워질 때가 되면 인근 도시로 여행을 떠났다.

카스카이스 기차역에서 방금 전 뽑은 새차 같은 기차를 타고 리스본으로 향했다. 기찻길이 바닷가 바로 옆에 깔려 있어 낭만적이었다. 야자수나무와 푸른 바다, 아담한 돛단배들이 느리게 스쳐갔다. 20여 분 만에 리스본 기차역에 다다랐다. 다시 지하철을 타고 리스본 서북쪽에 있는 로시오 역에 내렸다. 거기에서부터는 전차를 타고 이동하기로 했다. 28번 전차 정류장이 있는 곳까지 10여 분 간 약간 경사진 도로를 따라 올라갔다. 2차선 도로 앞 상가는 대부분 문이 잠겨 있었다. 상점 진열장을 둘러보니 땡처리하는 옷을 가져다 파는 옷집이나 먼지가 수북이 쌓인 장난감 가게, 레이스를 파는 가게들뿐이었다. 오후 한시 대낮의 정경 치고는 꽤 낯설었다.

길거리엔 개미 한 마리 보이지 않았다. 리스본 사람은 어떻게 생겼는지 궁금해 미칠 정도였다. 상점 몇 개의 쇼윈도를 구경하는데 저 멀리 한 사람이 눈에 띄었다. 플라스틱 의자에 앉아 도로 반대편을 멍하니 쳐다보고 있었다. 깊게 팬 주름 속 노인의 얼굴은 오랜 세월 겪었을 삶의 신산함과 지루함이 묘하게 섞여 있었다. 마침 그 건물에서 몇몇 사람들이 나왔다. 우와, 리스본 사람이다! 역시나 햇볕에 탄 구리빛 얼굴엔 나른함이 가득했다.

관광객들만 신이 났지 이 도시 사람들 모두 나른하고 불행해 보였다. 한때 해상무역을 장악하고 전세계 식민지를 스페인과 양분했던 이 영광의 제국은 오늘날 왜 이리 무기력해진 걸까. 파두^{Fado}를 듣다 보면 해답이 나온다. 포르투갈의 국민가요인 파두의 가사와 멜로디는 사람을 우울하게 만드는 그 무엇이 있다. 삶의 불행과 아무것도 변하지 않을 거라는 좌절이 그 노래 속에 깊게 배어 있다. 제국의 쇠퇴, 이민족의 잦은 침입, 개발이라는 이름의 독재까지 수백 년간의 고난의 역사는 그들의 정신에 깊숙이 뿌리박혀 이제는 열정적으로 살 의욕조차 꺾어버렸나 보다.

언덕 꼭대기에 있는 성 조지 성에 가기 위해 28번 전차를 탔다. 리스본의 명물 전차다. 한 량짜리 이 전차는 전자동식으로 움직이지만 차체는 나무 골격으로 이뤄졌다. 바닥조차도 마룻바닥에 나무 의자다. 전차가 오자 예닐곱 사람들이 서로 먼저 타겠다고 아우성이었다. 운전기사에게 1.2유로를 내고 안으로 들어섰다. 마치 영화에서나 보던 인도의 한 시골마을 버스 같았다. 한마디로 콩나물시루였다. 사람이 간신히 비집고 지나갈 복도 양쪽으로 2인용 의자가 놓여 있었다.

콩나물 전차는 가끔씩 부주의하게 지나가는 행인에게 '빵빵' 클랙슨을 울리며 즐겁게 질주했다. 언덕길을 올라갔다 내려올 때마다 몸도 같이 이리 쏠렸다 저리 기울었다. 나무 전동차에 에어컨을 바래선 안 된다. 활짝 열린 창문으로 시원한 바람이 들어왔다. 기분 참 좋다! 리스본의 가장 높은 자락, 성

조지 성에 올라가니 리스본 전경이 한눈에 들어왔다. 저 멀리 세계 3대 미항의 하나라는 리스본 항구도 보였다.

성에서 내려오는 길에 괜찮은 식당을 발견했다. 꽃으로 장식된 둥근 아치형 문을 들어서자 마당엔 사과나무 둘레로 테이블들이 옹기종기 모여 있었

01 리스본 시내를 돌아다니는 전차. 02 리스본 고성에 오르면 시내가 한눈에 펼쳐진다.

다. 우리 테이블에서 리스본 시내와 바다가 다 보였다. 이 집은 음식을 타파(작은 접시에 나오는 음식)로 내놓았다. 오징어 튀김, 낙지 샐러드, 소시지구이, 꽁치 구이, 감자 튀김 등을 거나하게 시켰다. 후식으로 아이스크림 두 덩이도 마파람에 게 눈 감추듯 먹어치웠다. 아, 우리는 식탐 가족인가 보다. 구경의 끝은 이렇듯 성대한 음식의 한마당이라니. 타파를 너무 먹은 탓인지 저녁 때 카스카이스로 돌아오는 전차에서도 배가 든든했다.

다음날은 완행버스를 타고 리스본 인근의 고대도시 신트라^{Sintra}에 갔다.

유럽의 최서단 로카곶의 기념비. '여기, 땅이 끝나고 바다가 시작된다'라는 말이 적혀 있다.

800년대 무어인이 이곳을 접수해 이슬람 양식의 성과 건물을 도시 곳곳에 세웠다. 동글동글한 지붕과 아기자기하게 조각을 한 기둥 등이 리스본의 성과는 전혀 다른 매력을 뽐냈다.

버스는 여러 개의 산등성이를 지나 유럽 대륙의 최서단 마을인 로카곶^{Cabo da roca}에 우리를 세워줬다. 이곳에서 다음에 오는 버스로 갈아타고 신트라로 가면 되는 거였다. 로카곶은 유럽의 서쪽 끝 마을이라는 것 말고는 달리 볼 것도, 할 것도 없었다. 깎아지르는 절벽 아래로 푸른 바다만 넘실댔다. 안내 센터에 갔더니 서쪽 끝 마을에 다녀간다는 증명서를 만들어줬다. 장당 4.9유로다. 우리 세 명의 이름을 내밀자 여직원이 멋들어진 필기체로 표창장처럼 생긴 인증서에 적어주었다.

8일간의 포르투갈 여행도 끝이 났다. 정말 싱싱한 해산물은 원 없이 먹었다. 골목 어귀마다 서있는 예쁜 집들도 눈에 선했다. 하지만 포르투갈 사람들만 생각하면 마음이 짠해졌다. 그들은 지금 어딘가 어둑한 펍에 모여 자신들의 인생을 한탄하며 파두를 듣고 있겠지. 제국의 영광이 사라지고 이젠 추억만 남은, 포르투갈이여, 안녕!

말하자면 포르투갈의 김치?

포르투갈 사람들이 해산물과 더불어 매 끼니마다 먹는 토마토 샐러드. 토마토와 양파를 채 썬 뒤 식초 몇 방울을 뿌리는 게 전부이다. 그런데 이 샐러드는 해산물을 먹었을 때 약간 비릿한 맛을 싹 없애준다. '칼칼하다'고나 할까. 어쨌든 김치 대용으로 좋았다. 집에 김치가 똑 떨어졌다면 한번 시도해보시길. 정말 칼칼하다!

그곳에서 나는
선진국을 보았다

이 책을 쓰는 동안 정말 많은 일이 있었다. 우선 개인적으로 영광스러운 대학원 졸업식이 있었다. 논문을 제출한 지 넉 달 만에 학교에서 편지가 날아왔다. '귀하는 소정의 코스를 성공적으로 밟았으므로 예술학 석사학위를 수여합니다'라는 내용의 편지였다. 뒷장에는 한 달 후 있을 졸업식에 대한 설명이 나와 있었다. 졸업식에 참석하려면 가운을 44파운드에 빌려야 한다는 내용과 함께 졸업식 당일에는 세인트 조지 교회로 오라고 적혀 있었다. 세인트 조지 교회? 편지에는 주소도 없고 길을 안내하는 지도도 없었다. 나는 인터넷으로 검색해보기로 했다. 학교가 있는 토튼햄 코트로드 역 근처에 세인트 조지 교회가 있었다.

졸업식 당일 오전 리허설을 위해 그 교회로 갔다. 남편은 본식이 열리는 오후 세시에 몽구와 함께 오기로 했다. 그런데, 그 교회에는 아무도 없었다!

나와 같은 처지의 소더비 친구들 몇 명만 황당하다는 듯 문 앞에서 서성이고 있었다. 학교에 전화를 걸었더니, 아뿔싸, 뉴 본드 스트리트에 있는 세인트 조지 교회란다. 정말 무슨 일을 이따위로 하는지 모르겠다. 졸업식을 알리는 편지에 우편번호라도 적어줬으면 이런 헛고생은 안 했을 텐데.

허겁지겁 택시를 타고 뉴 본드 스트리트로 향했다. 차가 밀리지 않으면 5분이면 갈 거리. 그런데 요즘 지하 수도관을 교체한다고 런던 땅의 절반은 모두 파헤쳐져 있다. 도로의 반을 막고 공사를 하다 보니 택시는 좀체 움직이지 않았다. 교회에 있는 친구들에게 문자를 보냈더니 이미 리허설이 끝났단다. 그곳까지 갈 이유가 없어졌다. 바로 택시에서 내렸다. 졸업식 담당자를 찾아가 항의 시위라도 해? 아니지, 좋은 날 화내지 말자. 이런 일을 어제 오늘 겪는 것도 아닌데 뭐. 영국에선 무엇이든 헐렁하고 오류가 많다. 나는 스스로를 위로했다. That's English Life!

그리고 또 이사를 했다. 인생 3대 스트레스가 이직, 배우자와 사별, 그리

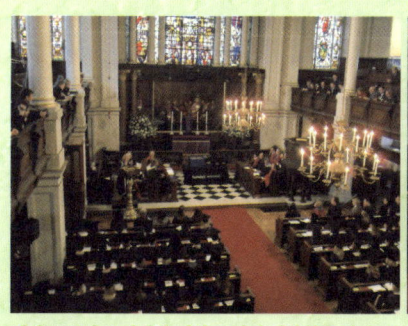

세인트 조지 교회에서 열린 소더비 대학원 졸업식. 공부를 하면서 아이 키우랴, 집안 살림하랴, 전쟁 같았던 일년 세월이 주마등처럼 스쳐갔다.

고 이사라고들 한다. 맞는 말이다. 한국에서는 이사 업체를 골라 견적을 내고, 이사 당일엔 부동산 사무소에서 잔금을 치른 뒤 부랴부랴 이사 도우미들을 위한 음료수와 피로회복제를 챙겨야 한다. 이사 후엔 당장 동사무소로 달려가 전입신고를 하고 아파트 관리실에 들러 주차증도 받아야 한다. 아무리 포장이사를 한다 해도 내 취향에 맞게 물건을 다시 꺼내서 정리해야 한다. 자장면과 탕수육을 시켜먹으며 온 가족이 십시일반 돕는다. 좀 피곤하기는 하지만 나름 재미도 있다.

그런데 영국에서 이사할 땐 한국에서보다 체감적으로 세 배는 더 바쁘고 할 일이 많은 것 같다. 이곳은 전세 개념이 없다. 대신 월세를 내고 집을 빌린다. 한 집에서 3년이나 살다 보니 좀 지겹기도 했고, 무엇보다 보일러를 빵빵 틀어도 너무 추웠다. 여름에도 얇은 내복을 입고 양말을 신고 있어야 했다. 창문 때문이었다. 영국의 전통 주택은 창문이 모두 유리 한 겹으로 되어 있다. 리모델링을 하거나 새로 집을 짓지 않는 한 그냥 이 허술한 난방구조에서 살아야 한다. 때마침 가까운 곳에 난방 확실하고 실내도 현대식으로 개조한 집을 찾아냈다.

영국에선 월세집은 부동산사무소에서 관리한다. 집 주인은 매달 100파운드 안팎의 유지비를 내고, 세입자는 모든 불편한 점이나 불만 사항을 집주인 대신 부동산 직원에게 얘기한다. 한국의 부동산사무소가 영세한 이유는 매매나 전세 계약 시 발생하는 수수료가 수입의 대부분이기 때문이다. 영국의 부동산사무소는 개념이 완전히 다르다. 주택 매매 수수료 등은 코 묻은 돈에 가깝다. 그들이 가장 큰 돈을 버는 것은 부동산 개발을 통해서다. 허름한 저택을 저렴하게 산 뒤 인테리어를 새로 해서 이를 되판다. 20억 원에 산 4층짜리 저택을 열 채 정도의 크고 작은 집으로 쪼개서 팔면 적어도 30억 원은 벌 수 있다. 이런저런 비용을 제하더라도 7~8억 원은 부동산사무소에 떨어진다. 누워서 떡 먹고, 손 안 대고 코푸는 식이다.

집을 빌릴 때는 대부분 가구가 다 갖춰져 있기 때문에 몸만 들어가면 된다. 대신 입주 전 '인벤토리 체크^{Inventory Check}'란 걸 한다. 전문업체 직원이 집의 문, 벽, 바닥 카펫의 상태와 그릇, 포크의 수까지 아주 꼼꼼하게 살펴보고 기록한다. 이 리포트를 바탕으로 나중에 집을 나갈 때 벽에 얼룩이 있거나 그릇 귀퉁이에 이가 나가면 모두 다 변상해야 한다. 물론 변상비는 입주 시 보증금에서 빠져나간다. 그런데 이 인벤토리 체크를 집주인이 악용하는 경우가 비일비재하다. 낡은 카펫을 바꾸거나 벽을 새로 칠하고 싶을 땐 코딱지만 한 얼룩을 트집 잡아 카펫 값이나 페인트칠 비를 보증금에서 홀랑 가져간다.

나도 당했다. 이사를 다 마친 뒤 부동산사무소에서 요구한 대로 80파운드를 내고 '전문가 수준의 청소'를 했다. 물론 부동산사무소에서 고용한 필리핀 청소부들이었다. 그런데 이사 이틀 후 부동산 직원에게서 전화가 왔다. 욕조에 하얀 페인트가 떨어져 이를 변상해야 한다는 거였다. 우리가 집을 비울 때만 해도 페인트 같은 건 없었다고 해도 직원은 막무가내였다. 그리고 2주일 후 집주인은 550파운드를 제한 나머지 보증금을 수표로 보내왔다. 욕조를 새 것으로 교체하는 데 550파운드가 들었다는 것이다. 내역을 보니 욕조 값은 100파운드인데 인건비가 450파운드나 나왔다.

이걸 눈 뜨고 코 베 간다고 해야 하나. 집주인에게 우리는 욕조 속에 하얀

페인트를 흘린 적이 없다고 주장했고, 부동산 직원에게는 청소할 때 문제가 발생한 것 같다고 말했다. 하지만 집주인은 자신은 모르는 일이라고 시치미를 뗐고, 부동산 직원은 그 청소업체는 내가 고용한 것이니 책임도 내가 져야 한다며 발뺌을 했다.

자그마치 100만 원이라는 큰돈이 두 사악한 사기꾼들의 협잡으로 사라졌다. 더럽다고 피하기엔 너무 큰 액수였다. 더구나 이런 부정을 가만히 당해주기에 나는 너무 정의로웠다. 앞집 이웃 데릭도 이 이야기를 듣더니 엄청 황당해했다. 자기도 집 몇 채를 월세로 대여해주고 있지만 한 번도 그런 돈을 요구한 적이 없다고 했다. 아무래도 그 집주인은 '교활한 전문 집주인'인 것 같다며 혀를 내둘렀다.

나는 소송도 불사하지 않기로 했다. 우리뿐만 아니라 이렇게 일방적으로 당하는 세입자가 많기 때문에 세입자의 보증금을 보호하는 법이 영국에서는 잘되어 있는 편이다. 50파운드 안팎의 돈을 내면 법정에 갈 수 있다. 데릭의 조언을 받아 나는 집주인에게 편지를 썼다. 법정에 가려면 증거 서류를 확보해야 하기 때문이다. 그 교활한 집주인에게 20페이지 분량의 욕과 저주를 퍼붓고 싶었다. 그러나 데릭의 교훈대로 '짧고 날카롭게' 편지를 썼다.

"친애하는 집주인에게. 나는 당신이 아무런 동의 없이 욕조를 바꾼 것을 받아들일 수 없습니다. 왜 욕조를 바꿔야만 했는지 이유를 알려주기 바랍니다."

딱 세 줄이었다. 지구 반대편에서 온, 영어가 짧은 동양인이라고, 나를 우습게 봤다면, 사람 잘못 본 것이다. 집주인이 혀를 내두르며 나의 소중한 550파운드를 돌려줄 그날까지 나는 투쟁할 것이다. 그런데 이것으로 이야기는 끝났다. 아직 그 교활한 집주인에게서 답장이 오지 않았다. 본격적인 결투는 이제부터다.

이사하면서 교활한 집주인만 나의 평화를 앗아간 게 아니다. 이사를 한 얼마 뒤 주민세 고지서가 날아왔다. 이미 전에 살던 집에서 이달 것까지 냈었는데, 또다시 중복해서 세금을 내라는 것이었다. 구청 담당자에게 전화를 몇 번이고 걸어봐도 기다리라는 기계음만 되풀이되었다. 급기야 담당자 이메일로 장문의 편지를 써서 보냈다. 대충 말했다간 또 잘못된 고지서가 날아오기 때문에 더하기, 빼기, 곱하기, 나누기를 활용한 계산법까지 자세하게 적어놓았다. 그리고 2주일 후 답장이 왔다. 주민님의 개인적인 시간을 빼앗고, 혈압까지 오르게 한 데다, 전화비까지 쓰게 해서 미안하다는 사과도 없이 '새 고지서를 다시 보내겠다'는 한마디뿐이었다. 예의 없고 쌀쌀맞기는.

런던에 산 지 만 3년이 됐다. 이제는 이 체제에 녹아들 때도 됐는데, 즐길 일만 있을 것 같은데, 나는 점점 싸움닭이 되어가고 있다. 한국에 잠깐 들를 때면 다들 나를 부러운 눈으로 쳐다봤다. 세계 최고의 도시 런던에서 문화생활을 맘껏 향유하고 유럽여행도 실컷 하는 등 팔자가 늘어졌다고 아우성이었다. 하지만 '환상적인 런던'은 일주일, 혹은 몇 달간 여행을 왔을 때나 할 수 있는 말이다. 나 같은 외국인이 런던에서 살려면 잔 다르크가 되어야 한다. 얼마 전 인터넷 뉴스로 MBC 〈무릎팍 도사〉에 출연한 이만수 코치의 미국생활 스토리를 읽었다. 메이저리그 타격코치로 화려하게 재기한 그를 보며 나는 그 화려함 뒤에 숨겨진 타향살이의 외로움을 보았다. 그를 괴롭히는 집주인은 없었을까, 잘못된 세금 때문에 전화를 돌려대며 혈압이 상승한 적은 없었을까, 동양인이라는 이유로 대놓고 차별을 받아본 적은 없었을까, 허름한 대폿집에서 친구들과 삼겹살에 소주를 마시고 싶은 적은 없었을까.

혹자는 그럼 한국으로 돌아오지 왜 그렇게 투덜대면서 살고 있냐고 말할 것이다. 하지만 그런 소소한 이유로 이곳을 떠나기에 런던은 너무나도 매력적인 도시다. 나는 이 모든 역경을 공원과 맞바꿀 수 있다. 나는 이 모든 슬픔을 미술관과 맞바꿀 수 있다. 나는 이 모든 불합리함을 이곳에서 만난 외국인 친구와 맞바꿀 수 있다. 그뿐인가, 매일 저녁 일곱시면 집에 돌아와 요리도 도와주고 아이와 실컷 놀아주는 100점짜리 남편도 있고, 루이뷔통 가방이 없다고 나를 우습게 보는 백화점 직원도 없고, 나를 툭 치고도 뻔뻔하게 지나가는 행인도 없다.

런던 공기는 몰라보게 좋아졌고, 거리는 안전하다. 12월 마지막 날엔 대중교통을 무료로 이용할 수 있는 낭만도 있다. 어딜 가든 줄을 서서 묵묵히 순서를 기다리고, 노약자가 지하철에 타면 서로 앞 다퉈 자리를 양보한다. 백만장자조차도 10년은 더 된 낡은 옷을 즐겨입고 동네 채러티 숍에서 쇼핑을 즐긴다. 버스는 정류장에 정확히 서고 승객들은 유모차 뒤를 따라 버스에 오른다. 때론 정도를 넘는 이 소박함과 실용성, 그리고 약자를 배려하는 사회 분위기는 영국 사회에 흐르는 하나의 코드 같다. 자율과 이성의 두 바퀴로 굴러가는 수레 속에서 나는 선진국을 보았다.

요즘 런던의 2층 버스에는 영화 〈내니 맥피와 빅뱅〉의 광고 이미지가 도배되어 있다. 우리의 이웃 엠마 톰슨이 시나리오를 쓰고 또 주인공으로 출연

한 영화다. 몇 개월간 엠마 톰슨을 보지 못했는데, 그녀는 영화 촬영을 하느라 오랫동안 집을 비웠던 모양이다. 아, 그녀를 잠깐 본 적은 있다. 우리 집 바로 옆 크리켓 경기장 마당에서 조촐한 동네 자선 파티가 열렸을 때였다. 엠마 톰슨은 매대에서 크림 스프를 끓여 사람들에게 한 국자씩 퍼주고 있었다. 그 옆엔 '해리 포터(다니엘 래드클리프)'가 서있었다. 이걸 꿩 먹고 알 먹고, 라고 해야 하나. 잠깐 해리 포터에게 정신이 팔리긴 했지만, 엠마 톰슨을 저버리진 않았다. 수수한 옷을 입고, 동네 자선 파티에 참석해, 한 시간 넘게 스프를 퍼주는 저 세계적인 배우. 가슴 저 깊숙이에서 존경심이 생겨났다.

며칠 전 지하철역으로 바삐 걸어가는 그녀를 봤다. 예의 낡은 레인코트와 배낭을 멨다. 그런데 배낭 밖으로 굵고 기다란 나뭇가지가 쭉 삐져나와 있었다. 이번 새 영화에서 썼던 소품인가? 아니면 동네 주민을 위한 팬 서비스? 뭐라도 좋다.

런던이 왜 좋냐고 묻는다면 나는 서슴없이 말하리라. 우리 동네에 엠마 톰슨이 살고 있기 때문이라고. 길을 가다 그녀를 우연히 만날까 매일매일 가슴이 설렌다고!

런던홀릭

1판 1쇄 발행 2010년 07월 18일
1판 3쇄 발행 2011년 06월 10일

지은이 | 박지영
펴낸이 | 김이금
펴낸곳 | 도서출판 푸르메
등록 | 2006년 3월 22일(제318-2006-33호)
주소 | 서울시 마포구 연남동 568-39 컬러빌딩 301호(우 121-869)
전화 | 02-334-4285~6
팩스 | 02-334-4284
전자우편 | prume88@hanmail.net
인쇄 · 제본 | 한영문화사

ISBN 978-89-92650-32-8 13810